Verwandte Seelen

Das Schicksal des Halbblutes

Die Autorin

Nica Stevens wurde 1976 geboren und lebt mit ihrem Mann und ihren zwei Söhnen in Deutschland. Ihr Debütroman *Verwandte Seelen - Eine Liebe zwischen Unsterblichkeit und Tod* schaffte es auf Anhieb auf die Bestsellerliste im deutschen Kindle-Shop. Das Buch war so erfolgreich, dass die Anfragen nach einer Fortsetzung immer lauter wurden. Durch das große Interesse und die unnachgiebige Begeisterung der Leser wuchs die Geschichte zu einer Trilogie heran, deren Abenteuer und Romantik alle Fantasy-Liebhaber verzaubert.

Die Verwandte-Seelen-Trilogie:

1. Eine Liebe zwischen Unsterblichkeit und Tod

2. Das Schicksal des Halbblutes

3. Die Schatten der Erinnerung

Die Bücher sind auch als Hörbücher erhältlich.

Nica Stevens

Verwandte Seelen

Das Schicksal des Halbblutes

Für meine lieben LeserInnen,
ohne deren Begeisterung es diese Fortsetzung
der Geschichte nicht geben würde.

Inhalt

Ich wünschte ich könnte die Dinge sehen
Welche ein Blinder mit Leichtigkeit erspäht
Und in der Stille Töne hören
Die der Taube ach so klar versteht

Will die weisen Worte wählen
Die der Stumme deutlich spricht
Und das meine Hände mir erzählen
Was mich streichelt und was sticht

Fühlen ohne Schranken
Wie die Mutter ihrem Kind
Und die Befreiung der Gedanken
Die so stark verwachsen sind

Würde gerne schmecken was mir schadet
Und riechen was mich heilt
All das könnte ich tun
Doch meine Sinne sind geteilt

Als Einheit schlagen sie in meiner Brust
Noch kann ich sie nicht fühlen

Das Lernen – wird mir zur Lust
Das Lernen – sie zu spüren

Stefan Maune, 2014

Erste Eindrücke

Die wilden Blumen rankten an den mächtigen Stämmen empor, schmückten diese in den unterschiedlichsten Farben. Der Wind verströmte ihren Duft und spielte mit den Blättern der dichten Baumkronen. Für mich war der Ageless Forest der schönste Ort, den es geben konnte.

»Du hast uns alle ganz schön an der Nase herumgeführt«, tadelte Jake mich. »Darüber werden wir noch reden!«

»Es tut mir leid. Aber wenn ich euch in meinen Plan eingeweiht hätte, dann wäre ich nie in die Nähe von Dougal gekommen. Ihr hättet es niemals zugelassen, dass ich meinem Großvater auf dem Schlachtfeld gegenübertrete.«

»Natürlich hätten wir das nicht zugelassen. Das, was du da getan hast, war kompletter Wahnsinn.«

»Ich hatte keine andere Wahl. Wenn ich es nicht versucht hätte, wären jetzt viele von euch nicht mehr am Leben«, verteidigte ich mich.

Jake ließ das Argument nicht gelten. »Doch der Preis dafür war eindeutig zu hoch. Es ist ein Wunder, dass du lebst. Was, wenn du es nicht geschafft hättest?«

»Dann wäre mein Tod trotzdem nicht umsonst gewesen. Ihr habt überlebt. Das war alles, was ich erreichen wollte. Der Gedanke, es könnte dich nicht mehr geben, war unerträglich für mich.«

»Und du glaubst ernsthaft, ich hätte ohne dich weiterleben können? Wenn dein Herzschlag nicht wieder eingesetzt hätte ... Keinen Tag hätte ich dich überlebt.«

Ich zögerte. »Das hat meine Mutter auch gesagt. Sie hat mir klargemacht, dass ich die Entscheidung um Leben und Tod für uns beide treffen muss.«

Jake wirkte verstört. »Deine Mutter ...? Sam, was redest du denn da?«

»Ich habe sie gesehen, Jake, genauso wie ich dich dabei beobachtet habe, als du meinen leblosen Körper vom Schlachtfeld fortgetragen hast«, flüsterte ich.

Er zog mich in seine Arme und verbarg das Gesicht in meinem Haar. »Du musstest so viel durchmachen. Es ist kein Wunder, dass du völlig durcheinander bist. Lass uns nach Hause gehen! Es wird noch etwas dauern, bis du dich vollkommen erholt hast.«

Wir befanden uns noch immer im Wald, nur ein kleines Stück von dem schicksalhaften Schlachtfeld entfernt, auf dem Dougal mich vor aller Augen scheinbar getötet hatte. Er war ahnungslos gewesen, hatte nicht gewusst, dass er seine eigene Enkelin vor sich hatte.

Fast drei Tage hatte es gedauert, bis ich ins Leben zurückgefunden hatte. In dieser Zeit war Jake mir nicht von der Seite gewichen, hatte die Hoffnung nie aufgegeben.

Hier und jetzt begann für mich ein neues Leben – die Unsterblichkeit.

Ich fühlte mich noch etwas wackelig auf den Beinen, als wir nun ins Bergtal zurückkehrten. Meine Freunde Sally, Matt und Conner würden in zwei Tagen mit den Schiffen in den Hafen einlaufen. Die gehisste weiße Flagge wartete schon darauf, ihnen anzuzeigen, dass vorerst keine Gefahr mehr drohte und dass sie an Land zurückkehren konnten.

Ich freute mich riesig darauf, sie wiederzusehen. Aber ich war auch ganz froh, vorher noch etwas Zeit für mich zu haben. Schließlich war ich kein Mensch mehr und musste erst noch lernen, damit umzugehen. Es würde wohl eine Weile dauern, bis ich all das Neue verarbeitet haben würde. Irgendwie zweifelte ich noch daran, dass es wirklich wahr war ...

Hand in Hand schlenderten wir heimwärts. Jake musterte mich immerzu von der Seite und strahlte mich an, wenn ich seinen Blick erwiderte.

Schon allein sein Anblick brachte mich vollkommen durcheinander. Ich bekam ganz weiche Knie. Seine Wirkung auf mich war nach wie vor überwältigend. Ob ich jemals von ihm genug bekommen würde? Wahrscheinlich reichte nicht einmal die Ewigkeit dafür aus.

Unwillkürlich blieb ich stehen und zog ihn an mich.

Er lächelte mich an. »An was denkst du gerade?«

Ich strich ihm eine Haarsträhne aus der Stirn. »Was glaubst du denn, woran ich denke?«

»Hm ... Wie es scheint, sollte ich mich besser vor dir in Acht nehmen.«

»Wie kommst du denn darauf?«

»Weil du rot wirst ...«

»Werde ich nicht!« Ich stellte mich empört.

Er griente mich herausfordernd an. »Vorsicht, Sam! Führe mich nicht in Versuchung! Sonst interessiert es mich gleich überhaupt nicht mehr, dass Grimmt jeden Moment hier auftauchen wird.«

»Grimmt?«

Jake wurde ernst. »Kannst du ihn hören, Sam?«

Ich schaute verunsichert zu ihm auf.

»Konzentriere dich! Versuche, ihn wahrzunehmen!« Mit zusammengekniffenen Augen beobachtete er mich.

Angestrengt lauschte ich in alle Richtungen. Zuallererst hörte ich das Vogelgezwitscher. Dann das Rauschen des Windes, der mit den Blättern spielte. Das Plätschern eines kleinen Baches, das Summen von Insekten, Jakes und mein eigenes Herz, die im gleichen Rhythmus schlugen und so vieles mehr. Es waren einfach zu viele Eindrücke, um sie alle zuordnen zu können. Irritiert zuckte ich mit den Schultern.

Jake deutete nach Süden. »Er kommt aus dieser Richtung.«

Und da hörte ich ihn ... Seine Schritte kamen schnell näher. Ich konnte regelrecht spüren, wie das Gras unter seinen Schuhsohlen nachgab. Erfreut löste ich mich etwas von Jake und hielt nach Grimmt Ausschau. Wo blieb er nur?

Jake küsste mich auf die Schläfe und atmete tief durch. »Du hörst ihn also?«

Ungeduldig nickte ich nur mit dem Kopf, ohne meinen Blick von der Stelle abzuwenden, an der Grimmt jeden Moment auftauchen würde.

»Willst du hier auf ihn warten oder wollen wir ihm entgegenlaufen?« Amüsiert trat Jake einen Schritt von mir zurück. »Es wird noch eine Weile dauern, bis er bei uns ist.« Er verschränkte seine Arme vor der Brust und musterte mich.

»Was?« Nachdem ich die anderen Geräusche ausgeblendet hatte, waren Grimmts

Schritte nun so laut zu hören, als würde er neben mir laufen. Ich war völlig durcheinander.

»Aber ... Woher weißt du eigentlich, dass es Grimmt ist?« Mit der Frage überspielte ich meine Unsicherheit.

»Weil er auch schon die letzten zwei Tage hergekommen ist, um nach dir zu sehen.« Nun lachte Jake wieder. »Mach dir keine Gedanken! Du wirst einfach noch viel lernen müssen.« Er legte seine Stirn auf meine. »Und ich werde dir alles beibringen.«

»Alles?« Mein Herz setzte zum Salto an.

Während er mir antwortete, berührten seine Lippen schon die meinen. »Alles ...«

Sein Kuss war voller Leidenschaft und ich verlor mich in einer anderen Welt. Er erweckte ein Verlangen in mir, das weit über diesen Kuss hinausging. Wenn er nicht sofort damit aufhörte, vergaß ich, dass Grimmt jeden Augenblick bei uns war.

Jake rang genau wie ich um Fassung. Seine Augen hatten sich verdunkelt, als er sich widerstrebend von mir löste.

»Lass uns Grimmt entgegenlaufen, dann sind wir schneller zu Hause!«, flehte er mich an.

Ich streckte meine Hand nach ihm aus. Doch Jake wich kopfschüttelnd zurück. »Sam! Ich bin kurz davor, meine Beherrschung zu verlieren. Wenn du mich weiter so ansiehst, kann ich für nichts mehr garantieren.«

Ich schloss die Augen und versuchte mich zu beruhigen. Die Gefühle, die sich in mir ausbreiteten, wurden zur Qual. Mein Herz, mein Körper, meine Seele – alles in mir verlangte nach ihm. Falls ich Jake jetzt auch nur noch einmal kurz ansah, war ich verloren.

»Wer zuerst bei Grimmt ist …!«, rief ich ihm über meine Schulter hinweg zu und rannte los.

Schon von Weitem sah ich Grimmt, bepackt mit einer Tasche, durch das Unterholz stapfen. Ich erkannte sogar seinen besorgten Gesichtsausdruck. Tiefe Falten gruben sich in seine Stirn, während er Selbstgespräche zu führen schien.

Nach meiner anfänglichen Scheu vor ihm war er mir nun richtig ans Herz gewachsen. Man konnte sich glücklich schätzen, ihn zum Freund zu haben.

»Ich bin schon auf seine Reaktion gespannt, wenn er dich lebend zu Gesicht bekommt«, rief Jake mir beim Laufen zu. »Er hat sich große Sorgen um dich gemacht, von den Schuldgefühlen mal ganz abgesehen. Deshalb ist er auch noch hier. Wir haben einen Boten zu Marie geschickt, damit seine Familie weiß, dass es ihm gut geht.«

Ich blieb stehen und schaute Jake überrascht an. »Schuldgefühle?«

»Ja, Sam.« Jake trat auf mich zu. »Grimmt

hat sich Vorwürfe gemacht. Er hat dein Vorhaben nicht durchschaut. Spätestens als du ihn darum gebeten hast, neben Dexter beerdigt zu werden, hätte er etwas ahnen müssen.«

Jake atmete hörbar ein. Die Erinnerung schien ihn zu übermannen.

»Kann mich mal jemand kneifen!« Grimmt stand wie angewurzelt da und starrte mich mit großen Augen an. »Ich träume doch, oder?«

»Grimmt.« Voller Freude rannte ich auf ihn zu.

Er kam mir mit weit ausgebreiteten Armen entgegen. Laut lachend wirbelte er mich durch die Luft. »Ich glaube es nicht. Ich kann es einfach nicht glauben. Du lebst!«, jubelte er.

Nachdem er mich abgesetzt hatte, stellte ich mich gerade hin und salutierte spielerisch vor ihm. »Immer zu Ihren Diensten.«

Wie bei einem kleinen Kind tätschelte er mir das Gesicht. »Du hast es ganz schön spannend gemacht. Um ehrlich zu sein, habe ich nicht mehr an ein gutes Ende geglaubt.«

Jake musterte mich besorgt. Es war offensichtlich, dass er nicht an meine Nahtoderfahrung glaubte. Wahrscheinlich zweifelte er gerade an meinem Verstand.

»Du musst einen Mordshunger haben.« Grimmt begann, in seiner Tasche herumzukramen. »Wenn ich seit drei Tagen nichts gegessen hätte, würde ich mir den Dreck unter den Fingernägeln einverleiben.«

»Du bist widerlich.« Jake spuckte aus.

Lachend ließ ich mich neben den beiden ins Gras fallen. »Was hast du denn im Angebot?«

»Nur Brot und Käse«, antwortete Grimmt entschuldigend. »Ich habe bloß schnell etwas für Jake zusammengepackt. Wenn ich gewusst hätte, dass du wieder bei Bewusstsein bist, hätte ich mich mehr ins Zeug gelegt.«

»Na, vielen Dank auch. Was soll das denn heißen?«, wies Jake ihn zurecht.

»Du kannst froh sein, überhaupt etwas zu essen von mir bekommen zu haben. Schließlich kommst du auch wochenlang ohne etwas aus.«

Jake verschränkte seine Arme vor der Brust und griente ihn wissend an.

»Oh ...« Grimmt löste seinen Blick von Jake, als er begriff. Nachdenklich betrachtete er mich.

Ich verstand noch nicht, worauf sie hinauswollten. Fragend sah ich die beiden abwechselnd an. »Was?«

»Hast du Hunger, Sam?«, fragten sie wie aus einem Munde.

Wie selbstverständlich, wollte ich ihre Frage schon bejahen. Aber dann bemerkte ich, dass es nicht so war. Ich hatte keinen Hunger, ja, nicht einmal Durst.

Als Jake meinen verunsicherten Gesichtsausdruck bemerkte, fing er an zu lachen. »Wir sollten die Frage umformulieren.« Er hielt mir ein Stück Käse unter die Nase. »Hast du Appetit?«

Ich nahm das Stückchen Käse genussvoll in den Mund und biss Jake dabei leicht in den Finger. »Hm ... großen Appetit!« Ich zwinkerte ihm zu.

Er sprang auf. »Lasst uns endlich nach Hause gehen!«

»Nun lass sie doch erst einmal etwas essen!«, rügte Grimmt ihn.

Doch da stand ich schon auf und ließ mich von Jake mitziehen.

»Hey! Nun wartet doch mal! Ich muss erst den ganzen Kram wieder einpacken«, schimpfte Grimmt.

Er stellte unsere Geduld auf eine harte Probe.

Über dem Tal hing eine dunkle Wolkendecke. Jeden Moment würde es anfangen zu regnen. Blitze zuckten am Horizont und tauchten den Himmel in gleißendes Licht. Keiner der Talbewohner war zu sehen. Sie hatten sich schon alle vor dem drohenden Unwetter in Sicherheit gebracht.

Grimmt wandte sich an Jake. »Ich gehe deiner Mutter Bescheid sagen. Nancy wird sich riesig freuen, euch zu sehen.«

»Nein. Lass es gut sein!«, erwiderte Jake. Er

schaute zum Himmel. »Hier bricht gleich die Hölle los. Morgen ist noch genug Zeit, ein Wiedersehen zu feiern.«

Grimmt verzog beleidigt das Gesicht. »Wie ihr wollt.« Er umarmte mich und stapfte davon. »Bis morgen.«

Jake nahm meine beiden Hände in die seinen und zog sie an seine Lippen. Seine Augen funkelten mich dabei verführerisch an.

»Ich weiß, was du hier gerade tust.«

Jetzt lachte er sein Jake-Lächeln. »Und? Funktioniert es?«

Verlegen nickte ich ihm als Antwort zu.

Ohne meine Hände freizugeben, ging er langsam ein paar Schritte zurück. Die Art und Weise, mit der er mich ansah, als er mich schließlich mit sich zog, ließ mich vor Erwartung erzittern.

Mein Bauch kribbelte vor Nervosität. Unwillkürlich kam mir mein Zustand wieder zu Bewusstsein. In meinem Kleid klaffte nach wie vor ein Loch, das mit silbernem und rotem Blut befleckt war. Ich fühlte mich beschmutzt.

Abrupt blieb ich stehen und bremste Jake dadurch aus.

»Ich würde mich gern in der heißen Quelle noch etwas frisch machen«, sagte ich.

Die ersten Regentropfen prasselten auf uns nieder. Das Donnergrollen war nun schon ganz nah, wobei das Wetterleuchten um uns herum immer mehr zunahm. Seit ich ein kleines Kind war, hatte ich mich vor Gewitter gefürchtet.

»Schaffe ich das noch, bevor es hier so richtig losgeht?« Beunruhigt zog ich die Stirn in Falten.

»Warum sollte uns ein Unwetter davon abhalten?«

»Weil es gefährlich ist, sich dabei draußen und vor allem im Wasser aufzuhalten?«

Jake lachte laut auf. »Du bist nun eine Unsterbliche, Sam. Es gibt nicht viel, was dir noch gefährlich werden kann. Allerdings solltest du dich vor einer scharfen Klinge an deinem Hals in Acht nehmen.«

Ich sah ihn ungläubig an. Was, wenn er sich irrte?

»Und warum hält sich dann gerade keiner von euch draußen auf?«

Er zuckte nur amüsiert mit den Schultern. »Sie wollen wohl nicht nass werden.«

Ungeduldig zog er mich weiter, führte mich durch das Tal, das unser Zuhause war. Die heiße Quelle befand sich nah am Waldesrand, inmitten kleinerer Felsen. Durch die einsetzende Dämmerung wirkte dieser Ort noch geheimnisvoller. Dampfschwaden stiegen aus dem Wasser empor und hüllten uns in einen Nebelschleier ein.

Unter Jakes Blicken zog ich schnell mein Kleid aus und ließ mich genussvoll in das warme Wasser gleiten. Es war eine richtige

Wohltat.

Jake saß auf einem kleinen Felsen und beobachtete mich. Seine Haare waren von dem Regen schon klitschnass und hingen ihm strähnig in die Stirn. Der Stoff seines cremefarbenen Hemdes klebte an seinem Körper und ließ seine makellose Haut hindurch scheinen.

Mein Herz fing an zu rasen.

»Willst du nicht mit reinkommen?«, flüsterte ich.

Seine Mundwinkel verzogen sich fast unmerklich zu einem Lächeln. Ohne seine Augen von den meinen zu lösen, streifte er sein Hemd über den Kopf und begann, sich weiter auszuziehen.

Der Schlag meines Herzens hatte komplett seinen Rhythmus verloren. Aufgeregt beobachtete ich ihn, wie er ins Wasser stieg. Statt zu mir zu kommen, blieb er jedoch außer Reichweite stehen.

»Die Gefahr ist noch nicht abgewendet, Sam. Noch weiß niemand, ob Dougal sich in der Einstellung gegenüber den Menschen gewandelt hat. Ob die Erkenntnis, dass du existierst, wohl seine Seele berühren konnte?«

Ich wollte jetzt nicht darüber nachdenken. Schüchtern trat ich an Jake heran und legte meine Handfläche auf seine Brust, fühlte die Wärme seiner Haut.

Es goss nun in Strömen, sodass der Regen

das Wasser um uns herum aufpeitschte. Das allgegenwärtige Knistern zwischen uns schien sich mit den hell aufleuchtenden Blitzen immer mehr aufzuladen.

Ganz langsam senkte Jake seinen Kopf, bis sich unsere Gesichter fast berührten. Seine Finger streichelten meinen Rücken hinauf. Mit der anderen Hand fasste er unter mein Kinn, sodass ich zu ihm aufsehen musste.

»Ich liebe dich«, flüsterte er.

Nun war ich ganz verloren. Da ich kein einziges Wort mehr über die Lippen brachte, schlang ich stattdessen meine Arme um seinen Hals und küsste ihn.

Jake erwiderte meinen Kuss mit einer solchen Intensität, wie es wohl nur einem Unsterblichen möglich war. Die Natur um uns herum bäumte sich auf, genau wie unsere Körper es taten. Voller Leidenschaft gaben wir uns einander hin. Wir gehörten für immer zusammen.

Zuhause

Der stürmische Wind blies noch immer durch die mächtigen Bäume des Ageless Forest. Er war der letzte Ausläufer, der von dem Gewitter noch übrig geblieben war.

Wir saßen in der wohligen Wärme des Quellwassers. Jake hatte von hinten seine Arme um mich geschlungen und ich lehnte mich dankbar an ihn. Meinen Hinterkopf stützte ich auf seiner Schulter ab, um zu den hohen Baumwipfeln hinaufzuschauen.

Noch ewig hätte ich so verweilen können ... Es war einfach perfekt.

»Ich liebe dich auch«, hauchte ich Jake ehrfürchtig zu.

Er lachte an meinem Ohr und küsste mich auf die Schläfe. »Bist du immer so spontan mit deinen Antworten?«

Glücklich fiel ich in sein Lachen ein.

»Komm! Lass uns nach Hause gehen!« Er stand auf und half mir aus dem Wasser. Liebevoll streifte er mir sein Hemd über, bevor er selbst in seine Hose schlüpfte. Sie lag ihm so sexy auf den Hüften, dass ich mich beherrschen musste, sie ihm nicht gleich wieder auszuziehen.

Wehmütig hob ich das zerrissene Kleid auf. Von den drei Tagen, an denen ich bewusstlos gewesen war mal ganz abgesehen, hatte ich es nur ein paar Stunden getragen. Es war schade, es nun nicht mehr gebrauchen zu können.

Der Waldboden war so durchnässt, dass ich beim Gehen in ihn einsank. Meine Sinne waren aufs Äußerste geschärft. Jeder Laut, jeder Eindruck und jedes Gefühl war um ein Vielfaches stärker, als es in meinem menschlichen Leben der Fall gewesen war.

Von den hohen Baumkronen tropfte das Wasser auf uns herunter. Die Tropfen sahen wie kleine Kristalle aus, da sich das Mondlicht in ihnen spiegelte. Für ein menschliches Auge war dies sicher nicht zu sehen. Wenn sie auf der Erde auftrafen, hörte es sich wie eine Melodie an und ich konnte fast unmerklich eine kleine Vibration am Boden wahrnehmen.

Die riesigen Bäume waren mit unserem Baumhaus verwachsen und trugen es beschützend auf ihren starken Ästen. Fasziniert blieb ich stehen, um diesen Anblick auf mich wirken zu lassen. Konnte man das alles als Mensch nicht erkennen, oder hatte ich es nur bei Nacht nie gesehen? Die wilden Blumen, die schmückend an den Baumstämmen rankten, leuchteten in den unterschiedlichsten Farben. Selbst die blättrigen Zweige, die sich labyrinthartig in die Wände des Hauses einflochten, funkelten in ihrem Grün. Es war ein gedämmtes, beruhigendes Licht, an dem ich mich nicht sattsehen konnte.

Hier war eindeutig mein Zuhause – hier gehörte ich her.

Während ich Jake die Wendeltreppe hinauf folgte, ließ ich meine Hand über die uralte Rinde des mächtigen Stammes streifen. Ich fühlte das Leben in diesem Baum. Die Erkenntnis traf mich vollkommen unerwartet. Der Baum hatte eine Seele ... Ehrfurcht breitete sich in mir aus.

Oben angekommen, bemerkte Jake meine erstaunte Miene. Er lächelte und nickte mir wissend zu.

Wir saßen noch eine Weile auf der Veranda und genossen die Aussicht. Die Sterne erschienen mir heute unheimlich nah. Sofort musste ich an meine Eltern und an Dexter denken. Ob die Toten wirklich von da oben auf uns herabblickten? Ich hatte meine Mutter vor mir gesehen, hatte vernommen, wie mein Vater zu mir sprach. War diese Begegnung ein Traum gewesen oder hatte es sich wirklich so zugetragen? Im Nachhinein erschien es mir selbst fast unwirklich. Zudem hatte mir Jakes Reaktion gezeigt, dass er es nicht für möglich hielt.

Es waren unzählige Sterne, die am Nachthimmel funkelten. Unbewusst kniff ich die

Augen zusammen und versuchte, einen der Sterne etwas heranzuholen. Ich war sprachlos, als es mir tatsächlich gelang. Rasend schnell schien er auf mich zuzukommen.

Jake beobachtete, wie ich erschrocken zurückwich. »Du musst anscheinend noch etwas an deinen neuen Sehfähigkeiten arbeiten«, zog er mich auf.

»Ha ... Ha.« Ich schnitt ihm eine Grimasse.

Er zwinkerte mir zu und betrachtete mich von oben bis unten. »Mein Hemd steht dir ausgesprochen gut«, stellte er fest. »Eigentlich wollte ich mich morgen früh um ein paar neue Sachen für dich kümmern. Aber ich glaube, das überlege ich mir anders. So könnte ich dich noch länger hier festhalten.«

Ich schaute amüsiert an mir herunter. Sein Hemd wirkte an mir wie ein kurzes Minikleid.

»Hm ... Ich denke, so könnte ich mich durchaus sehen lassen«, brachte ich unschuldig heraus.

Jake schnappte betont nach Luft. »Das wirst du schön bleiben lassen!« Langsam kam er näher, um seinen Worten Nachdruck zu verleihen. »In dieser Aufmachung lasse ich dich nicht unter die Leute.« Er tat empört.

»Dann werde ich eben den passenden Augenblick abwarten, bis ich mich davonschleichen kann.«

Er lachte. »Darauf kannst du lange warten. Oder hast du vergessen, dass wir nicht schlafen?«

»Aber irgendwann wirst du dich zur Ruhe begeben, um zu träumen.«

»Hatte ich dir schon erzählt, dass wir unsere Träume beeinflussen können?«

Ich nickte. »Kannst du mir beibringen, wie es funktioniert?«

Er küsste mich auf die Stirn. »Wenn wir zwei eine Weile üben, können wir uns in unseren Träumen sogar verabreden. Das können allerdings nur die Seelenverwandten.«

Ungläubig runzelte ich die Stirn. Ich würde als Unsterbliche wohl noch eine Menge lernen müssen. »Wovon träumst du denn immer so?«

»Von dir!« Seine Finger verschränkten sich in meinen. »Ich habe dich schon in meinen Träumen vor mir gesehen, bevor ich dir überhaupt begegnete. Deshalb war ich ganz schön überrascht, als du dann wirklich und wahrhaftig vor mir standest.«

»Dann wusstest du also von Anfang an, dass ich deine Seelenverwandte bin?«

»Irgendwie schon. Aber ich wollte es nicht wahrhaben, da du ja eine Sterbliche warst.«

»Weiß Dougal McGavyn denn inzwischen, dass ich überlebt habe?«

Jake seufzte. Erst jetzt bemerkte ich seine Anspannung. »Dougal war sichtlich schockiert, als du auf dem Schlachtfeld vor seinen Augen zusammengebrochen bist. Ohne Zweifel hat er geglaubt, du wärst eine Unsterbliche.

Aber dann hat er dich durch eine simple Bauchverletzung scheinbar getötet. In dem Moment hat er begriffen, dass du tatsächlich die Tochter seines toten Sohnes bist – dass du seine Enkelin bist.« Jake strich sich nervös das Haar aus der Stirn. »Mein Vater hat sich unverzüglich zu Dougal auf den Weg gemacht, nachdem dein Herzschlag wieder eingesetzt hatte. Er wollte keine Zeit mehr verlieren und ihm umgehend von deinem Überleben berichten.«

»Aber ist das denn nicht zu gefährlich? Ich habe am eigenen Leib gespürt, wie unberechenbar dieser Mann ist. Dougal wird Silas nicht mit offenen Armen empfangen – ganz im Gegenteil.«

»Das Schicksal der Menschen hängt an einem seidenen Faden. Jetzt hängt alles davon ab, wie Dougal auf die Nachricht reagieren wird. Es geht nun nicht mehr darum, ihm deine Herkunft zu beweisen. Jetzt ist die Frage, wie er mit dieser Erkenntnis umgehen wird.«

Ich schluckte den Kloß in meiner trockenen Kehle hinunter. »Und was denkst du? Was wird Dougal nun tun?«

Jake legte sich aufs Bett und verschränkte die Arme hinter dem Kopf. »Du bist ein Halbblut, Sam. Dougal muss einsehen, dass aus einer Verbindung zwischen einem Menschen und einem Unsterblichen ein Kind hervorgehen kann. Die Unsterblichen haben seit fast hundert Jahren keinen Nachwuchs mehr auf die Welt gebracht. Deshalb muss er verstehen, wie wichtig die Menschen für uns sind. Er muss den Krieg gegen die Menschen endlich beenden, denn sie sind unsere Zukunft.«

»Was ist mit den anderen Clans? Wenn wir diese von der möglichen Seelenverwandtschaft zwischen Menschen und Unsterblichen überzeugen könnten ... Würde das nicht ausreichen?«

»Nein, Sam. Dougal ist der älteste und mächtigste aller Clanführer. Sein Einfluss ist einfach zu groß. Sie fürchten sich vor ihm. Außerdem wird es ein langer Prozess werden, sie zum Umdenken zu bewegen. Seit Gedenkzeiten waren die Menschen den Unsterblichen untergeordnet, haben für sie gearbeitet und Steuern an sie gezahlt. Und nun sollen die Unsterblichen sich auf einmal mit ihnen auf die gleiche Stufe stellen. Das wird den meisten nicht gefallen.«

Ich setzte mich neben Jake aufs Bett. »Also hängt es einzig und allein von Dougals Urteil ab?«

»Ja, ich glaube schon. Wenn er anerkennen würde, dass du sein letzter leiblicher Abkömmling bist ... Dann hätten die Menschen zumindest eine Chance, wieder in Frieden leben zu können.«

Konnten wir hoffen? »Und was würde geschehen, wenn er sich nicht zu mir bekennt?«

Jake runzelte die Stirn. »Zumindest kann es nicht mehr schlimmer werden, als es schon ist. Dougal wird keinen Menschen verschonen, der sich seinem Gesetz nicht beugt. Wir können uns nicht erklären, warum wir keine Kinder mehr bekommen können. Aber es ist nun mal eine Tatsache. Der Bestand der Unsterblichen hat sich seit unserem Krieg drastisch verringert. Deshalb will Dougal unter allen Umständen verhindern, dass die Menschen sich unkontrolliert weiter vermehren. Auf der Jagd nach Rebellen brennt er menschliche Siedlungen nieder und tötet die Frauen, denen kein Sonderrecht eines Clanführers zugesprochen wurde, eine Familie gründen zu dürfen.«

»Ich werde alles in meiner Macht Stehende versuchen, um diesem Irrsinn ein Ende zu setzen«, brach es aus mir heraus.

Jake setzte sich schlagartig auf. »Wie meinst du das?«

»Es ist meine Bestimmung, Jake. Meine Herkunft hat diese Aufgabe für mich vorgesehen. Wenn ich den Menschen nicht helfen kann, wer dann? Ich habe lange gebraucht, um es selbst zu akzeptieren – um mich zu akzeptieren. Aber nun bin ich bereit, für unser aller Schicksal zu kämpfen. Ich bin die letzte Hoffnung, die sie haben. Aus diesem Grund bin ich zurückgekehrt ...«

Jake sah mich erstaunt an. Er wollte mir

etwas erwidern, fand aber offenbar nicht die richtigen Worte.

»Du musst mich schnellstmöglich zu Dougal bringen«, forderte ich ihn auf.

Nun schüttelte er energisch den Kopf. »Du hast wohl schon wieder vergessen, was das letzte Mal passiert ist, als du Dougal gegenübergestanden hast«, erinnerte er mich. »Wir können von Glück reden, dass du am Leben bist.«

»Jake ...« Ich seufzte. »Dougal wusste nicht, wer ich war.«

»Jetzt hör mir mal zu, Sam! Solange wir nicht wissen, wie Dougal zu dir steht, wirst du dich keine zehn Schritte aus dem Ageless Forest herausbewegen. Meine Vater ist bewusst allein zu Dougal aufgebrochen, ohne dich mitzunehmen. Deshalb werden wir abwarten, bis mein Vater heimkehrt. Er wird uns berichten, wie Dougal auf die Nachricht reagiert hat.«

»Aber wäre es nicht besser, wenn mein Großvater mich leibhaftig vor sich sehen würde?«

»Sam! Falls Dougal es als Schande betrachten sollte, dass ausgerechnet aus seiner Blutlinie ein zum Teil menschlicher Nachkomme hervorgegangen ist ... Dann wird er dich verleugnen und alles daran setzen, dich aus dem Weg zu räumen. Du könntest in großer Gefahr sein.«

Jake zog mich an sich. »Lass uns jetzt bitte

über etwas anderes reden!« Er strich eine Haarsträhne hinter mein Ohr und sah mich flehend an.

Es war mir bewusst, dass er sich große Sorgen machte. Daher beschloss ich, es für heute dabei zu belassen. Vielleicht hatte Jake ja recht. Es wäre vernünftig, vorerst auf Silas' Rückkehr zu warten. Doch dann mussten wir endlich etwas unternehmen. Mein Onkel, meine Tante und die Familien meiner Freunde wurden in einem Arbeitslager der Unsterblichen festgehalten. Ich durfte gar nicht daran denken, was sie alles durchmachen mussten. Was, wenn wir zu spät kommen würden – wenn sie nicht mehr am Leben waren? Ich würde nicht eher ruhen, bis ich sie gefunden hatte ...

Jake wechselte das Thema. Er erzählte mir von den Lebensgewohnheiten der Unsterblichen, um mich auf andere Gedanken zu bringen. So erfuhr ich, dass sie ihre Kinder schon nach fünf Schwangerschaftsmonaten zur Welt brachten. Ihre Babys konnten mit einem halben Jahr frei laufen. In dieser Zeit begannen sie auch, in ganzen Sätzen zu sprechen. Einzelne Worte sprachen sie von Geburt an. Es war faszinierend.

Als ich Jake von meiner Kindheit berichtete, schien er sich trotzdem nicht zu langweilen. Ich beschrieb ihm, wie ich in unserem Dorf aufgewachsen war und endete mit Dougals Überfall und der überstürzten Flucht von Conner, Sally, Matt und mir.

Jake hörte mir aufmerksam zu. Er spielte mit meinen Haaren und streichelte mir mit meiner Haarsträhne über die Wangen.

»Hättest du Conner zum Mann genommen, wenn wir uns nicht begegnet wären?« Mit einem Mal wirkte er bedrückt.

»Nein, Jake! Conner ist für mich wie ein älterer Bruder.« Aufmunternd lächelte ich ihn an. »Und du? Für welche von den unsterblichen Mädchen hättest du dich entschieden?«

Jake seufzte. »Agnes.«

Mir blieb das Herz stehen. Abrupt setzte ich mich auf. Eigentlich hatte das nur eine rhetorische Frage sein sollen. Wer bei allen Göttern war Agnes?

»Allerdings hätte ich sie nicht für mich ausgewählt«, sprach er weiter und setzte sich auch auf. »Sie wurde bei meiner Geburt für mich bestimmt.«

Ich sah ihn entsetzt an.

Er zog mich in seinen Arm. »Mach dir keine Sorgen, Sam! Alle Unsterblichen bekommen zu ihrer Geburt jemanden zugesprochen. Es geschieht für den Fall, dass sie ihren Seelenverwandten nicht finden. Du weißt ja, wie selten die Seelenverwandtschaft geworden ist.«

»Und was passiert jetzt mit Agnes, da du mich ja nun doch gefunden hast?«

»Ein anderer wird sich ihrer annehmen. Es

gibt von uns mehr Männer als Frauen.«

»Wie lange hättest du denn noch auf mich gewartet?«

»Noch fünfzig Jahre. Dougal McGavyn hat ein Gesetz erlassen. Spätestens nach Vollendung des hundertsten Lebensjahres müssen sich die Versprochenen aufeinander einlassen. Natürlich nur, wenn sie bis dahin ihren Seelenverwandten nicht gefunden haben. Die Seelenverwandtschaft steht über allem.«

»Aber ich dachte, du kannst nur mit mir ein Kind zeugen?«

»Das ist auch so. Dougal bemüht sich nur verzweifelt, unserem Aussterben entgegenzuwirken. Keiner weiß, warum es immer weniger Seelenverwandte gibt. Bis Dougal den genauen Grund kennt, will er einfach nichts unversucht lassen.«

»Dann hättest du für den Rest deines Daseins mit jemandem zusammen sein müssen, der dir nichts bedeutet?«

»Nein. Nur weitere hundert Jahre. Nach dieser Zeit muss Dougal einsehen, dass es zu keinem Nachwuchs kommen wird. Man darf dann die Verbindung wieder lösen. Es hat ja keine Seelenverschmelzung stattgefunden.«

Jake blieb die ganze Nacht mit mir wach. Wie ein Mensch schlafen konnte ich nun nicht mehr, doch zum Träumen war ich auch noch nicht in der Lage. Wir hatten noch nie richtig

Zeit für uns allein gehabt und genossen es nun in vollen Zügen.

Ein zögerndes Klopfen riss uns in die Realität zurück. Bedauernd sah Jake mich an. »Wir könnten es ignorieren«, schlug er vor.

In diesem Moment wurde so kräftig gegen die Tür geschlagen, dass sie fast aus den Angeln fiel.

»Grimmt! Du bist unmöglich!«, hörte man Nancy tadeln.

Seufzend stand Jake auf und lief langsam zur Tür. »Was soll ich bloß mit diesem Kerl machen?« Ratlos schüttelte er den Kopf.

Mit den Schultern zuckend, lachte ich ihn gerade aufmunternd an, als ein erneutes Hämmern die Tür zu spalten drohte.

Verärgert riss Jake die Tür auf, woraufhin Nancy zusammenschreckte. Grimmt hatte sich lauschend gegen die Tür gelehnt und wankte nun völlig überrumpelt ins Zimmer. Jake half noch etwas nach, indem er ihm ein Bein stellte. Unsanft landete er mit einem lauten Krachen auf dem Boden.

Fluchend wollte er sich aufrichten, doch Jake setzte sich auf ihn. Erbarmungslos drückte er ihn nieder.

»Hey! Was soll denn das?«, protestierte Grimmt.

»Was das soll?« Jake packte ihn an den Haaren und drehte seinen Kopf zur Seite, damit er ihm in die Augen sehen konnte. »Kannst du mir sagen, warum du meine Tür einschlagen willst?«

Zappelnd wie ein Käfer versuchte Grimmt, wieder auf die Beine zu kommen. Doch er hatte keine Chance.

»Ist ja schon gut. Ich entschuldige mich«, gab er auf.

Nancy machte sich mit einem Räuspern bemerkbar. Sie stand immer noch vor der Tür und beobachtete Jake und Grimmt missbilligend. »Vielleicht dürfte ich meinen Sohn jetzt endlich in die Arme nehmen! Schließlich hatte ich bis gestern große Angst, ob ich euch beide überhaupt lebendig wiedersehe.«

Jake ließ reumütig von Grimmt ab, um seine Mutter zu begrüßen.

Nancy McAlaster war eine Schönheit. Ihre hüftlangen blonden Haare hatte sie sich aufwendig aus dem Gesicht geflochten und mit Blüten geschmückt.

Jake war mehr nach seinem Vater geraten. Sein dunkelbraunes Haar und die Augenfarbe hatte er eindeutig von Silas. Aber bestimmte Gesten, und besonders sein Lächeln, glichen Nancy. Ich konnte immer noch nicht richtig glauben, dass sie seine Mutter war. Sie schien ungefähr in unserem Alter zu sein. Wie alt sie wohl wirklich war? Bei der nächsten Gelegenheit musste ich sie unbedingt danach fragen.

Ob ich mich äußerlich noch verändern

würde? Grimmt hatte mir einmal erzählt, die Unsterblichen hörten mit etwa dreißig Jahren auf zu altern. Nancy wirkte höchstens wie Mitte zwanzig. War ich nun tatsächlich eine von ihnen? Was, wenn wir uns irrten? Konnten wir uns sicher sein? Gewiss hatte ich jetzt einige ihrer Fähigkeiten, die vorher unvorstellbar für mich gewesen waren. Doch hieß das gleichzeitig, dass ich unsterblich war? Womöglich hatte ich einfach nur Glück gehabt und Jakes Blut war der alleinige Grund für mein Überleben.

Nancy küsste uns beide auf die Stirn. »Ich kann euch gar nicht sagen, wie glücklich und erleichtert ich bin, euch wohlbehalten wieder bei mir zu haben.«

Wir strahlten um die Wette.

»Ja, es ist echt toll. Aber könnten wir euer Wiedersehen nicht beim Essen weiterfeiern?« Grimmt wippte ungeduldig mit dem Fuß. »Ihr dürft nicht vergessen, dass hier ein Sterblicher unter euch weilt, der menschliche Bedürfnisse hat! Mein Magen schrumpft schon auf die Größe einer Erbse. Wenn ich nicht gleich etwas zwischen die Zähne bekomme ...«

»Warum gehst du nicht einfach und besorgst dir etwas zu essen!«, forderte Jake ihn auf.

»Weil deine Mutter eine Willkommensfeier im Speisehaus organisiert hat. Leider wird das Essen aber erst freigegeben, wenn ihr beide anwesend seid.« Er verschränkte die Arme vor der Brust und schnitt eine Grimasse.

Jake lachte. »Na, jetzt wird mir einiges klar. Kein Wunder, dass du mir fast mit der Tür ins Haus fällst.« Im Scherz zerzauste er ihm die Haare. »Mein Grimmt hat Hunger.«

»Sehr witzig.« Gereizt schlug er Jakes Arm weg. »Mit knurrendem Magen bin ich echt nicht zum Spaßen aufgelegt.«

»Ach, ... ich könnte fast Mitleid mit dir haben«, zog Jake ihn auf.

Schon fingen sie an, sich zu raufen.

Nancy schüttelte belustigt den Kopf. »Die werden sich nie ändern ... Es kann eine Weile dauern, bis die beiden sich ausgetobt haben.« Sie nahm meine Hand und führte mich hinter einen der riesigen Baumstämme, die den großen Raum wie Säulen durchzogen. »Ich habe dir ein paar Sachen mitgebracht!«

Sie stellte einen Korb auf den Tisch und entnahm ihm nach und nach vier Kleider. Eines davon hielt sie vor mich und betrachtete es mit einem abschätzenden Blick. »Ich denke, sie werden dir passen. Wir haben ungefähr die gleiche Größe.«

Aufgeregt nahm ich ihr das Kleid ab und zog es an. Ich strich den Leinenstoff glatt, bevor ich mich im Spiegel betrachtete. Es hatte einen blassen, roten Farbton. Die Ärmel lagen eng an und reichten fast bis zu den Ellenbogen. Als Schnürung umspielte ein weißes

Band meine Taille. Der Saum des Kleides reichte fast bis zum Boden, wo es großzügig auslief. Es war ein Traum.

Nancy strich mir eine Haarsträhne hinters Ohr. »Du kannst sie alle behalten.«

»Ich weiß einfach nicht, was ich sagen soll. Sie sind wunderschön.«

Die beiden Kampfhähne kamen in unser Blickfeld, wobei sie sich immer noch hin und her schubsten.

Mir wurde ganz warm ums Herz, als sich unsere Blicke trafen. Voller Liebe lächelte er mir anerkennend zu.

Grimmt pfiff durch die Zähne. Mit einer übertriebenen Geste verbeugte er sich vor mir. »Also, ich muss schon sagen ... Du siehst bezaubernd aus, Mädchen.« Er klopfte Jake auf die Schulter. »Allerdings hast du mir in Jakes Hemd fast noch besser gefallen.«

Noch bevor er seinen Satz zu Ende bringen konnte, hatte Jake ihn im Schwitzkasten.

»Jetzt geht das schon wieder los«, seufzte Nancy. »Komm, lass uns Essen gehen!«

Ich folgte ihr. »Es ist sehr nett von dir, eine Feier für uns zu geben. Aber sollten wir nicht damit warten, bis Silas wieder da ist?«

»Natürlich«, stimmte sie mir zu. »Ich möchte nur, dass heute alle gemeinsam an einem Tisch sitzen, um euch willkommen zu heißen. Sobald Silas wieder da ist, wird Grimmt zu seiner Familie aufbrechen. Erst wenn er mit ihnen zusammen zurückgekehrt ist und du dich in der Zwischenzeit bei uns eingelebt hast, werden wir feiern.« Sie blieb stehen und nahm meine Hände in die ihren. »Das wird eine Seelenfeier, wie sie der gesamte McAlaster-Clan noch nicht gesehen hat.«

Ich blieb überrascht stehen. »Ihr plant schon die Feier für unser Lebensbündnis?«

»Es ist wichtig, eure Seelenverwandtschaft so schnell wie möglich anerkennen zu lassen.«

»Vielleicht könnten wir noch etwas warten ... Ich hoffe so sehr, dass meine Tante und mein Onkel noch am Leben sind. Falls irgendeine Möglichkeit besteht, die beiden aus einem der Arbeitslager zu befreien, dann möchte ich sie schnellstmöglich ...« Ich seufzte, als sich Nancys Augen bei meinen Worten immer weiter öffneten. »Sie waren schon bei unserer Hochzeitsfeier nicht dabei. Deshalb ist es mir wichtig, dass sie die Seelenfeier miterleben«, erklärte ich.

Nancy legte ihre Hände auf meine Arme und schaute mich bedauernd an. »Es tut mir wirklich leid, Sam. Aber wir können die Feier unmöglich so lange aufschieben. Denn es wird nicht wenige geben, die gegen eure Verbindung sein werden. Du warst einmal ein Mensch, Sam. Und Jake ist der zukünftige Anführer unseres Clans. Dass du trotz deiner Herkunft an der Spitze unseres Clans stehen wirst, wird für eine Menge Gesprächsstoff sorgen.«

Ich schluckte. »Du meinst, die Unsterblichen werden unsere Seelenverwandtschaft nicht akzeptieren?«

»Das werden sie müssen. Aber eben erst, wenn euer Lebensbündnis öffentlich gefeiert wurde. Silas wird auf dem Rückweg zwei befreundeten Clanoberhäuptern einen Besuch abstatten. Sie schulden ihm noch einen Gefallen. Daher will er sie ersuchen, bei eurer Feier als Zeugen aufzutreten und somit stellvertretend für die anderen Clans eure Verbindung anzuerkennen.«

Ich versuchte, mir nicht anmerken zu lassen, wie durcheinander ich war. Mit einem Schlag hatte ich wieder so viele Probleme am Hals ... Mir wurde nur allzu deutlich bewusst, dass mir noch einiges bevorstand.

ZWEIFEL

Grimmt und Jake hatten uns gerade eingeholt, als wir das Speisehaus erreichten. Jakes Freunde erwarteten uns bereits. Sie begrüßten uns herzlich, bevor wir uns alle über den gedeckten Tisch hermachten.

Nancy hatte sich große Mühe gegeben. Es gab Obstsalat, frisches Brot, Eier, Fleischspieße und eine Art Kuchen, wie ich ihn noch nie zuvor gegessen hatte.

Grimmts Laune besserte sich zunehmend mit jedem Bissen.

Ich schaute mich um. Die meisten von Jakes Freunden kannte ich nur vom Ansehen. Nur mit Ryan hatte ich mich schon unterhalten. Ihn und Jake verband mehr als nur Freundschaft. Als er ihn mir damals vorstellte, beschrieb er ihn als seinen Bruder, den er von Natur aus niemals haben könnte. An seinem kurzen, blonden Haar, das ihm zerzaust vom Kopf abstand, hatte ich ihn gleich wiedererkannt. Doch sein eigentliches Markenzeichen waren seine braune Augen, die so dunkel waren, dass sie nicht zu dem blonden

Mann passen wollten. Er war sehr nett zu mir. Allerdings trat er mir trotzdem mit einer gewissen Zurückhaltung entgegen, die ich noch nicht so richtig einzuschätzen wusste.

Die meisten in der Runde schauten mich freundlich und neugierig an. Bei zwei Mädchen hatte ich allerdings den Eindruck, Zweifel und Missgunst in ihren Blicken zu erkennen. Sie musterten mich eindringlich und flüsterten miteinander.

Zunehmend fühlte ich mich unbehaglich.

Eine von ihnen stand auf und kam auf uns zu. Ihr Lächeln wirkte aufgesetzt, da es ihre Augen nicht erreichte. Ich konnte noch nicht sagen, was sie vorhatte, doch dieses Mädchen spielte falsch. Sie lehnte sich zwischen uns an den Tisch. Dabei wandte sie mir den Rücken zu und verdeckte mir somit die Sicht auf Jake.

»Du kommst doch morgen mit zum Seefest?«, bezirzte sie ihn.

Es war offensichtlich, dass diese Aufforderung nur Jake galt und mich ausschloss. Ich musste mich zusammenreißen, diese intrigante Ziege nicht einfach zur Seite zu schieben.

»Wir reiten morgen zum Fischerdorf, um Samanthas Freunde abzuholen. Ich weiß noch nicht, ob wir es schaffen, rechtzeitig zurück zu sein.« Jakes Stimme hörte sich nicht gerade freundlich an.

»Aber du sollst doch dieses Jahr die Wettkämpfe eröffnen!« Sie fuhr sich aufreizend durch ihr langes, braunes Haar und beugte sich zu ihm hinunter. »Außerdem wird Agnes sehr enttäuscht sein, wenn du nicht auftauchst.«

In mir brodelte es. Gleich würde ich ihr den Hals umdrehen.

Jetzt war es Jake, der sie zur Seite schob. Er trat neben meinen Stuhl und zog mich zu sich hoch. »Wenn wir nicht rechtzeitig zurück sind, wird meine Mutter mich vertreten. Dann werde ich Agnes später aufsuchen, um ihr Sam vorzustellen – meine Seelenverwandte.« Demonstrativ legte er mir den Arm um die Schultern.

Sie hob die Augenbrauen. »Wenn du meinst … Diese Begegnung werde ich mir nicht entgehen lassen. Es wird bestimmt ein unvergessliches Erlebnis.«

Jake wollte gerade etwas erwidern, als Ryan ihm zuvorkam. »Ach, Daisy! Warum setzt du deinen Hintern nicht in Bewegung und verziehst dich! Mit dir wird die Luft hier eindeutig zu stickig«, pfiff er sie an.

Ringsherum wurde es augenblicklich still. Alle starten Ryan an, als konnten sie nicht glauben, was er da gerade von sich gegeben hatte. Womöglich war es sonst nicht seine Art, so aufbrausend zu sein.

Mir war sein Auftritt auf jeden Fall sehr sympathisch, da es dieser Daisy im wahrsten Sinne des Wortes die Sprache verschlagen hatte. Sie reckte uns schnippisch ihr Kinn entgegen und stolzierte empört davon.

Auch Jake sah seinen Freund etwas ungläubig an. »Ich hätte nicht gedacht, dass ich das einmal erleben darf«, flüsterte er Ryan zu.

Dieser verdrehte die Augen. »Wenn meine hundert Jahre um sind und ich mich tatsächlich auf diese Giftkröte einlassen muss – dann tue mir bitte den Gefallen und schlage mir vorher den Kopf ab!«

Sie brachen in schallendes Gelächter aus. Ich hatte zwar keine Ahnung, worum es hier ging, aber ich ließ mich von ihrem Lachen anstecken. Auf jeden Fall würde ich Jake später noch einmal auf diese Situation ansprechen.

So langsam leerte sich der Tisch, da alle mit dem Essen fertig waren. Nur Grimmt schmatzte noch neben mir. Er verputzte eine Portion nach der anderen.

Als er bemerkte, dass ich ihn beobachtete, hielt er inne. Mit vollem Mund grinste er mich an. »Was? Ein Mann in meinem Alter muss bei Kräften bleiben.«

Ich nickte ihm lächelnd zu. »Wie alt bist du eigentlich?«

Er biss ein großes Stück von seinem Fleischspieß ab. »Genauso alt wie Jake«, antwortete er mir kauend.

Fragend sah ich ihn an.

Grimmt schluckte hinunter und wischte sich mit dem Handrücken über den Mund.

»Du weißt nicht, wie alt Jake ist?«, murmelte er überrascht.

»Hm ... Zumindest nicht genau«, gab ich zu.

Belustigt lehnte er sich zurück. Er strich sich die fettigen Finger an seinem Hemd ab, ohne mich aus den Augen zu lassen. »Wir sind sechsundvierzig Jahre alt.«

Gespannt wartete er auf meine Reaktion. Doch ich hatte mit dieser Zahl gerechnet.

Laut lachend ergriff er meine Hand. »Mach dir keine Sorgen, Mädchen! Auch wenn ich langsam in die Jahre komme, so stehe ich noch voll im Saft.« Amüsiert kraulte er sich durch den Vollbart. »Und Jake ist als Unsterblicher gerade mal in den Bartwuchs gekommen.«

Wir lachten, bis wir nicht mehr konnten. Jake und Ryan hatten sich angeregt unterhalten und wurden nun durch unser Gelächter abgelenkt.

»Dürfen wir mitlachen?«, fragte Jake neugierig.

»Ach, es ist nichts weiter.« Grimmt tat unschuldig. »Ich habe Sam nur gerade klargemacht, auf was für einen alten Sack sie sich mit dir eingelassen hat.«

Jake tadelte Grimmt mit einem vorwurfsvollen Blick.

Dieser hob beschwichtigend die Hände. »Hey, das ist eine Tatsache.«

Ryan räusperte sich. »Was soll ich denn da

sagen? Ich bin fast doppelt so alt.«

»Du bist Zweiundneunzig?«, fragte ich verblüfft.

»Einundneunzig.« Mit einer eleganten Bewegung verbeugte er sich vor mir. »Jetzt schau mich doch nicht so entsetzt an! Das ist doch gar nichts. Vergiss nicht, dass wir ewig leben!«

Grimmt lachte. »Sieh dir Nancy an!« Er versuchte sie abzulenken, da sie damit begonnen hatte, den Tisch abzuräumen. »Sie ist zweihundertsiebenundsechzig.«

Nancy tat empört. »Also, Grimmt ... Ich muss schon sagen ...« Drohend hob sie den Zeigefinger. »Über das Alter einer Frau spricht man nicht!« Sie kam auf mich zu und klappte mir im Vorbeigehen den Mund zu.

Jake nahm mein fassungsloses Gesicht zwischen seine Hände und küsste mich lachend auf die Wange. Ohne die anderen zu beachten, fuhr er mir mit einer Hand durchs Haar, nahm meine Lippen stürmisch in Besitz. Wir standen hier umgeben von einem Dutzend Augenpaaren, die uns beobachteten, doch er brachte mich dazu, alles um uns herum zu vergessen. Mit nur einer einzigen Berührung konnte er mich in seinen Bann ziehen.

Ich rang nach Luft, als er meinen Mund schließlich wieder freigab. Sichtlich bemüht, zog er sich von mir zurück. Es war frustrierend.

Verlegen schaute ich mich um. Meinem Blick ausweichend, nahmen alle wieder ihre Beschäftigungen auf. Nur diese Daisy starrte uns als Einzige immer noch boshaft an. Jake hatte soeben mehr als deutlich gezeigt, dass ich zu ihm gehörte.

»Wir sollten uns in der Öffentlichkeit etwas zurückhalten!«, flüsterte ich Jake zu. »Sonst provozieren wir nur diejenigen, die gegen unsere Verbindung sind.«

»Nein, Sam! Wir mussten unsere Gefühle lange genug geheim halten. Ich werde nicht darüber nachdenken, ob es vielleicht gerade unpassend ist, dich zu berühren. Wenn ich dich küssen möchte, dann werde ich es tun, egal wer neben uns steht. Und ich wünsche mir, dass du dich genauso verhältst!«

Ich schmunzelte über seine direkten Worte.

»Was gibt es denn da zu lachen?« Er stellte den Kopf schief und musterte mich belustigt.

»Du scheinst dir nicht darüber im Klaren zu sein, dass ich dich ständig küssen will«, neckte ich ihn. »Sollte ich also deinem Wunsch entsprechen, wirst du schon bald um Gnade winseln.«

Er hob amüsiert die Augenbrauen. »Hm … Ich werde genießen und schweigen.«

»Im Ernst, Jake! Wir sollten uns vorerst zusammenreißen und abwarten, wie die Unsterblichen zu unserer Verbindung stehen.«

Jake seufzte. »Im Ernst, Sam! Wir können

nicht immer allen und jedem aus dem Weg gehen, denen unsere Beziehung nicht gefällt.«

Nun war es an mir zu seufzen. »Ich schätze, das sind nicht gerade wenige.«

Ich lief mit Jake und Ryan durch den Ageless Forest. Es beeindruckte mich immer wieder, wie gewaltig und hoch diese alten Bäume waren. Dass ich ihre Seelen spüren konnte, machte die Atmosphäre nur noch mystischer. Dieser Ort war mit keinem anderen zu vergleichen. Nirgends konnte es schöner sein.

Ich musste an Dexter denken, der sein Leben für uns gegeben hatte und hier irgendwo in diesem Wald begraben lag. Er fehlte mir.

»Wo gehen wir eigentlich hin?«, fragte ich ungeduldig.

Die beiden wechselten einen geheimnisvollen Blick. Es war mir nicht entgangen, dass Ryan meine Verbindung mit Jake Kopfzerbrechen bereitete. Ob er sich nur um Jake sorgte, oder ob noch etwas anderes dahinter steckte?

»Ich bin gespannt, ob sie es schafft«, flüsterte er Jake zu. »Glaubst du wirklich, dass sie schon so weit ist?«

»Wir werden sehen«, flüsterte Jake zurück.

»Könntet ihr bitte damit aufhören, so zu tun, als wäre ich nicht anwesend!«

Jake ergriff meine Hand und küsste sie, ohne dabei stehen zu bleiben. »Wir sind gleich da. Dann wirst du es verstehen.« Mit seinem

Daumen strich er mir unentwegt über den Handrücken.

»Ab jetzt sollten wir leise sein!«, wies Ryan uns an.

Ich fragte mich, warum die beiden so aufgeregt waren?

Ohne ein weiteres Wort zu wechseln, stiegen wir einen kleinen Hügel hinauf. Jake legte den Zeigefinger auf seinen Mund, damit ich mich still verhielt. Er deutete mir an, mich hinzuhocken und ging dabei selbst in die Knie. Was hatte das alles zu bedeuten?

Unsere Köpfe so weit wie möglich verborgen, blickten wir über die Hügelkuppe.

Ich war überwältigt. Vor uns lag eine große Lichtung, auf der die wilden Pferde der Unsterblichen weideten. Ihre langen Mähnen wehten im Wind, was sie noch majestätischer wirken ließ. Es mussten hunderte sein.

Fasziniert sah ich zu Jake, der mir zunickte und sich langsam rückwärts bewegte. Doch ich konnte mich von dem Schauspiel einfach noch nicht losreißen. Einige Pferde lagen gemütlich im hohen Gras, während andere verspielt umhergaloppierten oder sich auf die Hinterläufe stellten, um miteinander zu kämpfen. Dexter hatte mir einmal erzählt, dass diese großen, edlen Tiere bis zu hundert Jahre alt werden könnten. Ich bildete mir gerade ein, Jakes schwarzen Hengst unter ihnen zu erkennen, als er mich am Arm packte und zurückzog.

Ryan rieb sich erwartungsvoll die Hände. »Na dann, auf zum ersten Versuch!«

Ahnungslos sah ich ihn an, bis Jake es mir erklärte. »Es wird Zeit, dass du dich nach einem eigenen Pferd umsiehst. Die wilden Pferde ordnen sich niemandem unter. Du kannst sie nicht einfach einfangen und zähmen. Es würde dir nicht gelingen. Wenn du jedoch Glück hast, so wirst du von einem von ihnen auserwählt. Dann wird es dir aus freiem Willen sein gesamtes Leben lang dienen.«

»Nicht jedem von uns wird diese Ehre zuteil«, ergänzte Ryan.

Nervös biss ich mir auf die Unterlippe. »Und wie soll ich das anstellen?«

Jake lächelte zuversichtlich. »Dafür gibt es keine bestimmte Vorgehensweise. Probiere einfach, so nah wie möglich an die Herde heranzukommen. Lass sie dich sehen! Wenn du es schaffst, sie mit deiner Anwesenheit nicht gleich zu verschrecken, hast du schon halb gewonnen.« Er schob mich behutsam vorwärts. »Versuch es!«

Ich hatte keine Ahnung, was sie von mir erwarteten. Aber ich hatte schließlich nichts zu verlieren. Auf allen vieren bewegte ich mich erneut den Hügel hinauf, dicht gefolgt von Jake und Ryan. Das wollten sie sich wohl nicht entgehen lassen. Wie sollte ich nun weiter vorgehen? Jake meinte, ich müsste von den

Pferden gesehen werden. Also stand ich ganz langsam auf, blieb aber, wo ich war.

Es dauerte keinen Wimpernschlag, bis sich die Herde aufgeschreckt in Bewegung setzte. Außer einer riesigen Staubwolke war nichts mehr zu erkennen. Ein ohrenbetäubendes Trampeln der Hufe hallte durch die Luft, das sich schnell entfernte und leiser wurde. Als die Sicht wieder klar wurde, war weit und breit kein einziges Pferd mehr zu sehen.

Nun standen auch Jake und Ryan auf und schauten sich um.

»Na, das hat doch ganz hervorragend geklappt«, witzelte ich. Deprimiert drehte ich mich auf dem Absatz um und lief davon. Ich getraute mich nicht zurückzuschauen. Jake war bestimmt enttäuscht von mir. Seinen Gesichtsausdruck wollte ich mir ersparen. Es ärgerte mich auch so schon genug.

»Sam, warte!« Jake holte mich ein. »Du darfst nicht gleich aufgeben! Beim ersten Versuch hat es fast noch keiner geschafft.«

»Das stimmt«, bestätigte Ryan.

Ich antwortete ihnen nicht. Unbeirrt lief ich weiter, den Blick starr geradeaus gerichtet. Warum sollte ich mir noch einmal vor ihnen die Blöße geben? Die Pferde der Menschen konnten mich genauso von einem Ort zum anderen bringen.

Jake packte mich am Arm und hielt mich zurück. »Können wir bitte darüber reden?«

Ich riss meinen Arm von ihm los und baute mich trotzig vor ihm auf.

Er seufzte. »Geh ruhig schon voraus!«, richtete er sich an Ryan. »Wir kommen nach, sobald ich meiner Frau den Sturkopf ausgetrieben habe.«

Gewappnet verschränkte ich meine Arme vor der Brust und erwiderte seinen Blick herausfordernd.

Ryans Lachen hallte nach, als er uns zurückließ. Nun hatten wir also unseren ersten Ehestreit.

»Was genau ist dein Problem?«, raunzte Jake mich an.

»Ich selbst bin das Problem ... Ich kann deinen Erwartungen einfach nicht gerecht werden«, pfiff ich zurück.

Jetzt schrie er fast. »Meinen Erwartungen ...?«

»Ja, genau.« Meine Stimme überschlug sich. »Du traust mir viel mehr zu, als ich tatsächlich kann.«

Ratlos runzelte er die Stirn. »Womöglich unterschätzt du dich aber auch einfach.«

Er verstand es einfach nicht. Wie sollte er auch. Für einen Unsterblichen war es das Natürlichste auf der Welt, alles zu können. Ich hingegen war einmal ein Mensch gewesen, zumindest ein sehr großer Teil von mir. Nicht perfekt zu sein und Makel zu haben, gehörte zu meinem alten Leben einfach dazu.

Ich wollte gekränkt davonlaufen. Doch Jake hielt mich zurück. Er packte mich an den Schultern und rüttelte mich leicht.

»Oh nein, du wirst schön hierbleiben! Und wenn ich dich hier an einem Baum festbinden muss, du wirst mir jetzt zuhören!«

»Ich habe aber gerade keine Lust auf Belehrungen.« Hastig drehte ich ihm den Rücken zu.

»Samantha!«, tadelte er mich energisch.

Oh, oh ... Er klang mehr als wütend. Allein schon, dass er mich mit vollem Namen ansprach, konnte nichts Gutes bedeuten. Doch für mein schlechtes Gewissen war es nun zu spät.

»Na schön, du hast es ja nicht anders gewollt.« Ohne Vorwarnung packte er mich von hinten und warf mich über seine Schulter. Mit großen Schritten lief er mit mir davon.

»Was hast du vor?« Zappelnd wollte ich ihn dazu bewegen, mich runterzulassen.

»Ich werde dir deine Zweifel nehmen.«

Er ignorierte meine sinnlosen Versuche, mich zu befreien, bis ich schließlich aufgab. Nachdem ich mich eine ganze Weile ruhig verhalten hatte, schien Jake meiner Kapitulation zu trauen. Mit einem warnenden Blick setzte er mich ab, nur um mich dann zügig hinter sich herzuziehen.

Ich hatte nicht die geringste Vorstellung davon, was er im Sinn hatte. Wollte er mir etwas beweisen oder gar sich selbst?

Meine Geduld war langsam am Ende, als wir schließlich ein Flussbett erreichten. Anhand des steinigen Ufers konnte man deutlich erkennen, dass sich hier zu bestimmten Zeiten ein mächtiger Wildwasserlauf seinen Weg bahnte. Doch heute plätscherte nur ein kleiner Bach gemütlich vor sich hin.

Es war schwierig auf den großen und glatten Kieselsteinen zu laufen. Ständig knickte ich um oder kam ins Straucheln. Aber Jake führte mich unbeirrt weiter.

Wir durchquerten eine kleine Schlucht, durch die sich das Flussbett hindurchzog. Hohe Felswände ragten steil neben uns empor. Ich fragte mich, wie weit der Wasserspiegel hier ansteigen konnte. Am Ende der Schlucht mündete das Rinnsal in einen See, der bis auf eine großflächige Uferwiese ringsum von einer dichten Vegetation eingeschlossen war. Dschungelartig standen verschiedenste Bäume und Sträucher dicht beieinander. Zahlreiche wilde Blumengeflechte schlängelten sich durch ihre Äste hindurch, als wären sie dort zum Schmuck angebracht worden. In der Mitte des Sees befand sich ein riesiger, massiver Felsen, der kegelförmig aus dem Wasser herausragte. Er wirkte unglaublich pompös, da er die Wände der Schlucht noch überragte.

Wie angewurzelt stand ich da und ließ diesen Anblick auf mich wirken. Dieser zauberhafte Ort konnte dem Ageless Forest durchaus Konkurrenz machen.

Ohne jede Erklärung ließ Jake mich los und begann sich bis auf die Unterhose auszuziehen. Dann lief er in den See und schwamm auf den großen Felsen zu.

Verwirrt schaute ich ihm nach. Was sollte das alles?

»Worauf wartest du? Lege es nicht darauf an, dass ich dich holen komme!« Sein Tonfall duldete keinen Widerspruch.

Ich legte mein Kleid neben seinen Sachen ab. Das Wasser war eiskalt. Hastig schwamm ich ihm hinterher, um schnellstmöglich wieder aus dieser Kälte herauszukommen. Als ich Jake erreichte, half er mir aus dem Wasser. Mit einer bemerkenswerten Leichtigkeit begann er anschließend, den steilen Felsen hinaufzuklettern.

Es war offensichtlich, dass ich ihm folgen sollte. Nervös schluckte ich meine Panik hinunter. »Ich kann das nicht!«, rief ich ihm flehend zu.

»Und ob du das kannst!« Auffordernd blickte er auf mich herab.

Seufzend suchte ich nach einer Stelle im Stein, an der ich mich hochziehen konnte. Es war schwierig genug, Halt zu finden, um mich hochzustemmen. Ich hatte sicherlich ausreichend Kraft für diesen Aufstieg, aber ich war mir nicht sicher, ob meine Geschicklichkeit dafür ausreichte. Jake schien weit mehr Vertrauen in meine Fähigkeiten zu haben, als ich es hatte.

Nach mehr als der doppelten Zeit, die Jake gebraucht hatte, kam ich oben an. Er streckte mir seine Hand entgegen, half mir das letzte Stück hinauf. Doch ich beachtete ihn nicht.

»Und jetzt?«, forderte ich ihn gekränkt heraus.

Jake sah mich abschätzend an. Er wirkte nach wie vor entschlossen. »Ich will, dass du springst!«

»Was?« Entsetzt sah ich den steilen Felsen hinunter. Er musste den Verstand verloren haben. »Willst du mich umbringen?«, fuhr ich ihn an.

»Nein, Sam! Ich will dir nur begreiflich machen, dass du keine Sterbliche mehr bist.« Sein Blick wurde etwas freundlicher. »Jedes Jahr kommen wir hierher, um das Seefest zu feiern. Mehrere Clans aus den umliegenden Gebieten nehmen daran teil und treten in verschiedenen Wettkämpfen gegeneinander an. Ein Teil der Aufgaben ist es, von diesem Felsen zu springen.« Er nahm mein Gesicht zwischen seine Hände und schaute mich dabei eindringlich an. »Ich war dreizehn Jahre alt, als ich das erste Mal gesprungen bin. Du musst endlich deine Zweifel ablegen und an dich glauben, Sam!«

»Und was ist, wenn du dich irrst? Den Sturz aus dieser Höhe kann man unmöglich überleben.«

Jake hielt mein Gesicht immer fester. »Ein Mensch würde das nicht überleben. Du bist aber kein Mensch mehr.«

»Woher willst du das denn so genau wissen? Wie kannst du dir da so sicher sein?« Ich hatte große Mühe, meine Tränen zurückzuhalten.

»Du bist meine Seelenverwandte, Sam. Ich weiß es einfach ...«

»Und das allein reicht dir aus, um mich diesem Risiko auszusetzen?«, schluchzte ich.

Wütend packte er mich an den Schultern. »Weißt du eigentlich, was du da sagst? Glaubst du wirklich, ich würde dich in Gefahr bringen?«

Er schaute mich so intensiv an, als wollte er mich hypnotisieren. Dann ließ er mich los und zog sein Messer aus der Tasche. »Sieh genau hin!« Er hielt mir seine Hand direkt vor die Augen und zog die scharfe Klinge durch sein Fleisch. Erschrocken wollte ich zurückweichen, doch er hielt mich fest. »Sieh hin, Sam!«

Aus seiner Wunde trat silbernes Blut hervor, das augenblicklich gerann. Man konnte zusehen, wie sich die verwundete Haut langsam wieder verschloss. Nach kürzester Zeit war rein gar nichts mehr von der Verletzung zu sehen.

Skeptisch berührte ich seine gesunde Hand. Ich hatte schon viel über die Selbstheilung der Unsterblichen gehört. Es jetzt wahrhaftig gesehen zu haben, verschlug mir die Sprache.

Ich war noch damit beschäftigt, dieses Wunder zu begreifen, als Jake erneut nach seinem Messer griff. Bevor ich sein Vorhaben durchschauen konnte, nahm er meine Hand und wiederholte seine Tat. Geschockt taumelte ich zurück. Bei unserer ersten Begegnung hatte er das Gleiche getan, um festzustellen, ob ich eine von ihnen war. Damals war die Verletzung sehr schmerzvoll gewesen und hatte stark geblutet. Dexter hatte sie sogar nähen müssen.

Doch nun ... Ich verspürte keinen Schmerz. Statt des menschlichen Blutes kam silbernes zum Vorschein, das nur einen leichten Rotschimmer aufwies. Die Heilung setzte genauso schnell ein wie bei Jake. Verwundert betrachtete ich meine Hand, warf Jake dann aber einen vorwurfsvollen Blick zu.

»Du bist eine Unsterbliche, Sam! Vielleicht glaubst du mir nun endlich!«

Er hatte mich absichtlich verletzt. Aber hätte er auch so gehandelt, wenn er nur die geringste Skepsis gehabt hätte? Sein Glaube an mich war so stark, so unantastbar. Jake hatte mir vor Augen geführt, dass meine Selbstzweifel unbegründet waren. Nun lag es an mir, mit dieser Gewissheit umzugehen, sie zu nutzen. Er zeigte mir den richtigen Weg ... Ich musste nur noch den ersten Schritt machen.

Eigentlich war meine Selbstheilung schon Bestätigung genug. Allerdings empfand ich noch immer Angst ... Angst vor dem Tod. Ein menschlicher Instinkt, den nur ich allein abstreifen konnte.

Die Erinnerung übermannte mich. Ich hatte schon einmal die Stufe des Todes überschritten. Einmal dort angekommen zu sein, bedeutete in gewisser Art eine Erlösung. Meine Mutter, mein Vater und Dexter verweilten in dieser Welt. Doch ich fürchtete mich vor den Schmerzen, die den Weg des Todes geprägt hatten.

Zögernd trat ich an den Rand der Klippe und schaute hinab in die endlos erscheinende Tiefe. Jake war augenblicklich neben mir und nahm meine Hand. »Ich bin bei dir!«, flüsterte er mir zu. Er streichelte mit dem Daumen über meinen Handrücken und versuchte mir Mut zu machen. »Dir wird nichts geschehen. Du weißt, dass ich das niemals zulassen würde. Glaub mir, es ist ein wahnsinnig gutes Gefühl!«

Ich schloss die Augen und atmete tief durch. »Bei drei«, bestimmte ich. Wenn ich jetzt einen Rückzieher machte, dann würde ich niemals springen, niemals den ersten

Schritt gehen.

»Eins«, flüsterte Jake und hielt meine Hand noch fester.

Es brauchte seine Zeit, bis ich das Wort über die Lippen brachte. »Zwei.«

Ich hatte es noch nicht einmal zu Ende ausgesprochen, als Jake mich plötzlich fest umarmte und mit sich in die Tiefe riss. »Drei«, rief er mir zu, während wir schon in den Abgrund stürzten.

Mein Schrei hallte an dem Felsen zurück und folgte uns. Rasend schnell fielen wir der harten Wasseroberfläche entgegen. Ich wappnete mich gegen den schmerzhaften Aufschlag, wollte mich etwas von Jake lösen. Er hielt mich jedoch eisern an sich gedrückt. Nach einem endlos erscheinenden freien Fall tauchten wir schließlich in das tiefe Wasser ein.

Durch die hohe Geschwindigkeit drangen wir weiter und weiter nach unten in die Schwärze des Sees. Ich riss mich von Jake los und bemühte mich, ein weiteres Absinken durch hektische Schwimmstöße zu verhindern. Da packte Jake mich an der Hüfte und geleitete mich mit ruhigen, kräftigen Bewegungen nach oben.

In dem Moment, in dem wir die Wasseroberfläche durchbrachen, schnappte ich gierig nach Luft. Es war eine Art Überlebenskampf, den ich hier zelebrierte, bis mir bewusst wurde, dass es völlig unnötig war.

Jake beobachtete mich und lächelte zufrieden vor sich hin.

Wir schwammen gemeinsam ans Ufer. Erst als ich auf den rettenden Steinen zum Liegen kam, begriff ich die Bedeutung dieses waghalsigen Sprungs.

Jake sagte kein Wort. Er nahm mich einfach in seine Arme und strich mir eine nasse Haarsträhne aus dem Gesicht.

Wäre ich keine Unsterbliche, dann hätte ich diesen mörderischen Sprung niemals überlebt. Der harte Aufprall hatte kein bisschen wehgetan, ich war unverletzt ... Ich hatte die Stärken und Fähigkeiten der Unsterblichen. Aber ich musste erst noch lernen, die menschlichen Ängste abzulegen. Sie waren einfach zu lange ein Teil von mir.

Ein Traum

Wir machten uns gleich auf den Rückweg. Jake verhielt sich ganz ruhig. Er wollte mir wohl genug Zeit lassen, in Ruhe über alles nachzudenken.

Ich überlegte, wie es überhaupt dazu gekommen war. Warum hatte Jake sich zu dieser drastischen Maßnahme entschlossen?

»Brauche ich denn unbedingt ein solches Pferd?«, erinnerte ich mich.

Er seufzte. »Nein, natürlich nicht. Wir wollten dir ja schon erklären, dass nicht alle Unsterblichen das Glück haben, so ein Pferd zu besitzen. Trotzdem solltest du es weiter versuchen. Du musst nur etwas Geduld haben.«

»Wie lange hast du denn gebraucht?«

»Das spielt doch keine Rolle.«

»Es interessiert mich aber.«

Jake blieb stehen. »Nancy hat mehrere Wochen gebraucht, bis ihre Stute sich zu ihr bekannt hat.«

»Und du?«

»Bei Ryan hat es fast zwei Monate gedauert.«

Ich ließ mich nicht abwimmeln. »Wie viele Versuche, Jake?«

Er lief weiter. »Lass uns noch einmal zurückgehen! Wenn du es erneut versuchst, dann sage ich es dir.«

Ich willigte nachgebend ein. »Wonach erwählen sich die Pferde ihren Reiter denn aus?«

Jake lächelte zufrieden und wechselte die Richtung. »Das wissen wir nicht. Tatsache ist, dass ein Hengst sich zu einem Mann bekennt und eine Stute zu einer Frau. Keine Ahnung, warum das so ist.« Er zog mich nun ungeduldig hinter sich her.

»Kann es sein, dass Ryan von Anfang an damit gerechnet hatte, dass ich versage?«

»Wie kommst du denn darauf?«

Ich zuckte mit den Schultern. »Keine Ahnung ... Er schaut mich manchmal so komisch an. Irgendwie kann ich nicht einschätzen, was er von mir hält.«

»Ryan mag dich.«

»Bist du dir da sicher?«

Wir hatten den Hügel erreicht, hinter dem sich die Lichtung der wilden Pferde befand. Jake blieb stehen und sah mich amüsiert an. »Höre ich da eine gewisse Wehmut heraus. Man könnte fast glauben, dir wäre es wichtig, dass er dich mag.«

Ich verschränkte die Arme vor der Brust. »Das ist es auch. Immerhin steht er dir sehr nah. Ich würde es sehr bedauern, wenn er etwas gegen mich hätte.«

»Gib ihm einfach etwas Zeit. Ryan hat nicht mehr an die Seelenverwandtschaft geglaubt ... Er muss sich jetzt erst einmal damit abfinden, dass ich das Glück hatte, dich zu finden.«

»Aber freut er sich denn nicht für dich? Ich meine ... Ihr seid doch wie Brüder.«

»Ich denke, er ist einfach deprimiert. Dass er Daisy nicht besonders gut leiden kann, hast du ja bestimmt schon mitbekommen. Sie ist diejenige, die für ihn auserwählt ist. Ob er will oder nicht – in neun Jahren muss er sich auf sie einlassen.«

»Der Arme ...«

Jake nickte. »Daisy ist nicht besonders beliebt. Bis heute hat er sie vor anderen immer in Schutz genommen. Er hat sich wohl immer vor Augen geführt, dass sie bald an seine Seite gehören wird. Du scheinst also ganz schön Eindruck auf ihn gemacht zu haben, da er sie heute höchstpersönlich in die Schranken gewiesen hat.«

Ich lächelte. »Ja, das war sehr nett von ihm. Vielleicht kann ich mich ja irgendwann dafür revanchieren, indem ich meinen unberechenbaren Großvater dazu bringe, diese Verordnung wieder außer Kraft zu setzen.«

Jake ergriff meine Hände und musterte mich besorgt. »Sam! Du musst mir versprechen, dass du nicht leichtsinnig oder unüberlegt handeln wirst.«

Ich strich ihm das Haar aus der Stirn. »Diesen Ratschlag hat mein Vater mir schon mit auf den Weg gegeben ... Unterschätze niemals die Macht deines Handelns«, hatte er gesagt.

»Dein Vater?«

»Ja, Jake. Im Gegensatz zu meiner Mutter habe ich Dageus zwar nur gehört, aber ...« Ich verstummte, als ich Jakes ungläubige Miene bemerkte. Wie konnte ich ihn nur dazu bringen, dass er mir glaubte. Doch wenn ich ehrlich zu mir war, dann würde ich auch daran zweifeln, wenn ich es nicht selbst erlebt hätte. Die tiefen Sorgenfalten auf seiner Stirn, zeigten mir auf, wie sehr ihm meine Worte zu schaffen machten. Daher beschloss ich, meine Nahtoderfahrung nicht wieder anzusprechen.

Ich seufzte. »Dann werde ich mir jetzt mal ein Pferd beschaffen«, wechselte ich schnell das Thema. Ich lief los und hielt Jake entschlossen zurück, als er mir folgen wollte. »Ich kann das nicht, wenn du mir dabei zusiehst. Du verunsicherst mich.«

Er wirkte nach wie vor nachdenklich, blieb dann aber bereitwillig zurück, während ich mich vorsichtig anpirschte.

Die Pferde hatten sich wieder auf der Lichtung versammelt. Noch hatten sie meine Anwesenheit nicht bemerkt. Bei meinem ersten Versuch hatte ich mich aufgestellt. Vermutlich sollte ich mich zu Beginn einfach etwas gebückter halten? Ich hatte keine große Hoffnung, dass es funktionierte. Also schlich ich einfach über die Hügelkuppe und setzte mich so klein wie möglich hin.

Diesmal dauerte es einen Wimpernschlag länger, bis die Pferde vor mir Reißaus nahmen.

Betrübt sah ich zu, wie sich die riesige Staubwolke langsam wieder auflöste. Die Lichtung lag weit und leer vor mir.

Wenn es schon manche Unsterbliche nicht schafften, warum sollte es dann ausgerechnet mir gelingen? Ich war einmal ein Mensch. Sicher spürten diese Tiere das.

Jake hatte das Getrampel der flüchtenden Pferde sicherlich gehört. Gleich würde er hinter mir auftauchen und meine Niederlage schönreden. Innerlich bereitete ich mich darauf vor. Auf ihn wartend, ließ ich meinen Blick über die weitläufige Lichtung schweifen. Am Waldrand lösten sich erst jetzt die letzten Staubwolken auf.

Als die Sicht klarer wurde, glaubte ich, plötzlich einen Schatten zu erkennen. Zwischen den Bäumen sah ich undeutlich die Umrisse eines Pferdes. Es stand dort regungslos verborgen und beobachtete mich.

»Lass sie dich sehen!«, hatte Jake gesagt. Langsam stand ich auf, ohne den Blick von der Stelle zu nehmen, an der ich das Tier vermutete.

In diesem Moment tauchte Jake hinter mir

auf. Erschrocken sah ich ihn an, als er mich in seine Arme zog.

»Mach dir nichts draus! Es braucht eben alles seine Zeit«, wollte er mich trösten.

Verwirrt schaute ich zum Wald zurück, doch der Schatten war verschwunden.

Je länger ich zwischen die Bäume starrte, desto unsicherer wurde ich. Wahrscheinlich hatte ich mir das alles nur eingebildet.

Beim ersten Versuch ... Ich hätte es eigentlich wissen müssen. Nur einen Versuch hatte Jake gebraucht, um seinen schwarzen Hengst Onyx für sich zu gewinnen.

Wir saßen mit Grimmt, Nancy und Ryan zusammen und nahmen unser Abendbrot zu uns.

Der geheimnisvolle Schatten ging mir einfach nicht mehr aus dem Kopf.

»Sam?« Grimmt lachte und wedelte mit seiner Hand vor meinem Gesicht herum. »Hey, Mädchen, zum Träumen hast du noch die ganze Nacht Zeit.«

»Ist alles in Ordnung?« Jake sah mich besorgt an.

»Ja. Ich habe nur gerade über etwas nachgedacht.«

»Du warst völlig weggetreten und hast Löcher in die Luft gestarrt«, witzelte Grimmt.

Jake stand auf. »Es war ein langer Tag. Wir sehen uns morgen!« Bei diesen Worten reichte er mir einladend seine Hand.

»Spätestens morgen Mittag brechen wir zum Fischerdorf auf, um Sams Freunde abzuholen«, rief Grimmt uns hinterher. »Seid pünktlich! Ansonsten braucht ihr euch nicht zu beschweren, wenn ich euch die Tür eintrete.«

»Untersteh dich!«, warnte Jake ihn, ohne sich noch einmal umzudrehen.

Grimmts unverkennbares Lachen hörte man sicher im gesamten Bergtal.

Ich strich wieder mit meiner Handinnenfläche über die dicke Baumrinde, während wir die Treppe zu unserem Baumhaus emporstiegen. Es verursachte mir eine Gänsehaut, als ich erneut die Seele des Baumes spürte.

Jake ließ sich wie ein Stein aufs Bett fallen. Er stützte den Kopf auf seiner Hand auf und beobachtete mich. »Über was hast du dir vorhin eigentlich so den Kopf zerbrochen?«

»Über den Hengst in dir.« Mit einem verführerischen Hüftschwung ging ich lächelnd auf ihn zu. »Ich kann es einfach nicht fassen. Du hast wirklich nur einen Versuch gebraucht?«

Er war nicht gerade begeistert, dass ich wieder mit dem Thema anfing. Als könnte er sich darunter verstecken, zog er sich ein Kopfkissen übers Gesicht.

Mit Anlauf landete ich auf dem Bett, um ihm sein Kissen zu entreißen. »Ich höre ja schon auf«, entschuldigte ich mich. »Aber eine letzte Frage wirst du mir doch noch gewähren?« Ich setzte meine Unschuldsmiene auf und klimperte übertrieben mit den Wimpern.

Jake grinste schelmisch.

»Wie viele von euch haben es nicht geschafft?«

Er zog mich zu sich und deckte uns zu. »Etwa die Hälfte unseres Clans, würde ich schätzen.«

»Und du weißt wirklich nicht, woran das liegt?«

»Das sind jetzt aber schon zwei Fragen«, wies er mich lächelnd zurecht. Er hob wie zum Schwur die Hand. »Ich habe wirklich und wahrhaftig nicht die geringste Ahnung. Es sind mit Nancy gerade mal fünf Frauen, die das Glück hatten ...«

Ich ließ ihn nicht ausreden. »Ist diese Daisy eine von ihnen?« Unruhig wartete ich auf seine Antwort.

Jake sah mich verdutzt an, bevor sich ein Lächeln auf seinem Gesicht ausbreitete und er voller Hingabe den Kopf schüttelte. »Sie hat kein eigenes Pferd.«

Zufrieden schmiegte ich mich an ihn. Dieses Wissen machte es für mich leichter.

In dieser Nacht träumte ich das erste Mal in meinem unsterblichen Leben. Es war mit den Träumen der Menschen nicht zu vergleichen. Viel intensiver tauchte ich in die Welt des

Unterbewusstseins ein.

In meinem Traum lief ich durch den Ageless Forest. Das weiße Licht des sichelförmigen Mondes schien durch die dichten Baumkronen hindurch. Ich konnte den Wind auf meiner Haut spüren, den Duft der rankenden Blumen riechen und hörte Jake von Weitem meinen Namen rufen. »Wenn wir zwei ausreichend üben, können wir uns in unseren Träumen verabreden«, hatte er gesagt. Glücklich rannte ich los und folgte seiner Stimme. Aber so sehr ich mich auch bemühte, ich konnte Jake einfach nicht finden. Sein Rufen wurde immer leiser, bis es nicht mehr zu hören war. Enttäuscht setzte ich mich ins Gras und spielte mit dem Gedanken aufzuwachen.

Da vernahm ich ein Schnauben hinter mir. Mein Herz klopfte aufgeregt in meiner Brust, als das Geräusch scharrender Hufe folgte. Langsam drehte ich mich danach um.

Zwischen den Bäumen stand ein dunkler Schatten. Mit jedem Schnauben stieß warme Atemluft aus der Dunkelheit hervor. Ich war nicht in der Lage, mich zu bewegen. Kein Wort brachte ich über die Lippen. Ängstlich und doch voller Erwartung schaute ich in die Finsternis, aus der nun ein riesiger Hengst zwischen den Bäumen hervortrat.

Im Unterschied zu Jakes tiefschwarzem Hengst Onyx zeigte dieses Wildpferd dunkelbraune Aufhellungen um sein Maul und an den Flanken. Seine lange, schwarze Mähne hing ihm tief in die Augen, wobei ein weißer Stern seine Stirn zierte. Er war eine Schönheit.

Mit einem Abstand von etwa zwanzig Schritten standen wir uns gegenüber und musterten uns. Doch plötzlich schien ihn irgendetwas zu verunsichern. Er verschwand wieder in der Dunkelheit und ließ mich allein und völlig aufgelöst zurück.

Ein lautes Klopfen riss mich aus meinem Traum.

»Ich bring ihn um ...«, rief Jake neben mir aus und sprang aus dem Bett.

Draußen hörte man einen kichernden Grimmt hastig davonlaufen. Wutentbrannt riss Jake die Tür auf und rannte ihm nach. Jetzt wollte ich nicht in Grimmts Haut stecken. Aber er hatte es ja darauf angelegt.

Nachdenklich setzte ich mich auf. Mein Traum war so real gewesen. Es kam mir vor, als hätte ich ihn wirklich erlebt.

Benommen stand ich auf und schnappte mir eines meiner neuen Kleider. Die heiße Quelle würde mich in die Realität zurückbringen. Mir brachte es rein gar nichts, noch weiter darüber nachzugrübeln. Außerdem war das wilde Pferd in meinem Traum ein Hengst und keine Stute gewesen. Ich sollte es einfach vergessen. Es war mein erster Traum dieser

Art – kein Wunder, dass ich völlig durcheinander war.

Ich war froh, dass ich niemanden bei der Quelle antraf. Ob es noch mehr von diesen heißen Bädern gab? Schnell zog ich mich aus und stieg in das dampfende Wasser.

Als ich fertig war und die Seife zurück in die Holzschale legte, bog Nancy um die Ecke.

»Da bist du ja. Jake sucht dich schon überall.«

Ich kletterte aus dem Wasser und wickelte das Badetuch um mich. »Ich muss wohl die Zeit vergessen haben«, entschuldigte ich mich.

»Jetzt solltest du dich aber beeilen, wenn du deine Freunde mit abholen willst!« Sie lächelte mir zu.

Das ließ ich mir nicht zweimal sagen. Schnell schlüpfte ich in das saubere Kleid. Es war beigefarben und mit aufwendigen roten Stickereien verziert. Ein schmales rotes Band um meine Taille diente als Schnürung.

»Du siehst sehr hübsch aus«, stellte Nancy fest. Sie bürstete mir die Haare und flocht mir die vorderen Strähnen aus dem Gesicht. Dann machten wir uns auf den Weg zu den anderen.

Jake kam uns entgegengelaufen. Er gab mir zur Begrüßung einen flüchtigen Kuss und zog mich in seine Arme. »Da lässt man dich einmal kurz aus den Augen und schon bist du verschwunden«, tadelte er mich.

»Du hast mich fluchtartig verlassen. Da

dachte ich, du brauchst eine Auszeit«, neckte ich ihn.

Er streichelte mir über die Wange und sah mir tief in die Augen. »Wenn du dich gerade über mich lustig machst, dann werde ich dir nur allzu gern zeigen, was ich davon halte.«

»Drohst du mir?«

»Das würde ich nie tun.« Er tat unschuldig. »Ich möchte dich nur davon in Kenntnis setzen, dass ich dir deine Flausen noch austreiben werde.«

»Apropos Flausen ... Ist es dir denn gelungen, deinem Freund diese auszutreiben?«

Gleichzeitig sahen wir Grimmt anklagend an.

Dieser zuckte nur harmlos mit den Schultern und schwang sich zu Ryan aufs Pferd. »Wenn ich euch nicht aus den Federn geschmissen hätte, würden wir jetzt noch auf euch warten«, verteidigte er sich.

Jake sah ihm kopfschüttelnd hinterher, bevor er mit einem lauten Pfiff nach seinem Pferd rief. Es dauerte nicht lange, bis Onyx laut wiehernd auf uns zu galoppierte.

Wir hatten den halben Tag gebraucht, um zu dem Fischerdorf zu gelangen. Ich saß vor Jake auf seinem schwarzen Hengst und schaute auf das Meer hinaus. In weiter Ferne erkannte ich die sich nähernden Segel der Schiffe.

»Da ...«, rief ich aufgeregt und deutete in

ihre Richtung. »Sie kommen.«

Grimmt hob seine Hand über die Augen. »Wo?«

Ruhelos rutschte ich vom Pferd. »Dort ...« Mit dem Finger zeigte ich auf die Schiffe.

»Also, ich sehe nichts«, grummelte Grimmt in seinen Bart.

Er brachte mich zur Verzweiflung. Da bemerkte ich Jakes belustigtes Grinsen.

»Oh ... Du siehst sie wirklich nicht.«

»Das sage ich doch.« Genervt verdrehte er die Augen. »Es wird echt Zeit, wieder unter Menschen zu kommen. Mit euch Unsterblichen hat man es manchmal wirklich nicht leicht.«

»Na, das sagt ja gerade der Richtige.« Jake holte betont Luft und rügte ihn mit seinem Blick. Suchend sah er sich dann um. »Ich hatte eigentlich geglaubt, mein Vater würde es rechtzeitig bis zu ihrer Ankunft schaffen. Er wollte sich hier mit uns treffen.«

»Es gefällt mir ganz und gar nicht, dass Silas noch nicht zu sehen ist«, erwiderte Grimmt. »Ich habe irgendwie ein schlechtes Gefühl bei der Sache.«

Ich hörte ihnen gar nicht richtig zu. Unablässig schaute ich auf das Meer hinaus. Jetzt, da der Zeitpunkt gekommen war, konnte ich es nicht mehr erwarten, Sally und die anderen endlich wiederzusehen. Voller Freude rannte ich zum Hafen hinunter. Sie waren nun schon ganz nah.

Sally tauchte am Vorderdeck auf. Als sie mich erblickte, winkte sie mir aufgeregt zu. Auch Conner und Matt kamen hinter ihr zum Vorschein und jubelten uns entgegen. Ich war so glücklich ...

Am liebsten wäre ich ins Wasser gesprungen, um ihnen entgegenzuschwimmen. Unruhig trat ich von einem Bein aufs andere.

Jake schlang von hinten seine Arme um mich. »Da kann es wohl jemand kaum erwarten«, flüsterte er mir ins Ohr.

Ohne meine Freunde aus den Augen zu lassen, nickte ich als Antwort.

Er küsste mich auf die Schläfe. »Hm ... Ich freue mich für dich, aber ich bin auch ein kleines bisschen wehmütig, dass ich dich nun wieder mit ihnen teilen muss.«

Überrascht drehte ich mich zu ihm um. Seine Haare waren vom Wind ganz zerzaust. In den Tiefen seiner wunderschönen blauen Augen strahlte mich seine Seele an. Er war einfach vollkommen. Ich liebte ihn so sehr ...

Von meinen Gefühlen für ihn überwältigt, legte ich den Kopf auf seine Brust. »Du bist das Wichtigste, was es für mich gibt. Doch meine Freunde gehören zu meinem Leben dazu. Wer weiß, wie viel Zeit mir mit ihnen noch bleibt? Um ehrlich zu sein, habe ich sogar Angst davor. Sie werden altern und irgendwann sterben ...«

»Jetzt kannst du vielleicht annähernd nachvollziehen, wie ich empfunden habe, als du noch ein Mensch warst.« Jake umfasste mein Kinn, brachte mich dazu ihn anzusehen. »Mir geht es mit Grimmt genauso. Lass uns einfach die Zeit genießen, die wir mit ihnen zusammen haben!«

»Wie soll ich ihnen das bloß beibringen? Als ich mich von ihnen verabschiedet habe, war ich noch ein Mensch.«

»Lass sie erst einmal ankommen! Wenn der passende Zeitpunkt gekommen ist, wirst du die richtigen Worte finden.« Zuversichtlich küsste er mich auf die Stirn. »Falls du meine Hilfe brauchst, sag einfach Bescheid!«

Ich schüttelte den Kopf. »Nein. Das muss ich ihnen schon selbst beibringen.«

»Sam ... Sam!« Sally hüpfte aufgeregt auf dem Deck herum, während sich Matt beim Winken fast den Arm ausrenkte. Ihr Schiff legte gerade am Steg an. Conner stand nachdenklich am Bug und beobachtete uns.

Sobald Sally das Schiff verlassen hatte, gab es für uns kein Halten mehr. Wir stürzten aufeinander zu, fielen uns stürmisch in die Arme.

»Endlich habe ich dich wieder«, rief sie aus. Sie musterte mich von oben bis unten, ohne meine Hände loszulassen. »Wie hübsch du aussiehst. Dein Ehemann scheint dir gut zu bekommen.« Lachend nickte sie Jake zu.

»Jetzt lass uns doch auch mal ran!«, protestierte Matt. Er riss mich aus ihren Armen und wirbelte mich durch die Luft.

Spielerisch hämmerte ich ihm auf seine Schultern. »Hör auf damit! Mir wird schon ganz schwindlig.«

»Aber einen Begrüßungskuss bekomme ich doch wohl noch!« Ehe ich mich versah, drückte er mir einen feuchten Kuss mitten auf den Mund. Dann wich er mit erhobenen Händen von mir zurück und warf Jake dabei einen beschwichtigenden Blick zu.

Dieser stand mit gehobenen Augenbrauen ein paar Schritte von uns entfernt.

Conner schien sich Jakes Gegenwart nur allzu bewusst zu sein. Er hielt sich zurück. Jake wusste ja von den tiefen Gefühlen, die Conner für mich empfand. Daher umarmte er mich bloß schüchtern, um mich auch gleich wieder freizugeben.

Ich sollte dringend noch einmal mit Jake über diese Situation reden. Conner und ich waren zusammen aufgewachsen. Er war für mich einfach wie ein großer Bruder. Jake würde damit leben müssen. Genauso wie Conner es akzeptieren musste, dass ich zu Jake gehörte.

Grimmt rettete die angespannte Lage, indem er laut lachend zu uns stieß. »Na, sieh mal einer an. Da seid ihr ja wieder. War irgendjemand seekrank?«

»Und wie.« Matt verzog das Gesicht. »Conner hat die ersten drei Tage ununterbrochen über die Reling gespuckt. So grün, wie der aussah, hätte man ihn an die Fische verfüttern können. Aber so hat er wenigstens nichts weiter zu sich genommen und für uns ist mehr Essen übrig geblieben. Eigentlich war es fast schade, als es ihm dann langsam wieder besser ging. Von mir aus hätte er ...«

»Halt die Klappe, Matt!«, sagte Conner erbost.

Grimmt und ich prusteten los. Es war also alles wieder beim Alten.

»Wo steckt eigentlich Dexter? Hält der alte Haudegen es nicht einmal für nötig, uns willkommen zu heißen?« Matt schaute sich suchend um.

Wir brauchten ihm nicht zu antworten. Unsere versteinerten Mienen reichten aus, um ihnen die schmerzvolle Tatsache vor Augen zu führen, dass sie Dexter nie wiedersehen würden.

»Nein!« Geschockt hielt Sally sich die Hand vor den Mund. Alle drei sahen uns erschüttert an, gedachten ihrem alten Freund.

Jake ließ uns ausreichend Zeit. Er informierte die Bewohner des Fischerdorfes über die zurückliegenden Ereignisse auf dem Schlachtfeld und bedankte sich für die Obhut meiner Freunde.

Derzeit war alles ungewiss. Wir wussten

nicht, wie Dougal auf die Nachricht meines Überlebens reagieren würde und ob er die Menschen danach noch immer vernichten wollte. Möglicherweise konnte uns Silas bei seiner Heimkehr etwas darüber berichten. Hoffentlich war er in seiner Rolle als Vermittler erfolgreich. Ich hoffte so sehr, dass die Fischer ihr Dorf nun wieder aufbauen und in Frieden leben konnten.

Sally, Matt und Conner hatten Jakes Bericht aufmerksam zugehört. Er endete damit, dass ich von Dougal verletzt wurde. Offensichtlich wollte er es mir überlassen, den Rest der Geschichte zu erzählen.

Sally schaute mich besorgt an. »Was hast du dir nur dabei gedacht, diesem Dougal McGavyn gegenüberzutreten? Kann man dich denn nicht aus den Augen lassen, ohne dass du dich in Gefahr bringst?«

Conner wirkte sehr beunruhigt. »Wurdest du schwer verletzt?«

Ich atmete tief durch und sah Jake hilfesuchend an.

»Nun lasst uns doch erst einmal ins Bergtal reiten! Ihr habt noch genug Zeit, um euch zu unterhalten.« Ohne einen Einwand abzuwarten, zog er mich mit sich fort.

»Danke«, flüsterte ich ihm zu.

Er schenkte mir sein umwerfendes Jake-Lächeln. Es war zum Dahinschmelzen.

Wir liefen zu unseren Pferden.

»Oh nein! Nicht schon wieder!« Matt protestierte energisch. »Noch mal setze ich mich nicht auf so einen riesigen Gaul.« Stur verschränkte er die Arme vor der Brust. »Die sind mir viel zu groß. Außerdem können die mich irgendwie nicht leiden.«

»Tja ... Das sind eben sehr kluge Tiere«, warf Grimmt ein. »Du kannst dir ja den Weg erklären lassen. Wir reiten inzwischen voraus.«

Grimmt saß hinter Ryan auf dessen Pferd. Er gab ihm ein Zeichen, woraufhin dieser seinen grauen Hengst antrieb.

»Hoffentlich verläuft er sich«, brummte er Jake und mir zu, als sie an uns vorbeiritten.

Nun setzten sich alle in Bewegung.

»Hey, wartet auf mich! Ich habe es mir überlegt.« Matt rannte ängstlich hinter uns her. »Nehmt mich mit!«

Einer von Jakes Männern zog ihn hinter sich aufs Pferd. Man sah Matt an, dass er sich nicht besonders wohl in seiner Haut fühlte. Doch es würde ihm nichts weiter übrig bleiben, als sich während des Heimweges mit der Situation abzufinden.

Als wir in den Ageless Forest hineinritten, machten Sally, Matt und Conner große Augen. Ich musste lächeln. Mein Gesichtsausdruck bei der ersten Begehung dieses Waldes musste ähnlich gewirkt haben. Sie staunten über den beeindruckenden, mystischen Ort.

So still hatte ich Matt noch nie zuvor erlebt. Es hatte ihm im wahrsten Sinne des Wortes die Sprache verschlagen. Mit offenem Mund schaute er zu den hohen Baumwipfeln hinauf. Er schien sogar vergessen zu haben, dass er auf einem Pferd der Unsterblichen saß.

Sally war fassungslos über die Vielfalt der wilden Blumen, die an den Rinden der Bäume rankten und von tausenden, bunten Schmetterlingen besetzt waren.

Conner beobachtete die verschiedensten Vogelarten bei ihren Flugeinlagen, bevor er mich eindringlich musterte. »Hier bist du nun also zu Hause?«

Nickend lächelte ich ihm zu.

Jake küsste mich von hinten auf den Nacken und schlang seine Arme um mich. Da er hinter mir saß, konnte ich ihn nicht sehen. Doch ich wusste, was für Blicke er mit Conner gerade wechselte.

»Schau nach vorn, Sam!«, flüsterte er in mein Ohr. »Erkennst du es wieder?«

Der Wald lichtete sich etwas. Vereinzelte kleine Flächen mit saftig grünem Gras lagen nun vor uns. Imposante Felsformationen standen vereinzelt in einer fast perfekten Anordnung beieinander. Und da erkannte ich es ... Der Felsen in der Mitte war der Ausgang des unterirdischen Tunnels, durch den wir vor Dougals Männern geflohen waren. Jetzt bemerkte ich die große Eiche, die wie ein Denkmal inmitten der Lichtung thronte. Hier lag Dexter begraben.

Grimmt hatte den schicksalhaften Ort auch erkannt. Er rutschte vom Pferd und ging mit hängenden Schultern zu der großen Eiche.

»Was ist denn mit dem los?«, fragte Matt.

Jake stieg vom Pferd und hob mich herunter. »Er besucht Dexters Grab«, antwortete er ihm schließlich.

Bestürzt sahen alle zu Grimmt. Der große, respekteinflößende Mann trauerte um seinen väterlichen Freund.

Wir alle gedachten Dexter, indem wir uns neben Grimmt ins Gras setzten und ihm eine Weile Gesellschaft leisteten.

Den restlichen Weg verbrachten wir in einer demütigen Stimmung. Es wurde nicht viel gesprochen. Jeder hing seinen eigenen Gedanken nach.

Wir hatten den vorderen der Zwillingsberge erreicht und machten uns daran, ihn zu erklimmen. Für ein Pferd der Menschen wäre das unmöglich gewesen, doch Onyx trug uns ohne Mühe bis zu dem felsigen Berggipfel hinauf.

Oben angekommen ließen wir Sally, Matt und Conner in Ruhe das beeindruckende Panorama genießen.

Unsere Pferde machten sich auf und davon. Wir würden zu Fuß ins Tal hinuntersteigen.

Es war ein herrlicher Tag. Die Sonne strahlte auf das wunderschöne Bergtal hinab, in dem seine Bewohner inmitten der weißen Häuser friedlich ihren Beschäftigungen nachgingen. Der Ageless Forest umgab unser Tal wie ein Schutzwall, nur die kleine Bucht grenzte an das Meer. Die Sicht war heute so klar, dass man die schneebedeckte Bergkette am Ende der sich weit ausbreitenden Ebene erspähen konnte, die hinter dem Ageless Forest lag.

Man sah meinen Freunden an, wie überwältigt sie waren.

Grimmt wurde ungeduldig. »Nun habt ihr genug gestaunt. Ich brauche was zu essen. Wenn ihr mich suchen solltet, ich bin im Speisehaus.« Damit machte er sich auf den Weg.

Jake lachte. »Kommt! Meine Mutter wird schon auf uns warten.«

»Diese Gäule hätten uns ruhig noch den Berg hinuntertragen können«, schimpfte Matt.

»Du wolltest doch erst gar nicht auf einen drauf«, zog Conner ihn auf.

»Na und. Aber wenn ich mich schon mal dazu überwunden habe, dann will ich bis ans Ziel kommen. Ich frage mich auch, was an den Pferden so besonders sein soll. Die kommen und gehen doch, wie sie wollen. Das nächste Mal ...«

»Halt die Klappe, Matt!«, zischte Sally.

»Nun hör sich einer an, wie meine Frau mit mir redet!« Matt stemmte eingeschnappt die Hände in die Hüften.

Sally verdrehte die Augen. »Ich wurde zu dieser Ehe genötigt«, foppte sie ihn.

»Oh Baby! Glaub mir, du bist verrückt nach mir.« Er lief auf Sally zu, die quiekend vor ihm flüchtete.

Conner schüttelte den Kopf. »Das geht schon seit einer Woche so. Langsam ist es nicht mehr zum Aushalten.«

Jake und ich wechselten einen vielsagenden Blick.

»Ah ... Aua!« Sally schrie schmerzerfüllt auf. Sie hatte sich an einem spitzen Felsen das Schienbein aufgeschnitten.

Matt stützte sie besorgt. Er betastete vorsichtig die blutende Wunde.

»Nicht anfassen! Das tut weh«, protestierte sie.

Nun kauerte sich auch Conner zu ihnen. »Kannst du dein Bein bewegen?«

Ich schaute hilfesuchend zu Jake. Dieser kam mit einem undefinierbaren Gesichtsausdruck auf mich zu. Seine Lippen berührten meine Schläfe, während er sprach: »Das ist deine Gelegenheit!« Er drückte mir etwas in die Hand, wandte sich mit einem schelmischen Grinsen von mir ab und ging.

Verwirrt sah ich ihm nach. Ich brauchte meine Hand nicht zu öffnen, um zu wissen, dass ich Jakes Messer in ihr verborgen hielt. Das konnte doch nicht sein Ernst sein?

In meinem Inneren wusste ich, dass Jake recht hatte. Doch ich war nicht im Geringsten darauf vorbereitet. Irgendwann musste ich meinen Freunden von meiner Unsterblichkeit erzählen. Allerdings hatte ich geglaubt, mich noch etwas auf dieses Geständnis vorbereiten zu können. Nun stand ich völlig verunsichert da und beobachtete Sally, die mit schmerzverzerrtem Gesicht ihr Bein festhielt. Matt und Conner hockten ratlos bei ihr. Sie konnten ihr nicht helfen.

Ich drängte die beiden beiseite und kniete mich neben Sally. Ein tiefer Schnitt zog sich über ihr Schienbein, aus dem Blut heraussickerte. Die Hautoberfläche um den Schnitt herum war aufgeschürft und dreckig.

»Es tut so weh«, wimmerte Sally unter Tränen.

»Du musst dein Bein ruhig halten«, stieß Matt aus.

Conner seufzte. »Jake bringt das schon wieder in Ordnung.«

Alle drei drehten sich nach Jake um. Erst jetzt bemerkten sie, dass er nicht mehr da war. Sie starrten kurz ins Leere, bevor sie mir ihre fragenden Blicke zuwarfen.

Das war dann also mein Stichwort. Ich holte tief Luft, um mich vor dem zu wappnen, was mir nun bevorstand.

»Tut mir bitte den Gefallen und dreht nicht gleich durch!«, versuchte ich die drei zu beruhigen.

Ich schaute Matt und Conner eindringlich an. Dann wandte ich mich mit voller Aufmerksamkeit an Sally. »Vertrau mir! Ich werde dir jetzt helfen.«

Verstört zog sie die Augenbrauen nach oben. Sie war noch so ahnungslos ... Langsam hob ich Jakes Messer in ihren Blickwinkel.

»Nein!« Sie rutschte entsetzt von mir weg.

»Bist du verrückt!« Matt klang regelrecht hysterisch. Er packte meinen Arm und wollte mir das Messer entwenden. Mit einer Leichtigkeit, die mir selbst noch fremd war, umfasste ich kraftvoll sein Handgelenk. Ohne große Mühe zwang ich ihn so in die Knie.

Als ich ihn wieder losließ, kroch auch er von mir weg. Er umfasste seine schmerzende Hand und sah mich anklagend an.

Ja, ich hatte ihm wehgetan. Aber so hatte er sich wenigstens nicht an dem Messer verletzt.

Conner baute sich neben mir auf. »Was hast du vor, Sam?«

Ich beachtete ihn nicht. Konzentriert sah ich Sally tief in die Augen. »Du brauchst keine Angst zu haben! Das Messer ist nicht für dich bestimmt.« Noch während ich zu ihr sprach, schnitt ich mir in den Finger.

Sie erstarrte. Verunsichert blickte sie auf

meine Fingerkuppe, auf der ein Tropfen Blut zum Vorschein kam – hauptsächlich silbernes Blut.

»Das glaube ich nicht ... Das kann nicht sein!« Conner war nun der Letzte, der von mir zurückwich.

Ich hatte eine ungefähre Vorstellung davon, was in meinen Freunden jetzt vorging. Auch hatte ich geahnt, dass sie sich von mir zurückziehen würden. Das alles kam mir bekannt vor.

Als sie damals von meinem unsterblichen Vater erfuhren, hatten sie genauso reagiert. Sie hatten die Erkenntnis, dass ich zur Hälfte eine Unsterbliche war, erst einmal verdauen müssen. Wie mussten sie sich jetzt erst fühlen, da ich mich ihnen nun so offenbarte? Würden sie mich trotzdem noch gernhaben, auch wenn ich kein Mensch mehr war?

Sally zuckte zurück, als ich mit meinem Finger über ihre Verletzung strich. Dann schaute sie jedoch neugierig zu, wie der kleine Blutstropfen in ihrer Wunde verschwand.

Conner und Matt beobachteten uns aus sicherer Entfernung. Ich hatte das Gefühl, jeder von ihnen habe den Atem angehalten. Gebannt warteten sie darauf, was nun passieren würde.

Ihr Schienbein hatte inzwischen aufgehört zu bluten. Auf jeden Fall mussten wir Sally noch einen Verband anlegen, um die Verletzung sauber zu halten. Doch die Heilung hatte schon eingesetzt. Sally hatte keine Schmerzen mehr.

Fasziniert betastete sie ihr Bein und schaute mich dann mit großen Augen an.

»Wie fühlst du dich?«, fragte ich sie und lächelte ihr dabei aufmunternd zu.

Sally hatte es die Sprache verschlagen. Sie bewegte die Lippen, so als wollte sie mir antworten, doch sie brachte kein einziges Wort heraus. Wahrscheinlich stand sie unter Schock, genauso wie die beiden Jungs.

Ich ließ ihnen so viel Zeit, wie sie brauchten. Ohne sich zu regen, starrten sie mich ununterbrochen an. Wäre die Situation nicht so angespannt gewesen, hätte ich mich über ihre verdutzten Mienen köstlich amüsieren können.

Conner war der Erste, der wenigstens sein Gewicht wieder verlagerte. Er räusperte sich mehrfach, um den Frosch in seinem Hals herauszuwürgen. »Also ... Ich ... Da hast du uns ja einiges zu erklären!«

Matt brachte ein zustimmendes Nicken zustande, verharrte ansonsten aber weiterhin regungslos.

»Ich werde es versuchen«, erwiderte ich ihm, dankbar, dass die Stille nun unterbrochen war. »So richtig verstehe ich es selbst noch nicht. Aber ich werde euch alles erzählen, was ich weiß.«

Und so kehrte ich in Gedanken zu dem schicksalhaften Schlachtfeld zurück. Aufmerksam hörten mir alle drei zu, als ich ihnen eine Geschichte erzählte. Eine Geschichte über ein Mädchen, das sich in einen Unsterblichen verliebte, der als ihr Seelenverwandter für sie bestimmt war. An der Stelle, als das Mädchen von einem Schwert tödlich verletzt wurde, fing Sally an zu weinen und ergriff meine Hand.

»Ich kann euch nicht sagen, was dann passiert ist. Jake glaubt, dass meine menschliche Hälfte an den Folgen der schweren Verletzung gestorben ist.«

Wieder herrschte absolute Stille. Ich wartete ...

»Du bist jetzt also eine Unsterbliche?«, flüsterte Sally mir schließlich kaum hörbar zu. Die Erkenntnis überforderte sie ungemein.

»Da hast du ja noch mal Glück gehabt.« Matt löste sich aus seiner Starre und setzte sich neben Sally. »Ich hätte zu gern erlebt, wie du Jake als alte Frau bei Laune gehalten hättest! Du musst einem auch jeden Spaß verderben ...«

Matt quasselte ununterbrochen. Diesmal war ich ihm jedoch unglaublich dankbar dafür. Es war ein Zeichen, dass alles gut werden würde. Er schien sich mit meiner Unsterblichkeit abgefunden zu haben.

»... Aber weißt du, was echt heftig ist?«,

sprach er zu Sally. »Sie wird unsere Kinder, Enkel und Urenkel überleben. Das ist doch total verrückt, oder?«

Wir machten uns an den Abstieg. Immerzu musterten mich die drei verstohlen, sprachen aber kein Wort. Erst als wir das Tal erreicht hatten, wandte Sally sich mir zu.

»Habe ich das richtig verstanden? Wenn du mit Jake nicht seelenverwandt wärst, dann hättest du nicht überlebt?«

»Ich bin auf diesem Schlachtfeld gestorben. Drei Tage befand ich mich in tiefster Finsternis und kämpfte gegen den Tod, bis meine unsterbliche Seite die Oberhand gewann. Silas ist der Ansicht, dass nur unsere Seelenverschmelzung das ermöglichen konnte.«

Sally kam auf mich zu und umarmte mich. »Ich werde mich erst noch daran gewöhnen müssen, eine Unsterbliche als beste Freundin zu haben. Aber wenn ich mir vorstelle, dass ich dich tot und begraben vorgefunden hätte ...« Sie schluchzte in mein Haar.

Matt streichelte Sally über den Rücken, während Conner ein Stück abseits stand.

Ich lächelte ihnen erleichtert zu. »Kommt jetzt! Sie werden schon auf uns warten.«

Den restlichen Weg verbrachte ich damit, Sally von der besonderen Verbindung zwischen Jake und mir zu erzählen. Conner ging voraus. Aber Matt lief neben uns her und lauschte unserem Gespräch.

»Wusste Jake eigentlich gleich, dass du seine Seelenverwandte bist, als er dich das erste Mal gesehen hat?«, fragte er.

»Ja. Er hatte mich schon in seinen Träumen gesehen.«

Matt zog nachdenklich die Stirn in Falten. »Eine Art von Vorhersehung«, murmelte er in sich hinein.

Ich blieb schlagartig stehen, als mir etwas in den Sinn kam. Jake hatte mich in seinem Traum gesehen, bevor ich ihm tatsächlich begegnet war. Und ich ... Ich hatte in meinem Traum einen wilden Hengst gesehen. Was wenn ...?

Nervös begleitete ich die drei, bis wir aus dem Wald heraustraten und die weißen Häuser schon zu erkennen waren. Jetzt hatte ich keine Ruhe mehr.

»Geht schon mal voraus! Ich habe noch etwas zu erledigen.« Schnell wandte ich mich ab und hastete davon.

»Aber ... Sam!« Sally schaute mir irritiert hinterher.

Begegnung

Jake wusste nicht, ob es richtig gewesen war, Sam allein bei ihren Freunden zurückzulassen. Sie war selbst noch verunsichert von der Tatsache, dass sie nun eine Unsterbliche war. Doch Sallys Verletzung gab Sam die passende Gelegenheit, sich ihren Freunden anzuvertrauen.

Er strich sich das Haar aus der Stirn und lehnte sich an einen kleinen Felsen. Von hier aus würde er Sam sehen, sobald sie sich mit ihren Freunden an den Abstieg machte.

»Wo bleibt ihr denn?«, rief Ryan ihm ungeduldig zu. Er sah den anderen kurz hinterher und kam dann zu Jake zurück. »Wo ist Sam?«

»Sie gibt sich gerade als Unsterbliche zu erkennen.« Jake schmunzelte. »Und sie wird mich gerade in diesem Moment verwünschen.«

Ryan runzelte die Stirn. »Hoffentlich werden die anderen Clans eure Seelenverwandtschaft akzeptieren. Spätestens wenn du nachher mit Sam beim Seefest eintreffen wirst, wird auch der Letzte wissen, dass sie überlebt hat.«

Jake nickte. »Wir müssen gut auf Sam aufpassen. Ich kann absolut nicht einschätzen, wie die anderen Unsterblichen auf ihre Anwesenheit reagieren werden.«

»Hast du dir schon Gedanken darüber gemacht, wie du es Agnes beibringen willst, dass deine geplante Verbindung mit ihr nicht stattfinden wird?«

»Erinnere mich bloß nicht daran. Ich wäre froh, wenn ich dieses Gespräch schon hinter mich gebracht hätte.«

Ryan legte ihm eine Hand auf die Schulter. »Agnes und dich verbindet nicht die Seelenverwandtschaft. Sie wird sich damit abfinden müssen.«

»Ich werde sie sehr verletzen. Agnes hat mich stets spüren lassen, dass sie mir sehr zugetan ist. Wir haben uns gut verstanden, auch wenn sie mir nichts bedeutet. Ich wünsche ihr von Herzen, dass sie auch eines Tages ihren Seelenverwandten finden wird.«

»Oh ja … Das wünsche ich mir auch.« Ryan schnitt eine Grimasse. »Warum musst eigentlich ausgerechnet du dieses Glück haben?«

Jake boxte ihn freundschaftlich in die Seite. Dann schaute er zum Berg und stutzte. Durch das Gespräch mit Ryan hatte er sich ablenken lassen, weshalb er erst jetzt bemerkte, dass Sams Freunde sich näherten. Er stand auf und eilte ihnen entgegen.

»Wo ist Sam?«, stieß er besorgt aus, noch bevor er bei ihnen war.

Die drei sahen sich verunsichert an.

»Sam hat sich um mein Bein gekümmert und dann wollte sie noch etwas erledigen.«

Jake wurde ungeduldig. Er packte Sally an den Schultern und rüttelte sie leicht. »Kannst du bitte etwas genauer werden!«

»Sie ist in den Wald gelaufen«, berichtete Matt, während er mit dem Finger in eine Richtung deutete.

Augenblicklich rannte Jake los. Was hatte Sam vor? Sie schien sich nicht darüber im Klaren zu sein, wie gefährlich es für sie sein konnte, sich allein im Wald aufzuhalten.

»Mach dir keine Sorgen«, rief Ryan ihm zu, der neben ihm herlief. »Sam kann noch nicht weit gekommen sein.«

Jake machte sich große Vorwürfe, dass er Sam nicht besser mit der jetzigen Situation vertraut gemacht hatte. Sie hatte keine Ahnung, in welcher Gefahr sie schweben könnte.

* * * * *

Mein Herz raste vor Aufregung. Konnte es wirklich möglich sein? Hatte mein Traum doch eine Bedeutung? Vielleicht hatte ich tatsächlich mein Pferd gesehen.

Als ich den Hügel erreichte, hielt ich kurz inne. Tief durchatmend versuchte ich, mich zu beruhigen.

Ich hatte Angst davor, wieder enttäuscht zu

werden. So leise wie möglich pirschte ich mich an und spähte auf die Lichtung. Angespannt hielt ich nach einem Pferd Ausschau, das dem in meinem Traum ähnelte. Doch es waren einfach zu viele. Letztendlich schloss ich einfach meine Augen und stand langsam auf.

Meine Befürchtung wurde wahr. Das Getrampel der Hufe hallte erbarmungslos in meinen Ohren, als die Herde flüchtete. Ungeduldig wartete ich, bis der Tumult vorüber war und ich klare Sicht hatte. Aber ich musste schließlich einsehen, dass meine Hoffnung unerfüllt blieb. Traurig machte ich mich auf den Heimweg.

Da hörte ich Jake von Weitem meinen Namen rufen. Nachdem meine Freunde ohne mich aufgetaucht waren, hatte er sich sicherlich Sorgen gemacht. Jetzt musste ich ihm meine erneute Niederlage eingestehen. Am liebsten würde ich ihm nichts davon erzählen. Ich schämte mich ...

Bedrückt ließ ich mich ins Gras fallen und wartete auf ihn. Es war bis jetzt ein sehr schöner Tag gewesen. Meine Freunde wieder bei mir zu haben, machte mich sehr glücklich. Die Erleichterung darüber, dass sie meine Unsterblichkeit zu akzeptieren schienen, war sehr groß. Ich war froh, dieses Geständnis hinter mich gebracht zu haben.

Aber Jake hatte seinen Vater schon im Fischerdorf zurückerwartet. Es war sicherlich nur noch eine Frage der Zeit, bis Silas heimkehrte, beruhigte ich mich selbst. Ich fühlte mich unbehaglich, da ich nicht wusste, was für eine Nachricht er uns überbringen würde. Dougal war die Wurzel allen Übels. Ich befürchtete, dass es Silas nicht leicht hatte, ihn im Bezug auf die Menschen zum Umdenken zu bewegen. Und doch hoffte ich, dass Dougal nun endlich von seinem Hass gegen die Menschen ablassen würde. Er wusste ja jetzt, dass sein Sohn Dageus mit einer Menschenfrau ein Kind gezeugt hatte. Und ich lebte. Ich war ein Halbblut – seine Enkelin.

Seufzend legte ich mich auf den Rücken und verschränkte die Arme hinter dem Kopf. Aus dieser Perspektive wirkten die riesigen Bäume noch beeindruckender. In schwindelerregender Höhe breiteten sich ihre mächtigen Baumkronen wie ein blättriges Dach über mir aus. Nur an vereinzelten Stellen sah man den Himmel hindurchscheinen, an dem kleine Wolken rasch vorüberzogen.

Der Wind hatte aufgefrischt. Er fegte über die Grashalme hinweg und streichelte meine Haut. Die Blätter tanzten und rauschten bei seinem Spiel. In meinem menschlichen Leben hatte ich das nie so bewusst wahrgenommen. Es wirkte auf mich, als wollte der Wind mir etwas erzählen.

Da fiel mir auf, dass ich Jake nicht mehr hören konnte. War er umgekehrt? Vermutlich hatte er mich im hohen Gras nicht liegen sehen und war vorbeigelaufen. Ich konzentrierte mich, lauschte bewusst nach seinen Schritten.

Es war eigenartig. Jake schien nicht in meiner Nähe zu sein, sonst hätte ich ihn spüren können. Aber irgendwie hatte ich trotzdem das Gefühl, nicht allein zu sein. Je mehr ich meine Sinne ausreizte, desto sicherer wurde ich mir. Jemand beobachtete mich …

Nervös stand ich langsam auf, darauf bedacht, keine hektischen Bewegungen zu machen. Ich durfte mir nicht anmerken lassen, dass mir die Anwesenheit des anderen bewusst war. Beiläufig schaute ich mich um, lauschte erneut, indem ich alle anderen Geräusche ausblendete. Und da hörte ich ihn … den kräftigen Schlag eines Herzens. Dieser gehörte jedoch zu keinem Unsterblichen und auch zu keinem Menschen.

Mit einem Mal wurde ich vollkommen ruhig und ausgeglichen. Ich war mir ganz sicher, dass mir keine Gefahr drohte. Mein Beobachter hatte sein Versteck aufgegeben und befand sich nun direkt hinter mir.

Langsam drehte ich mich um. Durch meinen Traum hätte ich eigentlich darauf vorbereitet sein müssen, doch es verschlug mir dennoch die Sprache.

Mit erhobenem Haupt stand der wilde Hengst in sicherer Entfernung vor mir. Er verharrte regungslos und musterte mich.

Es war so beeindruckend, diesem majestätischen Pferd wahrhaftig gegenüberzustehen. Die Sonne brach sich an seinem schwarzbraunen Fell und spiegelte sich in seinen Augen, die mich nach wie vor abschätzend anschauten.

Keiner von uns wagte es, sich zu bewegen. Es war mir unmöglich, auch nur einen klaren Gedanken zu fassen. Aber irgendetwas musste ich tun. In meinem Traum war er so schnell wieder verschwunden ...

Ich tat das Einzige, was mir einfiel. Ganz behutsam, um ihn nicht zu verschrecken, begann ich, auf ihn einzureden.

»Hallo ... Ich bin Sam.« Mehr als ein Flüstern kam nicht über meine Lippen.

Er stellte aufmerksam die Ohren auf, rührte sich aber nicht von der Stelle.

Hm ... Na, immerhin war er nicht davongelaufen. Also versuchte ich es erneut.

»Ich habe von dir geträumt.«

Wieder keine Reaktion. Was erwartete er nur von mir?

Meine Tante hatte mich oft in den Schlaf gesungen, wenn ich mich als Kind vor irgendetwas gefürchtet hatte. Vielleicht gelang es mir so, ihn zu beruhigen und ihm seine Scheu zu nehmen? Daher stimmte ich spontan die Melodie von Tante Maggis Lied an.

Die Mähne des Hengstes flog wild umher,

als dieser unerwartet mit seinem Kopf nickte. Kraftvoll scharrte er mit einem Huf und schnaubte laut auf.

Was war passiert? Hatte ihm mein Lied gefallen? Hoffnungsvoll summte ich weiter.

Nun kam er ein kleines Stück auf mich zu, woraufhin ich ihm meine Hände entgegenstreckte.

Er blieb etwa zwei Schritte vor mir stehen und senkte zögernd seinen Kopf.

Ehrfürchtig berührte ich mit meinen Fingerspitzen den weißen Stern auf seiner Stirn. Es war ein großartiges Gefühl, diesem Pferd so nah zu sein. Ich war stolz über diesen Triumph. Wir hatten heute das erste Mal zusammengefunden und doch spürte ich eine große Verbundenheit.

Unablässig streichelte ich durch seine lange Mähne und erzählte ihm von mir. Auch wenn er bestimmt kein Wort verstand, so lauschte er neugierig meiner Stimmfarbe.

Ich hatte völlig die Zeit vergessen, indem ich es einfach genoss, mit ihm zusammen zu sein. Da vernahm ich Jakes und Ryans Stimmen. Sie riefen nach mir.

Mein ›Brauner‹ wurde unruhig. Er spitzte die Ohren und trat die Flucht an. Als er zwischen den dichten Bäumen verschwunden war, sah ich seinem dunklen Schatten so lange nach, bis ich nichts mehr erkennen konnte. Ein Schatten, der mir nun vertraut war. Ich schmunzelte, während ich ihm seinen Namen gab. »Bis bald, Shadow!« Ich hatte nun keine Zweifel mehr, dass wir uns bald wiedersehen würden.

Als ich in Jakes und Ryans Blickfeld kam, stand ich noch immer an der gleichen Stelle und schaute fasziniert ins Leere. Der Hengst war so plötzlich verschwunden, wie er aufgetaucht war.

»Sam ...!«

Mit einem breiten Grinsen wandte ich mich zu ihnen um. Doch es verschwand sofort wieder aus meinem Gesicht, da ich Jakes anklagendem Blick begegnete.

Oh ... oh! Jetzt konnte ich mich auf etwas gefasst machen.

»Wir haben dich überall gesucht«, sagte Ryan erleichtert, aber Jake fiel ihm ins Wort.

»Was denkst du dir bloß dabei, allein soweit in den Wald zu gehen? Haben wir nicht schon genug erleiden müssen, als du dich das letzte Mal in Gefahr gebracht hast?« Er bebte vor Zorn.

Gerade noch hatte ich ihm von meinem Erlebnis erzählen, es mit ihm teilen wollen. Nun aber war dieser besondere Augenblick zerstört.

»Wieso darf ich denn nicht in den Wald gehen? Seit wann ist das verboten?«, fuhr ich ihn an.

»Wir wissen nicht, ob sich die Tatsache,

dass du am Leben bist, schon herumgesprochen hat. Und falls es so wäre, wissen wir nicht, wie Dougal auf diese Nachricht reagiert oder wie andere über unsere Verbindung denken.«

»Du könntest in Gefahr sein«, warf Ryan ein. »Solange wir nicht vom Gegenteil überzeugt sind, solltest du etwas vorsichtiger sein!«

»Es tut mir leid. Ich hatte nicht vor, euch zu verärgern.« Bedrückt ließ ich die Schultern hängen.

Jake seufzte auf. Er kam auf mich zu, zog mich an sich und legte sein Kinn auf meinen Kopf. »Bitte bleibe vorerst in unserer Nähe! Ich will und kann dich nicht einsperren, Sam. Allerdings kann ich dich nicht beschützen, wenn ich nicht einmal weiß, wo du bist.« Zärtlich küsste er mich auf die Stirn. »Was wolltest du denn so allein im Wald?«

Jetzt strahlte ich ihn zufrieden an. »Ich war auf der Lichtung bei den wilden Pferden. Sie sind wieder vor mir geflüchtet ... Doch dann ...«

Ryan unterbrach mich. »Jake! Wenn wir uns nicht beeilen, kommen wir zu spät. Es wird schon genug Gerede geben, weil dein Vater nicht da ist. Wenigstens du solltest mit deiner Anwesenheit bei der Eröffnungsfeier glänzen.«

Jake machte nicht den Eindruck, als hätte er große Lust dazu. Trotzdem nickte er Ryan zu.

»Lass uns später in Ruhe über alles reden!« Er gab mir einen flüchtigen Kuss auf den Mund und wir machten uns auf den Weg.

Ich war frustriert ... Es drängte mich, ihm von der Begegnung mit Shadow zu erzählen. Jedoch wich die Enttäuschung augenblicklich einem Gefühl zwischen Unsicherheit und Angst. Schlagartig wurde mir klar, was mir nun bevorstand. Wir würden gleich mit mehreren benachbarten Clans zusammentreffen. Einige von ihnen hatten mich auf dem Schlachtfeld sterben sehen. Wie würden sie reagieren, wenn sie mich nun lebendig wiedersahen? Würden sie unsere Beziehung gutheißen? Doch das meiste Herzrasen bereitete mir das Wissen, dass Jake mich mit Agnes bekannt machen wollte. Ich würde der Frau gegenüberstehen, die bis zu meinem Auftauchen einen Anspruch auf Jake hatte. Nach den Anspielungen dieser unsympathischen Daisy konnte ich mir gut vorstellen, wie Agnes auf mich reagieren würde.

Auch für Jake war es sicherlich keine einfache Situation. Er hatte mir gesagt, dass sich Unsterbliche nur in ihren Seelenverwandten verlieben können. Ich hatte allerdings keine Ahnung, wie er sonst zu ihr stand. Mochte er sie? Waren sie befreundet oder konnte er sie nicht einmal leiden? Ryans Abneigung gegen seine Auserwählte Daisy war unverkennbar gewesen. Innerlich hoffte ich, dass es sich bei Jake ähnlich verhielt.

Jake wirkte entschlossen und selbstsicher, so wie er neben mir herlief. Er kaute auf seiner Unterlippe, was mich sofort auf andere Gedanken brachte ...

»Ist alles in Ordnung?« Jake schmunzelte mich an, als er meinen sehnsüchtigen Blick bemerkte.

Ich nickte ihm lächelnd zu, entzog mich dann aber schnell der Tiefe seiner Augen. Auf keinen Fall sollte er etwas von meiner Unsicherheit mitbekommen. Eindringlich musterte er mich nun seinerseits, doch ich ignorierte es.

»Kommen meine Freunde auch zum Seefest?«, fragte ich, um ihn und mich abzulenken.

»Nein. Wir dürfen sie auf keinen Fall in die Nähe anderer Clans lassen. Erst einmal müssen wir herausfinden, ob sich die Meinungen und Ansichten über die Menschen tatsächlich geändert haben.«

Diese Einschätzung der Situation trug nicht gerade dazu bei, dass ich mich besser fühlte. Im Gegenteil, ich wurde nur noch nervöser.

Als wir im Bergtal ankamen, hatten sich schon alle auf dem Tempelplatz versammelt. Sie schienen schon seit einer ganzen Weile auf Jake zu warten und warfen ihm nun ungeduldige Blicke zu. Grimmt und meine Freunde konnte ich jedoch nirgends entdecken.

Nancy stoppte ihre weiße Stute neben mir und streckte mir ihre Hand entgegen. »Es ist das Beste, wenn Sam vorerst bei mir mitreitet«, sagte sie in Jakes Richtung. »Wir müssen einfach vorsichtig sein, um so wenig Aufmerksamkeit wie möglich auf Sam zu lenken.«

Jake nickte seiner Mutter zu. Er lächelte mich aufmunternd an, hob seinen rechten Arm und rief damit alle zum Aufbruch.

Dankbar ergriff ich Nancys helfende Hand, um hinter ihr aufzusitzen. »Grimmt und deine Freunde haben wir an einem sicheren Ort untergebracht. Sie halten sich dort so lange versteckt, bis wir zurück sind«, rief sie mir über ihre Schulter hinweg zu. Sie trieb ihr Pferd an und wir eilten den anderen hinterher.

Alle Bewohner des Bergtals hatten sich mit uns auf den Weg gemacht. Wir mussten mindestens vierhundert Mann sein. Es war beeindruckend, wie die Meute in hohem Tempo nebeneinander hergaloppierte. Die Erde dröhnte unter unserer Last und hüllte uns in Staub.

Ich versuchte, Jake vor uns auszumachen, doch es war unmöglich. Es waren einfach zu viele Reiter zwischen uns. Da lenkte Ryan sein Pferd neben uns. Er war vorhin an Jakes Seite aufgebrochen und hatte sich nun bewusst zurückfallen lassen. Hinter ihm saß diese Daisy und warf mir einen vernichtenden Blick zu. Es war mehr als offensichtlich, dass sie mich nicht ausstehen konnte. Mir stand sicher deutlich ins Gesicht geschrieben, dass das auf Gegenseitigkeit beruhte. Ich hatte so eine Vorahnung, dass Daisy mir noch eine Menge Ärger einbringen würde.

»Jake sagt, ihr sollt euch erst einmal im Hintergrund halten!«, rief Ryan uns zu. »Wenn der passende Zeitpunkt gekommen ist, wird er Sam holen.«

Wieder etwas, was ungemein zu meiner Unsicherheit beitrug. Die Unsterblichen würden mich nicht gerade mit offenen Armen empfangen. Ich konnte nur hoffen, dass sie mir nicht mit Feindseligkeit begegneten.

Ryan wich uns nicht mehr von der Seite. Das Flussbett trug heute deutlich mehr Wasser mit sich. Wir preschten hindurch, sodass das Wasser in Fontänen an uns hoch spritzte. Als wir an der kleinen Schlucht ankamen, mussten wir unser Tempo drosseln. Alle auf einmal passten wir einfach nicht hindurch. Bis wir uns hintereinander eingeordnet hatten, bildete sich ein Stau.

Erst gestern war ich mit Jake hier gewesen, doch heute war die Atmosphäre völlig anders. Tausende von Unsterblichen hatten sich am Seeufer versammelt. Einige saßen hoch oben auf den Klippen und sahen zu uns herunter. Auf dem Wasser schwammen dutzende Kerzen und Blüten. Lagerfeuer säumten das Ufer in gleichmäßigen Abständen. Sie und die Kerzen würden uns Licht spenden, wenn die Dunkelheit über uns hereinbrach. Die Sonne näherte sich schon dem Horizont und tränkte den Himmel in eine glutrote Farbe. Dieses ganze Szenarium wirkte wie ein Gemälde. Es war eine ganz eigene Welt.

Gehörte ich wirklich hierher? Gehörte ich zu ihnen? Ich fühlte mich wie ein Eindringling.

Augenblicklich bemerkte ich, wie mich einige von ihnen anstarrten. Sie musterten mich und flüsterten sich etwas zu. Nancy hielt sich zwar mit mir im Hintergrund, aber wir konnten uns nicht in Luft auflösen.

Ryan schien auch mitzubekommen, dass man auf mich aufmerksam wurde. »Das ist nicht gut«, murmelte er in sich hinein. »Ich werde Jake fragen, was wir tun sollen. Bin gleich wieder da.« Er ritt davon.

Wir stiegen vom Pferd. Nancy drängte mich dicht an ihre Stute, indem sie sich schützend neben mich stellte. Auch einige von Jakes Freunden bauten sich um uns auf. Sie vermieden es, mich anzusehen, beobachteten dafür aber aufmerksam die Umgebung.

Jake tauchte mit Ryan im Schlepptau wie aus dem Nichts vor uns auf. Er wirkte sehr angespannt, lächelte mir aber aufmunternd zu. Seine Augen erwiderten meinen Blick, als er meine Hand ergriff.

»Weiche mir nicht von der Seite!«, forderte er mich auf. Seine Finger verschränkten sich mit meinen, drückten zur Unterstreichung seiner Worte kräftig meine Hand.

Er gab seinen Freunden im Stillen Anweisungen. Auch wenn er kein Wort gesagt hatte, schienen sie ihn verstanden zu haben. Sie veränderten ihre Aufstellung und folgten uns. Unverkennbar schlossen sie uns wie eine Eskorte ein. Nancy nahm meine andere Hand. Demonstrativ zeigten sie, dass ich zu ihnen gehörte.

Jake, Nancy und ich stiegen auf einen flachen Felsen, der als eine Art Podest diente. Die anderen blieben in der ersten Reihe stehen und schirmten uns so von den restlichen Zuschauern ab. Nach und nach stellten diese ihre Gespräche ein und es wurde bedrückend still.

»Ich freue mich, die diesjährigen Wettkämpfe eröffnen zu dürfen«, begann Jake mit seiner Rede. »Mein Vater lässt sich vorerst entschuldigen. Er wird später zu uns stoßen, sobald er von seiner Reise zurückgekehrt ist.«

Neben mir atmete Nancy hörbar durch. Sie machte sich Sorgen um Silas. Hoffentlich war ihm nichts zugestoßen! Wenn sie ihn schon beim Fischerdorf zurückerwartet hatten, dann musste er doch nun wirklich bald auftauchen. Was konnte nur der Grund sein, dass seine Ankunft sich so verzögerte?

»Es ist schön, euch alle nach so vielen Monaten wiederzusehen«, fuhr Jake fort, stockte aber, als er etwas oder jemanden erblickte.

Ich kannte ihn inzwischen gut genug, um seine Mimik zu deuten. Andere würden die Veränderung seiner Haltung nicht bemerken, doch ich spürte nur allzu deutlich, wie er sich anspannte.

Bei mir läuteten sofort sämtliche Alarmglocken. Irgendetwas stimmte nicht! Ich konnte mich nicht mehr auf Jakes Ansprache konzentrieren. Aufgeregt verfolgte ich seinen Blick, den er voller Verachtung immer noch auf die gleiche Stelle gerichtet hielt.

Unbewusst hielt ich die Luft an, als ich den Grund für Jakes Wachsamkeit bemerkte. Unter all den Unsterblichen, die sich dicht um unser Podest gedrängt hatten, bohrte sich ein Augenpaar regelrecht in mich hinein. Es war nicht so, dass mich die anderen nicht auch neugierig musterten – doch diese Intensität erreichten sie bei Weitem nicht. So viele hatten sich hier versammelt, um Jake zuzuhören – dieser Unsterbliche trat jedoch aus ihrer Masse hervor. Ich konnte nicht sagen, woran das lag. Er schaute mich auf eine Art und Weise an, dass es mir kalt den Rücken herunterlief. Es war mehr als nur Neugierde in seinem Blick zu lesen. War es Verachtung oder sogar Hass?

Sein blondes Haar reichte ihm fast bis auf

die Schultern. Er trug eine ärmellose Rüstung, deren schwarzes Leder seinen Oberkörper eng einhüllte. Irgendwie kam mir die Art dieser Bekleidung bekannt vor.

Ein weißer Falke landete gerade auf der Schulter des Mannes, ohne dass dieser auch nur kurz zusammenzuckte. Der stolze Raubvogel gehörte offensichtlich zu ihm. Mein Herzschlag setzte aus, als mir die Bedeutung des Falken bewusst wurde. Er war das Wappentier von Dougal McGavyn. Ich wusste, dass die Ranghohen des Clans ein solches Tier besaßen.

Schlagartig wurde mir klar, um wen es sich bei diesem Unsterblichen handelte. Auch wenn ich ihn damals auf dem Schlachtfeld nur von Weitem erblickt hatte, so erkannte ich Dougals Ziehsohn in diesem Moment wieder.

Jake ließ meine Hand los. Ohne seine Rede zu unterbrechen, legte er seinen Arm um meine Taille. Er löste seine Augen von dem Mann, von dem ich wusste, dass er Jakes größter Feind war. Jake hatte mir schon einmal erzählt, dass Esca und er sich nicht ausstehen konnten.

»So lasst uns nun endlich mit den Feierlichkeiten beginnen!«, endete Jake. Jemand reichte ihm einen Weinkelch, den er ausdrucksvoll in die Höhe hielt. »Morgen liegt ein aufregender Wettkampftag vor uns. Mögen die Besten gewinnen!«

Jetzt hoben alle ihre Kelche und prosteten Jake jubelnd zu.

Die gezwungene Situation wechselte augenblicklich in eine ausgelassene, heitere Stimmung. Plötzlich spielte Musik auf, zu der auch sofort die Ersten tanzten. Sie warfen etwas ins Feuer, was explosionsartig in weit verstreuten Funken in den Himmel aufstieg. Wie tausende von Glühwürmchen verteilten sich die kleinen Feuerkugeln in der inzwischen eintretenden Dunkelheit. Lautes Lachen und Stimmengewirr hallte durch die Nacht. Ich konnte mir nicht vorstellen, dass mir hier und jetzt noch Gefahr drohte.

Jake schob mich von dem Podest herunter, als Ryan sich gerade zu uns hindurchzwängte. Er war sehr aufgeregt.

»Dougals Clan nimmt dieses Jahr an den Wettkämpfen teil«, rief er Jake entgegen. »Sie haben sich eben in die Liste eingetragen.« Die Worte sprudelten nur so aus ihm heraus.

»Heißt das, Dougal ist hier?«, fragte Nancy aufgebracht.

Jake wirkte nachdenklich. »Nein, das glaube ich nicht. Ich habe nur Esca gesehen.«

»Seit wann nehmen die denn an unseren Wettkämpfen teil?«, warf einer von Jakes Freunden ein. »Sie waren noch nie hier. Außerdem gehören sie doch gar nicht zur Nachbarschaft.«

»Vielleicht hat es mit Sam zu tun?«, ließ

Ryan uns an seiner Überlegung teilhaben.

Nun sahen alle mich an.

Nancy ergriff als Erste wieder das Wort. »Wir sollten von hier verschwinden!«

Da zog Jake mich auch schon mit sich. »Ich werde dich an einen sicheren Ort bringen, bis wir den genauen Grund für Escas Auftauchen in Erfahrung gebracht haben.« Beschützend hielt er mich dicht an seine Seite gedrückt, während seine Freunde uns förmlich einkreisten.

Zügig drängten wir uns zwischen den meist tanzenden Unsterblichen hindurch. Es war nicht zu verhindern, dass sie unseren fluchtartigen Aufbruch bemerkten.

»Wollt ihr schon gehen?« Ein groß gewachsener, dunkelhaariger Mann versperrte uns den Weg. »Es wäre doch sehr unhöflich von dir, einfach so aufzubrechen, ohne meine Tochter vorher zu begrüßen«, rügte er Jake. Fast hatte ich den Eindruck, er musste sich zusammenreißen, um nicht auf Jake loszugehen.

Erst jetzt fiel mir das Mädchen auf, das verunsichert nach dem Arm des wütenden Mannes griff und sich an ihm festkrallte. Ihr schwarzes, langes Haar umrahmte in wilden Locken ihr makellos schönes Gesicht. Sie hatte ihre Augen weit aufgerissen und starr auf Jake gerichtet. Dann wanderte ihr Blick abwechselnd von ihm zu mir, bis sie schließlich bei mir verweilte. Ihre mandelförmigen Augen verloren ihren Glanz, indem sie mich feindlich in sich aufsogen ...

Jake brauchte uns einander nicht vorzustellen. Ich wusste auch so, wer sie war. Angewidert verzog sie ihren Mund, bevor sie sich auf dem Absatz umdrehte und wutschnaubend davonrannte.

»Agnes!« Ihr Vater sah ihr missbilligend hinterher. Verächtlich wandte er sich nun wieder an Jake und streckte ihm drohend seine Faust entgegen. »Darüber ist noch nicht das letzte Wort gesprochen! So einfach kommst du nicht aus unserer Vereinbarung heraus.« Er stampfte seiner Tochter laut fluchend hinterher, wobei er diejenigen, die ihm dabei im Weg standen, achtlos beiseiteschubste.

Esca

Ich wagte es nicht, Jake auf diese verfahrene Situation anzusprechen. Es war mir von Anfang an klar gewesen, dass es unangenehm für ihn werden würde, wenn Agnes von mir erfuhr. Was diese Tatsache aber für ihre Familie, besonders für ihren Vater, bedeuten musste, hatte ich in keiner Weise bedacht.

Beunruhigt ließ ich mich von Jake auf sein Pferd ziehen, um mich dann nur noch an ihm festzuhalten. Ich durfte ihn einfach nicht verlieren!

Ryan und Nancy ritten neben uns her, wobei sie sich immerzu nach hinten umschauten. Sie schienen unserem ungehinderten Aufbruch nicht zu trauen.

Auch die anderen achteten auf die Umgebung. Die steilen Felsen der Schlucht wirkten mit einem Mal bedrohlich. Sie grenzten uns zu beiden Seiten ein, gewährten uns nur den einen Fluchtweg nach vorn.

Nur zehn von Jakes engsten Freunden begleiteten uns. Sie wussten von der Gefahr, die von Esca ausging. Alle anderen aus unserem

Clan feierten noch immer am See, von dem die Klänge der spielenden Kapelle bis zu uns nachhallten.

Das Ende der Schlucht war schon ganz nah, als plötzlich Reiter vor uns auftauchten. Sie stellten sich nebeneinander auf, um uns aufzuhalten.

Abrupt brachte Jake Onyx zum Stehen, sodass dieser sich mürrisch auf die Hinterläufe stellte. Hätte Jake mich nicht mit einer Hand festgehalten, dann wäre ich wohl heruntergefallen. Erschrocken schaute ich zu den fremden Unsterblichen. Es mussten mindestens zwanzig Mann sein. Wo kamen sie nur auf einmal her? Sie konnten uns unmöglich an irgendeiner Stelle überholt haben. Hatten sie die ganze Zeit auf uns gelauert? So entschlossen wie sie vor uns Aufstellung bezogen, mussten sie sich auf diese Situation vorbereitet haben.

»Zurück zum See!«, rief Jake seinen Männern zu.

Doch in diesem Moment kamen uns auch aus dieser Richtung mehrere Reiter entgegengeritten. Anhand seiner blonden Haare und seiner schwarzen, ledernen Rüstung erkannte ich sofort, dass Esca sie anführte.

»Wohin willst du denn so eilig?«, rief er Jake zu, noch bevor er seinen wilden Schimmel stoppte. Nie war ich jemandem begegnet, der so eine gefährliche Ausstrahlung hatte. Selbst als ich Dougal damals höchstpersönlich auf dem Schlachtfeld gegenüberstand, hatte ich nicht solche Furcht empfunden wie in diesem Augenblick.

»Willst du mir nicht deine reizende Begleitung vorstellen?«, brachte er zwischen zusammengebissenen Zähnen hervor. Es war nicht zu überhören, mit welcher Verachtung er dies aussprach. Seine Augen ruhten nun auf mir, wobei er mich abschätzend von Kopf bis Fuß musterte.

»Was willst du?«, brüllte Jake ihn an. Auch seine Stimme triefte vor Hass.

Ein aufgesetztes Lachen drang aus Escas Kehle. »Mir kam zu Ohren, dass du eine Frau bei dir versteckt hältst – halb Mensch, halb Unsterbliche.« Er stieg von seinem Pferd und kam langsam auf uns zu. »Ich wollte mir selbst davon ein Bild machen, ob sie tatsächlich noch am Leben ist, so wie dein Vater es behauptet. Schließlich könnte es Silas' Verhängnis sein, wenn er uns belogen hat.«

Sofort stürzte Jake vom Pferd und ging auf ihn los. Er zog ungehalten sein Schwert, hielt es Esca an die Kehle.

Verzweifelt schrie ich auf, als daraufhin Escas Männer mit blanken Schwertern auf Jake losstürmten. Drei scharfe Klingen legten sich mahnend auf seinen Hals und hinterließen silberne Spuren seines Blutes.

Ich bekam keine Luft mehr. Voller Panik

schrie ich hilflos um Gnade. Ich wusste nicht, wer lauter aufschrie – Nancy oder ich?

Nun waren auch Ryan und unsere restlichen Freunde von ihren Pferden gesprungen und brachten sich angriffsbereit in Position.

Mein ganzer Körper bebte vor Angst. Ich nahm nichts mehr wahr, außer den Schwertern, deren scharfe Klingen sich in Jakes Haut schnitten. Er konnte jetzt und hier sterben ...

Da hob Esca beschwichtigend die Hand. »Na, na ... Wir wollen doch nicht gleich die Köpfe rollen sehen!«, ermahnte er alle, während er vor Jake zurückwich. Zögernd ließen seine Männer ihre Waffen sinken. Die Situation entspannte sich etwas.

»Was habt ihr mit meinem Vater gemacht?«, stieß Jake heiser hervor.

Esca war nun außerhalb seiner Reichweite und schaute ihn mit zusammengekniffenen Augen an. »Ihr wisst genau, wie wir zu diesem Menschenpack stehen. Niemals werden wir dulden, dass die Menschheit sich weiter vermehrt. Silas McAlaster droht die Hinrichtung, da er deine Beziehung zu dieser Sterblichen erlaubt hat.«

Jake sprang tobend auf ihn zu, wurde aber von Escas Männern zurückgehalten. Sie hatten große Mühe, ihn zu bändigen.

»Dein Vater ist ein elender Verräter, der sich den Menschen mehr verbunden fühlt, als mit seinesgleichen«, sprach Esca unbeirrt weiter. Anklagend zeigte er mit dem Finger auf mich, ohne mich dabei anzusehen. »Er hat die ganze Zeit von ihrer Existenz gewusst. Sollte sie also tatsächlich Dougals Enkeltochter sein, dann hat Silas sie ihm jahrelang vorenthalten.«

Jake stand regungslos da. Ich konnte sein Gesicht nicht sehen, da er mir den Rücken zuwandte. Doch anhand seiner Haltung und dem impulsiven Schlagen unserer Herzen wusste ich, dass er kurz davor war, Esca erneut an die Kehle zu gehen.

»Dein Vater hat behauptet, sie wäre nach Dougals tödlicher Verletzung zu einer Unsterblichen geworden.« Nun sah er mich ausdruckslos an. »Mein Ziehvater hat mich hierher geschickt, damit ich mich vom Wahrheitsgehalt dieser Worte überzeugen kann. Silas wird nichts geschehen, bis ich zurück bin. Allerdings wird Dougal Samantha nur akzeptieren, wenn sie nun tatsächlich eine von uns ist.«

»Dann solltest du nicht länger warten. Mach dich endlich auf den Heimweg und berichte Dougal von ihrer Unsterblichkeit!«, forderte Jake ihn energisch auf.

Esca verschränkte die Arme vor der Brust, so als könnte ihn nichts aus der Ruhe bringen. Er schaute zum Sternenhimmel empor, wo sein weißer Falke über uns kreiste. »Nein, Jake! Dafür ist es noch zu früh.« Nachdenklich schaute er mich erneut an. »Ich weiß einfach noch nicht, was ich von ihr halten soll. Vermutlich war die Verletzung durch Dougal gar nicht so schwer, wie sie aussah – vielleicht ist sie nach wie vor nur ein erbärmlicher Mensch.«

»Sie sieht Dageus schon irgendwie ähnlich«, mischte sich einer seiner Männer ein.

Kaum hatte er es ausgesprochen, schlug Esca ihm mit voller Kraft ins Gesicht. »Dich hat niemand nach deiner Meinung gefragt«, brüllte er den Unsterblichen an, der sich reumütig mit gesenktem Kopf zurückzog.

»Du willst mir nicht allen Ernstes weismachen, dass du an Samanthas Unsterblichkeit zweifelst, jetzt, da du sie gesehen hast?«, brachte Jake aufgebracht hervor.

»Nur da sie wie eine von uns aussieht, muss sie noch lange nicht unsere Fähigkeiten besitzen«, erwiderte Esca betont skeptisch.

Jake atmete tief durch. »Was für eine Fähigkeit würde dir denn als Beweis reichen?«, fragte er gereizt.

Esca lachte auf. »Sei doch nicht so ungeduldig, Jake! Wir haben alle Zeit der Welt. Deinem Vater wird vorerst nichts passieren. Ich habe den weiten Weg hierher doch nicht gemacht, nur um gleich wieder aufzubrechen.« Er legte den Kopf schief und musterte mich erneut.

Es war mir unmöglich, mich zu bewegen.

Ich versuchte einfach, seinem Blick standzuhalten. Niemals würde ich ihm zeigen, wie sehr er mich verunsicherte.

»Euer Seefest ist über weite Entfernungen hinweg bekannt. Ich habe richtige Lust, daran teilzunehmen. Wie ich hörte, hast du die letzten Jahre immer gewonnen. Da wird es doch Zeit, dass dich endlich mal ein würdiger Gegner herausfordert. Außerdem ist es ein guter Anlass, sich zu amüsieren. Und ganz nebenbei werde ich Samantha bei den Wettkämpfen beobachten. Sicherlich kann ich mir danach ein Urteil über sie bilden.«

»Sam wird nicht an den Wettkämpfen teilnehmen«, zischte Jake ihn an.

Esca nahm augenblicklich wieder seine feindselige Haltung an. »Oh doch, das wird sie. Wenn dir das Leben deines Vaters etwas bedeutet, dann seid morgen pünktlich!« Nach diesen Worten stieg er auf sein Pferd und forderte seine Männer zum Rückzug auf. Triumphierend ritten sie davon.

Fassungslos und verängstigt schaute ich ihnen hinterher. Auch die anderen warteten, bis sie nicht mehr zu sehen waren. Erst dann wandte Jake sich mir zu. Ich konnte seinen Gesichtsausdruck einfach nicht deuten. Zu viele Emotionen schienen gerade in ihm vorzugehen, wobei Zorn und Verzweiflung sicherlich dazugehörten.

Er sah mich fast entschuldigend an und

drückte meine Hand, ehe er sich vor mich aufs Pferd schwang. Hastig trieb er Onyx an.

Ich war erleichtert, als wir endlich die erdrückende Enge der Schlucht hinter uns ließen. Es hatte nicht viel gefehlt und sie wäre zur tödlichen Falle geworden. Noch einmal schaute ich schaudernd zum Eingang der Schlucht zurück.

Gerade in dem Moment, als ich mich wieder abwenden wollte, nahm ich eine Bewegung wahr. Esca kam oben auf einem der Felsen zum Vorschein. Sein Pferd bäumte sich auf. Fast machte es den Eindruck, es wolle von der hohen Klippe springen. Er stand ganz nah am Abhang des Felsens und sah uns hinterher.

Dieser Unsterbliche machte mir eine Heidenangst. Er war der Ziehsohn von Dougal McGavyn und nachdem ich ihn gerade kennengelernt hatte, war ich der Ansicht, dass er diesem in nichts nachstand.

Das Bergtal war wie ausgestorben, da alle seine Bewohner beim Seefest tanzten.

Jake ritt bis zum Tempelplatz und zog mich dann vom Pferd, direkt in seine Arme. Ich bekam kaum noch Luft, so fest hielt er mich an sich gedrückt.

Seinem Vater drohte die Hinrichtung, weil Jake und ich zusammen waren. Damit hatten wir Dougals Gesetz missachtet, welches jeglichen Umgang zwischen Unsterblichen und

Menschen verbot. Von Anfang an waren wir uns darüber bewusst gewesen, wie gefährlich unsere Verbindung für diejenigen werden konnte, die davon wussten. Nach dem Vorfall auf dem Schlachtfeld hatten wir allerdings gehofft, dass sich Dougals Haltung gegenüber den Menschen ändern würde.

Nancy trat zu uns und wir schlossen sie in unsere Umarmung ein. Es musste unvorstellbar schwer für sie sein, ihren Seelenverwandten in dieser Gefahr zu wissen. Der einzige Grund, warum Silas überhaupt noch lebte, war ich. Genauso wie ich im Gegenzug für seine jetzige Situation verantwortlich war.

Nancy stand unter Schock. Ihre Augen waren mit Tränen gefüllt, während sie ausdruckslos vor sich hin starrte. Sie bemerkte anfangs nicht einmal, wie Jake auf sie einredete. Erst als er Silas' Namen aussprach, horchte sie auf.

»Wirst du es versuchen?«, flehte er sie an. »Du musst es schaffen, dich mit ihm in deinen Träumen zu treffen. Nur so können wir erfahren, wo sie ihn genau festhalten und wie es ihm geht.«

Hoffnungslos schaute sie ihn an, nickte aber zustimmend. Sie löste sich aus unserer Umarmung und zog sich zurück.

»Komm!«, forderte Jake mich auf. »Ich muss mit Grimmt reden.« Er küsste mich kurz auf die Stirn und deutete den anderen an, uns zu folgen.

Noch nie hatte ich den Tempel betreten, in den Jake mich nun hineinführte. Der Mond schien durch die großen Fenster, die fast bis zu der hohen kunstvollen Decke hinaufreichten. Riesige Skulpturen waren als Säulen in den Tempel integriert.

Wir liefen großzügige steinerne Stufen hinunter, die kreisförmig um den zentralen Platz des Tempels angeordnet waren. Sie dienten offensichtlich als Sitzreihen und grenzten einen prachtvollen Altar ein, der mit aufwendigen Eingravierungen verziert war. Vorsichtig berührte ich ein Relief, das die Sonne darstellte. Ich konnte nicht sagen, woraus dieser Altar bestand. Seine Oberfläche war trotz der Einkerbungen ganz glatt. Er war sandfarben, nur gelegentlich von weißen Stellen durchzogen.

Jake drehte an einem Amulett, das auf der Stirnseite angebracht war. Ein lautes Geräusch, ähnlich einer schweren Tür, die ins Schloss fiel, war zu hören. Dann lehnten sich Jake und Ryan gleichzeitig gegen den schweren Altar, der sich nun mühsam etwas zur Seite schieben ließ. Eine schmale Treppe führte in einen Gang hinunter, der von an den Wänden hängenden Fackeln erleuchtet wurde.

»Wir haben Grimmt und deine Freunde in einer unterirdischen Höhle unter dem Tempel versteckt«, erklärte Jake mir, wobei er mich die Treppe hinabführte. »Eigentlich sind sie hier sicher. Aber nun, da wir wissen, dass Dougals Clan immer noch die Vernichtung der Menschen anstrebt, sollten wir sie so schnell wie möglich von hier wegbringen.«

Traurig schaute ich ihn an. »Hört das denn niemals auf?«

Jake wusste nicht so recht, was er mir darauf erwidern sollte. »Als dein Vater Dageus damals starb, verlor Dougal nicht nur seinen einzigen Sohn, sondern auch den zukünftigen Anführer seines Clans. Somit hing sein eigenes Schicksal am seidenen Faden. Es waren nicht wenige, die an die Möglichkeit gedacht haben, Dougal aus dem Weg zu räumen, um selbst an die Macht zu gelangen. Esca hat sich da sehr geschickt ins Spiel gebracht. Er war der Sohn von Dougals damaligem Berater. Nach Dageus' Tod fing er offenkundig an, um die Gunst Dougals zu werben. Es heißt, er selbst habe seine leiblichen Eltern ermordet, damit er von Dougal adoptiert werden konnte. Als sein angenommener Sohn brachte er Dougal die Sicherheit und Standfestigkeit als Clanführer zurück. Mit Esca hatte er wieder einen Nachfolger. Esca hingegen ist die zukünftige Machtergreifung sicher. Er muss sich nur in Geduld üben und abwarten, bis seine Zeit gekommen ist.«

Ich sah den finsteren Blick vor mir, mit dem Esca mich so hasserfüllt gemustert hatte. »Das hört sich so an, als hätten nicht nur die

Menschen, sondern auch die Unsterblichen unter Dougals Regime zu leiden«, warf ich ein.

»Dougal und Esca glauben, die Herrschaft über alle Clans zu besitzen. Sie erlassen Gesetze und versuchen mit allen Mitteln, ihre Ansichten und ihren Willen durchzusetzen. Unser Clan war bisher der einzige, der sich ihnen widersetzte. Auch im Kampf gegen die Menschen ordneten wir uns ihnen nicht unter. Mein Vater und ich hoffen, dass der Zwischenfall auf dem Schlachtfeld wenigstens andere Clans zum Umdenken bewegt hat, sodass auch sie sich nun endlich gegen McGavyn behaupten. Durch unsere Verbindung und durch deine Herkunft müssen sie einsehen, dass in den Menschen auch unsere Zukunft liegt – dass wir mit den Sterblichen wieder Kinder haben können. Es wird sicherlich seine Zeit brauchen, bis die Clans sich an den Gedanken gewöhnt haben. Immerhin waren die Menschen ihnen immer untergeordnet und waren nichts weiter als billige Arbeitskräfte. Aber unsere Seelenverwandtschaft könnte endlich die Wende bringen ...«

Unsere Seelenverwandtschaft ... Bis jetzt hatte sie Jake nichts als Ärger eingebracht. Wenn ich an die Reaktion von Agnes und ihrem Vater dachte, wurde mir ganz mulmig zumute. Mit welcher Abscheu sie mich gemustert hatten, als sie uns gegenüberstanden! Argo hatte unmissverständlich zu verstehen gegeben, dass er gegen unsere Verbindung vorgehen würde.

Ich blieb stehen und hielt Jake zurück. »Darf ich dich etwas fragen?«

Er nickte mir auffordernd zu, während die anderen uns überholten und weiterliefen.

»Du hast mir erzählt, die Seelenverwandtschaft stehe über allem. Ich hatte gehofft, dass unsere Beziehung akzeptiert würde ...«

Jake schmunzelte. »Du spielst wohl auf die freundliche Begrüßung von Argo und Agnes an?«, witzelte er. »Da hätte ich dich lieber gleich vorwarnen sollen. Ich bin unser zukünftiger Clanführer, was Agnes einen bemerkenswerten Aufstieg ermöglicht hätte, wenn es tatsächlich zu unserer Verbindung gekommen wäre. Ihrem Vater Argo wäre ein hoher Rang in der Gesellschaft und somit ein großes Ansehen sicher gewesen. Es ist also nicht verwunderlich, dass er so erzürnt ist.«

»Kann er denn wirklich gegen uns vorgehen?«

Jake seufzte. »Das hängt davon ab, wie die anderen unsere Verbindung sehen – ob sie an unsere Seelenverwandtschaft glauben und sie anerkennen.« Er streichelte über meine Wange. »Bevor du in mein Leben getreten bist, habe auch ich gedacht, sie wäre ausgestorben.«

Zärtlich fasste er mich am Kinn und presste dann seine Lippen auf meine. Ich spürte seine Verzweiflung, seinen unumstößlichen

Willen, mich zu beschützen. Er konnte mir also nicht mit Gewissheit sagen, dass Agnes und Argo chancenlos waren. Mit allem, was ich ihm in diesem kurzen Moment geben konnte, zeigte ich ihm, wie sehr ich ihn brauchte. Meine Lippen sogen sich regelrecht an seinen fest, wollten seinen Mund niemals wieder freigeben.

Ich weiß nicht, wie lange wir uns einfach aneinander festhielten. Schließlich ließ Jake mich los und zog mich weiter.

Es wurde spürbar kälter. Anfangs hatten uns die Fackeln noch den Weg aufgezeigt, doch nun befanden wir uns in absoluter Dunkelheit. Als ich noch ein Mensch war, hatte ich es bewundert, mit welcher Sicherheit die Unsterblichen sich in der Finsternis bewegten. Jetzt erst, da ich eine von ihnen war, konnte ich diese Gabe begreifen. Ich musste einfach meine Augen ein klein wenig zusammenkneifen, so als wollte ich etwas schärfer sehen. Dabei wurde die Schwärze immer blasser, bis ich erste Umrisse erkennen konnte. Dann sah ich alles ganz deutlich, nur farblos. Sicheren Schrittes folgte ich Jake durch den dunklen Gang, ohne dabei irgendwo anzuecken oder zu stolpern.

Wir betraten eine riesige Höhle, an deren Eingang die anderen auf uns gewartet hatten. Die rauen Wände waren mehrere hundert Schritte hoch. Wir mussten uns unter einem der Zwillingsberge befinden. Verschiedene Arten von Tropfsteinen hingen von der Decke. Sie reichten teilweise bis zum Boden herunter und verbanden sich mit imposanten Sintergebilden zu mächtigen Säulen. In die Felswände eingeschlagene Logen wirkten wie Balkone, von denen man wohl die gesamte Halle überblicken konnte. Ich blieb erstaunt stehen. Diese überdimensionale Höhle war tatsächlich ein Festsaal. In den Stein gehauene runde Tische und Stühle luden in dem weitläufigen Raum zum Verweilen ein.

Ryan schmunzelte über meinen Gesichtsausdruck. »Beeindruckend, oder?«, raunte er mir zu.

Mehr als ein Nicken bekam ich nicht zustande. Was musste hier erst für eine Atmosphäre herrschen, wenn diese Halle beleuchtet war.

Grimmt, Conner, Matt und Sally saßen um ein Lagerfeuer herum, wobei ihnen zwei Unsterbliche Gesellschaft leisteten.

»Sam!« Sally stand auf und winkte mir zu, als wir uns näherten.

»Was macht ihr denn alle hier?«, fragte Grimmt verwirrt. »Es wäre nicht nötig gewesen, dass ihr uns alle persönlich abholen kommt.« Er sprang auf und kam auf uns zu. »Ist etwas passiert?«

Jake klopfte ihm auf die Schulter und zog ihn beiseite. Er wollte Grimmt wohl in Ruhe alles berichten, ohne die anderen unnötig zu beunruhigen.

»Hey! Wir wollen auch wissen, was los ist«, protestierte Conner.

Jetzt standen alle auf und sahen Jake vorwurfsvoll an.

»Na schön«, lenkte dieser ein. Er setzte sich an einen der Tische und begann, laut und deutlich von den Ereignissen zu erzählen. Alle hörten aufmerksam zu. Nur das Knistern des Feuers begleitete seine Worte.

»Sie haben Silas?«, brüllte Grimmt heraus.

»Ihr müsst weg von hier!«, forderte Jake ihn auf. »Wenn Esca erfahren sollte, dass sich Menschen hier im Bergtal aufhalten, seid ihr einfach nicht sicher.«

»Aber ... du brauchst mich!« Grimmt versuchte, seinen Freund umzustimmen. »Ich kenne dich gut genug, um zu wissen, dass du bei Dougal einmarschieren wirst.«

Jake schüttelte den Kopf. »Solange ich den genauen Aufenthaltsort meines Vaters nicht kenne, werde ich gar nichts tun«, beruhigte er Grimmt. »Esca wird erst nach den Wettkämpfen zu Dougal aufbrechen, um ihm jede Einzelheit über Sam zu berichten. Ich werde Esca dabei persönlich begleiten. In der Zwischenzeit werden einige meiner Männer Sam zu dir nach Hause bringen. Ich muss sie in deinem Versteck in Sicherheit wissen, bevor ich Dougal gegenübertrete.«

»Nein«, widersprach ich. »Egal was du vorhast, ich werde dich begleiten.«

»Irgendwie habe ich geahnt, dass du das sagen würdest«, seufzte Jake.

Er wirkte so unglaublich traurig, als er langsam auf mich zukam. Liebevoll streichelte er mir mit seinen Fingern über die Wange und atmete tief durch.

»Die Gefahr ist einfach zu groß«, erklärte er mir seinen Entschluss. »Wenn du uns begleitest, könntest du Dougal in die Hände fallen. Wir können ihm einfach nicht trauen, Sam. Falls er meine Mutter oder dich zu fassen bekäme, dann hätte er durch euch ein Druckmittel, mit dem er von Silas und mir verlangen könnte, was er wollte. Dougal wartet auf Escas Bericht. Ich werde dich nicht in seine Nähe lassen, bevor ich nicht mit Sicherheit weiß, dass er dich als seine Enkeltochter anerkennen wird.« Eindringlich sah er nun Grimmt an, während er weiter zu mir sprach. »Deshalb wird Grimmt auf meine Mutter und dich aufpassen.«

»Was? Moment mal!«, mischte dieser sich ein. »Nancy und Sam werden bei mir zu Hause sicher sein. Aber ich werde an deiner Seite kämpfen!«

Kopfschüttelnd sah Jake zu Boden.

»Oh, du elender Sturkopf«, schimpfte Grimmt los. »Kannst du mir jetzt nicht einmal mehr in die Augen sehen, wenn ich mit dir rede?« Er baute sich vor Jake auf. »Glaub bloß nicht, dass du mich loswirst!«

Jetzt war Jake derjenige, der wütend aufschnaufte. »Nun beruhige dich mal wieder!«, ging er Grimmt an. »Ich habe nicht vor, mit Dougal eine gesellige Runde Schach zu spielen. Es ist absolut nicht abzuschätzen, in was wir da hineingezogen werden ...«

»... Und du traust mir nicht zu, dass ich euch im Kampf unterstützen kann?« Grimmt wirkte gekränkt. »Werde ich dir langsam zu alt, sodass du mich wie einen verstaubten Besen in irgendeiner dunklen Kammer abstellen musst?«

Jake packte ihm am Kragen. »Wenn du das wirklich glaubst, dann sollte ich dich wirklich ein paar Tage in eine dunkle Kammer stecken, damit du wieder klar im Kopf wirst.«

Grimmt hob schon den Zeigefinger, doch bevor er Jake etwas erwidern konnte, sprach dieser weiter: »Ich brauche deine Hilfe, indem ich dir das Wichtigste anvertraue, was es für mich gibt. Nur dir und Ryan würde ich diese Verantwortung übertragen. Mein ganzes Leben hängt davon ab.«

Nun sahen mich beide an, wobei Grimmt fast unmerklich nickte. Er gab auf und lenkte schließlich ein. »Ich werde sie mit meinem Leben beschützen«, versprach er Jake.

Dieser lächelte ihn dankbar an und streckte mir dann seine Hand entgegen.

Ich wusste, er wollte mich nur in Sicherheit wissen. Ihm musste der Gedanke an eine Trennung genauso zusetzen wie mir. Aber ich wollte es einfach nicht wahrhaben. Jake würde Dougal auf dessen Grund und Boden herausfordern. Es war fraglich, ob er wohlbehalten zu mir zurückkehren konnte, wenn er sich dieser Gefahr aussetzte. Er wollte sein Leben riskieren, um das seines Vaters zu retten. Ich wollte nicht einfach mit Grimmt auf ihn warten. Es war deprimierend, dass ich ihn aber gerade damit unterstützte. Er brauchte sich dann um Nancy und mich keine Sorgen zu machen, ebenso wie wir nicht Gefahr liefen, dass Dougal uns in die Finger bekam.

Meine einzige Möglichkeit, Jake in irgendeiner Weise zu helfen, war, bestmöglich bei den Wettkämpfen abzuschneiden. Ich musste Esca und alle anderen davon überzeugen, dass ich nun eine Unsterbliche war. Momentan war das der einzige Weg, wie ich letztendlich auch meiner Tante und meinem Onkel – wie ich all den anderen gefangenen Menschen helfen konnte. Ich musste mich beweisen …

Jake drückte meinen Kopf gegen seine Brust und hielt uns zusammen. »Sam wird dein Versteck erst verlassen, wenn ich sie persönlich von dort abhole!«, wies er Grimmt an. »Hast du das verstanden, Grimmt? Nur dann …!«

Grimmt nickte ihm zu. »Darauf kannst du

dich verlassen.«

Damit war die Sache also beschlossen. Ich konnte jetzt sagen, was ich wollte, es würde nichts nützen.

Jake küsste mich lange auf die Stirn, als würde er dabei nachdenken. Dann gab er mich etwas frei, ohne mich jedoch loszulassen.

»Auch wenn es dir wahrscheinlich nicht leichtfallen wird, so verlasse ich mich darauf, dass du Grimmt gehorsam sein wirst«, flüsterte er mir zu.

Meine Hände wühlten sich in sein Haar, um sein Gesicht zu mir herunterzuziehen.

Doch Jake hielt meinem Versuch, ihn zu küssen, stand. »Sam! Du wirst auf Grimmt hören!« Er nahm mein Gesicht zwischen seine Hände und sah mich mahnend an. »Sag es!«, forderte er eindringlich.

»Ich werde Grimmt keinen Ärger machen«, gab ich nach.

Augenblicklich legten sich seine Lippen leidenschaftlich auf meine und zogen mich unaufhaltsam in ihren Bann.

Nachdem wir schließlich wieder voneinander abgelassen hatten, zog Sally mich beiseite. »Die Unsterblichen nehmen dich ganz schön in Beschlag«, flüsterte sie mir zu. Sie war eifersüchtig und sicher war es nicht leicht für sie, mit der neuen Situation umzugehen. Auch Conner schien sich mit der Tatsache, dass ich nun unwiderruflich zu Jake gehörte, nicht anfreunden zu wollen. Er warf mir immer wieder enttäuschte Blicke zu.

»Nach den Wettkämpfen werde ich euch zu Grimmts Versteck folgen«, tröstete ich Sally. »Dann haben wir richtig viel Zeit füreinander.«

Sie zwang sich zu einem Lächeln, während wir hinter Grimmt und Jake herliefen. Die beiden diskutierten aufgeregt miteinander, bis wir die Höhle verlassen hatten. Auf dem Tempelplatz warteten bereits vier von Jakes Männern, deren Pferde mit ausreichend Proviant beladen waren. Sie hatten den Auftrag, unsere Freunde sicher zu Grimmts Versteck zu geleiten.

Matt fühlte sich offenbar nicht besonders wohl in seiner Haut. Er beobachtete die Unsterblichen mit einer gewissen Skepsis. Augenscheinlich misstraute er ihnen immer noch.

Als Ryan ihn von der Seite ansprach, um ihn auf die herumliegenden Pferdeäpfel aufmerksam zu machen, zuckte er zusammen und wich instinktiv zurück. Dabei trat er geradewegs in einen Haufen hinein. Laut fluchend trampelte er den Pferdemist von den Schuhsohlen und strafte Ryan mit einem anklagenden Blick. Es war nicht zu übersehen, dass er ihn für sein Missgeschick verantwortlich machte.

»Vielen Dank. Jetzt stinke ich wie ein Iltis.

Den Geruch werde ich heute den ganzen Abend nicht mehr los«, schimpfte er.

Conner verdrehte die Augen. »Halt einfach die Klappe, Matt! Wenn hier jemand einen Grund hat, sich zu beschweren, dann wir. Schließlich müssen wir deinen betörenden Duft die ganze Zeit ertragen.«

Ryan musterte Matt nachdenklich. Ihm schien das Verhalten des eigenartigen Menschen ein Rätsel zu sein.

»Passt gut auf euch auf!«, sagte Grimmt. Unvermittelt trat er auf Jake und mich zu und umarmte uns. »Wir sehen uns dann in spätestens zwei Tagen«, sprach er mich direkt an. Dann wandte er sich ab, um hinter einem der Unsterblichen aufzusitzen. Er trieb die anderen zur Eile, während sie bereits losritten.

Heute fiel Sally und mir der Abschied nicht ganz so schwer, da wir uns übermorgen schon wiedersehen würden. Sie und Matt folgten Grimmt hastig, so als hätten sie Angst, sie könnten den Anschluss verlieren. Sie winkten uns noch kurz zu und galoppierten mit den Männern davon.

Nur Conner machte keine Anstalten aufzubrechen. Noch immer sah er mich mit diesem undefinierbaren Ausdruck an. Ohne auf Jake zu achten, kam er auf mich zu. Er nahm meine Hände in die seinen und küsste mich auf die Wange.

Ich spürte, dass er mich noch nicht aufgegeben hatte. Er sah Jake, der langsam an uns herantrat, nun unsicher an. »Ich werde in deiner Abwesenheit gut auf Sam aufpassen«, versprach er Jake. »Egal wie lange es sein wird.«

Die beiden musterten sich abschätzend, wobei Jakes Miene versteinert wirkte. Doch er sagte nichts.

»Ich kann ganz gut auf mich allein aufpassen«, stieß ich aus, als ich den Schmerz in seinen Augen erkannte.

Conner nickte Jake noch kurz zu, ehe er mich schüchtern anlächelte und sich dann seinem Reiter zuwandte.

Wir schauten ihm nach, bis er nicht mehr zu sehen war. Jake hielt mich in seinen Armen gefangen, so als wollte er mich nie wieder loslassen.

»Wenn es eine andere Möglichkeit gäbe, dich zu beschützen, dann würde ich dich bei mir behalten«, raunte er mir zu. Verzweifelt sah er auf mich herunter, bevor er meinen Hals mit federleichten Küssen bedeckte.

Zärtlich streichelte ich ihm durchs Haar. »Ich möchte bei dir bleiben, Jake. Nichts wünsche ich mir mehr.«

»Nein, Sam! Aber ich werde dafür sorgen, dass wir uns danach nie wieder trennen müssen. Entweder wird Dougal sich bereit erklären, die Menschen zu achten und dich als seine Enkeltochter anzuerkennen – oder ich werde ihn vernichten.«

Meine Freunde würden mir während der nächsten Tage fehlen. Aber ich konnte später in Grimmts Versteck viel Zeit mit ihnen verbringen. Von Jake würde ich dann jedoch eine unbestimmte Zeit getrennt sein. Ich fühlte mich wie ohnmächtig, wenn ich an unsere bevorstehende Trennung dachte. Wie sollte ich das bloß aushalten? Schnell verwarf ich meine Überlegungen. Noch waren wir zusammen und ich würde jeden Augenblick davon auskosten.

Jake und ich hatten es eilig, nach Hause zu kommen. Als wir unser Baumhaus erreicht hatten, stürmten wir die Wendeltreppe hinauf. Diesmal legte ich meine Hand nicht auf die Rinde des uralten Stammes. Die einzige Seele, die ich jetzt spüren wollte, war die von Jake.

»Sam?«

»Hm ...« Ich kuschelte mich noch weiter an ihn.

»Du wirst mir unsagbar fehlen«, flüsterte Jake mir ins Ohr. »Es wäre um so vieles einfacher, wenn wir es bis dahin schaffen würden, uns in unseren Träumen zu treffen. Dann würden wir unsere vorübergehende Trennung leichter überstehen.«

Ich hob meinen Kopf und sah ihn an. »Sag mir, wie es funktioniert!«, forderte ich ihn auf.

Jake lachte leise. »So einfach ist das nicht, Sam.«

»Uns bleibt aber nicht mehr viel Zeit zum Ausprobieren«, erinnerte ich ihn traurig.

Er strich mir eine Haarsträhne aus dem Gesicht. »Lass es uns gleich einmal versuchen!«, bat er mich.

Zuversichtlich legte ich meinen Kopf zurück auf seine Brust. Möglicherweise würde es mir helfen, ihn in meinem Traum zu finden, wenn ich ihm so nah war. Ich lauschte seinem Herzschlag und schloss die Augen, um in die Welt des Unterbewusstseins einzutauchen.

Die Schwärze, in der ich mich befand, löste sich allmählich auf und nahm erste Konturen einer Umgebung an. Gerade fragte ich mich, ob ich den Ort in irgendeiner Weise bestimmen konnte, an dem ich in einen Traum einstieg. Da erkannte ich, wo ich war.

Ich stand hoch oben auf einem Felsen. Es regnete in Strömen, sodass meine Sachen innerhalb kürzester Zeit völlig durchnässt waren. Der Wind blies orkanartig über die Landschaft hinweg, indem sich Sträucher und kleinere Bäume durch seine Kraft krümmten. Äste und Blätter wurden erbarmungslos von ihm davongetragen.

Ein reißender Fluss bahnte sich den Weg durch die Schlucht, auf deren einer Seite ich mich befand. Auf der gegenüberliegenden Felswand stand Jake und schaute zu mir herüber. Ich winkte ihm aufgeregt zu, rief seinen Namen. Doch er reagierte nicht.

In diesem Moment berührte mich jemand von hinten an der Schulter. Erschrocken drehte ich mich um und sah in die eiskalten Augen von Esca. Er packte mich mit beiden Händen, hielt mich eisern fest.

»Du hast die richtige Entscheidung getroffen«, raunte er mir zu. »Du bist von Dougals Blut und gehörst zu uns!« Fast brannte sich sein eindringlicher Blick in meine Augen ein.

»Nein!« Ich schlug seine Arme von mir und taumelte zurück. Panisch drehte ich mich nach Jake um, der wie gelähmt von der anderen Seite der Schlucht zu uns herüberschaute. Es war mir unmöglich, zu ihm zu gelangen.

Escas Lachen hallte über den tosenden Wind hinweg, triumphierte über unsere ausweglose Situation. Plötzlich durchbrach ein lautes Wiehern sein unheilvolles Gelächter. Erstaunt starrte er an mir vorbei, drängte mich dann hinter sich, um mich abzuschirmen.

Zugleich sah ich das riesige, schwarzbraune Pferd auf uns zu galoppieren. Der Sturm blies seine Mähne nach hinten, wodurch der weiße Stern auf seiner Stirn sichtbar wurde.

Schnell kämpfte ich mich von Esca frei, um meinem Hengst entgegenzurennen. Aber so leicht ließ Esca mich nicht davonkommen. Er erwischte mich gerade noch am Arm und zog mich unablässig zurück. Da biss ich ihm kräftig in die Hand, mit der er mich zurückhielt. Sein silbernes Blut lief ihm über den Handrücken, was ihn kurz dazu brachte, mich loszulassen. Diesen kurzen Augenblick nutzte ich aus. Ich stieß ihn von mir weg und rannte los. Der Verfolgung von Esca mehr als bewusst, lief ich so schnell ich konnte auf Shadow zu. Dieser hatte uns mittlerweile erreicht und drängte sich zwischen uns. Er stellte sich auf die Hinterbeine, während er mit seinen Vorderhufen auf Esca einschlug. Esca war so damit beschäftigt, die Attacken meines Pferdes abzuwehren, dass es mir endlich gelang, vor ihm zu flüchten. Als ich einen beachtlichen Vorsprung erreicht hatte, ließ der wilde Hengst von ihm ab und sprintete mir hinterher. Ich sprang auf seinen Rücken und lenkte ihn wieder auf die Schlucht zu. Wir streiften Esca, als wir im vollen Galopp an ihm vorbeipreschten. Er hatte keine Chance mehr, uns aufzuhalten. Mit einem unvorstellbaren Tempo rasten wir auf die Klippen zu, auf deren anderer Seite Jake auf uns wartete. Würden wir es schaffen, die breite Kluft zu überspringen? Wenn es für ein normales Pferd auch unmöglich war, so glaubte ich bei Shadow fest daran. Jake rief nach mir, ging verängstigt auf die Knie. Als wir zu unserem waghalsigen Sprung ansetzten, begann alles vor meinen Augen zu verschwimmen. Ohne es zu wollen, glitt ich aus meinem Traum heraus. Ich erwachte und hörte Jake noch immer nach mir rufen.

»Sam …! Sam, wach auf!« Jake streichelte mir über die Wange und küsste mich auf die Stirn. Nachdenklich schaute er mich an. »Ist alles in Ordnung? Du warst so unruhig.«

Ich war vollkommen durcheinander. »Ich habe dich in meinem Traum gesehen, Jake. Du warst da.«

Jake runzelte die Stirn. »Es ist ein Unterschied, ob du von mir träumst oder ob wir uns tatsächlich im Traum begegnen.«

Enttäuscht setzte ich mich auf. »Dann hast du ihn nicht gesehen?«

Jake schüttelte den Kopf. »Wen?«

Erleichtert zog ich sein Gesicht zu mir heran und küsste ihn. Meine Lippen liebkosten die seinen in einem sinnlichen, verführerischen Spiel. Ich wollte diesen aufwühlenden Traum einfach nur vergessen. Hier war die Wirklichkeit und Jake war bei mir.

Feuer und Wasser

Die Zeit verstrich gnadenlos. Es war noch früh am Morgen. Die Sonne stand noch nicht hoch am wolkenlosen Himmel. Nichts deutete auf ein Unwetter hin, wie es in meinem Traum der Fall gewesen war. Trotzdem hatte ich noch ein unangenehmes Gefühl in der Magengrube. Der Traum hatte mich völlig aufgewühlt zurückgelassen. Sollte ich Jake davon erzählen? Es würde ihm sicher nicht gefallen. Was nützte es, wenn ich ihn dadurch noch weiter beunruhigte?

Jake führte mich zum Speisehaus, in dem Ryan und Nancy schon auf uns warteten. Nancy hatte den Platz neben sich freigehalten und zog mich in eine Umarmung.

»Ist es dir gelungen, mit Vater Kontakt aufzunehmen?«, fragte Jake seine Mutter voller Erwartung.

Nancy ließ deprimiert die Schultern sinken. Sie getraute sich nicht einmal, Jake anzusehen.

»Gib nicht auf! Probiere es einfach immer wieder!«, flüsterte er ihr aufmunternd zu.

Ryan reichte mir ein Stück Brot, was dieser Daisy offensichtlich sehr missfiel. Sie rückte näher an ihn heran und umfasste mit beiden Händen demonstrativ seinen Arm. »Du solltest dich stärken, damit du dich bei den Wettkämpfen von deiner besten Seite zeigen kannst!«, sprach er zu mir, ohne ihre Annäherung weiter zu beachten. Jedoch wehrte er Daisy nicht ab. »Ich spüre in meinem kleinen Zeh, dass du deine Sache gut machen wirst.« Er versuchte mich aufzubauen und zwinkerte mir zu.

Zweifelnd atmete ich durch. Warum glaubten eigentlich alle so fest an mich? Hatten sie vergessen, dass ich zur Hälfte von den Menschen abstammte? Was, wenn ich scheiterte, wenn ich doch nicht die Fähigkeiten besaß, die sie mir zutrauten? Sie setzten so hohe Erwartungen in mich. Ich war mir nicht sicher, ob ich sie erfüllen konnte. Meine Selbstzweifel waren einfach zu stark.

»Ich bin schon gespannt, wer von Jake und Esca das Rennen macht«, warf Daisy ein. Sie buhlte um Ryans Aufmerksamkeit.

»Du scheinst ja großes Vertrauen in mich zu setzen«, tadelte Jake sie.

Ryan lachte. »Ihr konntet euch noch nie ausstehen, Jake. Das hier ist für Esca nicht irgendein Wettkampf. Er wird alles daran setzen, dich zu besiegen, um sich zu beweisen, dass er der Bessere ist.« Er trank seinen Wasserkrug in einem Zug leer und wischte sich mit dem Handrücken über den Mund.

»Ihr seid wie Feuer und Wasser«, stimmte Nancy Ryan zu.

»Dann werde ich Esca zeigen, wie schnell man Feuer mit Wasser löschen kann«, sagte Jake selbstsicher.

»Pass nur gut darauf auf, dass du dich dabei nicht verbrennst!«, seufzte Nancy. »Esca ist ein sehr gefährlicher, unberechenbarer Mann.«

»Ich danke euch für eure aufbauenden Worte«, erwiderte Jake scheinbar empört.

Ryan klopfte ihm auf die Schulter. »Mach dir nichts draus, mein Freund! Wenn einer Esca besiegen kann, dann du!«

Wir waren spät dran. Die Wettkämpfe hatten sicher schon begonnen. Mir wurde ganz flau im Magen, wenn ich auch nur an meine Teilnahme dachte.

Unsere Pferde galoppierten auf die Schlucht zu. Es war immer wieder faszinierend, wie schnell diese edlen Tiere waren. Einen kurzen Moment dachte ich an meinen wilden Hengst. Ich wollte ihn so gerne wiedersehen. Doch ich kam ja nicht einmal dazu, Jake von ihm zu erzählen. Alles, was mich noch vor ein paar Stunden beschäftigt hatte, war jetzt unwichtig. Mit einem Mal hatte ich so viele Probleme am Hals, dass ich nicht wusste, welches das schlimmste war.

Wir hatten soeben den Eingang der Schlucht erreicht, als bereits Musik und ausgelassenes Gelächter zu hören waren. Die Stimmung wurde durch Jubelschreie und Klatschen noch weiter angeheizt. Nie hätte man den Eindruck gewonnen, dass von diesem Fest eine Gefahr ausgehen konnte.

Unbewusst beobachtete ich die Umgebung. Ich hatte die Befürchtung, dass Esca hier irgendwo wieder auf uns lauerte. Doch das brauchte er ja nicht einmal. Es würde sich nicht vermeiden lassen, ihm bei den Wettkämpfen zu begegnen. Außerdem hatte er vor, mich eingehend im Auge zu behalten.

Ich atmete tief durch. Hätte ich es doch bloß schon hinter mir!

Der See kam nun in unser Blickfeld, wo sich tausende von Unsterblichen versammelt hatten. Heute verursachten wir weit weniger Aufsehen, als es gestern der Fall gewesen war. Die meisten verfolgten gespannt das Geschehen beim Bogenschießen.

»Ihr habt euch verspätet!«, rügte uns eine ausdrucksstarke Stimme. Esca kam uns entgegen und strafte Jake mit einem bösen Blick. »Ich dachte schon, du willst dich drücken.«

Jake zog mich augenblicklich beschützend an sich.

Esca stand nun in Begleitung seiner Männer direkt vor uns. Sie wurden jedoch von unseren Freunden energisch zurückgedrängt.

Lachend hob er die Arme und trat einen Schritt zurück. »Na ... na! Wer wird denn hier gleich so eine schlechte Stimmung verbreiten! Ich möchte einfach nur meine Nichte begrüßen!«

Und da war er wieder ... Dieser eiskalte, einnehmende Blick aus seinen grauen Augen. Er streckte seine Hand nach mir aus und wartete. Ohne jeden Zweifel forderte er mich dazu auf, zu ihm zu kommen.

Nichte? Mein Puls raste vor Aufregung. Wenn man es genau betrachtete, war er tatsächlich der Stiefbruder meines Vaters. Dougal hatte ihn adoptiert, auch wenn es unter dubiosen Umständen dazu gekommen war. Was sollte ich jetzt tun?

Fragend sah ich Jake an, der sich in diesem Moment demonstrativ vor mich stellte.

Mit einem Schlag veränderte sich Escas Körperhaltung. Er baute sich in voller Größe vor uns auf und ballte die Hände neben seinem Körper zu Fäusten. »Du wirst mir den Umgang mit ihr nicht verbieten!«, rief er wütend aus. Drohend blickte er Jake an. Gleich würden sie aufeinander losgehen.

Vorsichtig trat ich hinter Jake hervor. Ich streckte Esca meine Hand zum Gruß entgegen, achtete aber darauf, genügend Abstand zu halten. Jakes tiefes Durchatmen versuchte ich zu ignorieren.

Überrascht kniff Esca die Augen zusammen, um mich abschätzend zu mustern.

Jake beobachtete Esca mit einer solchen Intensität, die jeder in unserem Umfeld als Warnung verstehen musste.

Esca ließ sich aber kein bisschen von Jake einschüchtern.

»Unser erstes Zusammentreffen war nicht gerade freundlich«, sagte er, während er meine Hand ergriff.

Ich brachte kein einziges Wort über die Lippen. Der feste Druck seiner Hand war wie ein versteckter Hinweis an mich. Mir lief es kalt den Rücken herunter, als er völlig unerwartet meine Hand küsste.

»Das reicht!«, fuhr Jake ihn wütend an. Er durchschlug unseren Handschlag, um mich schnell aus Escas Reichweite zu ziehen. Unsere Freunde setzten sich mit uns in Bewegung und drängelten ihn damit ab.

Nur kurz drehte ich mich beim Gehen noch einmal um, als Esca mir zuzwinkerte. Ich wusste einfach nicht, was ich von diesem Unsterblichen halten sollte.

Auf der Uferwiese auf unserer Seite des Sees drängten sich die Massen. Sie standen alle um einen flachen Felsen, von dem aus die Bogenschützen ihr Ziel anvisierten.

Die Zielscheiben standen auf der anderen Seite des Sees. Als wäre die weite Entfernung nicht schon problematisch genug, wurde das

Sichtfeld auch noch von dichtem Schilf beträchtlich eingeschränkt. Dem starken Wind versuchte ich dabei noch nicht einmal Beachtung zu schenken.

»Nie im Leben werde ich unter diesen Voraussetzungen treffen«, murmelte ich bedrückt vor mich hin.

»Mach dir keine Gedanken, Sam!«, erwiderte Jake. »Auch vielen von den anderen Teilnehmern wird es nicht gelingen. Deshalb kann Esca dich beim Bogenschießen noch nicht beurteilen, da einige dabei scheitern werden.«

»Du bist als Nächstes an der Reihe«, sagte Ryan zu Jake. »Esca hat schon geschossen. Er führt.«

Jake wandte sich seinen Freunden zu. »Passt auf Esca auf!«, wies er sie an. »Und bleibt an Sams Seite!« Er küsste mich auf die Wange, bevor er den Felsen betrat.

Die Menge rief Jake begeistert zu. In den letzten Jahren hatte er die Wettkämpfe stets gewonnen. Aufgeregt stellten sich alle auf die Zehenspitzen, um den Vorjahressieger richtig sehen zu können. Man spürte förmlich, welche hohen Erwartungen sie an ihn hatten.

Es musste einen enormen Kraftaufwand erfordern, den schweren Bogen zu spannen. Die Sehne ächzte vibrierend, als Jake den Pfeil mit seiner Zughand geradlinig nach hinten führte. Er ließ die gespannte Sehne los. Die Energie des Bogens übertrug sich auf den Pfeil und schoss ihn mit einem surrenden Geräusch davon.

Alle verfolgten gebannt seine Flugbahn, jubelten auf, als der Pfeil im mittleren Kreis der Zielscheibe steckenblieb.

Jake hatte Esca die Führung abgenommen. Voller Freude lief ich ihm entgegen. Aber bevor ich ihn erreichen konnte, rempelte mich plötzlich jemand an.

Agnes überholte mich und trat Jake in den Weg. »Guter Schuss«, lobte sie ihn. »Aber etwas anderes habe ich auch nicht erwartet. Ich denke, ich werde heute davon profitieren, dass du mir das Bogenschießen beigebracht hast. Einen besseren Lehrer hätte ich nicht haben können.« Sie nahm Jake den Bogen ab und strich ihm dabei wie zufällig über den Arm.

»Viel Glück«, wünschte er ihr und wandte sich zum Gehen.

Doch Agnes hielt ihn zurück. »Könnten wir zwei nach dem Wettkampf bitte unter vier Augen miteinander reden?«

Jake seufzte. »Es gibt nichts zu reden, Agnes. Du weißt, dass ich meine Seelenverwandte gefunden habe, und daran kannst du nichts ändern.«

Sie trat nun ganz dicht an ihn heran und flüsterte ihm etwas zu.

Da packte Jake sie an den Schultern, um sie wieder auf etwas mehr Abstand zu bringen. Er schaute sie nach wie vor freundlich an, schüttelte aber den Kopf.

»Aber ich gehöre zu dir«, stieß sie nun verzweifelt aus. »Und du gehörst zu mir.«

»Es tut mir leid«, erwiderte Jake ihr, bevor er sich entschlossen abwandte.

»Du irrst dich«, zischte sie ihm nach. »Sie kann unmöglich deine Seelenverwandte sein. Sie ist nur ein nutzloser Mensch.«

Prompt drehte sie sich zu mir um und sah mir geradewegs in die Augen. Selbstbewusst hob sie ihr Kinn. Sie starrte so lange in meine Richtung, bis die Zuschauer auf mich aufmerksam wurden. Abwertend zog sie die Augenbrauen nach oben, bevor sie mir stolz ihren Rücken zudrehte. Es war für alle offensichtlich, was sie von mir hielt.

Auf mich machte es den Eindruck, als würde sie mich herausfordern wollen. Und genau das gelang ihr auch. In mir brodelte es. Irgendwie beschlich mich immer mehr der Verdacht, dass Agnes einen persönlichen Wettkampf mit mir zelebrieren wollte. So selbstsicher, wie sie den Felsen betrat und den Bogen spannte, fühlte sie sich eindeutig überlegen.

Verunsichert sah ich Jake an, der sich neben mich stellte und seinen Arm um meine Hüfte legte. Doch er war so damit beschäftigt, Esca im Auge zu behalten, dass ihm der vielsagende Blickkontakt zwischen Agnes und mir wohl entgangen war.

Esca stand keine zwanzig Schritte von uns

entfernt. Er hielt die Arme vor der Brust verschränkt und beobachtete mich unverfroren.

Jake sog hörbar die Luft ein. Gerade als er sich mir zuwandte, um Esca die Sicht zu nehmen, brach die Menge in Beifall aus.

Ich sah zu Agnes, die in diesem Augenblick eine leichte Verbeugung vollführte und mich dabei arrogant anlächelte. Mit einer einladenden Geste zeigte sie mir, dass ich als Nächste an der Reihe war. Dann verließ sie triumphierend das Podest.

Mein Herz raste. Das war eindeutig eine Kampfansage.

»Jetzt bist du dran!«, flüsterte Jake. Neckend zwinkerte er mir zu. Er reichte mir den Bogen, den Agnes achtlos fallengelassen hatte. Er ließ ihn jedoch nicht los, um mich dazu zu bringen, ihn anzusehen. Sicher wollte er mich beruhigen, doch dadurch wurde ich nur noch nervöser. Ich erwiderte kurz seinen Blick, riss mich dann aber los und stieg auf den Felsen. So schnell wie möglich wollte ich es hinter mich bringen.

Den Bogen zu spannen, stellte sich als genauso schwierig heraus, wie ich es mir vorgestellt hatte. Es erforderte eine enorme Kraft, die Sehne so weit wie möglich nach hinten zu ziehen. Den Pfeil dabei gerade zu halten, erforderte meine ganze Geschicklichkeit.

Unruhig brachte ich mich in Position und bereitete mich auf den Schuss vor. Ich bemühte mich, mein Ziel anzuvisieren. Überrascht stellte ich dabei fest, dass es mir tatsächlich gelang. Die Entfernung stellte unerwarteterweise keine Schwierigkeit dar. Klar und deutlich konnte ich die einzelnen schwarzen Ringe der Zielscheibe erkennen. Selbst das Schilf, das sich vor meinem Sichtfeld hin- und herbewegte, störte mich nicht im Geringsten.

Diese Erkenntnis brachte mein Selbstbewusstsein zurück. Ich löste kurz meine Haltung und schaute zu Jake hinunter. Hoffnungsvoll lächelte ich ihm zu.

Er schien sich zu fragen, was in mir vorging, als ich den Bogen nun abermals spannte.

Jetzt oder nie! Die Sehne glitt kraftvoll aus meinen Fingern und schoss den Pfeil unaufhaltsam davon ...

Jake und ich hielten im selben Augenblick den Atem an. Statt die Zielscheibe zu verfehlen, blieb der Pfeil im äußersten Ring stecken.

Ein begeistertes Klatschen ging durch die Menge. Jake schaute ungläubig zum anderen Seeufer hinüber und sah mich dann mit großen Augen an. Wie gern würde ich jetzt seine Gedanken lesen können. Jedenfalls strahlte er mich so mit seinem Jake-Lächeln an, dass ich ganz weiche Knie bekam. Er war mindestens genauso erleichtert wie ich.

»Da hat Samantha aber Glück gehabt, dass

der Wind nachgelassen hat«, rief Esca uns zu. Er kam zu uns herübergelaufen – in Begleitung von Agnes und Argo.

Was hatte er denn mit denen zu schaffen?

Mein Herz passte sich Jakes an, hämmerte heftig in meiner Brust. Seine Wut übertrug sich auf mich, als teilten wir denselben Körper.

Esca lächelte mich unverschämt an. »Du hast ganz gut geschossen, Nichte«, raunte er mir zu, wobei er das Wort ›Nichte‹ abfällig betonte. »Darauf sollten wir zusammen einen trinken!«

Jake drängte mich entschlossen an Esca vorbei, sodass dieser fast ins Straucheln kam.

»Wir sehen uns dann nachher beim Pferderennen!«, rief Esca verärgert aus. Er packte Jake am Arm und hielt ihn wütend zurück. »Seid diesmal pünktlich!« Mit zusammengekniffenen Augen sah er mich an, bevor er sich mit einem eiskalten Grinsen abwandte und zwischen den versammelten Unsterblichen verschwand.

»Ich bin schon auf deine Reitkünste gespannt«, sprach Agnes mich voller Sarkasmus an. »Hoffentlich schafft ihr es noch rechtzeitig, ein Pferd der Menschen aufzutreiben!« Mit diesen Worten folgte sie ihrem Vater, der sich mit einem gehässigen Lachen unüberhörbar auf unsere Kosten amüsierte.

Ich fühlte mich entsetzlich. Mir ging so viel

durch den Kopf. Warum verkehrten Agnes und Argo mit Esca? Und wieso hatte mir Jake noch nichts von diesem Pferderennen erzählt?

Überraschung

Nancy wirkte sehr traurig. Es war nicht verwunderlich, dass ihr Pfeil sein Ziel weit verfehlte. Im Grunde war sie gar nicht richtig anwesend. Ihre Gedanken kreisten sicher einzig und allein um Silas.

Als sie sich mit hängenden Schultern zu uns setzte, tauschten Jake und ich einen besorgten Blick aus. Er legte seine Hand auf ihren Unterarm, damit sie ihn ansah.

»Ich verspreche dir, dass ich Vater wohlbehalten zu dir zurückbringen werde.«

Seine Stimme hörte sich irgendwie verletzlich an. Ich musste dem Drang widerstehen, ihn zu berühren. Nancy brauchte ihn jetzt so sehr. Es brach mir das Herz, die beiden so niedergeschlagen zu sehen.

Unauffällig deutete ich Ryan an, sich mit mir zurückzuziehen. Wir ließen die beiden allein, indem wir uns ein kleines Stück entfernten.

Jake sah kurz auf, um sicherzugehen, dass wir in der Nähe blieben. Als wir uns aber in seinem Sichtfeld niederließen, kümmerte er sich wieder um seine Mutter.

Es musste bis jetzt der wärmste Tag des Jahres sein. Sehnsüchtig blickte ich auf den See hinaus, der im Sonnenlicht silbrig glänzte. Ich erinnerte mich daran, wie kalt das Wasser gewesen war, als ich mit Jake diesen halsbrecherischen Sprung absolviert hatte. Dagegen war es heute mit Sicherheit viel wärmer.

Nun wandte ich mich Ryan zu. »Ich glaube, ich habe da ein klitzekleines Problem.«

Ryan schaute mich stirnrunzelnd an, bis ich weitererzählte.

»Wenn ich es richtig verstanden habe, muss ich nachher an einem Pferderennen teilnehmen«, brachte ich heraus. Er konnte ruhig merken, dass ich es nett gefunden hätte, wenn sie mich etwas eher mit dieser Tatsache konfrontiert hätten. »Erwarten mich noch mehr solche Überraschungen? Oder würdest du die Güte besitzen, mir den Ablauf der restlichen Wettkämpfe zu erklären?«

Ryan überlegte kurz und linste unsicher zu Jake.

Ich schlug ihm auffordernd gegen den Arm, den er sich daraufhin mit gespielt verzerrtem Gesicht hielt.

»Ist ja schon gut!«, verteidigte er sich. »Jake wollte dich einfach nicht weiter verunsichern.«

»Und ihr denkt, spontan kann ich mit dieser Situation besser umgehen?« Wieder schlug ich ihm auf den Arm.

Er schmunzelte nur und hob die Augenbrauen.

»Ich hätte mich lieber darauf vorbereitet, wenn ich etwas mehr Zeit gehabt hätte.«

»Wie willst du dich denn auf ein Pferderennen vorbereiten?«, fragte er amüsiert.

Diesmal fing Ryan meine Hand auf, bevor sie ihn erneut treffen konnte. »Vielleicht, indem ich mir wenigstens ein Pferd besorgt hätte«, tadelte ich ihn.

»Mach dir keine Sorgen, Sam! Jake meint, du könntest Nancys Stute nehmen.«

»Nancys Stute? Aber die braucht sie doch selbst.«

Ryan schüttelte den Kopf. »Was meinst du, warum Nancy ihren Pfeil verschossen hat? Wir haben das alles genau geplant.«

»Sie hat absichtlich nicht getroffen?«, brach es aus mir heraus.

Erschrocken legte sich Ryan den Zeigefinger auf den Mund und schaute sich wachsam um. »Nur die besten zehn Frauen und Männer qualifizieren sich für das Pferderennen.«

»Aber ihr Pferd wird mich abwerfen.«

»Nein, Sam! Diese Stute kennt dich. Sie hat dich schon einmal bis zum Schlachtfeld gebracht. Wenn Nancy ihr gut zuredet, wird sie dich auf ihrem Rücken tragen.«

Ich schnappte nach Luft. »Wir reden hier nicht von einem gemütlichen Spaziergang, Ryan. Hier geht es um einen Wettkampf.«

Nun sah er mich doch zweifelnd an. »Jake ist aber ganz zuversichtlich. Und außerdem gibt es keine andere Alternative. Mit einem Pferd der Menschen brauchst du gar nicht erst antreten. Da hast du keine Chance.«

»Die habe ich auch so nicht«, stieß ich aus. »Glaubst du im Ernst, dass ich den anderen Teilnehmerinnen die Stirn bieten kann? Das ist aussichtslos, Ryan.«

»Genau das hast du beim Bogenschießen auch gedacht und jetzt bist du die Viertbeste.«

»Tatsächlich ...?«, gab ich erstaunt von mir. »Na, dann habe ich eben Glück gehabt.«

»Du hast ein riesiges Problem mit deiner Selbsteinschätzung. Warum misstraust du dir so?«

»Weil ich einmal ein Mensch war.« Entschlossen sprang ich auf. »Wenn ich schon nicht weiß, wie viel Mensch noch in mir steckt, dann wisst ihr es erst recht nicht.«

Jake sah nun zu uns herüber. Es war ihm nicht entgangen, dass ich aufgestanden war.

»Wie viel Zeit bleibt mir noch bis zum Start des Rennens?«, fragte ich Ryan, ohne mich dabei von Jakes Blick zu lösen.

»Nicht mehr lange«, antwortete er mir. »Warum fragst du?«

»Ich muss einfach mein Bestes geben, um Esca von mir zu überzeugen. Das Leben von Silas, sowie meines Onkels und meiner Tante kann hiervon abhängen.« Nachdenklich schaute ich ihn an. »Womöglich könnt ihr mir helfen? Einen Versuch ist es auf jeden Fall wert.«

Ich gab Jake ein Zeichen, uns zu folgen, und zog Ryan entschlossen mit mir fort. Im Moment war es mir völlig egal, dass Daisy mich mit Blicken abstrafte. Es schien ihr nicht besonders zu gefallen, wenn Ryan sich in meiner Nähe aufhielt. Sie überlegte offenbar, ob sie uns folgen sollte. Ich konnte es mir nicht verkneifen, mich bei ihm einzuhaken. Spätestens jetzt platzte sie vor Wut.

Es dauerte nicht lange, bis Jake uns eingeholt hatte. »Was hast du vor?«, fragte er.

Nun lief ich eilig voraus, während die beiden mich begleiteten.

»Ich sollte bei dem Pferderennen so gut wie möglich abschneiden. Richtig?«

Sie sahen sich irritiert an. »Richtig«, erwiderten sie gleichzeitig.

»Esca will sehen, dass ich eine Unsterbliche bin. Richtig?«

»Richtig.«

»Dann sollte ich es ihm endlich beweisen.«

Wir hatten Jakes Hengst erreicht. Mein hektisches Auftreten verunsicherte ihn, wobei er einen Schritt von mir zurückwich. Er kannte mich nun inzwischen und wusste, dass ich irgendwie zu Jake dazugehörte. Allerdings konnte ich mich Onyx nur in Jakes Anwesenheit nähern. Ich hatte Glück, wenn ich ihn dann kurz berühren konnte, auch wenn das schon ein kleiner Vertrauensbeweis war.

Nancys Pferd hingegen war da tatsächlich etwas unkomplizierter. Es kam nur auf Nancys Zuruf. Wenn ich jedoch in ihrem Beisein aufsaß, würde die Stute mich auf sich reiten lassen. Ich konnte mich noch gut daran erinnern, als ich damals mit ihrer Hilfe rechtzeitig zum Schlachtfeld gelangen konnte. Diesem Pferd hatte ich so viel zu verdanken. Doch sie war trotzdem ein wildes, unberechenbares Pferd. Wie sollte ich sie in einem Wettkampf zügeln? Es war eigentlich aussichtslos, dass sie mich dabei nicht abwarf. Und genau darauf würde Esca nur warten. Es wäre eine Genugtuung für ihn, ebenso wie für Agnes und ihren Vater Argo.

Herausfordernd sah ich Jake an. »Bitte bring mich so schnell wie möglich zu der Lichtung der wilden Pferde!«

Er schaute geknickt zu Boden. »Sam! Deine Bemühungen in allen Ehren, aber wir haben jetzt keine Zeit, ein Pferd für dich zu suchen.«

Ungeduldig trat ich ihm entgegen. Ich stand nun so dicht vor ihm, dass ich zu ihm aufsehen musste. »Das brauchen wir nicht, Jake. Ich habe mein Pferd schon gefunden. Als ich allein im Wald war, da ...«

Jake und Ryan warfen sich einen undefinierbaren Blick zu. Glaubten sie mir nicht?

»Kommt schon! Wenn wir hier länger herumstehen, ist es wirklich zu spät«, flehte ich die beiden an. »Bitte!«

Ryan legte Jake seine Hand auf die Schulter. »Ich habe gerade nichts Besseres zu tun. Warum also nicht?«

Dankbar lächelte ich ihn an, bevor ich mich wieder an Jake wandte.

Dieser musterte mich mit hochgezogenen Augenbrauen, schwang sich aber schließlich auf seinen Hengst und streckte mir die Hand entgegen.

Erleichtert ließ ich mich von ihm hochziehen. Nun mussten wir uns beeilen.

Es wunderte mich nicht, dass er Nancy und einige seiner Männer im Vorbeireiten dazu aufforderte, sich uns anzuschließen. Auch wenn wir nicht lange weg sein würden, so wollte er seine Mutter nicht einfach hier zurücklassen. Seine Freunde begleiteten uns vorsichtshalber, falls Esca uns wieder folgen würde.

Ryan wehrte Daisys Bitte ab, sie mitzunehmen. Ihm war anscheinend nicht bewusst, wie sehr er sie damit kränkte. Auch wenn er bemüht freundlich mit ihr redete, so konnte er seine Gleichgültigkeit nicht ganz verbergen.

Dieses Mal konnten wir die Schlucht ungehindert passieren. Wir ließen die steilen Felswände hinter uns und jagten durch das steinige Flussbett, das uns direkt in den Ageless Forest hineinführte. Wenn wir dieses Tempo beibehielten, dann konnten wir es rechtzeitig schaffen.

Ich war sehr aufgeregt. Endlich war der Moment gekommen, in dem ich Jake meinen Hengst zeigen konnte. Als wir die Lichtung erreichten, konnte ich meine Nervosität einfach nicht mehr verbergen. Noch vor Jake sprang ich vom Pferd und lief den Hügel hinauf. Ich drehte mich kurz zu ihm um und lächelte ihm selbstbewusst zu. Dem zweifelnden Ausdruck in seinen Augen schenkte ich keine Beachtung, genausowenig wie ich mich von den unsicheren Blicken der anderen einschüchtern ließ.

Ich wusste, dass Shadow nicht mehr vor mir flüchten würde. Zu deutlich hatte ich unsere Verbundenheit gespürt.

Die Vorfreude auf unser Wiedersehen trieb mich zur Eile. Doch dann blieb ich wie angewurzelt stehen und starrte ungläubig auf die Lichtung. Mit allem hatte ich gerechnet, nur nicht damit. Auf der Weide war weit und breit kein einziges Pferd zu sehen. Verlassen wirkte dieser besondere Ort, auf dem sich sonst tausende wilde Pferde versammelten.

Die Enttäuschung, die sich in mir ausbreitete, war so groß, dass ich Jake erst gar nicht bemerkte. Ich schreckte zusammen, als er mich von hinten umarmte. Entsetzt deutete ich auf die leere Ebene. »Wo sind sie? Sie sind doch hier zu Hause?«

Er legte sein Kinn auf meinen Kopf ab und strich mir beruhigend mit seinen Händen die Arme hinunter. »Sie halten sich nicht den ganzen Tag hier auf. Der Ageless Forest ist ihr Zuhause. Du weißt, wie groß dieses Gebiet ist. Irgendwo in den Tiefen des Waldes sind sie unterwegs. Spätestens heute Abend werden sie dann zum Schlafen hierher zurückkehren.«

»Heute Abend? Aber so viel Zeit haben wir nicht«, brachte ich verzweifelt hervor.

»Diese Pferde können den Ruf ihres Reiters über sehr weite Entfernungen hinweg wahrnehmen. Sollte sich also ein Pferd zu dir bekannt haben, dann brauchst du nur nach ihm zu rufen.«

Hoffnungsvoll drehte ich mich zu ihm um. »Und wie?«

»Das weißt nur du allein«, antwortete er mir. Seine Augen verrieten seine Skepsis.

»Das weiß ich eben nicht, sonst würde ich dich nicht danach fragen«, seufzte ich.

Nancy stand plötzlich neben mir. Unbeachtet hatten sich alle anderen um uns herum aufgestellt.

»Jeder Reiter hat einen eigenen Zuruf für sein Pferd«, erklärte sie mir. «Wir können dir nicht sagen, wie du deine Stute herbeirufen kannst.«

Entmutigt sah ich zu Boden. »Es ist keine Stute, sondern ein Hengst«, berichtete ich betrübt.

»Was ...? Wie meinst du das?« Jake wirkte irritiert. Er tauschte mit den anderen einen zweifelnden Blick.

»Ähm ... Sam!«, begann Ryan. »Kann es sein, dass du vielleicht nur von einem Pferd geträumt hast – einem Hengst, meine ich?«

Ich kam nicht dazu, ihm zu antworten.

»Unsere Träume sind sehr real«, pflichtete Nancy ihm bei.

Ihre Ungläubigkeit kränkte mich. »Ja, ich habe tatsächlich von meinem Hengst geträumt«, beantwortete ich Ryans Frage. »Und dann bin ich ihm wirklich begegnet.«

Jake atmete tief durch. »Sam!« Er schüttelte fast unmerklich den Kopf. »Ein Hengst bekennt sich nicht zu einer Frau. Es ist momentan alles nicht so einfach für dich. Da ist es verständlich, wenn du ...«

»Wenn ich was?«, stieß ich verärgert hervor. »Glaubst du, ich bilde mir das alles bloß ein?«

Jake kam auf mich zu, doch ich wich ihm aus.

»Wie gesagt, unsere Träume können sehr verwirrend sein«, versuchte er, mein Verhalten zu entschuldigen.

Es kostete mich alle Mühe, meine Tränen zurückzuhalten. Ich wandte mich von ihnen ab und rannte zu der Lichtung hinunter. Mir war mehr als bewusst, dass mir ihre ratlosen Blicke folgten. Aber irgendetwas musste ich doch noch tun können? Unbeholfen ahmte ich Jakes Pfiff nach. Dann probierte ich es auf Ryans und Nancys Art und Weise. Oft hatte ich beobachtet, wie sie ihre Pferde herbeiriefen. Womöglich würde es mir mit einer ihrer Varianten gelingen, mein Pferd anzulocken.

Jedoch musste ich mir schließlich eingestehen, dass sich dieser Wunsch nicht erfüllte. Von Shadow fehlte jede Spur.

Die anderen schienen Mitleid mit mir zu haben. Fast flehend streckte Jake seine Hand nach mir aus und kam mir entgegen. »Wir haben keine Zeit mehr, Sam! Wir müssen zurück!«

Wortlos ließ ich mich von ihm mitziehen. Ich fühlte mich im Stich gelassen. Es ärgerte mich, dass er an meinem Hengst zweifelte. Alle zweifelten daran. Ich konnte es deutlich in ihren Gesichtern lesen.

Die Stimmung war auf dem Tiefpunkt, als wir uns wieder auf den Weg machten. Mit einem letzten Hoffnungsschimmer schaute ich auf die Lichtung zurück, spähte zwischen die Bäume an deren Ende. Ich hatte versagt.

Jake saß hinter mir, hielt mich tröstend in einem Arm gefangen, während wir uns mehr und mehr von der Lichtung entfernten. Liebevoll streichelte er meine Hand, so als wollte er sich für sein Misstrauen entschuldigen. Ich spürte seine Zerrissenheit, konnte ihm aber keinen Beweis für den Wahrheitsgehalt meiner

Worte liefern.

Mir würde nichts anderes übrig bleiben, als mit Nancys Stute bei dem Pferderennen anzutreten. Wie sollte ich Esca von meinen Fähigkeiten überzeugen, wenn ich es nicht einmal bei meiner Familie schaffte? Jake glaubte so sehr an mich. Doch in dieser Situation war selbst er verunsichert.

Niemals zuvor hatte sich ein Hengst zu einer Frau bekannt. Ich konnte ihm nicht verdenken, dass er es infrage stellte. Ich war noch nicht lange eine Unsterbliche und in vielen Dingen noch sehr unerfahren. Auf der anderen Seite war ich seine Seelenverwandte. Er musste die Wahrheit doch erkennen!

Als wir zum See zurückkehrten, hatten sich die Schaulustigen am Ufer aufgestellt, um die Reiter anzufeuern. Die Männer würden beginnen, wobei sie zehn Runden um den gesamten See hinter sich bringen mussten.

Esca stand schon an der Startlinie und hielt nach uns Ausschau. »Das sieht dir ja mal wieder ähnlich«, rief er Jake zu. »Statt dein Pferd noch etwas zu schonen, galoppierst du mit ihm durch die Gegend.«

Jetzt fühlte ich mich gleich noch mieser. Seufzend rutschte ich vom Pferd und sah traurig zu Jake hinauf. »Es tut mir leid. Auch wenn es gerade nicht den Anschein macht, so wollte ich einfach nur das Bestmögliche versuchen.« Zögernd griff ich nach seiner Hand. »Viel Glück!«, wünschte ich ihm und wollte mich abwenden.

Doch Jake hielt mich zurück. Er beugte sich zu mir herunter, um mich zu küssen. »Ich liebe dich über alles, Sam! Und ich will dir so gern glauben. Aber ...«

Schnell küsste ich ihn erneut, bevor er weitersprach. Er sollte sich nun auf sein Rennen konzentrieren und sich nicht mit meinen Problemen herumschlagen. »Ich warte im Ziel auf dich«, versprach ich und lächelte ihm aufmunternd zu.

»Ich bin gleich wieder bei dir.« Er schenkte mir ein Lächeln und zwinkerte mir zu. Dann trieb er Onyx an und reihte sich mit Ryan neben den anderen Reitern in der Startaufstellung ein.

»Ich werde dir in der Zwischenzeit noch ein paar Ratschläge geben, wie du meine Stute führen solltest«, flüsterte Nancy mir zu.

»Was machen eigentlich die anderen, wie diese Daisy, die auch kein eigenes Pferd haben?«, fragte ich nachdenklich.

»Diejenigen treten nicht zu den Wettkämpfen an.«

»Und warum mache ich dann mit?«

»Weil Esca es so gewollt hat«, erwiderte sie mir.

Deprimiert ließ ich die Schultern hängen. Mich beschlich das ungute Gefühl, dass Esca mit meiner erzwungenen Teilnahme weit mehr bezweckte, als uns bewusst war.

Es wurde unruhig. Der Beginn des Rennens stand unmittelbar bevor. Die Unsterblichen drängelten sich erwartungsvoll um die Wettkampfteilnehmer. Deren Pferde stellten sich ungeduldig auf die Hinterläufe. Sie wurden richtig wild, konnten von ihren Reitern kaum noch gehalten werden.

Unter dem Jubel der aufgeregten Zuschauer schwenkte Agnes' Vater die Fahne zur Startfreigabe. Er hatte Mühe, danach noch rechtzeitig aus dem Weg zu springen, um nicht niedergetrampelt zu werden.

Die zehn Reiter preschten an ihm vorbei und nahmen eine erstaunliche Geschwindigkeit auf. Esca und Jake führten sie gleichauf an, wobei ihr Vorsprung sich nach der zweiten Runde schon weit ausgebaut hatte. Wenn nicht noch etwas Unvorhersehbares passierte, dann war einer von ihnen der Sieger. Ihre Pferde stießen immer wieder aneinander und versuchten sich abzudrängen. Ich konnte nicht sagen, ob ihre Reiter sie dazu brachten oder ob die Pferde sich eigenmächtig gegenseitig ins Abseits befördern wollten. Die Spannung lud sich immer weiter auf. Gleich würden sie in die letzte Runde einbiegen. Es war ein Kopf-an-Kopf-Rennen.

Sie hatten die Hälfte der letzten Runde hinter sich gebracht. Da holte Esca plötzlich aus, um Jake vom Pferd zu stoßen. Ein empörtes Raunen ging durch die Menge, während ich besorgt vor mich hin schimpfte. Doch auch wenn diese Attacke für Jake überraschend kam, so gelang es ihm, sich wieder sicher auf seinem Hengst zu positionieren. Wütend holte er wieder auf. Nun kamen die beiden mit einem halsbrecherischen Tempo geradewegs auf uns zu galoppiert.

Nancy, Ryan und ich standen am Ende der Zielgeraden und fieberten Jake entgegen. Ich hielt die Fäuste vor meiner Brust zusammen und drückte ihm die Daumen.

Er beugte sich gerade zum Ohr seines Pferdes und sprach zu ihm, als er meinem Blick begegnete. Ohne mich aus den Augen zu lassen, legte er sich auf den Rücken seines Hengstes, um der Angriffsfläche des Windes zu trotzen. Wie konnte er sich nur so auf ihm halten? Mit einer scheinbaren Leichtigkeit setzten sie sich von Esca ab und kamen mit dem Vorsprung einer Pferdelänge vor ihm ins Ziel.

Die Menge tobte. Sie schrien begeistert auf und spendeten tosenden Applaus. Alle stürmten gleichzeitig auf Jake und Onyx zu.

Nancy und ich fielen uns erfreut in die Arme. Unsere Jubelschreie hallten zu Jake hinüber, der mir lächelnd zunickte.

Esca kniff missbilligend die Augen zusammen. Es war nicht zu übersehen, dass er vor

Wut kochte. Hasserfüllt beobachtete er die Zuschauer, die Jake zu seinem Sieg gratulierten. Er war offensichtlich ein schlechter Verlierer.

Ryan hielt neben uns und stieg vom Pferd. »Hey ... Und was ist mit mir?« Er hielt spielerisch sein Kinn in die Höhe und klopfte sich auf die Brust. »Der dritte Platz kann sich doch sehen lassen, oder?«

»Natürlich«, stimmte ich ihm zu. Ich umarmte ihn und beglückwünschte ihn zu seiner tollen Leistung, als Daisy mich auch schon zornig von ihm wegdrängte, um ihm zu gratulieren. Ryan wirkte irritiert. Er schaute mir nach, während Daisy wie eine Klette an seinem Hals hing und ich Jake entgegenlief.

Ich freute mich so für ihn. Er hatte Esca gezeigt, wer der Bessere war.

»Dein Lachen wird dir noch vergehen«, giftete Agnes mich unerwartet von der Seite an. »Dich werde ich niedermachen!« So schnell wie sie neben mir aufgetaucht war, so schnell wandte sie sich auch wieder ab. Sie hatte sehr darauf geachtet, dass ihre Drohung von den anderen unbemerkt blieb.

Verunsichert sah ich ihr nach. Sie lief geradewegs in Escas Richtung, der in diesem Augenblick feindselig zu mir herübersah.

»Sam! Ist alles in Ordnung? Was wollte Agnes von dir?« Jake hatte sich inzwischen zu mir durchgearbeitet und zog mich in seine

Arme. Ihm war ihr Auftritt also nicht entgangen.

Erleichtert fiel ich ihm um den Hals. Es beruhigte mich, wenn er bei mir war. Nirgends fühlte ich mich sicherer als bei ihm. Doch es nützte nichts, ihn auch noch zu beunruhigen. Die Sache mit Agnes musste ich allein ausstehen. Er hatte durch mich auch so schon genug Ärger. Deshalb ging ich auf seine Fragen nicht ein.

»Das war ein sehr beeindruckendes Rennen«, lenkte ich ihn ab. Ich schenkte ihm mein schönstes Lächeln. »Vielleicht höre ich mich ja jetzt so an wie deine Mutter, aber ich bin sehr stolz auf dich.«

Jake legte seine Stirn auf meine. »Genau das wollte ich damit erreichen.«

Zärtlich strich ich ihm das Haar aus der Stirn. »Ich bin immer stolz auf dich. Du hast nicht die geringste Vorstellung davon, wie glücklich du mich machst. Es ist mir immer noch ein Rätsel, warum du ausgerechnet mich liebst. Aber ich werde mein Bestmöglichstes tun, um deiner würdig zu sein.«

Er hielt mein Gesicht so fest, dass ich seinem einnehmenden Blick nicht ausweichen konnte. »Du bist meine Seelenverwandte, Sam! Wenn ich noch einmal aus deinem Mund höre, dass du dich meiner nicht würdig fühlst, dann lege ich dich so lange übers Knie, bis du anders darüber denkst. Du darfst niemals daran zweifeln, wie tief ich für dich empfinde. Du bist alles für mich. Du bist mein Leben! Und ich kann es nicht erwarten, endlich unsere Seelenverwandtschaft vor allen bezeugen zu lassen. Die menschliche Ehe sind wir schon eingegangen. Sobald ich meinen Vater heimgeholt habe, werden wir unsere Seelenvereinigung feiern. Und dann wird uns nichts und niemand mehr trennen können.«

Beschwörend presste er seine Lippen auf meine. Er wollte dieses Versprechen mit mir besiegeln.

Ich wollte ihm so gern glauben, hatte aber unvorstellbare Angst davor, ihn zu verlieren. Hingebungsvoll erwiderte ich seinen Kuss.

Wenn ich Esca nicht von meinen Fähigkeiten überzeugen konnte, von denen ich ja noch nicht einmal wusste, ob ich sie besaß, dann würde es nie zu unserer offiziellen Vereinigung kommen. Agnes hatte mir mehr als deutlich zu verstehen gegeben, dass sie mich besiegen wollte. Vermutlich sah sie genau darin ihre Chance, unsere Seelenverwandtschaft anzufechten. Noch war unser Bündnis nicht vereidigt. Und Agnes würde bis zum bitteren Ende dagegen vorgehen.

»Es ist soweit!« Nancy führte ihre weiße Stute neben mich und wartete.

Nur widerwillig gab Jake mich frei. »Geh kein Risiko ein!«, bat er mich. «Versuche einfach, heil wieder bei mir anzukommen!« Aufmunternd drückte er meine Hand und ließ sie erst los, als Nancy mich aus seiner Reichweite zog.

»Hals- und Beinbruch!«, rief Ryan mir nach und winkte mir bestärkend zu. »Du weißt schon, wie ich es meine«, verteidigte er seine unbedachte Wortwahl, als Jake ihn anknurrte. Er verzog entschuldigend das Gesicht.

Jake schüttelte den Kopf und sah mir dann besorgt hinterher.

Nancy begleitete mich noch bis zum Ufer, an dem sich nun alle Teilnehmerinnen einfanden. Als Agnes uns kommen sah, fing sie laut an zu lachen. Sie zeigte belustigt mit dem Zeigefinger in meine Richtung und schaute dann zu den versammelten Schaulustigen. Auf ihre eigene charmante Art bemühte sie sich, mich lächerlich zu machen.

»Da muss sich wohl jemand ein Pferd ausleihen«, führte sie mich vor, wobei nun einige in ihr Lachen einfielen. »Du hättest lieber gleich mit einem Pferd der Menschen zum Wettkampf antreten sollen, so wie es für dich angemessen gewesen wäre.« Ihre Stimme triefte vor Verachtung.

Augenblicklich verstummte das Lachen der Zuschauer und es machte sich eine betretene Stille breit.

Ich drehte mich mit einer Vorahnung zu Jake um, der sich auch schon wütend in Agnes' Richtung auf den Weg machte. Er würde nicht zulassen, dass sie mich vor allen anderen so erniedrigend behandelte.

Doch ich trat in sein Blickfeld, um ihm die Sicht auf Agnes zu nehmen. Flehend sah ich ihn an und schüttelte den Kopf. Ich wollte seine Hilfe nicht.

Nur schweren Herzens blieb er stehen. Er hatte meine wortlose Bitte verstanden. Es war allerdings nicht zu übersehen, wie schwer es ihm fiel, sich zurückzuhalten.

Ryan stand ihm zur Seite. Besänftigend redete er auf Jake ein, auch wenn er selbst sehr verärgert schien.

Ganz langsam wandte ich mich an Agnes, überlegte krampfhaft, was ich zu meiner Verteidigung sagen konnte. Unterdessen wurde mir klar, dass ich mich nicht auf ihre Spielchen einlassen durfte. Denn genau das wollte sie ja erreichen. Sie wollte mich den anderen Unsterblichen als Mensch vorführen, wollte alle meine Ängste und Schwächen vor ihnen offenlegen. Diesen Gefallen würde ich ihr nicht tun. Ich wusste, dass sie sich maßlos darüber ärgern würde. Deshalb schenkte ich ihr keinerlei Beachtung mehr.

Ich ließ alle sehen, dass Agnes mir egal war. Keiner sollte merken, wie mich diese Situation in meinem Inneren aufwühlte.

Gespielt gelassen widmete ich mich nun Nancy, die schon die ganze Zeit ununterbrochen auf ihre Stute einredete. Diese musterte mich unsicher, als würde sie etwas von unserem bevorstehenden Ritt ahnen.

»Verhalte dich so ruhig wie möglich!«, riet Nancy mir. »Versuche nicht, sie zu zügeln oder zu etwas zu drängen! Halte dich einfach auf ihrem Rücken und vermeide herunterzufallen!«

Sie umarmte mich kurz und flüsterte ihrer Stute noch etwas ins Ohr.

Na, das konnte ja heiter werden. Je mehr sich Nancy nun von uns entfernte, desto unruhiger wurde ihr Pferd. In diesem Zustand würde es mich nicht einmal aufsitzen lassen. Beruhigend sprach ich auf das Tier ein, ignorierte dabei die Tatsache, dass mich alle beobachteten.

Ich schrak zusammen, als Agnes neben mir einen lauten Pfiff ausstieß. Da meine Stute nun noch mehr scheute, nahm ich erst an, Agnes hätte es genau darauf angelegt. Dann begriff ich jedoch, dass sie nach ihrem Pferd rief.

Auch die übrigen Frauen beorderten ihre Pferde herbei. Die eine pfiff durch die Zähne, während eine andere sie mit einem seltsam quiekenden Geräusch übertönte. Schnell wandte ich mich ab, um nicht loszulachen.

Ich sollte mich besser um mich selbst kümmern, als mich über andere zu amüsieren. Schließlich war ich hier die Lachnummer.

Nach und nach trafen die ersten Pferde der

Frauen ein. So langsam, aber sicher musste ich aufsitzen. Wie konnte ich die Stute nur dazu bringen, mir zu vertrauen? Mein Hengst hatte seine Scheu bei unserem ersten Zusammentreffen überwunden, als ich ihm das Lied von Tante Maggi vorgesungen hatte. Möglicherweise ließ sich ja auch Nancys Stute damit besänftigen. Hoffnungslos begann ich, ihr die Melodie vorzusummen. Aber es verunsicherte sie eher noch mehr. Sie wich immer weiter von mir zurück. Es war zum Verzweifeln.

Escas kühles Lachen brachte mich auf den Boden der Tatsachen zurück. Er trat aus der Menge der Unsterblichen heraus, damit ihn alle gut sehen konnten. »Du solltest lieber etwas anderes singen! Mit einem Lied der Menschen kannst du bei einem solchen Pferd nicht trumpfen«, machte er gegen mich Stimmung. »Kehre zu den Menschen zurück! Spätestens jetzt müsstest du doch einsehen, dass du nicht hierher gehörst!«

Unversehens wurde es still. Nur Jake war zu hören, der wutentbrannt auf Esca zulief.

Die Stimmung schwenkte mit einem Mal um. Escas Männer bauten sich hinter ihm auf, als Jake und seine Freunde auf sie losstürmten. Gleich würde es zum Kampf kommen.

Ich war wie erstarrt. Was konnte ich nur tun? Schnell rannte ich los, um mich zwischen die rivalisierenden Gruppen zu stellen. »Haltet ein!«, rief ich flehend aus.

Sie waren etwa zwanzig Schritte von mir entfernt, als beide Seiten zum Stehen kamen. Esca zog unvermittelt sein Schwert, was ihm augenblicklich alle gleichtaten.

»Geh aus dem Weg, Menschenfrau! Sonst wirst du meine Klinge zu spüren bekommen!«, brüllte er mich verachtend an.

Plötzlich drang ein lautes Wiehern aus der Schlucht zu uns herüber und lenkte die Aufmerksamkeit der verfeindeten Clans voneinander ab. Überrascht sahen alle dem wilden Pferd entgegen, das in diesem Augenblick auf der Uferwiese eintraf. Es musste den Eindruck erwecken, es wolle mich niedertrampeln, da es mit einer rasenden Geschwindigkeit direkt auf mich zuhielt. In dem Moment, als Jake geschockt aufschrie, bremste der riesige Hengst abrupt ab. Kraftvoll scharrte er mit dem Huf und schnaufte, bevor er langsam seinen Kopf senkte und mich vorsichtig anstupste.

Mit zittriger Hand berührte ich den weißen Stern auf seiner Stirn, der von der langen schwarzen Mähne halb verdeckt wurde. Ich streichelte ihm über sein schwarz-braunes Fell und legte dann meine Stirn auf seine.

Erst jetzt verstand ich, dass das Summen meines Liedes unser eigener Zuruf war. Bei dieser Melodie hatte Shadow sich mir das erste Mal genähert. Es war doch eigentlich so offensichtlich. Warum war mir das nicht eher in den Sinn gekommen?

Die Männer der kampfbereiten Clans ließen ihre Schwerter nun unbeachtet neben ihren Körpern hängen und starrten mich fassungslos an. Keiner von ihnen machte noch Anstalten anzugreifen.

Erleichtert sah ich Jake an, der mich mit großen Augen beobachtete und mir dann überrascht zunickte. Ich spürte, wie stolz er in diesem Moment auf mich war.

Auch Nancy und Ryan schauten staunend zu mir herüber. Alle anderen gafften mich mit offenen Mündern an, wobei mir Escas und Agnes' verwunderte Mienen die größte Genugtuung bereiteten.

»Ich kann dir nicht sagen, wie glücklich es mich macht, dich zu sehen«, flüsterte ich Shadow zu. »Ich brauche dringend deine Hilfe!«

Wieder spürte ich die Verbundenheit, diese Vertrautheit zwischen uns. Als wäre es das Selbstverständlichste auf der Welt, stieg ich auf seinen Rücken. Ich lenkte ihn in Escas Richtung und schaute diesen selbstsicher an.

»Wenn du dann mit deinem Auftritt fertig bist, könnten wir vielleicht mit dem Pferderennen beginnen!«, rief ich ihm zu.

Unter dem verlegenen Kichern der Zuschauer wandte ich mich mit erhobenem Kinn von ihm ab. Esca selbst hatte es wohl die

Sprache verschlagen. Allerdings strafte mich sein Blick, gab mir unmissverständlich zu verstehen, dass ich meine frechen Worte noch bereuen würde. Keiner durfte so mit ihm reden.

Ich stellte mich als Erste in der Startreihe auf. Von mir aus konnte es losgehen. Ich hatte keine Angst mehr.

Gemächlich reihten sich die übrigen Teilnehmerinnen neben mir ein. Agnes achtete darauf, einen gewissen Abstand zwischen uns zu wahren.

Diesmal war es Nancy, die den Start freigab. Bevor sie die Fahne schwenkte, winkte sie mir fröhlich zu. Sie war über die neue Situation sehr erleichtert. Die Chancen für Silas' Rückkehr standen jetzt um ein Vielfaches besser.

Entschlossen trieb ich Shadow an, als nun alle Pferde gleichauf losstürmten. Die Anfeuerungsrufe der Zuschauer begleiteten uns, wobei ich Jake deutlich unter ihnen herauszuhören glaubte.

Ich würde alles geben, damit niemand mehr einen Zweifel an meiner Unsterblichkeit hatte. Es war nicht mehr mein Ziel, dieses Rennen halbwegs unbeschadet zu überstehen. Jetzt wollte und konnte ich gewinnen.

Es war ein schönes Gefühl, von diesem edlen Pferd getragen zu werden. Mein Hengst galoppierte den anderen Pferden mit einem wahnsinnigen Tempo davon. Ich verspürte keinerlei Panik, fühlte mich sicher. Aus einem undefinierbaren Grund wusste ich, dass ich nicht herunterfallen würde. Es erforderte nicht einmal besonders viel Kraft, mich auf ihm zu halten. Ich war seine Reiterin. Er hatte mich für sich auserwählt.

Nach der sechsten Runde rollten wir das Feld von hinten auf. Wir überrundeten zwei Reiterinnen, die weit abgeschlagen hinter den anderen herritten. Sie zügelten daraufhin ihre Pferde zur Seite und gaben auf. Auch drei weitere Pferde überholten wir noch ohne große Mühe, bevor wir mit einem Vorsprung von einer halben Runde vor Agnes ins Ziel kamen.

Die Menge trieb applaudierend auf uns zu, was meinem ›Braunen‹ nicht besonders zu gefallen schien. Er stellte sich auf die Hinterläufe und wiegelte sie somit ab. Schnell sprang ich von ihm herunter, um ihn aus dieser Situation zu entlassen. Ich klopfte ihm dankbar auf den Hals und lehnte mich an ihn. »Wir sehen uns später wieder!«, rief ich ihm über den Beifall hinweg zu. Nun wusste ich ja, wie ich ihn zu mir rufen konnte. Er wieherte zum Abschied und galoppierte dann schnellstmöglich davon.

Die Unsterblichen kreisten mich gerade ein, als Jake und Ryan sich energisch zu mir hindurchdrängelten. Jake hob mich hoch und wirbelte mich lachend durch die Luft. Es war so schön, ihn so ausgelassen zu sehen.

Vorsichtig ließ Jake mich wieder herunter, wobei er mich ganz fest an sich drückte. Er legte eine Hand in meinen Nacken, damit ich ihn ansah. Immer noch fassungslos schüttelte er den Kopf.

»Du bist einfach unglaublich, Sam!« Beeindruckt deutete er mit dem Kopf auf die jubelnde Menge. »Sieh dir diese Verrückten an! Ist dir bewusst, was du hier gerade erreicht hast?«

Ich folgte seinem Blick, sah die vielen Unsterblichen, die den verschiedensten Clans angehörten. Sie lachten mich alle freundlich an und feierten mich. Es war unverkennbar, dass sie mich nun akzeptierten.

»Sie glauben endlich an deine Unsterblichkeit«, rief Ryan mir über den Applaus hinweg zu. Er packte Jake und mich an den Schultern und zog uns gleichzeitig in eine Umarmung.

Überglücklich strahlte ich die beiden an.

»Du hast sie alle auf deine Seite gezogen«, stellte Jake fest. »Nun wird es Esca schwer haben, dich weiter vor ihnen schlecht zu machen. Sie stehen jetzt hinter dir.«

Ryan drückte mir einen flüchtigen Kuss auf die Wange. »Mein Kompliment, Sam! Das hast du richtig gut hinbekommen.«

»Das war ich nicht allein. Ohne meinen ...« Nachdenklich musterte ich die beiden, als ich mich erinnerte. Übertrieben straffte ich die Schultern und stemmte die Hände in die Hüften. »Habt ihr meine wundervolle Stute gesehen?«, zog ich sie auf.

Sie schmunzelten beide verlegen um die Wette. Jake fuhr sich durch die Haare, wie er es immer tat, wenn ihm etwas unangenehm war. Ryan hingegen schaute zu Boden und zeichnete mit seinem Fuß irgendwelche Striche auf die Erde.

Als könnten sie kein Wässerchen trüben ... Ich lachte laut auf, drängte mich an ihnen vorbei und ließ sie stehen.

»Hey, warte!« Sofort waren sie wieder an meiner Seite. Nun lachten wir alle drei aus tiefstem Herzen. Die Anspannung der letzten Tage war wie weggezaubert.

Wir liefen zu Nancy, die mit unseren Freunden schon auf uns wartete. Auch sie grinsten über das ganze Gesicht und gratulierten mir.

»Als dein Hengst unerwartet aufgetaucht ist, wusste ich, dass alles gut werden würde«, brach es aus Nancy heraus. »Er ist ein Geschenk der Götter.«

»Naja, wir hätten trotzdem auch als Letzte ins Ziel kommen können«, erwiderte ich.

Jake lachte. »Nein, Sam. Du hättest eigentlich nicht einmal zu dem Rennen antreten brauchen. Es gibt eine Rangordnung unter ihnen ... Keine der Stuten hätte sich getraut, deinen Hengst zu überholen.«

Erstaunt sah ich ihn an. »Im Ernst?«

»Aber so habt ihr Esca wenigstens noch eine gute Show geliefert«, mischte Ryan sich ein. »Und Agnes wird sich in nächster Zeit wohl auch etwas zurücknehmen. Ein Pferd der Unsterblichen hätte sich nie zu einem Menschen bekannt, geschweige denn ein Hengst. Deine Unsterblichkeit ist nun mehr als bewiesen.«

»Dougal wird mich akzeptieren, da ich tatsächlich seine Enkelin bin«, überlegte ich laut. »Ich trage sein Blut in mir und werde ihn überzeugen können, die Menschen als uns ebenbürtig anzuerkennen.«

»Jetzt müssen wir nur noch das Finale hinter uns bringen, damit ich endlich zusammen mit Esca zu meinem Vater aufbrechen kann«, stieß Jake aus. Er wandte sich an seine Mutter. »Bitte kehre inzwischen ins Bergtal zurück. Du musst noch einmal versuchen, Vater in deinen Träumen zu treffen. Gleich nach dem Wettkampf werde ich aufbrechen. Es wäre ein großer Vorteil, wenn ich bis dahin wüsste, wo genau sie ihn gefangen halten.«

Nancy nickte Jake zu. »Ich werde mein Bestes geben«, versprach sie ihm, wobei sie sich schon hoffnungsvoll auf den Rücken ihrer Stute schwang. In Begleitung von zehn Unsterblichen galoppierte sie davon.

»Kann mir jemand sagen, was mich im Finale erwartet?«, warf ich ein.

»Ach, nichts Besonderes«, wiegelte Ryan ab. »Du musst nur schwimmen und tauchen und klettern und von diesem Felsen springen ...« Er deutete auf den massiven, kegelförmigen Felsen in der Mitte des Sees, von dem ich mit Jake gesprungen war. »Und du musst noch schnellstmöglich eine gewisse Strecke durch den Ageless Forest zurücklegen.« Nachdenklich schaute er Jake an. »Wie weit wird das sein?«, überlegte er. »Ungefähr ein halber Tagesmarsch?«

Jake blickte von Ryan zu mir. Ihm konnte die in mir aufsteigende Panik unmöglich verborgen bleiben.

»Nein, ganz so weit ist das nicht«, erwiderte er Ryan, ohne mich aus den Augen zu lassen. Es war mehr als offensichtlich, dass er mich bloß nicht beunruhigen wollte.

Ernüchtert setzte ich mich ins Gras und stützte den Kopf auf meine Hände. »Ich kann es kaum erwarten ...«, seufzte ich.

Jake ließ sich neben mir nieder und stieß mich mit seiner Schulter an. »Kopf hoch, Sam! Du brauchst jetzt niemandem mehr etwas beweisen. Es ist völlig egal, in welcher Zeit du das Ziel erreichst.«

»Aber ich sollte es erreichen ...« Ich verzog genervt den Mund. »Wer nimmt denn noch daran teil?«, fragte ich resigniert.

»Die besten drei Frauen und Männer des

Pferderennens«, erklärte Ryan. »Also werden Jake und ich gegen Esca antreten und du gegen Agnes und ein Mädchen namens Helen.«

Jake verschränkte seine Finger mit meinen. »Wir starten alle zur selben Zeit, wobei die Männer und Frauen aber wieder getrennt voneinander bewertet werden. Am Ende wird es eine Siegerin und einen Sieger geben.«

Gedankenverloren malte ich mit meinem Zeigefinger Kreise auf Jakes Handrücken. Ich fühlte mich mit einem Mal völlig erschöpft. Soeben war ich noch euphorisch und bestens gelaunt gewesen. Die Aussicht auf das bevorstehende Finale trübte meine Stimmung jedoch gewaltig. Allerdings nützte es nichts, mich zu bemitleiden. Ob ich nun wollte oder nicht – ich musste daran teilnehmen.

Ryan räusperte sich neben uns, um uns auf Esca aufmerksam zu machen. Dieser kam langsam näher, ohne dass ihn einer seiner Männer begleitete. Sein Falke saß auf seinem ausgestreckten Arm und putzte sich das Gefieder. Dieser Raubvogel fühlte sich in Escas Gesellschaft sichtlich wohl.

Sein Herr sah mir mit einer solchen Intensität in die Augen, dass ich die Luft anhielt. Aber etwas war anders. Diesmal erkannte ich keinen Hass in Escas Augen, sondern eher Neugier.

»Ich habe mich in dir getäuscht«, raunte er mir zu. Es schien, als hätte er alle anderen ausgeblendet, als würde er nur mich wahrnehmen. Die Stille, die nun einsetzte, war unangenehm. Alle verhielten sich ruhig und beobachteten Esca misstrauisch.

Er stand einfach nur regungslos da und musterte mich. Verunsichert schaute ich zu Jake, der ihn mit einem missbilligenden Blick abstrafte.

»Wir sehen uns gleich!«, ging er Esca an. »Du kannst dich ja schon mal an meine Rückenansicht gewöhnen!« Mit diesen Worten drehte er ihm demonstrativ den Rücken zu und zog mich mit sich fort.

Da bemerkte ich Agnes und ihren Vater Argo, die uns argwöhnisch beobachteten. Agnes' trauriger Blick war auf Jake gerichtet, sie betete ihn förmlich an. Dann löste sie ihre Augen von ihm und starrte an uns vorbei. Ihr Mund verzog sich zu einem kühlen, wissenden Lächeln, während sie jemandem zunickte. Mit einem flauen Gefühl im Magen blickte ich zurück. Ich sah gerade noch, wie Esca ihr Nicken erwiderte. Es wirkte, als würden sie sich gegenseitig ein Versprechen geben.

Irgendetwas stimmte nicht. Hier ging eindeutig etwas vor, wovon wir keine Ahnung hatten. »Esca hat irgendetwas vor«, flüsterte ich Jake zu. »Er führt etwas im Schilde.«

Jake blieb misstrauisch stehen. »Warum denkst du das?«

»Ich habe ihn gesehen. Sein Blick war ...«

»Oh ja, den Blick habe ich auch gesehen«, warf Ryan ein. »Ich dachte schon, er macht dir gleich einen Heiratsantrag.«

Jake schnaufte auf.

»Was denn?«, verteidigte Ryan sich. »Du hast es doch auch gesehen. Esca war kurz davor zu sabbern.«

Beunruhigt verdrehte ich die Augen. »Ich meine es ernst. Er und Agnes haben sich zugenickt.«

Ryan zuckte mit den Achseln. »Na und? Sollen sie doch! Die beiden würden doch prima zueinander passen.«

»Wir werden weiterhin vorsichtig sein«, versuchte Jake mich zu beruhigen. »Aber im Grunde genommen kann Esca dir nichts mehr anhaben. Du hast heute mehr als bewiesen, dass du eine von uns bist.«

Ich wollte nichts lieber tun, als ihm zu glauben. Aber ich spürte in meinem tiefsten Inneren, dass hier etwas faul war. Außerdem erinnerte ich mich an meinen aufwühlenden Traum. Es war an der Zeit, Jake davon zu erzählen.

»Ich hatte einen sehr intensiven Traum von Esca ...«, gab ich Jake zu Verstehen. »Ich habe Angst vor den Träumen der Unsterblichen ... Sie sind mir eindeutig zu real.«

Er schaute mir tief in die Augen, direkt in meine Seele. »Was hast du geträumt, Sam?« Sein Tonfall ließ mich wissen, dass er sich nur mit einer detaillierten Beschreibung meines Traumes zufriedengeben würde.

Aufgewühlt schilderte ich ihm, was ich geträumt hatte. Ich bemühte mich, ihm alles genau zu beschreiben.

Jake hatte die Stirn in Falten gelegt und beobachtete meinen Mund beim Reden. Es machte den Eindruck, als würde er mir jedes Wort zusätzlich von den Lippen ablesen.

»Was meinst du dazu?«, fragte ich ihn am Ende meiner Erzählung.

Jake antwortete nicht gleich. Er und Ryan wirkten nachdenklich.

»Es ist sehr ungewöhnlich ... Normalerweise sind unsere Träume wunderschön«, erwiderte er mir schließlich. »Wir können den Ort und das Geschehen beeinflussen. Du hingegen hast Albträume. Ich weiß nicht so recht, ob du einfach bloß noch lernen musst, mit den Träumen der Unsterblichen umzugehen oder ob ...« Er zögerte.

»Oder?«

»Menschen haben Albträume, Sam. Auch wenn du jetzt eine von uns bist, so hast du noch einige menschliche Eigenschaften behalten.«

»Willst du meine Theorie hören, Jake? Ich habe meinen wilden Hengst in einem Traum vor mir gesehen, bevor ich ihm überhaupt begegnet bin. Im Gegensatz zu dem anderen Traum ist dieser sehr schön gewesen. Du hast mir erzählt, dass du auch schon von mir geträumt hast, ehe wir aufeinandergetroffen sind. Also sind wir doch dazu in der Lage, etwas zu sehen, was erst später eintreten wird. Was, wenn dieser Albtraum eine Art von Vorhersehung war?«

Jake musterte mich besorgt. Ich konnte ihm förmlich ansehen, wie sehr ihn meine Worte beunruhigten. In Gedanken versunken küsste er mich auf die Stirn, ohne auf meine Bedenken zu reagieren.

Im Moment hatte Jake so viel durchzustehen. Nun machte er sich meinetwegen noch mehr Sorgen. Doch ich konnte diesen düsteren Traum nicht einfach länger ignorieren. Wahrscheinlich hatte er eine Bedeutung ...

Verschwörung

Jake war sehr still. Irgendwie wirkte er befangen. Als wir Hand in Hand zum See schlenderten, grübelte er ununterbrochen vor sich hin.

Auf der Uferwiese brannten Feuer, über deren Flammen saftige Fleischspieße gegrillt wurden. Musik spielte auf, wozu viele Unsterbliche zu tanzen begannen. Sie hielten sich an den Händen und umkreisten die Feuerstellen. Dann bildeten sie eine Reihe, bewegten sich wie ein Band über die Uferwiese, bevor sie sich abermals zu einem Kreis zusammenfanden. Ihre Bewegungen passten perfekt zum Rhythmus der Musik, wobei sie ausgelassen dazu sangen.

Wir schauten ihnen teilnahmslos zu, bis Jake sich mir zuwandte, um seine Stirn auf meine zu legen. Inzwischen war diese Geste eine Art Ritual zwischen uns, in der wir einen kurzen Moment ineinander ruhten und uns zusammenhielten.

Wir schlossen die Augen, verwoben unsere Sinne, suchten unsere Nähe. Die Handfläche auf dem Herzen des anderen, gaben wir uns

Kraft.

Ich weiß nicht, wie lange wir so beieinanderstanden. Aber als Ryan uns zögernd von der Seite ansprach, war ich noch nicht dazu bereit, Jake herzugeben. Seine Worte drangen an mein Ohr, ohne dass ich sie verstand. Ich wollte sie nicht hören ...

Verzweifelt krallte ich meine Handfläche zu einer Faust, ließ sie aber auf Jakes Herzschlag liegen. Der Stoff seines Hemdes zerknitterte zwischen meinen Fingern, die ihn besitzergreifend festhielten.

Er küsste mich ganz leicht auf die Wange und schließlich auf den Mund. Auch er schien Ryan weiterhin auszublenden. Seine Lippen forderten die meinen heraus, umworben sie mit einem köstlichen Spiel.

»Ich habe so sehr gehofft, dass wir das mit dem Träumen hinbekommen«, raunte Jake mir heißer zu. »Uns wird nach dem Finale keine Zeit mehr füreinander bleiben.« Er nahm mein Gesicht zwischen seine Handflächen und sah mich flehend an. »Ich weiß, dass du vor den Träumen der Unsterblichen Angst hast. Bitte, versuche trotzdem, mich in ihnen zu finden.«

»Ich schaffe das nicht ... Ich kann nicht ...«

»Gib nicht auf! Bitte! Wir werden voneinander getrennt sein.« Er seufzte.

»Jake!« Ryan brüllte ihm direkt ins Ohr, um endlich seine Aufmerksamkeit zu bekommen.

»Was ist?«, ging Jake ihn gereizt an.

Erst jetzt bemerkten wir, dass keine Musik mehr spielte. Die Feuer standen verlassen, da sich alle rund um den See aufgestellt hatten. Esca entledigte sich seiner Sachen, die er sorgsam einem seiner Männer reichte. Agnes und diese Helen standen schon mit den Füßen im Wasser. Sie trugen nur noch ihre Unterwäsche am Leib.

Es wurde also noch schlimmer, als ich gedacht hatte. Meine Freunde und ich waren damals in Grimmts Versteck auch nur mit unserer Unterwäsche bekleidet im See baden gegangen. Doch das war etwas völlig anderes gewesen. Hier musste ich mich nun vor tausenden Unsterblichen halb nackt präsentieren.

Jake berührte mein Kinn und drehte meinen Kopf in seine Richtung. »Wir werden alle gleichzeitig starten. Zuerst schwimmen wir zehn Runden um den großen Felsen in der Mitte des Sees. Danach musst du ihn hinaufklettern. Nimm die rechte Felswand, die wir schon zusammen hochgeklettert sind, da hast du es am leichtesten! Dann spring und halte deinen Körper kerzengerade, damit du tief in das Wasser eindringst! Auf dem Grund des Sees wurden farbige Steine versenkt. Jeder Teilnehmer hat eine Farbe zugewiesen bekommen. Der gelbe Stein ist für dich bestimmt, den musst du finden und mit an die

Oberfläche bringen.«

»Hey! Braucht ihr eine Extraeinladung?« Wir schauten nicht auf, ignorierten Escas scharfen Zuruf.

»Hast du bis jetzt alles verstanden, Sam?«

Noch während ich nickte, sprach er weiter. »Wenn du aus dem Wasser kommst, dann lege deinen Stein am Ufer ab! Man wird dir trockene Wechselsachen reichen, in denen du bequem rennen kannst. Die Laufstrecke zieht sich weit in den Ageless Forest hinein. Der Weg ist mit weißen Steinen abgesteckt, sodass du dich nicht verlaufen kannst. Vier Männer haben sich an bestimmten Positionen aufgestellt. Sie werden dir als Nachweis deinen gelben Wimpel überreichen, sobald du ihren Streckenabschnitt erreicht hast. Zum Schluss musst du noch fünf Runden um den See hinter dich bringen, bevor du hier im Ziel einlaufen kannst.«

Aufmerksam hörte ich ihm zu. Ich wusste, dass ihm meine ansteigende Panik nicht verborgen blieb.

Er spürte meine Unsicherheit. »Weißt du was? Ich bleibe einfach immer neben dir.«

»Oh nein! Das wirst du schön bleiben lassen! Du wirst Esca diesen Sieg nicht schenken!«

Bevor mich der Mut ganz verließ, lief ich entschlossen los. Nur unmerklich verlangsamte ich meine Schritte, als ich Escas und Agnes' abschätzende Blicke auf mir spürte. Da waren Jake und Ryan auch schon neben mir und nahmen mich in ihre Mitte. Nun gab es kein Zurück mehr ...

Wir zogen unsere Sachen bis auf die Unterwäsche aus, wobei die Menge bereits erwartungsvoll jubelte. Sie konnten den Beginn des Wettkampfes nun nicht mehr erwarten. Jake stellte sich verärgert in Escas Blickfeld, der mich unverhohlen von oben bis unten musterte. Dann nahmen wir nebeneinander unsere Startposition ein.

»Zehn ...«, brüllte Argo plötzlich über alle hinweg.

»Neun ...«, rief die Menge nun im Chor. »Acht ... Sieben ...«

Mein Puls raste. Aufgeregt warf ich Jake noch einen letzten Blick zu.

»... Sechs ... Fünf ...«

Er zwinkerte mir aufmunternd zu.

»... Vier ... Drei ...«

Nervös schaute ich meine Mitstreiter an. Und da sah ich wieder dieses geheimnisvolle Zunicken zwischen Esca und Agnes.

»... Zwei ... Eins ...«

Doch es war zu spät.

»Start!« Die Unsterblichen feuerten uns begeistert an, während wir in das Wasser hechteten. Auch wenn ich damit gerechnet hatte, so raubte mir die Kälte kurz den Atem.

Ich war noch nicht einmal dazu gekommen,

meinen ersten Schwimmzug auszuführen, als mich ein kräftiger Fußtritt am Kopf traf. Erst dachte ich, es wäre ein Versehen. Schließlich waren wir alle gleichzeitig gestartet und der Tumult im Wasser war sehr groß. Aber dann bemerkte ich Agnes' flüchtiges Grinsen, ehe sie sich mit schnellen Bewegungen von mir absetzte.

Sofort hatte ich den Anschluss verloren. Ich brauchte eine Weile, um meinen Rhythmus zu finden und Tempo aufzunehmen.

Nachdem ich wieder eine verschwörerische Geste zwischen Esca und Agnes bemerkt hatte, wollte ich versuchen, so nah wie möglich an Jake dranzubleiben. Allerdings musste ich jetzt schon einsehen, dass das völlig unmöglich war. Er war bereits aus meinem Sichtfeld verschwunden, irgendwo auf der anderen Seite des Felsens. Ich konnte nur hoffen, wenigstens nicht von ihm überrundet zu werden.

Es brachte mir nichts, mir jetzt noch über dieses Zunicken den Kopf zu zerbrechen. Ich sollte mich auf das Rennen konzentrieren und weitere mögliche Attacken von Agnes abwehren. In der Zwischenzeit war ich schon ein ganzes Stück an sie herangekommen, hatte diese Helen hinter mir gelassen. Irgendwie wollte ich mir nun selbst beweisen, dass ich mich gegen Agnes behaupten konnte.

Ich befand mich in der vorletzten Runde, als ich Jake seitlich am Felsen hinaufklettern sah. Er führte, aber Esca war ihm dicht auf den Fersen. Ruhelos schaute Jake auf mich herunter, wodurch auch ich merklich langsamer wurde. Schnell wandte ich mein Gesicht von ihm ab, um nun wieder mit kräftigen Schwimmbewegungen durch das Wasser zu gleiten. Wir durften uns nicht länger gegenseitig ablenken!

In der letzten Runde schaffte ich es, Agnes einzuholen. Wir stiegen gleichzeitig aus dem Wasser und rannten der Felswand entgegen. Sie stieß mich grob beiseite, sodass ich auf den glitschigen Steinen ausrutschte. Ich konnte mich gerade noch abstützen, um nicht komplett zum Liegen zu kommen, schürfte mir dabei aber die Hände auf. Verärgert beeilte ich mich, ihr hinterherzuklettern. Gerade noch rechtzeitig fielen mir Jakes Worte wieder ein. Ich stieß mich von der Wand wieder ab und rannte auf die rechte Seite des Felsens. Hier musste der Aufstieg leichter sein.

Am Ufer jubelte die Menge, als Jake mit seinem Stein als Erster den See verließ. Ich zwang mich, nicht zu ihm hinzusehen. Es war nicht einfach, gute Griffmöglichkeiten an der steinernen Wand zu finden, wodurch mir der Aufstieg einige Schwierigkeiten bereitete. Wenigstens waren die Abschürfungen an meinen Händen bereits verheilt.

Wieder hörte ich die applaudierenden Unsterblichen. Nun hatte Esca Jakes Verfolgung aufgenommen.

Ich konnte Agnes nicht sehen und deshalb nicht einschätzen, wer von uns beiden vorn lag. Helen schwamm immer noch ihre letzte Runde. So schlecht stellte ich mich also gar nicht an.

Schließlich hatte ich es geschafft. Erlöst zog ich mich über die oberste Felskante. Wenn Agnes schon gesprungen wäre, dann hätte ich den Aufschlag im Wasser gehört. Schnell trat ich an den Rand der Klippe. Ich durfte nicht zögern, wusste nicht, wie groß mein Vorsprung war. Ich schloss die Augen und stürzte mich in den tiefen Abgrund. Dieses Mal kam kein Schrei über meine Lippen. Wie Jake es mir aufgetragen hatte, spannte ich meinen Körper kerzengerade an. Ich nahm noch einen letzten tiefen Atemzug, bevor ich die harte Wasseroberfläche durchbrach.

Durch die hohe Geschwindigkeit, mit der ich in das Wasser eingetaucht war, drang ich schnell in die Tiefe des Sees. Meine Augen mussten sich erst an die Dunkelheit gewöhnen, bis ich die ersten Umrisse des von Seegras bedeckten Grunds wahrnahm. Es war unheimlich hier unten. Hastig tauchte ich tiefer, um nach dem gelben Stein zu suchen. Ich fand einen roten und einen blauen Stein, aber keinen gelben.

Ein dumpfer Aufschlag verriet mir, dass Agnes mir gleich Gesellschaft leisten würde.

Eingehüllt in einen Sprudel aus Luftblasen glitt sie dem Grund entgegen. Als würde sie die genaue Position ihres roten Steines kennen, bewegte sie sich gezielt auf ihn zu. Ich hatte meinen Stein noch nicht einmal entdeckt, da tauchte sie schon wieder auf.

Allmählich ging mir langsam aber sicher die Luft aus. Enttäuscht stieß ich mich nach oben ab. Es würde mühsam werden, allein durch Schwimmbewegungen wieder bis auf den Grund hinunterzutauchen. Da sah ich zufällig in einiger Entfernung etwas gelb leuchten. Das sollte wohl ein schlechter Witz sein? Der gelbe Stein lag weit abseits von der Position der anderen. Wie konnte das sein? Hier gab es doch keine Strömungen. Außerdem war er dafür viel zu groß und zu schwer.

In diesem Moment tauchte auch Helen in das Wasser ein. Sie machte wenigstens den Eindruck, als würde sie suchen. Ich musste noch etwas durchhalten, obwohl ich dringend Luft brauchte! Auch wenn mir nicht gerade wohl dabei war, versuchte ich so schnell ich konnte zu meinem Stein zu gelangen.

Letztendlich schwammen Helen und ich zeitgleich der Oberfläche entgegen. Meine Lunge war kurz vorm Platzen. Meine Bewegungen wurden immer hektischer und panischer. Die Lichtstrahlen, die durch das Wasser brachen, streckten sich nach mir aus. Ich fühlte mich wie ein Mensch, hatte furchtbare

Angst. Jake ... Hilf mir!

Mit scheinbar letzter Kraft brach ich durch die Wasseroberfläche. Atmen, einfach nur atmen ... Gierig schnappte ich nach Luft, hustete und würgte, um dann erneut nach Atem zu ringen. Nur langsam erholte ich mich, erinnerte mich daran, was ich hier tat.

Helen hatte das Ufer schon erreicht. Mein Stein war unerklärlicherweise an einer völlig abgelegenen Stelle versenkt worden. Daher musste ich eine längere Strecke zurückschwimmen.

Erschöpft stolperte ich über die Uferwiese, wobei mir schon jemand trockene Kleidung reichte, ehe ich den gelben Stein ablegen konnte. Deprimiert setzte ich mich ins Gras und begann mir die Hose anzuziehen, indes Helen sich bereits auf den Weg machte.

Als ich schließlich das Ufer unter Anfeuerungsrufen verließ, fing es an zu regnen. Da hätte ich mir die trockenen Sachen auch sparen können ... Trotz allem fühlte ich mich inzwischen wieder besser. Wäre ich noch ein Mensch, so würde ich jetzt wahrscheinlich bewusstlos am Ufer liegen. Zudem war ich mir nicht einmal sicher, ob ich überhaupt so lange dazu in der Lage gewesen wäre, die Luft anzuhalten.

Inzwischen hatte ich die Schlucht hinter mir gelassen und rannte geradewegs in den Ageless Forest hinein. Weiße Steine markierten den Weg, dem ich nun sicher folgen konnte. Wie weit Jake wohl schon gekommen war? Er war vor Esca auf die Laufstrecke gegangen. Ich konnte mir nicht vorstellen, dass er sich von ihm noch einholen ließ.

Im Gegensatz zu ihm lag ich an letzter Stelle. Das war so ungerecht. Ich bemitleidete mich selbst, als ich Helen vor mir erblickte. Es war also noch nicht alles verloren. Hoffnung keimte in mir auf und ließ mich neue Kraft gewinnen. Ich würde alles geben, um vor Jakes Augen nicht als Verliererin ins Ziel zu kommen.

Der starke Regen prasselte laut auf das Blätterdach. Doch nur wenige Tropfen schafften es bis zum Waldboden herab, da die Baumkronen ihnen den Weg abschnitten. Ein Leuchten erhellte den Wald, wenn Blitze am verdunkelten Himmel zuckten. So faszinierend und wunderschön der Ageless Forest sonst auch war, jetzt wäre ich am liebsten aus ihm geflüchtet.

Dankbar über Helens Nähe heftete ich meinen Blick auf ihren Rücken. Meine Beine trugen mich schnell voran. Ich würde nicht mehr lange brauchen, bis ich zu ihr aufschloss.

Sie erreichte knapp vor mir den ersten Streckenposten, der uns freundlich begrüßte und die farbigen Wimpel für die erste Streckenmarkierung überreichte. Nun liefen wir nebeneinander her und musterten uns hin und wieder abschätzend.

Eigentlich war mir Helen ganz sympathisch. Ihre rötlichen Haare erinnerten mich an Sally, auch wenn diese hier bedeutend länger und kräftiger waren. Für eine Frau hatte Helen eine beachtliche Größe, was ihr beim Laufen einen kleinen Vorteil verschaffte. Ich musste doppelt so viele Schritte machen, um an ihr dranzubleiben.

Mittlerweile peitschte uns der aufbrausende Wind den Regen entgegen. Die Bäume standen hier nicht mehr ganz so dicht zusammen, wodurch der nasse Waldboden unter unseren Schuhsohlen nachgab. Zudem wurde das Gelände immer unebener und unübersichtlicher. Vorhin hatte ich Helen noch weit vor mir rennen sehen. Jetzt hätten mir die immer wiederkehrenden Hügel die Sicht genommen.

Ich glaubte, Helen hatte momentan auch nichts gegen meine Gesellschaft einzuwenden. Es war eine Art stilles Abkommen, das wir miteinander trafen. Die Waldstrecke würden wir gemeinsam hinter uns bringen. Danach mussten wir noch fünf Runden um den See laufen, wobei sich das Rennen immer noch zwischen uns entscheiden konnte.

Wir näherten uns der zweiten Wegmarke. Spätestens jetzt war ich froh, dass Helen bei mir war. Denn der Streckenposten, der dort auf uns wartete, war kein Geringerer als Agnes' Vater. Mit einer Mischung aus Ungläubigkeit und Ratlosigkeit sah er uns entgegen. Er schien über unsere kameradschaftliche Ankunft irritiert zu sein. Offensichtlich hatte er noch nicht mit mir gerechnet. Er reichte Helen demonstrativ einen Krug voll Wasser, ohne Anstalten zu machen, mir auch einen anzubieten.

Verwundert runzelte Helen die Stirn. Dann reichte sie mir ihren eigenen Krug, in dem sie mir ein paar Schlucke übrig gelassen hatte. Das zornige Aufschnauben Argos ignorierend, nickte ich ihr dankbar zu, bevor ich gierig trank.

»Nun macht, dass ihr weiterkommt!«, ging er sie barsch an, drückte ihr den blauen Wimpel in die Hand und schubste sie vorwärts. Meinen gelben hielt er in seiner zur Faust geballten Hand. Es fiel ihm sichtlich schwer, ihn an mich herauszugeben. Wahrscheinlich wollte er Helen dadurch einen kleinen Vorsprung verschaffen. Doch sie rührte sich nicht von der Stelle, sondern wartete auf mich.

»Was ist mit dir los?«, brüllte er sie ungehalten an. »Ist Samantha dein Hündchen, auf das du aufpassen musst?« Er wandte sich ihr wütend zu.

Mutig entriss ich ihm meinen Wimpel, ergriff Helens Hand und zog sie schnell weiter. Nichts wie weg hier!

Ich traute mich nicht, mich noch einmal

umzusehen. Vielmehr wollte ich einfach nur so schnell wie möglich Abstand zwischen mich und diesen furchtbaren Mann bringen. Helen hingegen schüttelte verärgert den Kopf und drehte sich noch einmal zu Argo um. Abrupt blieb sie stehen und starrte mit vor Entsetzen weit aufgerissenen Augen zurück.

Im gleichen Augenblick, als sie geschockt aufschrie, traf mich etwas von hinten an der Schulter. Die harte Wucht riss mich von den Beinen. Wie ein Stein fiel ich zu Boden, ohne meinen Sturz noch abfangen zu können. Mein Kopf schlug auf den felsigen Boden, wonach sich mein warmes Blut über meine Stirn ergoss. Ich blinzelte, um zu verhindern, dass es mir in die Augen lief. Doch dann konnte ich selbst meine Lider nicht mehr bewegen.

Bevor mir das Blut die ganze Sicht nahm, sah ich Argo auf mich zukommen. Er hielt die Armbrust noch immer im festen Griff, mit der er gerade einen Betäubungspfeil auf mich abgeschossen hatte. Drohend mahnte er Helen zu schweigen, da sie noch immer aus vollem Hals schrie. Dann wurde es mit einem Mal beklemmend still. Ich wollte mir das Blut aus den Augen wischen, wollte mich nach Helen umdrehen. Doch ich konnte mich nicht bewegen, konnte nicht einmal um Hilfe rufen. Bewegungsunfähig und stumm lag ich auf dem kalten, nassen Steinboden, auf dem ein Rinnsal aus Regen und silbernem Blut von mir wegfloss.

»Du bist selbst an deinem Unheil schuld!«, tadelte Argo Helen hinter meinem Rücken. »Was hältst du dich auch an dieser Menschenbrut auf. Eigentlich solltest du schon längst über alle Berge sein.«

Jedoch bekam er keine Antwort. Was hatte er Helen angetan? War sie auch von ihm betäubt worden?

Es war so beängstigend still ... Nur der Regen prasselte geräuschvoll auf uns hernieder, trommelte auf den Blättern und zerplatzte seine Tropfen beim Aufprall. Und dann hörte ich plötzlich Schritte, die sich rasch näherten. Konnte ich hoffen? Kam uns jemand zu Hilfe?

Argo packte mich grob, riss meinen Oberkörper nach oben und zerrte mir einen Sack über den Kopf. Sorgfältig fesselte er meine Arme und Beine.

»Was macht Helen hier?«

»Schweig still!«, ermahnte Argo seine Tochter. Allerdings hatte ich Agnes' Stimme da schon erkannt.

»Irgendetwas ist schiefgelaufen«, schimpfte er.

»Das kann nicht sein. Ich habe den Stein weit abseits versenkt. Sie konnte ihn unmöglich so schnell finden«, flüsterte jemand ängstlich.

Täuschte ich mich? Nein, ich musste mich irren! Das konnte unmöglich Daisys Stimme gewesen sein. Warum sollte sie das tun? Sie hatte nie ein Geheimnis daraus gemacht, dass sie mich nicht leiden konnte. Aber an so einen gemeinen Verrat konnte ich nicht glauben.

»Wenn du deinen Auftrag ordnungsgemäß ausgeführt hättest, dann wäre sie jetzt unmöglich schon hier. Helen wäre weit voraus, ohne von dem hier etwas mitzubekommen. Du allein bist dafür verantwortlich – du hast Helen auf dem Gewissen«, brüllte Argo anklagend.

»Das ist nicht wahr. Ich habe ...«, versuchte Daisy sich zu rechtfertigen.

»Oh, sei still! Sonst vergesse ich mich und du wirst ebenfalls neben Helen liegen!« Argo kochte vor Wut. »Schnell jetzt! Bringt sie weg von hier! Wir treffen uns morgen an dem vereinbarten Platz. Und wehe, ihr versagt!«

»Mach dir keine Sorgen!«, antwortete ein Mann. »Du kannst dich auf uns verlassen.«

Umgehend wurde ich von vier Händen aufgehoben. Verzweifelt wollte ich mich dagegen wehren, war aber zu nichts fähig.

»Verpasst ihr auf halber Wegstrecke zur Sicherheit noch einen Betäubungspfeil!«, befahl Argo.

»Ihr habt doch versprochen, sie zu töten«, winselte Agnes.

»Sei endlich still, du unbedachtes Ding!«, fuhr er seine Tochter an. »Esca wird das erledigen, wenn er mit ihr fertig ist. Und jetzt lauf!

Beeile dich, damit dich niemand hiermit in Verbindung bringen kann!«

Ich vernahm Argos Stimme immer leiser, da die Männer mich schnell davontrugen. Jedoch hatte ich alles gehört, was ich hören musste. Esca hatte sich mit Argo und Agnes, ja sogar mit Daisy gegen mich verschworen. Sie hatten das hier alles genau geplant. Einzig Helen war ihnen in die Quere gekommen. Die Arme ... Hätte ich sie doch bloß nicht eingeholt! Was musste sie jetzt wegen mir erleiden?

Rücksichtslos wurde ich unsanft über einen Pferderücken geworfen, sodass ich auf dem Bauch lag und zu beiden Seiten hinunterhing. Dann streifte mich etwas, das neben mir platziert wurde. Es musste Helen sein. Sie hatten sie auch mitgenommen.

Zwei Männer hatten mich getragen. Somit verhielt es sich bei Helen sicherlich ähnlich. Es mussten also mindestens vier Männer sein, die uns verschleppten. Sie sprachen kein Wort, gaben mir keinerlei Hinweis. Hilflos musste ich es hinnehmen, als sie die Pferde hektisch antrieben, um uns an einen unbekannten Ort zu bringen. Weg von meinem Zuhause ... weg von Jake! Meine Seele schrie ...

Ohnmacht

Jake hatte noch drei Runden vor sich, bevor er das Ziel erreichte. Die Menge jubelte ihm begeistert zu, trug ihn weiter vorwärts.

Aber plötzlich krampfte sich sein Herz zusammen. Was war nur mit ihm los? Seine Beine wollten ihm mit einem Mal nicht mehr gehorchen.

Esca hatte fast eine Runde Rückstand. Doch wenn er diese unerwartete Schwäche zuließ, würde er ihn vielleicht sogar noch einholen. Entschlossen ignorierte er seinen Körper, der ihm irgendwie zu entgleiten schien. Er achtete nicht auf den unregelmäßigen, stechenden Schlag seines Herzens.

Nach einer gefühlten Ewigkeit, überquerte er als Erster die Ziellinie. Jedoch verspürte er kein Glücksgefühl, da die unbekannte Erschöpfung ihn innerlich auslaugte.

Freudestrahlend waren ihm seine engsten Freunde entgegengekommen, sahen ihn aber nun besorgt an. »Was ist mit dir?«, fragte einer.

Jake ließ nur ratlos die Schultern sinken.

»Ich weiß es nicht.«

Die Unsterblichen, die ihn ekstatisch feierten, gönnten ihm keine Pause. Sie hoben ihn über ihre Köpfe und warfen ihn immer wieder in die Höhe. Mit tosendem Applaus und überschwänglichen Zurufen bekundeten sie ihm ihre Anerkennung.

Niemand schenkte Esca die verdiente Aufmerksamkeit, die dem Zweitplatzierten zustand. Er lief fast unbeachtet ins Ziel ein, wo ihn nur die Männer aus seinem eigenen Clan mit Beifall begrüßten. Es entging Jake nicht, dass es offensichtlich eine Demütigung für Esca war, gegen ihn verloren zu haben. Wütend stieß dieser seine Männer beiseite und stampfte auf die Menge zu, die Jake fröhlich umlagerte. Da trat Argo in sein Blickfeld und nickte ihm zu. Augenblicklich blieb Esca stehen. Ein wissendes, eiskaltes Lächeln breitete sich auf seinen Lippen aus, wobei sein Körper sich zu seiner ganzen Größe aufrichtete. Mit erhobenem Haupt stand er nun da, als wäre er der eigentliche Sieger.

Jake irritierte Escas Auftreten. Er musterte ihn nachdenklich, als Ryan Esca im Vorbeigehen streifte und eine Grimasse zog. »Na, Esca, macht dir dein Ego zu schaffen?« Spöttisch zwinkerte er ihm zu, ehe er sich abwandte. Die aufbrausenden Worte, die ihn verfolgten und ihm in aller Deutlichkeit klarmachten, was Esca von ihm hielt, schienen ihn sehr zu amüsieren.

Jake sah seinem Freund entgegen. Er war erleichtert, wieder festen Boden unter den Füßen zu haben, nachdem die Unsterblichen ihn wieder auf der Erde abgesetzt hatten. Irgendwie fühlte er sich benommen.

»Jake! Was ist mit dir los?« Ryan stützte ihn und wollte ihn aus dem Tumult herausführen. »Wenn ich es nicht besser wüsste, würde ich glauben, du wärst krank. Du hast überhaupt keine Farbe mehr im Gesicht.«

Jake wehrte ihn ab. »Lass mich los, Ryan! Ich werde hier im Ziel auf Sam warten.« Er setzte sich auf einen kleinen Felsen, von dem er die Zielgerade gut überblicken konnte. Auch die Schlucht war gut einzusehen, aus der Sam, Agnes und Helen bald auf die Uferwiese einlaufen würden.

Er durfte gar nicht daran denken, dass er sich gleich für unbestimmte Zeit von Sam verabschieden musste. Seine Seelenverwandte zu finden war das Großartigste, was ihm passieren konnte. Die starke Anziehungskraft und Liebe, die sie füreinander empfanden, konnten unter diesen Umständen aber auch zur Qual werden. Sie würden unter der Trennung sehr zu leiden haben.

Jake biss die Zähne aufeinander. Die Schwere in seiner Brust war kaum auszuhalten. Noch niemals zuvor in seinem Leben hatte er sich so kraftlos gefühlt.

Agnes erschien am Ausgang der Schlucht, um die letzten fünf Runden um den See in Angriff zu nehmen. Sie machte einen nervösen Eindruck.

Jake stieg auf den Felsen, damit er weiter in die Schlucht hineinsehen konnte. »Als wievielte hat Sam das Wasser verlassen?«, fragte er seine Freunde. Er stellte sich auf die Zehenspitzen und spähte in die Schlucht hinein.

»Als Letzte. Sam hatte offenbar Schwierigkeiten, ihren Stein zu finden«, antwortete einer.

»Aber Helens Vorsprung hielt sich in Grenzen. Es würde mich nicht wundern, wenn Sam die verlorene Zeit aufholen konnte«, warf ein anderer ein.

»Ja, das glaube ich auch«, bestätigte der Nächste. »Sie hat sich eigentlich wacker geschlagen. Sie lag in Führung, als sie vom Felsen gesprungen ist.«

Jake nickte stolz. Dann wandte er sich an zwei seiner Freunde. »Reitet ins Bergtal, um meine Mutter zu holen. Ich hoffe sie kann mir inzwischen darüber Auskunft geben, wo Dougal meinen Vater gefangen hält. Sobald ich mit Esca aufgebrochen bin, werdet ihr Nancy und Sam zu Grimmts Versteck bringen.«

Voller Sehnsucht spähte er in die Schlucht. Er konnte es nicht mehr erwarten, Sam ein vorerst letztes Mal in seine Arme schließen zu können.

* * * * *

Mein Innerstes schien zu zerbersten. Es war, als versuchte meine Seele, meinen Körper zu verlassen. Sie sehnte sich nach Jake, wollte zu ihm zurückkehren. Noch immer konnte ich mich nicht bewegen, geschweige denn einen Ton von mir geben. Ich hatte jegliches Zeitgefühl verloren. Eilig wurden die Pferde vorangetrieben, ohne ihnen eine Pause zu gönnen.

Anfangs konzentrierte ich mich auf die Geräusche der Umgebung, wollte eine ungefähre Vorstellung davon bekommen, wo wir entlangritten. Schon bald konnte ich die Blätter der Bäume nicht mehr rauschen hören, was darauf schließen ließ, dass wir den Ageless Forest verlassen hatten. Wir ritten lange durch flaches Wasser, wodurch ich vollkommen die Orientierung verlor. Ich hatte keine Ahnung, in welche Richtung wir unterwegs waren.

Was konnte ich bloß tun? Ob Jake den Wettkampf schon beendet hatte? Wie lange würde es dauern, bis sie bemerkten, dass Helen und ich verschwunden waren? Wann würden sie anfangen, uns zu suchen?

Schlagartig erinnerte ich mich an Argos Worte, die er beschwichtigend an seine Tochter gerichtet hatte. »Esca wird das erledigen, wenn er mit ihr fertig ist.« Esca hatte Agnes das Versprechen gegeben, mich zu töten.

Ich war völlig durcheinander. Wenn ich es

richtig verstanden hatte, würde Argo morgen zu uns stoßen. Diese Männer sollten uns nur zu einem vereinbarten Treffpunkt bringen und uns verstecken. Somit würde Argo für die anderen scheinbar nichts mit unserem Verschwinden zu tun haben, da er nach dem Finale vor Ort war.

Aber welche Rolle spielte Esca bei dem Ganzen?

Erst jetzt begriff ich das volle Ausmaß dieses Plans. Esca hatte nie vorgehabt, Dougal von mir zu erzählen. Im Gegenteil: Da ich noch am Leben war, wollte er mich selbst umbringen. Aber warum? Was bei allen Göttern hatte ich ihm getan?

Übelkeit stieg in mir auf, ohne dass ich mich mit einem Würgen von ihr befreien konnte. Esca hielt unser aller Schicksal in seinen Händen. Wenn er mich tötete, dann besiegelte er damit auch den Tod der anderen. Dougal würde in Silas einen Lügner sehen und ihn ohne jeden Zweifel hinrichten. Auch für meinen Onkel und meine Tante sowie alle anderen Menschen würde es keinerlei Hoffnung mehr geben. Und Jake würde seinem eigenen Leben den Rücken kehren, um mir in den Tod zu folgen.

Meine Seele verbrannte mich vor Verzweiflung, gefangen in einem Körper, der schon jetzt nicht mehr zu gebrauchen war. Das Gift des Betäubungspfeiles hatte mich in seiner

Gewalt. Ich konnte nur noch hilfslos auf das Ende warten.

* * * * *

Nachdem Agnes das Ziel erreicht hatte, war Jake ruhelos aufgebrochen, um Sam entgegenzulaufen. Es war ungewöhnlich, dass die Mädchen noch nicht zu sehen waren. Also machten sich schließlich alle auf die Suche. Ausnahmslos alle – sogar Esca und seine Männer – beteiligten sich.

Ein markerschütternder Schrei drang aus Jakes Kehle, als er die Blutspuren auf dem felsigen Waldboden entdeckte. Zitternd sank er auf die Knie, versuchte vergeblich, den Geschmack von Panik und Angst hinunterzuschlucken. Seine Finger tasteten über die silberfarbenen Linien, die sich auf den Steinen ihren Weg gebahnt hatten. Sam musste schwer verletzt worden sein, so viel Blut wie sie verloren hatte. Auch wenn er spürte, dass sie noch lebte, so hatte er nun die schmerzliche Gewissheit, dass ihr etwas zugestoßen war. Nun wusste er, warum er sich so kraftlos und verwundbar fühlte. Seine Seele hatte ihn warnen wollen, doch er hatte die Zeichen nicht verstanden.

»Beruhige dich, Jake! Es kann auch Helens Blut sein«, bemühte Ryan sich, ihn aus dem Schock zu lösen.

Doch Jake starrte von unfassbarem Leid geschüttelt auf das lange blonde Haar, das er ehrfürchtig zwischen seinen Fingern hielt. Er hatte jegliche Hoffnung verloren, die er so dringend brauchte. Was sollte er nur tun? Kraftlos stand er auf und sah alle Anwesenden an. »Wer war hier als Streckenposten stationiert?« Seine Stimme brach, während er sich um einen strengen Ton bemühte.

Die Unsterblichen steckten die Köpfe zusammen und beratschlagten darüber, wer an der zweiten Teilstrecke abgestellt gewesen war.

»Ich glaube, das war Hawk«, meldete sich einer zu Wort.

Jake schaute suchend in die Runde. »Wo ist dieser Hawk? Ich will ihn sofort sprechen!« Dieses Mal klang seine Stimme laut und entschlossen. Die Drohung, die darin mitschwang, war unüberhörbar.

Wieder setzte allgemeines Gemurmel ein. »Hat jemand Hawk gesehen?«, rief einer aus.

Alle verneinten oder schüttelten nur ratlos ihre Köpfe.

»Dann sucht ihn!«, schrie Jake der Menge wütend zu. »Bringt diesen Mann zu mir und ich werde es euch vergelten!« Er kniete sich nieder, legte seine Hand auf den blutbefleckten Stein und schloss für einen kurzen Moment die Augen. Er musste sich zusammenreißen, die Unsterblichen nicht an den Schultern zu packen und zu rütteln, damit sie sich beeilten. Doch sie brauchten seinem Befehl nicht zu gehorchen. Es war ihre freie Entscheidung, ob sie ihm bei der Suche helfen wollten. Erleichterung machte sich in ihm breit, als sich dennoch alle auf die Suche machten. Ihm dauerte das alles nur viel zu lange.

Er atmete tief durch, bevor er die Augen wieder öffnete. Sein Blick streifte über den Erdboden, suchte nach irgendeinem Hinweis. Schnell sprang er auf und lief zu einer Stelle, wo die feuchte Erde zwischen dem felsigen Boden aufgeschürft war. Es sah aus wie eine Schleifspur. Allerdings hatten gerade noch so viele Unsterbliche hier herumgestanden, dass es nichts zu bedeuten haben musste.

Verzweifelt strich er sich durchs Haar und seufzte.

»Jake! Was hältst du davon?«, rief Ryan ihm aus einiger Entfernung zu.

Hastig rannte er zu ihm. Auf der von Gras und Moos bedeckten Erde konnte man deutlich Fußabdrücke erkennen. Allerdings passten sie nicht zu Sams zierlichem Fuß. Jake seufzte nachdenklich. »Hier sind mehrere Spuren. Wenn dieser Hawk tatsächlich etwas mit ihrem Verschwinden zu tun haben sollte, dann aber nicht allein.«

»Du glaubst, Sam ist entführt worden?«, warf Ryan irritiert ein.

»Ich weiß nicht, was ich glauben soll. Alle, die ein Interesse an ihr haben könnten, sind hier. Sie suchen mit nach Sam. Und außerdem ist ja auch Helen verschwunden.«

Einen kurzen Augenblick sahen sie sich unschlüssig an.

»Lass uns diese Spur weiterverfolgen!«, forderte Jake seinen Freund auf. »Es ist momentan der einzige Anhaltspunkt, den wir haben.« Er musste seine Ohnmacht verdrängen, musste fest daran glauben, Sam unversehrt wiederzufinden. Der Gedanke daran, sie vielleicht verloren zu haben, brach ihm, im wahrsten Sinne des Wortes, das Herz. Alles in ihm sehnte sich nach Sams Nähe, brauchte sie wie die Luft zum Atmen. Schon jetzt merkte er seine Schwäche, die ihre Abwesenheit auslöste.

Sie hätten sich heute ohnehin trennen müssen. Aber dann hätte er gewusst, wo sie war und dass es ihr bei Grimmt gut ging. Er wusste nicht, wie lange er die Ungewissheit ertragen konnte, die nun auf ihm lastete.

»Hier sind Hufabdrücke!«, bemerkte Ryan. »Wenn sie mit Pferden unterwegs sind, können sie schon wer weiß wo sein. Sie sind uns weit voraus.«

Noch ehe er ausgesprochen hatte, pfiff Jake nach seinem Pferd, was Ryan ihm unverzüglich nachahmte. Endlos verstrich die Zeit, bis Onyx wild auf ihn zu galoppierte. Obwohl

Ryans Pferd noch nicht da war, schwang Jake sich auf den Rücken seines Hengstes und trieb ihn an. Er konnte nicht auf Ryan warten, durfte keine weitere wertvolle Zeit verlieren.

* * * * *

Langsam kehrten erste Anzeichen von Empfindungen in meinen Körper zurück. Es gelang mir, meine Finger ein wenig zu bewegen.

Hatten wir den vereinbarten Platz erreicht oder legten sie nur eine Rast ein? Jemand packte mich und zerrte mich grob vom Pferd. Eingehüllt in den rauen Sack, schmiss man mich achtlos in eine Ecke. Hart schlug ich auf dem Boden auf, auch wenn er zumindest nicht aus Felsen zu bestehen schien. Ich war froh, mit meinem Kopf nicht wieder gegen etwas zu schlagen. Die Wunde musste sehr groß gewesen sein, da sie für unsere Verhältnisse sehr stark geblutet hatte. Inzwischen war sie sicherlich schon wieder verheilt. Nur mein Haar und mein Gesicht waren noch von dem eingetrockneten Blut verklebt.

»Was meinst du? Sollten wir ihr nicht langsam die nächste Dosis verpassen?«, hörte ich einen Mann fragen.

Da vernahm ich auch schon das unverkennbare Geräusch einer sich spannenden Sehne. Das Geschoss traf mich am Oberschenkel, drang tief in mein Fleisch ein. Nein!

Diese miesen, hinterhältigen ... Wer waren diese Männer, dass sie mir das antaten? Auch wenn ich keinen Schmerz verspürte, so war es skrupellos, aus nächster Nähe auf mich zu zielen. Ich wollte ihnen meine Wut entgegenschreien. Doch meine Lippen blieben stumm. Sie gehorchten mir nicht. Wie der Rest meines Körpers ließen sie sich erneut von dem Gift einhüllen.

»Und was ist mit ihr?«

»Frage nicht so viel! Verpasse ihr auch noch eine!«

»Aber das ist doch Helen ...«

Es erklang ein ungeduldiges Knurren. Dann schnappte die Sehne der Armbrust, um auch Helen abermals zu lähmen.

Unsere Situation war so aussichtslos ... Die Sehnsucht und Sorge um Jake zerriss mich. Würde ich ihn jemals wiedersehen? In meinen Gedanken sah ich ihn vor mir. Seine tiefblauen Augen, die mich mit nur einem einzigen Blick in ihren Bann ziehen konnten, – sein Lächeln, das mich immer wieder zum Dahinschmelzen brachte, – sein weiches, glänzendes Haar, durch das ich ihm so gern streichelte. Ich liebte ihn mit einer Intensität, die unwiderruflich war.

Als ich damals auf dem Schlachtfeld im Sterben lag, hatten wir wenigstens die Möglichkeit gehabt, uns voneinander zu verabschieden. Die Erinnerung daran brach mir endgültig das Herz. Seine letzten Worte waren so tröstend und voller Zuneigung gewesen. »Es gab immer nur dich ... nur dich – und daran wird sich nie etwas ändern. Ich liebe dich bis über den Tod hinaus und ich glaube fest daran, dass ich dich wiedersehen werde. Egal, wo es sein wird – egal, wie lange es dauern wird – ich werde dich wiederfinden!«

Obwohl mein Körper betäubt war, bahnten sich hoffnungslose Tränen ihren Weg, wobei sich ein qualvolles Stöhnen aus meiner Kehle befreite.

»Habt ihr das gehört?«, rief einer verschreckt aus.

Hektische Schritte näherten sich, wonach Hände sich an dem rauen Stoff zu schaffen machten, um mich aus dem Sack zu befreien. Fünf Männer starrten ungläubig auf mich herab und diskutierten.

Noch immer überschwemmte mich dieses schmerzhafte Gefühl des Verlustes, das gnadenlos über mich hereingebrochen war, als ich mich an Jakes Abschiedsworte erinnerte. Ein unkontrollierbares Zittern ließ meinen Körper erbeben, entlud die endlose Verzweiflung und Trauer, die mich beherrschte.

»Wie kann das sein? Wir haben sie doch sogar zwei Mal betäubt.« Ein Unsterblicher mit langen, schwarzen Haaren machte sich an meinem Hosenbein zu schaffen. Offensichtlich wollte er nachsehen, ob die Betäubungskapsel noch in meinem Oberschenkel steckte.

Es war demütigend, diesen fremden Mann nicht daran hindern zu können, mich zu berühren. Mein warmes Blut ergoss sich über mein Bein, da er die Kapsel mithilfe seines Messers heraussschnitt. Eingehend betrachtete er das Geschoss zwischen seinen Finger.

»Sie ist leer«, stellte er fest. »Das Gift ist vollständig ausgetreten.«

»Vielleicht sollten wir ihr noch eine Dosis verabreichen!«, überlegte ein anderer, der sich in diesem Moment zu mir herunterbeugte. Er legte Daumen und Zeigefinger an mein Auge, um es weiter zu öffnen. »Ihre Pupillen sind so groß, dass man ihre Augenfarbe fast nicht mehr erkennen kann«, stellte er fest.

Der Dunkelhaarige packte mich im Nacken und hob meinen Kopf an. Sein Gesicht war mir so nah, dass sein Atem mich streifte. Forschend sah er mir tief in die Augen, schien seine Möglichkeiten abzuschätzen. »Sie stammt zum Teil von den Menschen ab. Wenn wir ihr noch mehr Gift verabreichen, bringt sie das womöglich um.«

Fast vorsichtig legte er meinen Kopf wieder auf der Erde ab. Mit einem Mal wirkte er verunsichert, da er nicht so recht wusste, wie er mit mir umgehen sollte. Die anderen Unsterblichen beobachteten ihn, warteten auf seine Entscheidung. Offenbar war er hier derjenige, der das Sagen hatte.

»Das Risiko ist mir zu hoch. Es würde Esca nicht gefallen, wenn sie stirbt, bevor er alles über sie in Erfahrung gebracht hat.« Langsam stand er auf. »Bewache sie! Und gib mir Bescheid, sobald sie die kleinsten Anzeichen zeigt, dass sie die Kontrolle über ihren Körper wiederfindet!«, wandte er sich an einen Mann mit lockigen, blonden Haaren.

Dieser war nicht gerade begeistert, nun die ganze Zeit ein Auge auf mich werfen zu müssen.

»Soll Hawk doch selber den Aufpasser spielen!«, schimpfte er, als dieser aus unserer Hörweite verschwunden war. »Der glaubt wohl, ich habe nichts Besseres zu tun, als hier herumzusitzen und dem Mädchen Gesellschaft zu leisten.«

»Nun krieg dich wieder ein!«, schalt ihn einer seiner Mitstreiter. »Wir sitzen auch nur rum und halten Ausschau, ob uns jemand gefolgt ist.« Lustlos begaben sich die drei restlichen Männer auf ihre Wachposten und ließen uns allein.

Der Unsterbliche ließ sich neben mir nieder und schnitzte gelangweilt an einem Stock herum.

Erst jetzt bekam ich die Gelegenheit, mich etwas umzusehen. Da ich meinen Kopf nicht einmal ein klitzekleines bisschen bewegen konnte, war das allerdings nur sehr eingeschränkt möglich. Die Abenddämmerung hatte bereits eingesetzt, entzog der Umgebung langsam aber sicher das Licht. Direkt vor mir ragte eine Felswand empor, die mit Moos und Farnen bewachsen war. Die Bäume, die ich im Augenwinkel erkennen konnte, bestätigten mir, dass wir uns nicht mehr im Ageless Forest befanden. Sie waren nicht annähernd so hoch und mächtig, und ihnen fehlte auch der Zauber, der unser Zuhause ausmachte.

Es hatte aufgehört zu regen, doch die Luft umhüllte mich mit einem feuchten Schleier. Außer dem schabenden Messer, das einen Span nach dem anderen vom Holz schnitt, war nichts zu hören. Kein Windstoß wirbelte durch die Blätter, um mich mit seinem Gesang zu trösten. Still lag dieser Wald, als würde ihn kein einziges Lebewesen bewohnen.

Ich vermutete, dass Helen nur wenige Schritte hinter mir lag. Wir kannten uns überhaupt nicht, hatten bisher nicht ein Wort miteinander gesprochen. Sie war hier in etwas hineingeraten, mit dem sie eigentlich nichts zu tun hatte. Und nun war sie unwiderruflich an mein Schicksal gebunden.

* * * * *

Seit einer Ewigkeit waren Jake und Ryan auf ihren Pferden orientierungslos durch die Gegend gejagt. Die Nacht war schon lange über sie hereingebrochen, nahm ihnen die letzte

Hoffnung, noch brauchbare Spuren zu finden. Nun saßen sie stumm nebeneinander auf ihren wilden Pferden und ließen ihre Blicke hoffnungslos über das umliegende Panorama schweifen. Sie befanden sich auf einem der Zwillingsberge, von wo aus man weit ins Landesinnere schauen konnte. Hier sah Jake ihre letzte Möglichkeit, irgendeinen Anhaltspunkt zu finden. Sie hatten Sams Spur verloren, wussten einfach nicht mehr, in welche Richtung sie reiten mussten.

Selbst ihre Pferde waren von der kraftraubenden Suche geschwächt. Jake hatte seinem Hengst keine Pause gegönnt, hatte ihn stur und verbittert immer weiter vorangetrieben. Onyx schnaubte laut durch die Nüstern und ließ seinen Kopf hängen. Der Schweiß schäumte weiß auf seinem tiefschwarzen Fell, hinterließ seine cremigen Spuren auf den dicken Muskelpaketen.

Jake wusste nicht, wie er diesen Zustand der Ungewissheit noch länger ertragen sollte. Ryan sah ihn erschöpft von der Seite an. Aber Jake wagte er es nicht, die Sinnlosigkeit ihrer weiteren Suche einzugestehen. Es war stockdunkel, ohne dass der Mond oder die Sterne ihnen in dieser Nacht wenigstens etwas Licht spendeten. Sie verbargen sich stattdessen hinter dicken Wolken, als wollten sie sich diese Tragödie ersparen.

Ryan und er waren die Einzigen, die noch

unterwegs waren. Alle anderen hatten ihre Suche vorerst eingestellt. Auch Helens Familie war außer sich vor Sorge. Doch sie hatten eingesehen, dass sie bei Nacht nichts ausrichten konnten. Sie zwangen sich zu einer Pause, um bei Tagesanbruch mit neugewonnener Kraft weiterzusuchen.

Was bei allen Göttern konnte er bloß tun? Wo war Sam?

»Jake ... Jake!« Zwei seiner Freunde kamen mit ihren Pferden auf ihn zugestürmt. Sie wirkten gehetzt und aufgeregt. »Jake!«, rief einer von ihnen erneut seinen Namen. »Wir haben dich überall gesucht. Schnell! Nancy ... Du musst schnell mit uns kommen!«

»Nancy ist zusammengebrochen ...«, ergänzte der andere.

Noch bevor sie ausgesprochen hatten, galoppierte Jake los. Die anderen eilten hinter ihm her, während sie aufgeregt durcheinanderredeten. »Sie ist in ihrem Baumhaus«, rief einer ihm noch nach, da er mit Onyx unaufhaltsam vorausritt.

Im Bergtal angekommen, sprang Jake vom Pferd. Er achtete nicht auf die Unsterblichen seines Clans, die ihm besorgt Platz machten und ihm so den Zugang zum Baumhaus ermöglichten. Hastig stieg er die Wendeltreppe empor, die an dem Baumstamm hinaufführte. Die anderen blieben unten zurück und warteten.

Einen kurzen Moment blieb er im Türrahmen stehen, um tief durchzuatmen. Dann betrat er das Zuhause seiner Eltern, wo Nancy regungslos in ihrem Bett lag. Er beugte sich über sie und legte seine Handfläche auf ihre von Schweißperlen bedeckte Stirn. Nancys blasses Gesicht ließ die tiefen dunklen Schatten ihrer Augenränder noch deutlicher hervortreten. Sie wirkte geschwächt und wie benebelt. Aber sie war eine Unsterbliche. Es war nicht möglich ...

»Was geht hier vor?«, stieß er irritiert aus.

Ryan betrat gerade den Raum, als Nancy unerwartet aufstöhnte. »Silas ...!« Ihre Stimme war nur ein Hauch. Doch in diesem einen Wort lag so viel Qual, dass es Jake kalt den Rücken herunterlief.

Nach einer endlos bedrückenden Stille begann Ryan, vor sich hin zu murmeln. Jake konnte nicht sagen, ob er Selbstgespräche führte oder zu ihm sprach. »Es ist die einzige mögliche Erklärung ... Sie ist seine Seelenverwandte. Wenn Nancy es geschafft hat, mit Silas Kontakt aufzunehmen ... Dann sieht sie, was er sieht – fühlt, was er fühlt. Sie teilen ihre Sinne, ihre Gefühle, ihre Seele.«

Jake nickte. »Meinem Vater geht es schlecht«, stieß er aus. »Dougal lässt ihn foltern.«

Ryan verzog den Mund zu einer geraden Linie. »Ja, das glaube ich auch. Nancy fühlt gerade das Gleiche wie Silas.«

»Aber das ist doch nicht möglich?«, flüsterte Daisy. Sie war unbemerkt hinter die beiden getreten, nachdem sie sich bei Ryans Auftauchen an seine Versen geheftet hatte. »Kann man denn einen Unsterblichen foltern? Ich meine, wir spüren doch keine starken Schmerzen, oder?«

Jake sah Ryan erbost an. »Was will sie hier?«

»Es gibt einen wunden Punkt ...«, erklärte Ryan Daisy, wobei er sie zur Tür führte. Er deutete mit den Zeigefinger auf seinen Hals, damit sie verstand. »Wenn man uns den Hals durchschneidet, sterben wir. Wenn man allerdings ›nur‹ Fleisch herausschneidet oder Sehnen und Muskeln im Hals durchtrennt, dann empfinden wir Schmerz.«

Daisy fasste sich an die Kehle und schluckte, während Ryan die Tür zwischen ihnen verschloss.

»Es tut mir leid«, entschuldigte er sich. »Ich habe nicht bemerkt, dass sie mir gefolgt war.«

Fürsorglich strich Jake seiner bewusstlosen Mutter eine Haarsträhne aus dem Gesicht. »Meine Mutter wird nur dann wieder aus ihrem Traum erwachen, wenn es uns tatsächlich gelingt, meinen Vater zu befreien. Sollte Silas sterben, dann wird sie das Bewusstsein nie wiedererlangen.« In seinem Blick lag unsäglicher Schmerz, als er sich von Nancy abwandte und den Raum verließ. Nachdenklich trat er auf die Veranda und schaute in die Ferne.

Er konnte und wollte nicht glauben, was geschehen war. Seine Mutter so hilflos dort liegen zu sehen ... Zu wissen, welcher qualvollen Folter sein Vater ausgesetzt war ... Und Sam ... Am schlimmsten war das Gefühl, machtlos zu sein.

Wenn er Sam nicht finden würde, dann waren sie alle verloren. Sie war der Schlüssel, alles zum Guten zu wenden ...

* * * * *

Mit den ersten Lichtstrahlen, die sich durch die Bäume kämpften, gewann ich mein Wahrnehmungsvermögen zurück. Jetzt schmeckte ich die Bitterkeit des Giftes auf meiner Zunge. Ich wollte gar nicht darüber nachdenken, wie viel sie mir davon verabreicht hatten. Wenn Grimmt die Betäubungskapseln gegen Unsterbliche angewandt hatte, waren diese nur kurze Zeit außer Gefecht gesetzt. Ich hingegen hatte mich die ganze Nacht nicht rühren können.

Der blonde Unsterbliche war mir die ganze Zeit nicht von der Seite gewichen. Nun beugte er sich über mich, indem er sich auf beiden Seiten neben mir abstützte. Möglicherweise hatte er eine Regung von mir bemerkt?

Ich sehnte mich danach, meine Gliedmaßen zu strecken, wollte meine Muskeln dehnen. Trotzdem widerstand ich dem Drang. Ich hatte Angst, sie würden mich sonst erneut betäuben.

»Mach mir bloß keinen Ärger, Mädchen!«, murmelte der Mann vor sich hin. Er sah mich skeptisch an und begutachtete dann meinen Kopf. Zögernd löste er einige Haarsträhnen aus meinem Gesicht, die an dem verkrusteten Blut festhingen. Dann packte er mich am Arm, drehte mich leicht auf die Seite und untersuchte die verheilte Wunde an meiner Schulter. Seufzend zog er sein Messer und begann, die Betäubungskapsel aus meinem Fleisch zu lösen. Ich empfand es nicht als schmerzvoll, aber äußerst unangenehm. Wenn er nicht gleich damit aufhörte, konnte ich meine gespielte Bewegungslosigkeit nicht mehr lange aufrechterhalten.

Als er es endlich geschafft hatte, griff er nach seiner Flasche und wusch sich mein Blut von den Händen. Der Anblick des köstlichen Wassers ließ meinen Mund noch trockener erscheinen. Unvermittelt musste ich schlucken, was seine Aufmerksamkeit sofort wieder auf mich lenkte. Abermals beugte er sich über mich, sah mir forschend in die Augen, bis sein Blick meinen Körper hinunterwanderte. Schlagartig hielt ich die Luft an, zeigte ihm nicht die geringste Regung. Warum machte er sich überhaupt erst die Mühe, die Giftkapsel herauszuschneiden? Bei der nächsten Gelegenheit würden sie mir die nächste ins Fleisch jagen.

Er griff nach meinem Hosenbein, das dieser Hawk mir gestern Abend zerrissen hatte. Achtlos zerrte er an dem Stoff, bis er einen Fetzen in der Hand hielt. Am liebsten hätte ich diesen Unsterblichen angeschrien, er sollte gefälligst seine dreckigen Finger von mir lassen. Da tränkte er den Stofffetzen mit Wasser und machte sich daran, mir das eingetrocknete Blut aus dem Gesicht zu waschen. Was sollte das denn? So langsam bekam ich den Eindruck, er hatte Mitleid mit mir.

»Was tust du da?«, blaffte Hawk ihn an, der wie aus dem Nichts plötzlich neben uns auftauchte.

»Ich wollte nur ... Ich habe ...« Er kam nicht dazu, es auszusprechen. Hawk packte ihn und schleuderte ihn wütend von mir fort.

»Du solltest nicht auf sie aufpassen, um mit ihr Händchen zu halten!«, brüllte er.

Es dauerte keinen Wimpernschlag, bis nach diesem lautstarken Wutausbruch die restlichen Unsterblichen aufkreuzten. »Was ist passiert?«, fragte einer. Sie sahen Hawk und den Blonden abwechselnd an.

»Och, nichts weiter«, schnaufte Hawk. »Myron missachtet nur seinen Befehl und wandelt sich gerade zum Weichei.«

»Pass auf, was du sagst!«, verteidigte dieser sich, wobei er sich demonstrativ vor Hawk aufbaute. »Du bist nicht in der Position, mir Befehle zu erteilen.«

»Ach, nein? Dann überzeuge mich doch vom Gegenteil!«

Im nächsten Augenblick schlugen die beiden mit ihren Fäusten aufeinander ein. Sie beschimpften sich maßlos, ohne dabei voneinander abzulassen. Die drei anderen hatten ihren Spaß. Sie lehnten mit dem Rücken an der Felswand und amüsierten sich prächtig.

Da mir gerade keiner von ihnen Beachtung schenkte, nutzte ich die Gelegenheit, um mich nach Helen umzusehen. Ganz langsam drehte ich meinen Kopf, darauf bedacht, keine auffälligen Bewegungen zu machen. Sie lag mit dem Rücken zu mir, etwa zwanzig Schritte von mir entfernt. Ich konnte ihr Gesicht nicht sehen, konnte nicht feststellen, in welchem Zustand sie sich befand.

Enttäuscht beobachtete ich wieder die Unsterblichen, die sich inzwischen über den Boden rauften. Sie prügelten mit so einer Brutalität aufeinander ein, dass ein Mensch schon längst Knochenbrüche und Platzwunden davongetragen hätte.

Ich ertappte mich immer wieder dabei, wie ich Vergleiche zwischen den Unsterblichen und den Menschen zog. Wenn Dougal unser Dorf damals nicht überfallen hätte, wäre ich

Jake womöglich niemals begegnet. Dann wäre ich jetzt noch ein Mensch und würde ein ganz normales, anstrengendes Leben führen. Vielleicht hätte ich Conner tatsächlich irgendwann zum Mann genommen, hätte Kinder mit ihm bekommen ...

Mein Puls beschleunigte sich, als ich mich in diesem Moment an mein Versprechen erinnerte, das ich Jake zu unserer Hochzeit gegeben hatte. »Ich werde für dich da sein, so lange, wie es mir möglich ist«, hatte ich ihm als Mensch geschworen. »Ich werde dir alles von mir geben, was ich zu geben vermag – und werde dir ein Kind schenken, einen Nachkommen, einen Teil von mir, der bei dir bleiben wird, wenn ich eines Tages gehen muss ...«

Sofort richtete sich meine Konzentration auf meinen Bauch, suchte nach irgendwelchen Anzeichen. Könnte es sein? Wäre es möglich? Angst fuhr durch meine Glieder, Sorge raubte mir den Atem. Nur noch ein einziger Gedanke beherrschte mich: – Gift ... Gift!

Nein! So grausam konnte das Schicksal nicht sein! Wenn es den Unsterblichen nur ein Mal in ihrem Leben möglich war, ein Kind zu zeugen, dann dauerte es doch sicherlich eine Weile, bis es dazu kam? Ich würde es doch spüren, falls ich unser Kind unter dem Herzen trug? Doch ich spürte nichts ...

»Ihr dämlichen, unnützen Hunde!«

Der verbitterte Ausruf, der über uns hinweg hallte, ließ mich aufblicken. Neben der Felsformation saß Argo auf seinem Pferd und schaute missbilligend zu uns herüber. »Kann man sich denn auf niemanden mehr verlassen? Was glaubt ihr, was ihr da tut? Jeder hätte sich unbemerkt an euch heranschleichen können, ohne dass ihr es überhaupt bemerkt hättet! Versteht ihr das unter Wache halten?«

Die Männer schauten ihn nur betreten an, schienen keine passende Erklärung zu haben. Es wunderte mich, dass Hawk und Myron sich nicht gegenseitig die Schuld in die Schuhe schoben. Doch sie schwiegen.

Der Anblick Argos versetzte mich in Alarmbereitschaft. Diesem Mann hatte ich meine jetzige Situation zu verdanken. Und wenn es das Letzte war, was ich tat – ich würde ihm höchstpersönlich den Kopf von den Schultern reißen.

Inzwischen war er zu uns geritten, stieg von seinem Pferd und baute sich vor mir auf. »Gab es irgendwelche Zwischenfälle?« Er ließ mich nicht aus den Augen.

Hawk und Myron tauschten einen kurzen Blick. »Nein, alles bestens«, antwortete Hawk schließlich. »Wir haben den beiden noch eine weitere Dosis gegeben, wie du es angeordnet hast.«

»Gut. Dann macht eure Pferde startklar!

Wir sollten zusehen, dass wir hier schnellstmöglich Land gewinnen! Jake sucht noch immer ohne Unterbrechung nach Spuren und ist uns mittlerweile dicht auf den Fersen. Wenn wir noch länger hier verweilen, findet er uns am Ende noch.«

»Aber wir sollen doch hier auf Esca warten«, warf Myron ein.

»Wir treffen ihn beim Sandgebirge. Es war für mich allein schon schwierig genug, mich unbemerkt davonzustehlen. Momentan sind alle auf den Beinen, um die Mädchen zu suchen. Da wird man meine Abwesenheit nicht gleich bemerken. Sobald ich Samantha an Esca übergeben habe, kehre ich zurück.«

»Und was ist mit uns?«, fragte Myron.

»Ihr könnt tun und lassen was ihr wollt!«, erwiderte Argo, ehe er sich an Hawk wandte. »Du solltest dich allerdings eine Weile nicht sehen lassen. Jake hat dich mit Samanthas Verschwinden in Verbindung gebracht.«

Hawk schnalzte mit der Zunge. »Dann solltest du mich endlich bezahlen und mir damit das Fernbleiben von zu Hause schmackhaft machen!« Er trat an Argo heran und hielt ihm auffordernd seine geöffnete Hand hin.

Ohne eine Miene zu verziehen, schmiss Argo ihm einen Geldbeutel vor die Füße. »Für einen Jäger und Spurenleser ist das eine recht passable Ausbeute«, gab er Hawk zu verstehen.

Dieser hob den Geldbeutel auf und warf ihn klirrend in die Luft, um ihn wieder aufzufangen. »Dafür hast du bekommen, was du wolltest.«

Argo nickte. Er trat an mich heran und zerschnitt überraschenderweise meine Fuß- und Handfesseln. Er zerrte mich hoch und setzte mich auf sein Pferd. Bevor ich wusste, wie mir geschah, schwang er sich hinter mich. »Nur ein Laut oder eine unbedachte Bewegung und du wirst dir wünschen, niemals geboren worden zu sein!«, flüsterte er mir ins Ohr. Mit dieser Drohung trieb er sein Pferd an, wobei die anderen uns folgten.

Helen saß vor Hawk auf dessen Pferd. Sie kämpfte mit den Nachwirkungen der Betäubung und schwankte benebelt.

Auch ich hatte noch keine Kraft, mich selbstständig auf dem Pferd zu halten. Argo hielt mich fest, damit ich nicht herunterrutschte. Es war so erniedrigend, diesem Mann so ausgeliefert zu sein. Ich wollte ihn schlagen, kratzen, beißen ... Allerdings war ich dafür einfach noch zu schwach.

Er hatte mir den Sack nicht wieder über den Kopf gezogen. Ob er es aus Nachlässigkeit vergessen hatte oder es nicht mehr für nötig hielt, konnte ich nicht sagen. Unauffällig nahm ich die Umgebung in mich auf. Ich würde mir den Weg merken, den wir nun einschlugen, um wenigstens bis hierher zurückfinden zu können.

Noch konnte ich nichts unternehmen. Ich musste mich fügen, bis meine Kraft vollständig zurückgekehrt war. Keinesfalls durfte ich ihnen einen Anlass geben, mich nochmals zu lähmen. Doch wenn der passende Zeitpunkt dann endlich gekommen war, würde ich fliehen.

Helen

Wir hatten den Wald hinter uns gelassen und ritten nun über eine Steppe. Die baumlose Landschaft breitete sich weitläufig vor uns aus. An deren Ende konnte man bereits das Sandgebirge erkennen. Ich hatte schon von diesen Bergen gehört, die eine Gefahr für jeden darstellten, der sie passierte. Die Sandstürme, die dort wüteten, hatten schon viele Menschenleben gekostet, da sie einem jegliche Sicht nahmen und ganze Hänge zum Einsturz brachten. Ebenso wurde berichtet, dass man eben noch sicheren Boden unter den Füßen haben konnte, dann aber im nächsten Moment in einem Treibsandloch versank.

Ich hoffte inständig, dieses Gebirge würde nur als Treffpunkt dienen. Oder zogen die Männer es ernsthaft in Erwägung, dort hindurchzureiten? Mir wurde ganz flau im Magen. Wenn das wirklich der Plan war, so war ich verloren. Einmal in den Sandbergen eingeschlossen, würde ich niemals allein wieder herausfinden. Falls ich also nur die kleinste Chance haben wollte, musste ich sie vorher nutzen!

Unauffällig versuchte ich, meine Gliedmaßen zu strecken. Nur langsam folgten sie meinem Befehl, was zudem sehr mühsam war. Wie sollte ich in diesem Zustand die Kraft aufbringen, mich zu retten? Ich war viel zu schwach.

Auf meine körperliche Verfassung konnte ich noch nicht bauen. Ich wusste nicht, ob ich in der kurzen Zeit, die mir noch blieb, genügend Körperbeherrschung wiederfinden würde.

Wieso war es überhaupt dazu gekommen? Warum tat man mir das an? Agnes wollte mich aus dem Weg räumen, um wieder einen Anspruch auf Jake zu haben. Es war mir nicht entgangen, auf welche Art und Weise sie ihn angesehen hatte. Die Aussicht darauf, ihrem eigenen Seelenverwandten zu begegnen, war sehr gering. Jake hatte mir gesagt, dass eine Verbindung mit ihm ihr ein hohes Ansehen unter den Unsterblichen eingebracht hätte. Doch das war es nicht allein. Sie mochte ihn ... Sie mochte ihn sogar sehr ...

Da Argo ihr Vater war, leuchtete mir selbst sein Antrieb ein, zumal auch er von diesem Bündnis mehr als profitiert hätte.

Aber welches Ziel verfolgte Esca? Nach den Gesprächen zu urteilen, die ich bisher von den Männern hatte belauschen können, war er derjenige, der den Komplott geschmiedet hatte. Hatte er allein meine Entführung in Auftrag gegeben? Was bei allen Göttern hatte er vor?

Und Daisy? Welche Rolle spielte sie bei der ganzen Sache?

»Wir müssen zum südlichen Ausläufer des Gebirges!«, rief Argo den Männern zu und riss mich dadurch aus meinen Überlegungen.

Es dauerte noch eine Weile, bis wir am Fuß des vorderen Berges angekommen waren. Hier führte uns unser Weg wieder direkt in einen Wald hinein. Das grüne Gras verlor sich immer mehr und machte einem teils felsigen, teils sandigen Untergrund Platz. Unabwendbar tauchten wir in die Schatten der Bäume ein, die uns vor neugierigen Blicken verborgen hielten.

Augenblicklich musste ich an Shadow denken, der es wie kein zweiter verstand, sich zwischen den Bäumen versteckt zu halten. Was würde passieren, wenn ich nach meinem Hengst rufen würde? Bestand die Möglichkeit, dass er mich über diese weite Entfernung hinweg hören konnte? Vielleicht konnte ich dann hoffen, dass er mich fand oder sogar Jake zu mir führte. Aufregung und Ungeduld beherrschten mich. Ich musste es ausprobieren, sobald ich meine Stimmbänder wieder in der Gewalt hatte!

Argo saß plötzlich ab und zerrte mich vom Pferd. Er schleifte mich zu einem Baum, um mich grob gegen die raue Rinde zu drücken. »Setz dich!«, blaffte er mich an.

Ich tat ihm gern den Gefallen. Noch nicht dazu fähig, mich länger zu tragen, gaben meine Beine unter mir nach.

Myron stützte Helen und setzte sie vorsichtig neben mir ab. Von allen hier anwesenden Männern war er der angenehmste Geselle. Er behandelte uns den Umständen entsprechend gut, wobei er sich sogar um Helen zu sorgen schien. Bevor er sich von ihr abwandte, blinzelte er ihr aufmunternd zu.

Die beiden kannten sich wahrscheinlich. Ob sie dem selben Clan angehörten? An den unfreundlichen Blicken, die er Hawk zuwarf, erkannte ich, dass er diesem keine große Sympathie entgegenbrachte. Wenn ich also schon um Gnade winseln musste, dann vor Myron.

Nachdenklich schaute ich Helen an. Sie saß zwei Schritte von mir entfernt, wirkte traurig und ratlos. Vergeblich versuchte ich, mit ihr Augenkontakt aufzunehmen. Sie vermied es, mich anzusehen. Hatte sie Angst davor, dass die Männer unseren stummen Dialog bemerken könnten? Oder war sie wütend auf mich, da sie durch mich in diese unangenehme Situation geraten war? Innerlich seufzte ich auf. Ich könnte es ihr nicht einmal verdenken.

Doch wir mussten dringend miteinander reden, mussten uns beratschlagen! Es war nur der Hauch eines Flüsterns, der schließlich meine trockenen Lippen verließ.

»He ... len!«

Sie reagierte nicht. Nur anhand ihrer versteiften Haltung merkte ich, dass sie mich gehört hatte. Statt mich anzusehen, drehte sie den Kopf jedoch in die entgegengesetzte Richtung. Das sprach dann wohl eher für meine zweite Theorie. Helen war mehr als wütend auf mich.

Die Männer hatten sich nicht weit von uns entfernt niedergelassen. Sie unterhielten sich über belanglose Sachen, wobei sie etwas aßen und sich eine mit köstlichem Wasser gefüllte Flasche zureichten. Als Myron getrunken hatte, schaute er zu uns herüber. Offensichtlich mit der Absicht, uns etwas von dem erlösenden Getränk anzubieten, stand er auf.

»Denk nicht mal dran!«, stieß Hawk fassungslos aus. Er durchbohrte Myron mit einem warnenden Blick.

»Was spricht denn dagegen, dass sie etwas zu trinken bekommen?«, richtete er sich an Argo, ohne auf Hawk einzugehen.

Doch bevor dieser ihm antworten konnte, sprang Hawk genervt auf und packte ihm am Kragen. »Jetzt pass mal auf, du Memme! Wenn du nicht damit klarkommst, diese Sache hier durchzuziehen, dann sieh zu, dass du nach Hause kommst! Vielleicht darfst du deiner Mutter bei der Wäsche helfen.«

Die Männer hielten sich die Bäuche vor Lachen. Feindselig standen die beiden sich gegenüber, schauten sich aus zusammengekniffenen Augen abschätzend an.

»Setzt euch und gebt Ruhe!«, forderte Argo sie belustigt auf. »Ich mach drei Kreuze, wenn Esca endlich hier ist. Eure Stutenbissigkeit ist ja nicht zum Aushalten.«

Wieder lachten alle.

Helen seufzte neben mir auf. Ich wandte mich von den Männern ab, hoffte erneut, mich mit ihr verständigen zu können. Dieses Mal sah sie mir für einen kurzen Moment in die Augen, ehe sie demonstrativ ihr Kinn hob, um mich weiterhin zu ignorieren.

Enttäuscht sah ich zum Himmel. Heute zogen nur vereinzelte Wolken vorüber, die sich schon bald durch die Kraft der Sonne auflösen würden. Ihre Strahlen wärmten mich, ließen meine immer noch klamme Kleidung langsam trocknen. Ein weißer Raubvogel flog über uns seine Kreise, suchte anscheinend nach seiner Beute. Misstrauisch beobachtete ich ihn, bis Myron sich vor mein Sichtfeld stellte.

Ausdruckslos sah er auf mich herab, wobei er mir die Wasserflasche entgegenreichte. Verunsichert blickte ich zu den anderen Männern. Argo wirkte mürrisch, nickte mir aber auffordernd zu. Er erteilte mir die Erlaubnis zu trinken.

Meine Hände streckten sich langsam nach

dem Wasser aus, konnten die Flasche aber noch nicht allein halten. Da kniete Myron sich neben mir nieder und hielt mir die Öffnung an den Mund. Erfrischend drang das Wasser an meine trockenen Lippen, spülte mir den bitteren Geschmack von der Zunge und rann schließlich erlösend meine Kehle hinunter. Ich hatte vergessen, wie gut Wasser schmecken konnte.

»Danke«, presste ich gequält heraus. Ich musterte ihn, wollte ergründen, wie weit ich gehen konnte. Meine Augen flehten ihn regelrecht an, gewährten ihm einen Einblick auf meine Verzweiflung. Aber ich zögerte zu lange. Bevor ich ihn um Hilfe bitten konnte, wandte er sich Helen zu, um auch ihr das Wasser zu reichen.

Nervös sah ich zu Argo hinüber, der uns nach wie vor eingehend beobachtete. Erst als Myron wieder neben ihm Platz genommen hatte, entspannte er sich etwas und gab seinen forschenden Blick auf. Sie vertieften sich in Gespräche, ohne uns weitere Beachtung zu schenken.

Wenn ich diese Gelegenheit nicht beim Schopf packte ... Womöglich würde sich nie wieder eine so relativ entspannte Situation ergeben. An Flucht konnte ich bei meinem immer noch geschwächten Zustand nicht denken. Aber meine Stimme hatte ich weitestgehend zurückerlangt. Was hatte ich denn noch zu verlieren? Ich musste es einfach riskieren!

Waghalsig stimmte ich Tante Maggis Lied an. Helen sah erschrocken auf, schüttelte warnend den Kopf.

Auch die Männer schauten überrascht zu mir herüber. Sie überlegten augenscheinlich, was ich damit bezweckte. Ich tat so, als würde ich nur beiläufig und gelangweilt vor mich hinsummen.

Doch Argo ließ sich nicht täuschen. Er sprang auf. Mit jedem Schritt, den er hastig näher kam, wurde meine Stimme lauter. Jeder herausgebrachte Ton, konnte entscheidend sein. Ich bezweifelte allerdings, dass Shadow mich bei dieser Entfernung tatsächlich hören konnte. Meine letzte Chance war verstrichen ...

»Du gerissenes, hinterhältiges Miststück!«, fauchte er mich an, ehe er vor mir in die Hocke ging. »Willst du wissen, was mit dir geschehen wird?«

Ich biss meine Zähne aufeinander, wappnete mich gegen alles, was nun folgen sollte. Ganz langsam hob er sein Messer in meinen Blickwinkel, wobei ein eiskaltes Lächeln seine Mundwinkel überzog. Er führte die Klinge mit leichtem Druck quer über meinen Hals, sodass er mir dabei oberflächlich in die Haut schnitt. Seine Augen verrieten die Genugtuung, die ihn erfüllte. Blut rann über das kalte Metall, dessen beschwörende Berührung sich wie Feuer in mir einbrannte.

Helen schluchzte auf. Sie hielt sich panisch ihre Hand an die Kehle und weinte nun hemmungslos.

Entsetzt starrte Myron Argo an. Bis auf Hawk, der selbstgefällig vor sich hin griente, machten auch die restlichen Männer einen verwirrten Eindruck.

Argo strich mit der flachen Klinge über meine Hose, um das Blut abzuwischen. »Ich denke, du hast mich verstanden«, raunte er mir zu. »Oder soll ich es dir noch ausführlicher erklären?« Er wickelte sich eine dicke Strähne meines Haares um die Hand und zog mich damit grob zu sich heran.

»Das reicht jetzt!«, rief uns eine unverkennbare Stimme zu.

Ich wusste nicht, ob ich von ihrem Klang noch mehr Angst bekam oder momentan sogar erleichtert darüber war, sie zu hören.

Gefolgt von seinen Anhängern kam Esca auf uns zugeritten. Mit einem undefinierbaren Ausdruck sah er Argo an, bevor er absaß und seinen Blick auf mich richtete. »Samantha ...« Er nickte mir zur Begrüßung zu. »Du kannst dir nicht vorstellen, wie sehr ich mir diesen Augenblick herbeigesehnt habe.«

Bei diesen Worten schien sich Argo wieder etwas zu entspannen. »Sie gehört dir ...«, sagte er an Esca gewandt und trat mit einer einladenden Geste zur Seite. Er überreichte mich wie ein Geschenk. Sie hätten mich in dem Sack lassen sollen, dann hätte Esca mich wenigstens noch auspacken können.

Angewidert schnaubte ich Argo an. Wenn Blicke töten könnten ...

Esca lachte auf. Da bemerkte er Helen, die zusammengekauert und ohne jegliche Regung dasaß. Sie wagte es nicht aufzusehen.

Sein Lachen verstummte, wobei er Argo fragend ansah. »Was macht sie noch hier?«

Argo runzelte die Stirn. »Wir wussten nicht, was wir mit ihr machen sollten«, erwiderte er ihm.

Esca hob die Augenbrauen. »Sie hat alles mitbekommen, oder?«

Keiner der Männer antwortete. Sie hielten ihre Blicke reumütig auf den Boden gerichtet. Letztendlich war es Hawk, der Esca bestätigend zunickte.

Dieser trat nun ganz dicht an Argo heran. »Dann frage ich dich jetzt ein letztes Mal. Was macht sie noch hier?«

Die Aufforderung und Konsequenz, die in seinen Worten mitschwang, ließ mein Herz gefrieren.

»Das ... Das könnt ihr nicht machen!«, stotterte Myron fassungslos. »Helen kann doch nichts dafür ...«

Sie schrie panisch auf, als Argo auf sie zusteuerte.

»Nein!«, krächzte ich heraus. Ich versuchte

verzweifelt, auf die Beine zu kommen, wurde aber von Esca an der Schulter nach unten gedrückt. »Nein ... Nein!«, schrie ich nun laut und deutlich.

Helen starrte mich mit weit aufgerissen Augen hilfesuchend an, während Argo sie hochzerrte.

»Macht doch was! Haltet ihn auf!«, forderte Myron die anderen Männer auf. Statt seiner Bitte nachzukommen, hielten sie ihn fest, hinderten ihn daran, selbst einzugreifen.

Ich konnte nicht begreifen, was hier passierte. Ungläubig schaute ich Argo hinterher, der Helen unbarmherzig von uns wegschleppte. Gleich verlor ich den Verstand. In Tränen aufgelöst, bemühte ich mich krampfhaft, Escas Hand von meiner Schulter zu lösen. Doch dadurch verstärkte er seinen Griff nur noch mehr. Er drückte mich erbarmungslos zu Boden, ohne den Blick von Argos Rücken zu nehmen, der soeben mit der sich verzweifelt wehrenden Helen hinter einem Hügel verschwand. Ich krallte meine Finger in Escas Hand und kratzte ihm mit den Nägeln die Haut vom Fleisch, was ihn zu keinerlei Regung veranlasste. Beschwörend hämmerte ich mit meiner Faust gegen seine lederne Rüstung, flehte ihn an, Helen zu verschonen. Da lockerte er ein wenig seinen Griff, ließ mir gerade so viel Freiraum, dass ich auf die Knie kommen konnte. Triumphierend sah er auf mich herab, als ich kraftlos für Helen um Gnade bettelte.

Myron wurde noch immer von den Männern festgehalten. Er redete beschwörend auf Esca ein. Unsere entmutigten Stimmen verschmolzen zu einem einheitlichen Hilferuf, bis die kreischenden Vögel unser Klagen übertönten. Von einer Tat aufgeschreckt, die an Grausamkeit nicht zu überbieten war, erhoben sie sich aus den umliegenden Baumwipfeln, um schnellstmöglich das Weite zu suchen. Sie flohen von diesem schrecklichen Tatort.

Kaum waren die Vögel verschwunden, trat eine erdrückende Stille ein. Noch immer hatte ich meine Hand zur Faust geballt, die nun erstarrt auf Escas Brust lag. Ich starrte auf den Hügel, hinter dem sich das Unfassbare zugetragen hatte.

Argo kam zurück, wirkte bleich und benommen. Sein Schwert zog er achtlos neben sich her. Die eiserne Spitze glitt über den Waldboden und hinterließ eine Spur silbernen Blutes.

Ein qualvoller Schrei drang aus meinem tiefsten Inneren hervor, als ich die Endgültigkeit des Todes erkannte. Alles um mich herum schien sich aufzulösen. Nur beiläufig nahm ich wahr, wie Myron bestürzt zu Boden sackte. Ich stützte mich auf meine Hände, rang mühevoll nach Atem. Dann überflutete mich die Verzweiflung über das unvorstellbare Leid und schwoll zu einem unerträglichen seelischen Schmerz an. Ich würgte, konnte die Übelkeit nicht länger ertragen. Mein Magen krampfte sich zusammen, bevor ich schließlich erbrach.

»Kehrt nun wieder heim!«, richtete Esca sich an Argo. »Es haben sich fast alle an der Suche beteiligt. Sie werden euch bereitwillig glauben, dass ihr erfolglos von der Erkundung zurückkehrt.«

Argo war sichtlich erleichtert. »Hawk wird sich dir anschließen«, erklärte er Esca. »Da alle wissen, dass er den Streckenposten unter sich hatte, haben sie ihn leicht mit Samanthas Verschwinden in Verbindung bringen können.«

»Ist uns Jake denn noch auf den Fersen?«, mischte Hawk sich nun ein.

Esca schüttelte den Kopf. »Nein. Wir können von Glück reden, dass es so stark geregnet hat. Trotzdem sollten wir jetzt keine Zeit mehr verlieren. Ich musste schon zu lange warten, bis ich euch unbemerkt folgen konnte.«

»Aber sie werden deine Abwesenheit bemerken, wenn du fortbleibst«, gab ihm Hawk zu bedenken.

»Na und? Die Wettkämpfe sind vorbei. Meine Männer und ich haben uns hilfsbereit an der Suche beteiligt, wobei die Chancen auf Erfolg ja nun offensichtlich ziemlich schlecht stehen.« Er griente. »Ich habe den Vorfall offiziell wirklich sehr bedauert. Daher konnten die meisten gut verstehen, dass es für mich und meine Männer an der Zeit war, nach Hause aufzubrechen. Ich erwähnte Dougals Sorge, wenn ich noch länger von daheim wegbleiben würde.«

Argo lachte. »Du gerissener Hund!«, witzelte er.

Esca sah ihn warnend an. »Vorsicht, Argo! Pass auf, wie du mit mir redest!«

Dieser wurde ernst und fuhr sich unbehaglich durch die Haare. Halb entschuldigend nickte er Esca zu und rief dann seine Männer zum Aufbruch.

Ich würgte noch immer eine bittere Flüssigkeit hervor, als sie davonritten. Verzweifelt schaute ich Myron hinterher, der sich in diesem Augenblick noch einmal zu mir umdrehte und mich bedauernd ansah. Der letzte Funken Hoffnung löste sich in Nichts auf, während er aus meinem Sichtfeld verschwand.

Trostlos schloss ich die Augen und verbarg das Gesicht in meinen Handflächen.

»Vergiss nicht, was du meiner Tochter versprochen hast!«, hörte ich Argo noch rufen.

Dann wurde es still …

* * * * *

Jake und Ryan saßen nebeneinander auf der

Veranda des Baumhauses, während die Bergtalbewohner sich unter ihnen versammelt hatten. Sie schauten abwartend zu ihnen empor, fragten sich offensichtlich, wie Jake nun vorgehen würde.

Daisy saß auf der oberen Stufe und beobachtete die beiden. Sie traute sich wohl nicht, sich neben sie zu setzen, machte aber auch keine Anstalten, nach unten zu den anderen zu gehen.

Jake knurrte. »Wenn du deine Auserwählte nicht augenblicklich nach unten beorderst, schmeiße ich sie runter«, pfiff er Ryan an.

Ryan stand auf, um zu ihr zu gehen. Eine Weile entbrannte eine heftige Diskussion, bis Daisy sich schließlich eingeschnappt auf den Weg machte.

»Wie erträgst du nur ihre Nähe?«, fragte Jake ihn ratlos, als Ryan sich wieder neben ihn setzte.

Ryan seufzte. »Was soll ich denn machen?«, stieß Ryan aufgebracht aus. »Diese Frau raubt mir den letzten Nerv. Ich kann sie nicht nur nicht leiden ... Nein, ich kann sie absolut nicht ausstehen. Aber sie ist nun mal meine Auserwählte. In neun Jahren muss ich mich für hundert Jahre an Daisy binden. Ob ich nun also will oder nicht – ich muss mit ihr klarkommen.«

»Du musst gar nichts, Ryan. Ich habe dir doch versprochen, dich davor zu bewahren und dir rechtzeitig den Kopf abzuschlagen.« Jake zwinkerte ihm zu.

Ryan lächelte zögernd. »Ich wünschte, ich würde auch meine Seelenverwandte finden.«

Jake atmete tief durch und schloss die Augen. Er fühlte sich so hilflos.

»Was hat du jetzt vor?«, flüsterte Ryan einfühlsam.

»Ich weiß es nicht.« Jake stand auf und begann, unruhig hin und her zu laufen. »Ich weiß mir selbst keinen Rat.«

»Aber irgendetwas müssen wir doch noch unternehmen können«, warf Ryan ein.

»Sag mir was und ich bin sofort dabei!« Sorgenvoll ging Jake zur Tür und trat zögernd ein. Er verschloss die Tür hinter sich und lehnte sich mit dem Rücken dagegen. Für einen kurzen Moment musste er einfach allein sein.

Mutlos sah er zu Nancys Lager hinüber. Ein von der Decke hängender, durchsichtiger Vorhang hüllte ihr Bett ein, durch den er die leblose Kontur seiner Mutter liegen sah.

Schweren Herzens lief er zu ihr, schob den Vorhang etwas zur Seite und setzte sich neben sie. Demütig betrachtete er ihre scheinbar schlafende Gestalt. Wenn es irgendwo an seinem Herzen eine Stelle gab, die noch nicht gebrochen war, so zersplitterte jetzt auch diese in tausend Stücke. Seine Mutter war an das Schicksal seines Vaters gekoppelt, genauso wie seins an Sams Leben hing.

Was sollte er bloß tun? Er hatte seiner Mutter das Versprechen gegeben, Silas wohlbehalten zu ihr zurückzubringen. Aber diese Chance bestand nur, wenn Dougal in Sam seine Enkelin wiedererkennen würde. Nur diese Einsicht würde ihn zur Vernunft bringen können. Wenn es Sam nicht mehr gab, dann waren sie alle verloren ...

Immerzu hatte er ihr Bild vor Augen, sah ihr geliebtes Gesicht. Niemals zuvor in seinem Leben hatte er eine Vorstellung davon gehabt, was es hieß, Schmerzen zu haben. Seit Sam verschwunden war, verspürte er sie nun am eigenen Leib. Sein Herz war nur noch ein stechender Klumpen, der schwer und erdrückend in seiner Brust lag. Weit schlimmer war aber der qualvolle Schmerz, der seine verlassene Seele in seinem tiefsten Inneren zerriss.

Er ergriff Nancys Hand und sah sie mit tränenverschleierten Augen an. »Sag mir doch, was ich tun soll!«, flehte er sie mit gebrochener Stimme an. »Was würde Vater unternehmen? Ich brauche euren Rat!«

Er hoffte, dass sie nicht allzu sehr leiden musste. Durch einen Traum mit ihrem Seelenverwandten verbunden, teilte sie mit Silas ihre Sorgen und ihr Leid.

Schlagartig überkam ihn bei diesem Gedanken ein Funken Hoffnung, er sah ein klitzekleines Licht am Ende des Tunnels.

Mit neugewonnener Zuversicht legte er sich neben seiner Mutter nieder, hielt ihre Hand ganz fest zwischen seinen Händen und schloss die Augen. »Hilf mir, Sam im Traum zu finden!«, flüsterte er Nancy zu und schloss die Augen.

* * * * *

Meine Schuldgefühle waren unerträglich, nährten den Hass, den ich für Esca und Argo, aber vor allem für mich selbst empfand. Ich allein trug die Schuld an Helens Tod. Meinetwegen war sie in diese Gefahr geraten, aus der sie nie wieder herausgefunden hatte.

Doch ich würde nicht mehr lange mit dieser Bürde leben müssen. Ich wusste, was Esca Agnes versprochen hatte. Es gab keinen Ausweg mehr ... Worauf wartete er also noch?

Statt mich ebenso wie Helen zu töten, griff er mir unter die Arme, um mich auf die Beine zu ziehen. »Wir reiten weiter!« Voller Tatendrang schwang er sich auf seinen Schimmel und streckte mir auffordernd die Hand entgegen.

Das konnte nicht wirklich sein Ernst sein? Glaubte er tatsächlich, ich würde mich ohne jede Gegenwehr von ihm verschleppen lassen – jetzt, da ich meine Körperbeherrschung zurückerlangt hatte?

Niemals! Mein Tod war unausweichlich.

Esca wollte seine Tat nur noch etwas hinauszögern, wollte vorher noch etwas in Erfahrung bringen. Deshalb war Hawk auch davor zurückgeschreckt, mich ein drittes Mal zu betäuben. Er wollte nicht riskieren, dass ich zu Tode kam, bevor Esca seine Informationen bekommen hatte.

»Gib mir deine Hand!«, forderte er mich ungeduldig auf, als ich keine Anstalten machte, auf seine Geste einzugehen.

Ich straffte die Schultern und verschränkte die Arme abweisend vor der Brust. Esca konnte sich darauf gefasst machen, dass ich ihm eine sehr unangenehme Gesellschaft sein würde.

»Nein!«, fauchte ich ihn an. Meine Wut und mein Hass waren stärker als die Angst.

Esca hob überrascht die Augenbrauen. Einen kurzen Moment sah er mich irritiert an, ehe sich seine Augen vor Zorn verdunkelten.

Wieder streckte er mir die Hand entgegen. »Ich sage es kein zweites Mal …«, presste er hervor. »Gib mir deine Hand!«

Ich grinste gehässig. »Das war gerade das zweite Mal.«

»Samantha! Ich warne dich …«

»Und ich sage es dir auch gern zehn Mal«, fiel ich ihm ins Wort. »Nein!«

Seine Männer gaben nicht den leisesten Ton von sich. Einige waren schon losgeritten, kehrten aber nun wieder zu uns zurück.

Wutentbrannt sprang Esca von seinem Pferd und stürzte auf mich zu. Sein Handrücken traf mit einer unglaublichen Brutalität auf mein Gesicht, wobei sein Siegelring eine tiefe Scharte hinterließ. Die Wucht des Schlags riss mich von den Beinen und schleuderte mich von ihm weg.

Ich spürte das warme Blut auf meiner Haut, schmeckte es an meiner aufgeplatzten Lippe. Schnell raffte ich mich auf, während ich mir mit der Hand das Blut aus dem Gesicht wischte. So stolz, wie es mir momentan möglich war, stellte ich mich ihm entgegen.

»War das schon alles?«

Halb knurrend, halb schnaubend kam er auf mich zu, packte mich am Hals und stieß mich mit dem Hinterkopf gegen einen Baumstamm. Auch wenn ich dabei keine großen Schmerzen hatte, so jagte mir das knackende Geräusch meines Schädels einen kalten Schauer über den Rücken.

»Treib es nicht zu weit, Samantha!«, drohte er mir hasserfüllt.

»Sonst was?« Ich fing an, spöttisch zu lachen. »Bringst du mich dann gleich um?«

Seine Finger schlossen sich immer fester um meinen Hals, begannen, mich zu würgen. Angestrengt hielt ich seinem Blick stand. Ich wollte ihm mit aller Macht zeigen, dass er mir keine Angst mehr einjagen konnte.

Er kam mit seinem Gesicht immer näher,

bis sich unsere Nasenspitzen fast berührten. Ein Sturm wütete in den Tiefen seiner grauen Augen, ließ seine Pupillen unruhig zucken.

Allmählich ließ der Druck seiner Finger nach, ehe sie meinen Hals freigaben. Das Zittern seiner Hände verriet, wie sehr er sich dabei zur Vernunft zwang.

Esca lief zu seinem Schimmel zurück. Hektisch durchwühlte er den Sack, der über dem Rücken seines Pferdes hing, bis er fündig wurde. Er zerrte an einem dicken Strick, um ihn auf seine Reißfestigkeit zu prüfen. Dann wandte er sich entschlossen zu mir um und steuerte wieder auf mich zu.

Wenn er dachte, ich würde mich ohne Weiteres von ihm fesseln lassen, dann täuschte er sich gewaltig. Sobald er sich wieder in meiner Reichweite befand, schlug ich ihm meine Faust mit aller Kraft ins Gesicht.

Wütend schrie er auf und warf sich nun auf mich, um mich mit dem Gesicht nach unten zu Boden zu drücken. Zwei seiner Männer halfen ihm, mich unter Kontrolle zu bringen. Sie hielten meine Hände und Füße zusammen, damit Esca mich fesseln konnte.

Als er fertig war, stellten sie mich wieder auf die Beine. Überlegen griente er mich an, was mich prompt dazu veranlasste, ihm ins Gesicht zu spucken. Seufzend schloss er die Augen, atmete tief durch. Er riss mir ein Stück Stoff von der Hose, die inzwischen nur noch aus Fetzen zu bestehen schien, und wischte sich meinen Speichel aus dem Gesicht. Dann spuckte er selbst auf den schmutzigen Stoff, bevor er mich damit knebelte.

Ich wollte gegen den Widerstand in meinem Mund anschreien, was sich nur als ein harmloses Stöhnen entlud. Ohne dass ich noch etwas dagegen tun konnte, warf Esca mich über den Rücken seines Schimmels, sodass ich auf dem Bauch liegend zu beiden Seiten herunterhing.

»Ich werde dir noch Manieren beibringen«, raunte er mir zu. Er saß hinter mir auf, trieb sein Pferd an und hielt genau auf das Sandgebirge zu.

Entführt

Mehr als einmal rutschte ich fast vom Pferd, da ich ununterbrochen herumzappelte. Als Esca mich nun gerade noch halten konnte, war seine Geduld zu Ende. Verärgert stoppte er seinen Schimmel und ließ sich von Hawk die Armbrust reichen. Er spannte die Waffe, kontrollierte die Betäubungskapsel, die in der Spitze des Pfeils integriert war, und setzte ihn direkt zwischen meinen Schulterblättern auf.

Ich hielt vor Panik die Luft an. Mein ganzer Körper erstarrte, wollte ihm somit die Kapitulation zu verstehen geben. Auf keinen Fall, durfte er mich wieder betäuben …

»Wenn du nicht augenblicklich still hältst, drücke ich ab!«, drohte er mir.

Mutlos drehte ich ihm mein Gesicht zu und sah ihn an. Wie von selbst vollführte mein Kopf eine nickende Bewegung, um ihm eine Antwort zu geben. Für den Moment hatte er gewonnen.

So als hätten wir gerade eine Abmachung getroffen, nickte auch er mir zu. Er seufzte und durchschnitt meine Fußfesseln, damit ich mich richtig aufs Pferd setzen konnte. Die Armbrust spürte ich weiterhin auf dem Rücken, wobei ich meine gefesselten Hände zornig in die Mähne des Schimmels krallte. Der Knebel in meinem Mund trocknete mir die Zunge aus.

Wir galoppierten direkt in das Gebirge hinein. Der gerade noch steinige Boden lief immer weiter aus und machte dem endlosen Sand Platz.

Was hatte er vor? Warum, bei allen Göttern, ging er dieses Risiko ein? Die Chancen, in diesen berüchtigten Sandbergen umzukommen, standen bei Weitem besser, als hier heil hindurchzukommen.

Verunsichert achtete ich auf jeden Schritt unseres Pferdes, erwartete immerzu, vom Sand verschluckt zu werden. Ging es ihm darum? Vielleicht wollte er sich meines Leichnams entledigen?

Doch wir waren dieser Gefahr jetzt zu jeder Zeit ausgesetzt und Esca hatte noch keinerlei Informationen von mir bekommen. Ich verstand es einfach nicht.

Wir ritten voran, während uns die anderen auf unseren Spuren folgten. Kam es mir nur so vor oder wusste Esca, auf welchem Weg wir sicher waren? Er lenkte sein Pferd behutsam durch die von feuchtem Sand beherrschte Landschaft. Dabei hielt er hin und wieder an, begutachtete den Boden, um manchen Stellen wissend auszuweichen.

»Bleibt dicht hinter mir! Hier gibt es viele Treibsandlöcher«, gab er seinen Männern zu verstehen. »Wenn wir den dritten Berg passiert haben, schlagen wir unser Nachtlager auf. Wir sollten zusehen, dass wir dort rechtzeitig vor Einbruch der Nacht ankommen.«

Unerwartet befreite er mich plötzlich von dem Knebel. Ich schluckte erleichtert, fuhr mir mit der Zunge über die Lippen und versuchte meine Spucke wiederzufinden.

»Und was ist, wenn wir es nicht schaffen?«, fragte Hawk und stellte somit die Frage, die mir gerade durch den Kopf ging.

»Dann haben wir ein Problem«, erwiderte Esca.

»Könntest du bitte ein bisschen ausführlicher werden!«

»Nachts wird es hier ziemlich kalt. Wenn die Temperatur sinkt, verändert sich der Boden. Er beginnt zu wandern.«

»Er tut was?« Hawks Stimme hörte sich besorgt an.

»Der Sandteppich verschiebt sich. Er reißt alles mit, was er zu fassen bekommt. Wie in einem reißendem Strom wird man davongetragen. Wenn man Glück hat, gibt er einen irgendwann wieder frei. Wenn nicht, versinkst du. Und glaube mir, wenn der Sand dich unwiderruflich verschluckt hat, wünschst du dir irgendwann nur noch den Tod.«

Es folgte eine kurze Stille, in der alle über Escas ausführliche Erläuterung nachdachten.

Hawk räusperte sich schließlich. »Und nach dem dritten Berg besteht diese Gefahr nicht mehr?«

»Dort gibt es keinen Sand.«

»Aber das Sandgebirge umfasst doch mindestens zwei Tagesmärsche.«

»Nicht durchgängig. Allerdings scheint das keiner zu wissen, da es nur wenigen gelungen ist, bis zu seinem Mittelpunkt vorzudringen«, erklärte Esca genervt. Sein Tonfall ließ Hawk unmissverständlich wissen, dass er keine Lust mehr auf weitere Gespräche hatte.

Ich konnte meine Neugier nicht verleugnen. Was erwartete uns an unserem abendlichen Ziel? Am meisten wunderte ich mich jedoch über Escas Lagekenntnisse. Wieso kannte er sich in diesem unberechenbaren Gebiet so gut aus?

Esca konzentrierte sich auf den vor uns liegenden Weg, indem er allen den sichersten Pfad aufzeigte. Die Armbrust hatte er Hawk inzwischen zurückgegeben. Hier brauchte er sich keine Sorgen zu machen, dass ich weglief.

Es gab also doch noch andere Möglichkeiten, als nur die Schwertklinge an unserem Hals, um dem Leben eines Unsterblichen ein Ende zu setzten. In ausweglosen Situationen würde uns der Wunsch nach dem Tod erlösen.

Bisher hatte ich geglaubt, dass diesen Weg nur Seelenverwandte gehen konnten. Doch es kam wohl tatsächlich nur auf die Stärke des Willens an.

Ich erschrak, als der weiße Falke auf Escas Schulter landete. Der stolze Vogel krallte seine Fänge in die lederne Rüstung. Zahm ließ er sich von seinem Herrn das Gefieder streicheln.

Die Sonne stand schon ziemlich tief. Es würde nicht mehr lange dauern, bis sie hinter dem dritten Berg verschwand. Schon jetzt warf er seinen Schatten Unheil verkündend über die Sanddünen, auf denen wir uns immer weiter voran wagten.

»Wir werden es nicht rechtzeitig schaffen«, flüsterte ich vor mich hin. Erst als ich die Worte über die Lippen gebracht hatte, bemerkte ich, dass ich meine Bedenken tatsächlich ausgesprochen hatte.

»Sei unbesorgt!«, erwiderte Esca mir überraschend. »Ich werde dafür sorgen, dass wir es schaffen.«

Unwillkürlich trieb er sein Pferd mit den Schenkeln an und erhöhte das Tempo. Ich fühlte mich nicht sonderlich gut dabei. Schon im Schritttempo fand ich es bemerkenswert, wie er die Treibsandlöcher rechtzeitig erkannte. Im Galopp konnte er sie doch unmöglich ausfindig machen?

Es war ein Wettlauf mit der Zeit. Misstrauisch beobachtete ich die Umgebung um uns herum, während das Tageslicht sich mehr und mehr verflüchtigte. Ich wusste nicht, ob ich es mir nur einbildete oder ob ich an manchen Stellen wirklich eine Bewegung im Sand wahrnehmen konnte.

Keinen Augenblick zu früh erreichten wir endlich festeren Boden. Die Hufe des Schimmels sanken nun nicht mehr im Sand ein, sondern galoppierten mit sicherem Halt über felsigen Untergrund.

Die Männer jubelten auf und die spürbare Anspannung löste sich in Luft auf. Selbst ich empfand Erleichterung, auch wenn es für mich eigentlich keine Rolle mehr spielte. Ich schaute mich nochmals um, blickte auf die sich verändernden Dünen, auf ein wogendes Meer aus Sand.

Esca lachte leise vor sich hin. Die Männer hatten voller Übereifer ein Lied angestimmt und gaben dieses mit merkwürdigen, schiefen Tönen zum Besten.

Wie selbstverständlich legte er sein Kinn auf meiner Schulter ab, sodass ich zusammenzuckte und mich verkrampfte. »Du hast nicht daran geglaubt, dass ich dich heil hier hindurchbringe«, flüsterte er mir ins Ohr. Sein Atem strich über meinen Hals, als würde er an mir riechen.

Hastig schüttelte ich meine Schultern, damit er sein Gesicht von mir wegnahm. Seine Nähe bereitete mir auch schon genug Unbehagen, wenn er nicht an mir schnüffelte.

Wieder lachte er leise. »Ach, Samantha! Ich glaube, wir beide werden noch unseren Spaß miteinander haben.«

In mir brodelte es. »Und ich glaube, dir wird der Spaß mit mir noch vergehen.«

»Du musst wohl immer das letzte Wort haben?«, rügte er mich. Auch wenn ich sein Lachen nun nicht mehr hörte, so konnte ich es durch seinen zuckenden Oberkörper spüren. Was genau, fand er bloß so witzig?

Wir ließen den dritten Berg nun hinter uns. Statt endlosem Sand erwartete uns hier ein kleiner Nadelwald. Es war ein grünes Fleckchen, das ringsherum von dem Sandgebirge eingeschlossen war.

Die Männer verstummten in ihrem liebreizenden Gesang und stoppten ihre Pferde. Ungläubig bestaunten sie diesen unbekannten Ort. So viel Unheilvolles wurde von den Sandbergen berichtet, doch niemand ahnte etwas von diesem Geheimnis, das sie verborgen hielten.

»Wir werden am Waldrand unser Nachtlager aufschlagen«, unterbrach Esca die bedächtige Stille. Er schubste den Falken vorsichtig von seiner Schulter, der daraufhin auf kräftigen Schwingen davonflog. Dann trieb er seinen Schimmel an.

Ich hielt mich an der Mähne des Pferdes fest, wollte bei dem schnellen Galopp so wenig wie möglich auf Escas Halt angewiesen sein. Aber er schlang einen Arm fest um meine Taille und ignorierte meine Versuche, ihn abzuschütteln. Meine Handgelenke wurden von den straffen Fesseln immer wieder aufgeschürft, verheilten jedoch umgehend.

Letztendlich ritten wir nur ein kleines Stück in den Wald hinein, um uns dort für die Nacht niederzulassen. Esca hob mich ohne Umschweife vom Pferd, machte jedoch keine Anstalten mich freizulassen. Verärgert strampelte ich in seinen Armen und schlug ihm mit den Fäusten gegen die Brust. Doch er trug mich unbeirrt fort. Seine Männer lachten laut auf und schickten Esca eindeutige Sprüche nach.

»Lass mich sofort runter, du widerwärtiger, eingebildeter Gockel!«, schnaubte ich empört auf.

Esca lachte mich an, als könnte er kein Wässerchen trüben, bevor er mich wie einen Stein fallen ließ. »Hast du mich gerade einen Gockel genannt?«, fragte er belustigt. Er machte einen amüsierten Eindruck.

Ich hingegen kochte vor Wut. Umständlich raffte ich mich auf und hob trotzend das Kinn. »Und das trifft es noch nicht einmal annähernd. Du bist … ein …«

Esca trat einen Schritt auf mich zu und schaute mich aus zusammengekniffenen Augen an. »Ein was?«

Falls er mich einschüchtern wollte, dann hatte er es geschafft. Aber das würde ich ihn niemals merken lassen. Ich straffte die Schultern. Sollte er mir doch gleich den Garaus machen! Dann hatten wir es hinter uns.

»Ein ekelhafter Auswurf eines stinkendes Aasfressers«, blaffte ich ihn an.

Für einen kurzen Augenblick blitzten seine grauen Augen verärgert auf, bis sie einen eher ratlosen Ausdruck annahmen. Ich rechnete damit, dass er wieder auf mich einschlug, mich würgte oder nun doch sein Schwert gegen mich zog. Doch nichts dergleichen passierte.

»Du kennst mich überhaupt nicht. Wage es also nicht, dir ein Urteil über mich zu bilden!«, stieß er aus. Ganz ruhig stand er vor mir. Er wirkte auf einmal nachdenklich und unentschlossen. Seufzend löste er sein zusammengebundenes, blondes Haar, sodass es ihm locker bis auf die Schultern fiel. »Leg dich hin!«, forderte er mich schließlich auf.

Als ich nicht darauf einging, packte er mich und warf mich ungehalten zu Boden. Er setzte sich auf meine Beine, sah warnend auf mich herab. Überraschend löste er meine Handfesseln, wobei sein Gewicht mich weiter gefangen hielt. Ich ließ es letztlich über mich ergehen. Doch als er damit begann, mein linkes Handgelenk mit seinem aneinanderzubinden, war das Maß voll.

»Was soll das? Hast du Angst, ich könnte dir hier, vom Sandgebirge eingeschlossen, davonlaufen?«, schrie ich ihn an.

Unbeirrt schnürte er das Seil fester, das mich an ihn band. »Ich werde nicht noch einmal den Fehler begehen, dich zu unterschätzen«, erwiderte er. »Und jetzt ruhe dich etwas aus! Wir haben morgen einen anstrengenden Tag vor uns.« Ohne noch weiter auf mich einzugehen, legte er sich neben mich.

Ich sollte mich ausruhen? Hatte ich irgendetwas verpasst? Eigentlich müsste er mich doch bereits über Jakes Clan ausfragen, mich nötigenfalls foltern, um alles Wichtige in Erfahrung zu bringen?

Verwirrt starrte ich auf den Unsterblichen neben mir, der gedankenverloren zu den Baumwipfeln hinaufsah.

Hier konnte ich mich auf keinen Fall entspannen. Die Gewissheit, dass ich an ihn gefesselt war und er mich beobachten konnte, beunruhigte mich. Andererseits bekam ich gerade die Gelegenheit, von Jake zu träumen. Ich hatte ihm versprochen, es weiterhin zu versuchen, mich im Traum mit ihm zu treffen. Daher musste ich die Angst vor einem Albtraum überwinden. Schließlich konnte er nicht schlimmer werden als der, in dem ich mich jetzt schon befand.

Eine ganze Weile beobachtete ich Esca, der seine Augen nun geschlossen hatte. Erst als ich mir sicher war, dass er inzwischen träumte, getraute ich mir, mich selbst in mein Unterbewusstsein zurückzuziehen.

Nur langsam begann sich die Dunkelheit um mich herum aufzulösen. Schemenhaft konnte ich Bäume erkennen, die sich in finsterer Nacht vor mir auftaten. Es begann zu regnen, wobei der aufbrausende Wind die Regentropfen hart gegen meinen Körper peitschte. Der laue Luftzug steigerte sich zu einem handfesten Sturm. Eine düstere Wolkendecke zog schnell über mich hinweg. Den Mond konnte ich dahinter nur erahnen.

Ich erschauderte. Das musste wieder ein Albtraum sein.

Nebelschwaden hingen über dem Waldboden und erschwerten mir die Sicht. Ich hatte Schwierigkeiten, mich zu orientieren.

»Jake?« Immerzu rief ich seinen Namen, bis ich ein Lachen hörte. Erst ganz leise, vernahm ich es nun deutlicher. Es kam immer näher.

Vorsichtig lief ich in den weißen Schleier hinein, der mich nun vollkommen einhüllte. Ich wusste nicht, ob ich mich ausgeliefert oder verborgen fühlte. Allerdings spürte ich nun, dass jemand unmittelbar vor mir stand.

»Wach auf, Sam! In diesem Traum wirst du Jake nicht finden«, hörte ich ihre Stimme, noch bevor meine Mutter wie aus dem Nichts vor mir erschien. Was hatte sie in meinem Traum verloren?

Überwältigt sah ich sie an und reichte ihr die Hand. Aber sie reagierte nicht, sondern schaute einfach durch mich hindurch. Sie schien mich vor etwas warnen zu wollen.

Abrupt blickte ich hinter mich, wo Esca soeben aus dem Nebel heraustrat. Er nickte mir verschwörerisch zu, bevor er mich unerwartet packte und an sich zog. »Nun gehörst du mir!«, schrie er. Seine Stimme hallte in meinen Ohren, ließ mein tiefstes Inneres gefrieren. Ich war unfähig, mich zu bewegen. Seine Arme zogen mich immer fester an sich, als würde er mich in sich einschließen. Er nahm mir die Luft zum Atmen.

Mit letzter Kraft bäumte ich mich gegen ihn auf. Ich hatte das Gefühl, ohnmächtig zu werden. Der weiße Nebel ergraute und zog mich schließlich in ein dunkles schwarzes Loch.

Schnellstmöglich wachte ich auf. Ich war vollkommen durcheinander, konnte nicht glauben, dass mir meine Mutter soeben im Traum erschienen war.

Esca lag nach wie vor mit geschlossenen Augen regungslos neben mir. Seine Züge wirkten vollkommen entspannt. Er sah richtig friedlich aus, so wie er gerade in sich ruhte. Das blonde Haar umrahmte sein schönes Gesicht, das sonst von Verbitterung und Hass gezeichnet war. Ob er schon immer so herzlos und aggressiv gewesen war?

Dieser Mann strebte mit allen Mitteln nach

Macht. Er sollte seine eigenen Eltern getötet haben, nur um von Dougal adoptiert werden zu können. Selbst seine eigenen Männer behandelte er herablassend und setzte seine Befehle gnadenlos durch. Wenn es sein musste, ging er über Leichen, um seine Ziele zu erreichen. Irgendetwas musste in seinem Leben passiert sein, das ihn zu dieser hasserfüllten Kreatur gemacht hatte, die er heute war.

Seufzend wandte ich mich von ihm ab. Ich musste den Verstand verloren haben. Jetzt suchte ich doch tatsächlich schon nach einer Entschuldigung für Escas grausames Verhalten. Esca war der Hauptgrund, warum ich mich in dieser ausweglosen Situation befand, warum Jake und ich so sehr leiden mussten. Er war Schuld an Helens Tod und er würde für unser aller Tod verantwortlich sein.

Angewidert drehte ich ihm den Rücken zu, darauf bedacht, meinen Arm nicht zu bewegen, durch den ich an ihn gefesselt war. Nachdem ich noch kurz gelauscht hatte, ob Esca aufgewacht war, startete ich den zweiten Versuch. Mit allen Sinnen konzentrierte ich mich auf unser Bergtal, bevor ich in meinen Traum eintrat. Ich musste einen Ort aufsuchen, der Jake und mir vertraut war. Nur dann hatte ich wenigstens eine kleine Chance, ihn zu finden.

Es war schließlich einer der Zwillingsberge, auf denen ich mich wiederfand. Das Bergtal lag friedlich zu meinen Füßen, zog mich wie magisch an. Hastig machte ich mich an den Abstieg. Ich fühlte mich, als würde ich tatsächlich nach Hause kommen. Die Sehnsucht und das Heimweh trieben mich immer schneller voran.

Schon von Weitem konnte ich unser Baumhaus erkennen, dessen Anblick mein Innerstes vollkommen aufwühlte. Jake musste einfach zu Hause sein! Eilig stieg ich die Wendeltreppe hinauf, stieß voller Erwartung die schwere Holztür auf und stürmte hinein. Mein Ruf drang in den heimischen Raum vor, verhallte jedoch schlagartig, als mein Blick nur trostlose Leere vorfand. Jake war nicht hier ...

Ernüchtert sank ich auf die Knie, ehe mich die Erinnerung an Jake gnadenlos übermannte. Wir hatten hier so schöne Stunden zusammen verbracht. Ich sah ihn vor mir, wie er herzlich lachend auf dem Bett lag, sich sein Haar aus der Stirn strich und seine Hand nach mir ausstreckte. Ganz langsam bewegte ich mich auf das Bett zu, schaute auf das tröstende Bild, das sich vor mir auftat. Ich wollte nie wieder aufwachen ... Tränen sammelten sich in meinen Augen, während ich meine Hand ehrfurchtsvoll nach seiner ausstreckte. Aber meine Finger glitten widerstandslos durch seine Hand hindurch, wobei sich sein Körper im selben Augenblick vor mir auflöste.

Voller Qual sank ich auf unser Bett. Verzweifelt griff ich nach einem Kissen und schluchzte hemmungslos hinein. Natürlich bildete ich mir nur ein, dass es nach Jake roch. Ich schmiegte mein Gesicht fester auf den weichen Stoff und atmete tief ein. Sein unverwechselbarer, betörender Duft ließ die Beklemmung in meiner Brust immer mehr anschwellen. Er ließ meine Sehnsucht ins Unermessliche ansteigen, erinnerte mich an das Gefühl von Geborgenheit und Sicherheit, die ich bei Jakes bloßer Anwesenheit empfand. Meine Seele zog sich vor Trauer immer mehr zurück.

»Suche ihn bei der heißen Quelle.« Die Stimme meiner Mutter war wie eine Liebkosung, die bis in mein Herz vordrang. Sie ermutigte mich, nicht aufzugeben.

Mit dem Kissen unter dem Arm rannte ich los. Ich nahm mehrere Stufen auf einmal, da mir die Länge der Wendeltreppe heute endlos erschien. Es war nicht weit bis zur Quelle. Würde Jake dort auf mich warten …?

Plötzlich wurde mein Arm ruckartig nach hinten gerissen. Das Kissen fiel zu Boden, da irgendetwas an meinem Handgelenk zerrte. Es schien, als ob jemand Unsichtbares mich zurückhielt. Die Umgebung um mich herum verblasste zunehmend, drohte mich aus meinem Traum zu erwecken. Nein! Hilflos griff ich nach meinem Arm, darum bemüht, mich von der nicht erkennbaren Macht zu lösen, die mich gepackt hatte. Doch ich hatte keine Chance. Ich musste zusehen, wie mein Zuhause vor meinen Augen verschwand und ich in die Realität zurückgeholt wurde.

Wütend drehte ich mich zu Esca um, der nach wie vor meinen Arm durch seine Bewegungen umherstieß. Doch er hatte mich nicht bewusst aus meinem Traum gerissen. Er war nicht einmal wach. Sein vorhin noch so entspanntes Gesicht wirkte nun sorgenvoll und gequält. Die Augen fest zusammengekniffen, schmiss er seinen Kopf hin und her, wobei sein gesamter Körper vor Anspannung zuckte. Ich konnte es nicht glauben ... Esca hatte einen Albtraum!

Aber das war doch gar nicht möglich! Die Träume der Unsterblichen waren wunderschön und konnten von diesen beeinflusst werden. Dass ich noch meine Probleme mit ihnen hatte, lag daran, dass ich zum Teil von den Menschen abstammte. Zumindest hatte Jake es mir so erklärt.

Verwirrt beobachtete ich Esca erneut, der, nach seiner Körpersprache zu urteilen, sogar einen sehr intensiven Albtraum zu haben schien.

Ich überlegte, ob ich ihn wecken sollte. Jedoch bereitete es mir eine gewisse Genugtuung, ihn so leiden zu sehen. Er hatte es mehr als verdient. Zufrieden legte ich mich zurück und schaute zu den Sternen hinauf. Wahrscheinlich würde ich die funkelnden Lichter niemals mehr einfach nur betrachten können, ohne dabei an meine Eltern und Dexter denken zu müssen.

»Mutter ... Nein!«, stieß Esca neben mir aus. Im nächsten Moment setzte er sich ruckartig auf und starrte entsetzt ins Leere. Nur langsam begriff er, wo er war. Sein Blick richtete sich auf sein Handgelenk, als er den Widerstand bemerkte, der ballastartig an ihn gefesselt war. Dann schaute er mich beunruhigt an.

Ich hob behäbig die Augenbrauen, gab ihm das Gefühl, ihn bei etwas ertappt zu haben. »Hast du schön geträumt?«, fragte ich ihn.

Spätestens jetzt gewann er seine Fassung zurück. Er kniff seine Augen etwas zusammen und sah mich abschätzend an. Im nächsten Augenblick warf er sich über mich, sodass ich unter seiner Last kurz nach Luft schnappte. Völlig überrumpelt konnte ich nichts dagegen tun, als er seine freie Hand auf meine Stirn legte und somit meinen Kopf am Boden hielt.

»Soll ich dir zeigen, wovon ich geträumt habe!«, hauchte er mir zu, während sein Atem schon meinen Hals streifte. Ich erstarrte vor Angst. Seine Lippen strichen fast zärtlich über mein Gesicht. Aber er hatte mich so unter seinem Körper begraben, dass ich mich nur sehr eingeschränkt bewegen konnte. Mein freier Arm schnellte nach oben und riss an seinen Haaren. Doch er lachte nur leise auf.

»Oh ja, Samantha. Das gefällt mir.«

Eingeschüchtert ließ ich seine Haare los, worüber er nur noch lauter lachte. Ich packte ihn unterm Kinn und versuchte sein Gesicht von mir wegzudrücken.

»Du hast also geträumt, dass du über deine Mutter herfällst?« Es gelang mir augenscheinlich, ihn aus der Fassung zu bringen. Irritiert musterte er mich. »Schließlich hast du im Traum laut und deutlich nach ihr geschrien«, setzte ich noch eins drauf.

Ich dachte, er würde mich freigeben. Stattdessen legte sich seine Hand erdrückend um meinen Hals. Schmerzerfüllt sah Esca auf mich herab.

»Du weißt nichts von mir, Samantha. Ich bin dir viel ähnlicher, als du glaubst ...«, flüsterte er mir zu.

Plötzlich presste er seinen Mund hart auf meinen, küsste mich mit einer unglaublichen Brutalität. Hilflos schrie ich gegen diesen Kuss an, was Esca auch gleich ausnutzte. Sofort versuchte er, meinen dadurch leicht geöffneten Mund mit seiner Zunge in Besitz zu nehmen. Ich hinderte ihn daran, indem ich ihn verzweifelt in die Unterlippe biss.

Stöhnend gab er auf und leckte sich über seine blutende Lippe. Seine Hand lag noch immer um meinen Hals, wobei er seinen

Daumen löste und mit ihm über meine Lippen strich. Sogleich zeigte ich ihm erneut meine Zähne, was ihn sehr zu amüsieren schien.

»Ach, Samantha. Was soll ich bloß mit dir machen? Warum musst ausgerechnet du so eine Wirkung auf mich haben?«

Bitte was? Ich musste mich verhört haben.

Er verlagerte sein Gewicht, sodass ich wenigstens ein bisschen besser Luft bekam. Jedoch machte er keine Anstalten aufzustehen. »Was findest du nur an Jake McAlaster?« Er schaute mich auf eine Art und Weise an, die darauf schließen ließ, dass er allen Ernstes eine Antwort von mir erwartete.

Ich wusste, er sah in Jake einen gleichwertigen Gegner. Esca wollte sich eindeutig an ihm messen. Begreifend lächelte ich ihn an. »Jake ist überwältigend ...«, begann ich von ihm zu schwärmen. »Er ist faszinierend, klug, wunderschön, mutig ...« Die Worte sprudelten nur so aus mir heraus.

Esca knurrte missbilligend und setzte sich auf.

Doch ich ließ mich nicht beirren. »Sein fürsorglicher, liebevoller Charakter strahlt aus seinem Inneren heraus, sodass er damit jeden in seinen Bann zieht. Er ist beliebt, jeder will mit ihm befreundet sein. Alle sehen zu ihm auf, legen großen Wert auf seinen Zuspruch und Rat ...«

»Das reicht jetzt!«, blaffte Esca mich zornig

an.

»Ich bin aber noch nicht fertig. Das Beste kommt erst noch ...«, erwiderte ich. Es war herrlich, wie sehr Esca sich über meine Beschreibung ärgerte.

Er sprang auf und zog mich dadurch mit sich hoch.

»...Und vor allem ist Jake mein Seelenverwandter«, schloss ich ab.

Esca packte mich an den Schultern und rüttelte mich. »Es gibt keine Seelenverwandtschaft mehr«, schrie er mich an.

»In einer Welt, die von Krieg und Unterdrückung der Schwächeren geprägt ist, geht auch die Liebe verloren. Doch das heißt noch lange nicht, dass es sie gar nicht mehr gibt.«

Esca spuckte verächtlich aus. »Soll ich dir sagen, was ich von Jake halte?«, fragte er, ohne auf meine Antwort zu warten. »Er ist ein verwöhntes Kind. Alles, was ihn ausmacht, wurde ihm in die Wiege gelegt. Er wurde als zukünftiges Clanoberhaupt geboren ... Nichts musste er sich selbst erkämpfen. Sein Rang, sein hohes Ansehen – das alles hat er nur seinem Vater zu verdanken«, stieß er aufgebracht aus.

Ich tat gleichgültig. »Du hast mir nicht zugehört, Esca! Es ist Jakes ganzes Wesen, mit dem er alle für sich vereinnahmt. Ich glaube, ihm selbst ist nicht einmal bewusst, welche Wirkung er auf andere ausübt.« Vorsichtig trat ich ganz nah an Esca heran und sah ihm eindringlich in die Augen. »Selbst du kannst dich seiner Ausstrahlung nicht entziehen«, sagte ich wissend. »In deinem tiefsten Inneren wünschst du dir, du wärst wie er.«

Schnaubend stieß er mich nach hinten, drängte mich mit den Rücken an einen Baum. »Dann höre mir jetzt gut zu, Samantha! Ich werde alles besitzen, was Jake sein Eigentum nannte – seinen Clan, sein hohes Ansehen ... und dich.«

Halbblut

Jake betrachtete seine schlafende Mutter, neben der er lag. Die ganze Nacht hatte er erfolglos versucht, Sam in seinen Träumen zu finden. Ewig hatte er an der heißen Quelle gewartet, bis er schließlich das gesamte Bergtal nach ihr abgesucht hatte. Selbst in Grimmts Versteck und am See war er gewesen. Er hatte in seinen Träumen alle Orte aufgesucht, die er schon mit Sam gemeinsam besucht hatte – vergebens.

Ein Klopfen an der Tür ließ ihn augenblicklich an Grimmt denken, der sie bereits heute in seinem Zuhause erwarten würde. Demütig küsste er seine Mutter auf die Stirn, bevor er sich kraftlos aus dem Bett wälzte. Es war das Einzige, was er im Moment tun konnte. Er würde zu seinem besten Freund reiten. Vielleicht konnte Grimmt ihm einen Rat geben.

Als Jake die Tür öffnete, ließ Ryan die erhobene Faust sinken, die er soeben zum erneuten Klopfen erhoben hatte.

»Hier ist jemand, der dich dringend sprechen will«, stieß er aus und zog einen Mann in

Jakes Sichtfeld. Ein Unsterblicher mit lockigen, blonden Haaren trat verunsichert einen Schritt auf ihn zu.

Jake überlegte, ob er den Mann kannte. Doch er konnte sich nicht daran erinnern, ihm jemals begegnet zu sein. Fragend schaute er Ryan und den Fremden abwechselnd an.

»Nun rück schon raus mit der Sprache!«, forderte Ryan diesen ungeduldig auf. Er trat vor lauter Nervosität und Anspannung von einem Fuß auf den anderen.

Der Unsterbliche räusperte sich. »Mein Name ist Myron«, stellte er sich vor. »Ich kann euch sagen, bei wem ihr Samantha suchen solltet. Allerdings müsst ihr euch beeilen!«

Noch bevor er ausgesprochen hatte, packte Jake ihn an den Schultern. »Was sagst du da?« Ungläubig starrte er den Fremden an. »Woher weißt du, wo Sam sich aufhält?«

Nun mischte Ryan sich ein. »Hör dir an, was er zu sagen hat!«, flehte er Jake an. Er drängte sich zwischen die beiden, sodass Jake nichts anderes übrig blieb, als Myron loszulassen. »Bedenke! Dieser Mann ist freiwillig zu dir gekommen, um dir diese Auskunft zu geben.«

Jake schnaubte missbilligend, hob dann aber in Myrons Richtung auffordernd das Kinn.

Dieser atmete erleichtert aus. »Esca hat ...«

»Esca?«, schrie Jake ungehalten aus. Fassungslos starrte er Ryan an, der ihm traurig zunickte.

Myron schluckte. »Esca hat Samantha entführt, um einiges über sie und euren Clan in Erfahrung zu bringen. Ich weiß nicht genau, ob er sie auch zu Dougal McGavyn bringen wird. Auf jeden Fall hat er vor, sie zu töten, sobald er alles herausbekommen hat, was er wissen will.«

Jake lehnte sich haltsuchend an den Türrahmen. »Aber Esca hat doch zu der Zeit den Wettkampf mit mir bestritten ... Er und sein Clan haben sich an der Suche beteiligt ...«

»Argo und Agnes haben ihm geholfen. Sie hatten großes Interesse daran, dass Samantha unwiderruflich verschwindet.«

Jake ballte die Hand zur Faust, als er diesen hinterhältigen Plan durchschaute. Nur mühevoll konnte er seinen Zorn im Zaun halten. »Argo und Agnes ...«, stieß er zwischen zusammengebissenen Zähnen hervor. »Das hätte ich den beiden niemals zugetraut. Dafür werden sie bitter büßen.« Erbost sah er nun Myron an, der unwillkürlich vor ihm zurückwich. »Was ich mit dir machen werde, weiß ich noch nicht«, ließ Jake ihn wissen. »Das kommt ganz darauf an, welche Rolle du bei diesem Spiel hattest. Aber das kannst du mir unterwegs erzählen!«

Myron wollte etwas dagegen einwenden, aber Jake ließ ihn nicht zu Wort kommen.

»Du wirst uns doch sicherlich gern begleiten, um uns den richtigen Weg zu zeigen. Bei der Gelegenheit kannst du vielleicht einiges wiedergutmachen ... Aber nur vielleicht.« Abschätzig sah er Myron an. »Bring mich zu Sam und du wirst überleben!«

Entschlossen drehte er sich ein letztes Mal zu seiner Mutter um und trat dann auf die Veranda hinaus. Da die Ankunft des Fremden nicht unbemerkt geblieben war, hatten sich die Männer des Clans bereits versammelt. Stumm blickten sie zu ihm empor, warteten gespannt auf seine Anweisungen.

Jake schaute in ihre vertrauten Gesichter. »Ruft eure Pferde!«, rief er ihnen dann herausfordernd zu. »Wir ziehen in den Krieg!«

Ryan legte seine Hand auf Jakes Schulter und senkte leicht den Kopf, um ihm seine Treue zu bekunden. Sie nickten sich brüderlich zu, gaben sich somit das Versprechen füreinander einzustehen.

Alle streckten ihre Fäuste in die Höhe und jubelten den beiden zu, als sie die Wendeltreppe herunterstürmten. Sie reihten sich hinter ihnen ein und folgten ihnen zum Tempelplatz.

»Was habt ihr vor?«, fragte Daisy, die aufgeregt neben Ryan herlief. Sie packte ihn am Arm und versuchte ihn zurückzuhalten. Wie angewurzelt blieb sie dann stehen, als sie Myron erkannte.

»Du?«, stieß dieser missbilligend hervor. »Gehörst du etwas zu diesem Clan?«

Daisy war jegliche Farbe aus dem Gesicht gewichen.

»Ihr kennt euch?« Jake war stehengeblieben, was ihn alle anderen unverzüglich gleichtaten. Sie kreisten Myron und Daisy ein, die sich gegenseitig abschätzend musterten.

»Nur flüchtig.« Daisy räusperte sich und schüttelte fast unmerklich den Kopf, als wollte sie Myron den Mund verbieten.

»Ja, nur flüchtig«, erwiderte dieser. »Das letzte Mal, als ich diese Frau gesehen habe, lag Samantha bereits betäubt am Boden, ehe wir sie verschleppt haben.«

Daisy riss die Augen auf und erstarrte, während ringsherum fassungsloses Gemurmel einsetzte.

»Was?«, schrie Ryan auf, als Jake auch schon bedrohlich auf sie zutrat.

»Ich ...«, stammelte Daisy. Sie wich vor Jake zurück und deutete mit dem Finger auf Myron. »Ihr müsst diesen Mann bestrafen. Er hat Samantha entführt.«

»Du warst genauso daran beteiligt wie ich ...«, wehrte Myron sich.

Daisy war außer sich. »Warte nur, bis Argo von deinem Verrat erfährt«, drohte sie ihm.

»Oh du elende Verräterin«, rief Ryan aus. Er trat Jake in den Weg und stieß Daisy wutentbrannt zu Boden.

Wimmernd sah sie zu ihm auf. »Aber dieser Mann lügt. Ich habe nichts damit zu tun.«

»Und woher weißt du dann, dass er einer der Entführer war?« Ryan spuckte neben ihr aus.

»Schafft mir dieses Weib aus den Augen, bevor ich mich vergesse!«, wies Jake die Umstehenden an. »Sperrt sie in die Höhle unter dem Tempel. Wenn wir zurück sind, wird Ryan über ihr Schicksal entscheiden.«

Ryan sah Jake verblüfft an. »Ich?«

»Sie ist deine Auserwählte. Ich kann sie ja wohl schlecht ohne deine Zustimmung zum Tode verurteilen.«

Ryan schnaubte. »Unter diesen Umständen wird man mir diese Verbindung hoffentlich ersparen. Man kann mich durch ein Gesetz nicht an eine Verbrecherin binden.«

Die Unsterblichen stimmten Ryan lauthals zu, als er sich bereits über Daisy beugte und auf sie hinabsah. »Du kannst nur hoffen, dass ich nicht derjenige bin, der über dein Schicksal entscheiden wird«, raunte er ihr zu. »Denn ich würde dein Todesurteil selbst vollstrecken.«

Daisy weinte und flehte Ryan an. Sie wehrte sich mit Händen und Füßen, als vier Unsterbliche sie zu ihrem Verließ schleppten.

Jake kniff die Augen zusammen und musterte Myron. »Warum tust du das? Warum wechselst du die Seiten?« Es war nicht zu überhören, dass er ihm misstraute.

»Ich will mit diesen Männern nichts mehr zu schaffen haben«, antwortete Myron. »Ich hatte mich nur darauf eingelassen, weil Argo mir zugesagt hatte, dass er mir meine Spielschulden erlässt. Als dann auch noch Helen unbeabsichtigt mit ins Spiel kam, hatte ich gleich ein ungutes Gefühl. Sie haben sie einfach umgebracht ... Nie im Leben hätte ich damit gerechnet, dass sie so brutal vorgehen würden ...«

Jake schloss die Augen. Die bisherige Ungewissheit kam ihm nun barmherzig vor. Jetzt aber wusste er, dass Sam leiden musste.

Die Pferde trafen bereits auf dem Tempelplatz ein. Onyx kam Jake entgegen und scharrte mit den Hufen. Der Hengst spürte die Unruhe, die in seinem Reiter brodelte.

Bis an die Zähne bewaffnet und von Rachsucht getrieben, verließen hunderte Unsterbliche das Bergtal. Die Frauen blieben allein zurück, sahen ihren Vätern, Söhnen und Freunden besorgt hinterher. Bis weit in den Ageless Forest hinein hörte man die anheizenden Rufe der Männer, die ihrem jetzigen Anführer furchtlos in den Kampf folgten.

Schnell ließen sie den Ageless Forest hinter sich, ritten geradewegs über eine weitläufige Graslandschaft. Nicht wenige blickten noch einmal zurück, verabschiedeten sich innerlich von ihrem Zuhause. Keiner konnte sagen, wie lange sie fortbleiben mussten oder ob sie ihre Heimat überhaupt wiedersehen würden.

Jake schaute nicht zurück. Sein Herz war so voller Hass, dass er nicht mehr aufzuhalten war. Den Blick hielt er starr auf die vor ihm liegende Umgebung gerichtet. Nur hin und wieder schweifte er zu diesem Myron ab, der neben ihm herritt. Er konnte den Fremden noch nicht richtig einschätzen. Es war eine Tatsache, dass er an Sams Entführung beteiligt gewesen war. Jedoch schien er seine Tat zu bereuen. Er war freiwillig zu ihm gekommen, um ihm von Sam zu berichten.

Jake hatte so viele Fragen, die er Myron früher oder später stellen würde. Jetzt war es aber das Wichtigste, so schnell wie möglich zu Sam zu gelangen. Er hatte immerzu gespürt, dass sie lebte. Nach Myrons Aussage war ihr Tod jedoch nur noch eine Frage der Zeit. Das hilflose Gefühl, ihr nicht beistehen zu können, ließ ihn verzweifeln. Mehr als ein Mal hatte er ihr geschworen, immer für sie da zu sein, sie mit seinem Leben zu beschützen. Niemals hätte er geglaubt, dass es jemandem gelingen würde, Sam und ihn zu trennen. Allerdings konnte keiner mit einer solchen hinterlistigen, unfassbaren Intrige rechnen, zu der sich gleich mehrere Personen zusammen verschworen hatten.

Argos und Agnes' Gründe lagen auf der Hand. Jake ärgerte sich, die beiden nicht mit

Sams Verschwinden in Verbindung gebracht zu haben. Er hatte es nicht einmal in Erwägung gezogen, hatte Agnes und ihren Vater überhaupt nicht beachtet.

Myron deutete auf den Fluss. »Wir müssen eine Weile dem Flussverlauf folgen. Im Osten befindet sich ein kleines Waldgebiet, in dem wir bei Nacht unser Lager aufgeschlagen hatten. Dort habe ich Samantha das letzte Mal gesehen«, erklärte er.

Jake stoppte seinen Hengst und schaute Myron warnend an. »Im Osten? Willst du mich für dumm verkaufen?«, brüllte er ihn an. »Dougals Ländereien befinden sich in der entgegengesetzten Richtung.«

Myron kratzte sich unbehaglich am Kopf. »Ich habe doch schon gesagt, dass ich nicht sicher bin, ob Esca Samantha tatsächlich zu Dougal bringen will«, verteidigte er sich. »Vermutlich nimmt er auch einfach einen Umweg in Kauf, da er sich denken kann, dass du sie bei Dougal suchen wirst.«

Inzwischen war die ganze Truppe zum Stehen gekommen. Hunderte von Augenpaaren richteten sich auf die zwei Männer und versuchten etwas von Jakes und Myrons Dialog mitzubekommen.

»Ich glaube, er spricht die Wahrheit«, flüsterte Ryan Jake zu.

»Und ich glaube, er ist mit Esca im Bunde und will uns auf eine falsche Fährte locken«, zischte Jake in Myrons Richtung, woraufhin dieser zusammenzuckte.

Ryan schüttelte den Kopf. »Warum sollte er uns dann erst auf Esca aufmerksam machen?«

Jake musterte Myron nachdenklich. Seine Skepsis war ihm deutlich ins Gesicht geschrieben. »Wenn du uns hinters Licht führst, wirst du dafür bezahlen!«, warnte er ihn.

Noch immer unentschlossen, trieb er Onyx an und ritt auf einen seiner engsten Freunde zu. »Reite zu Grimmt! Er sollte davon unterrichtet werden, was geschehen ist. Ermahne ihn, in seinem Versteck zu bleiben, damit ich ihn gegebenenfalls finden kann!«

Gehorsam senkte sein Freund den Kopf, um im nächsten Augenblick eilig davonzugaloppieren.

Es setzte eine bedrückende Stille ein. Alle warteten gebannt auf Jakes Entscheidung. Ein plötzliches Dröhnen veranlasste alle, zurückzublicken. Erst hörten sie nur die trampelnden Hufe aus der Ferne zu ihnen herüberhallen. Dann spürten sie jedoch das leichte Vibrieren des Erdbodens, was auf eine große Anzahl von Reitern schließen ließ.

Jake kniff die Augen etwas zusammen, um die Entfernung weiter zu sich heranzuholen. In einer riesigen Staubwolke eingehüllt, verließen die ersten Reiter gerade den Wald und galoppierten im hohen Tempo direkt auf sie zu. Sofort erkannte Jake die Gesichter der benachbarten Clanoberhäupter. Torres, Jaros und Cloud ritten voran und führten ihre Truppen an. Immer mehr Reiter kamen auf der weitläufigen Ebene zum Vorschein, nahmen diese fast vollkommen für sich ein.

Beeindruckt sah Jake den drei Anführern entgegen, die ihn in diesem Moment erreichten.

»Wir haben gehört, dass Esca für das Verschwinden der beiden Frauen verantwortlich ist und dass Dougal deinen Vater gefangen hält«, rief Torres ihm zu. Wie die meisten Männer seines Clans trug er sein rotes, langes Haar, ebenso wie seinen Kinnbart, zu einem Zopf geflochten.

»Lange haben wir die Machenschaften von Dougals Clan ignoriert. Doch jetzt sind sie eindeutig zu weit gegangen«, meldete sich Jaros zu Wort, der mit seinen dunkelblonden, kurzen Haaren neben Torres eher unscheinbar wirkte.

Cloud war ein guter Freund von Jakes Vater, der sich sicherlich um Silas sorgte. Auch er hatte dunkelblondes Haar, das ihm aber lockig über die Schultern fiel. »Wir sind gekommen, um uns dir anzuschließen«, sagte er bestimmt.

»Es ist an der Zeit, gemeinsam gegen Dougal und Esca vorzugehen«, stimmte Jake ihnen zu und wandte sich dann umgehend an

Myron. »Zeige uns den Weg!«, wies er ihn an, wobei er seinen Hengst auch schon nach Osten lenkte.

Die Truppen von vier Clans setzten sich in Bewegung, indem sie sich zu einer großen Übermacht vereinten. Mindestens zweitausend Reiter riefen ihre Schlachtrufe in den Wind, während die kraftvollen Hufe ihrer Pferde den Erdboden zu Staub zertrampelten.

Als sie schließlich das kleine Waldgebiet erreicht hatten, begann Jake, Myron zu glauben. Fassungslos blickte er auf die Überreste des Mädchens, über die sich Aasfresser bereits hergemacht hatten. Er hatte Helen nicht gekannt, war jedoch erschüttert von dieser erbarmungslosen Tat.

Trotzdem musste er sich zu einer kurzen Pause zwingen, da die Männer, deren Clan Helen angehört hatte, ihre Leiche ehrenvoll begraben wollten.

Ryan und er suchten in der Zwischenzeit nach Spuren. Es brachte ihn fast zum Wahnsinn, als er sich ausmalte, was hier alles vorgefallen sein musste. Der Boden war an einer Stelle aufgeraut, verriet den Hergang eines Kampfes. Silbernes Blut klebte an der sichtbaren Wurzel eines Baumes. Die Tatsache, dass es auch einen leichten rötlichen Schimmer aufwies, bestätigte ihm, dass es sich dabei tatsächlich um Sams Blut handelte. Was hatte sie alles erleiden müssen? Eine gnadenlose

Ohnmacht erfüllte ihn, die sein gebrochenes Herz noch weiter zerriss.

Es war ihm egal, dass man eben noch um Helen trauerte. Ruhelos schwang er sich auf Onyx' Rücken und ritt voraus. Sie hatten sich keine Mühe gemacht, ihre Spuren zu verwischen. Anscheinend hatten sie nicht damit gerechnet, dass Myron die Seiten wechselte. Ebenso wie Argo und Agnes es wohl nie in Erwägung gezogen hatten.

In der Zwischenzeit waren ihm alle gefolgt. Selbst Helens Clan hatte widerwillig von der Trauer abgelassen, um sich ihm wieder anzuschließen. Unaufhaltsam folgte er der Fährte, die sie über eine baumlose Steppe führte, an deren Ende das Sandgebirge auf sie wartete.

Aber diesen Weg konnten sie unmöglich eingeschlagen haben. Esca wusste, dass es eine Sackgasse war, dass aus diesen Bergen kein Weg mehr herausführte. Wer da hineinritt, galt als verschollen. Dieses Risiko würde selbst Esca nicht eingehen.

Sie ritten eine Weile am Fuße des ersten Berges entlang, bis der feste Boden unter ihnen langsam in Sand überging und sie den Eingang des Gebirges von Weitem sehen konnten.

Jake traute seinen Augen nicht. Ungläubig schaute er zu den aufsteigenden Sanddünen, vor denen Sams schwarz-brauner Hengst aufgeregt hin und her galoppierte. Shadow verspürte offensichtlich den Drang, seiner Reiterin in das unheilvolle Gebirge zu folgen. Doch er witterte ebenso die Gefahr und den Tod.

* * * * *

Ich stolperte hinter Esca her, der mich unnachgiebig mit sich zog. Ohne auch nur ein Wort der Erklärung führte er mich immer weiter in den Nadelwald hinein.

Die ganze Zeit hielt er mich am Handgelenk fest, obwohl ich nach wie vor an ihn gefesselt war. Seine drohenden Worte hallten noch immer in meinem Kopf. Er wollte mich einschüchtern, hatte mir dadurch aber ungewollt Hoffnung gegeben. Wenn er mich besitzen wollte, weil ich zu Jake gehörte, dann würde er sich meiner doch nicht entledigen, oder? Ich war völlig verwirrt.

Diese Fragen würden mich ewig quälen. Also nahm ich meinen ganzen Mut zusammen. »Du hast Agnes das Versprechen gegeben, mich zu töten«, sagte ich so beiläufig wie möglich.

Esca lief unbeirrt weiter. Anscheinend hatte er nicht vor, sich auf dieses Gespräch einzulassen.

»Sie hat mich regelrecht angefleht, dich aus dem Weg zu räumen«, erwiderte er mir dann doch. »Erst dachte ich, es geht ihr nur um den hohen Rang in Jakes Clan. Aber sie scheint wirklich etwas für ihn übrig zu haben.«

Da erzählte er mir nichts Neues. Ihre Blicke, mit denen sie Jake offenkundig angehimmelt hatte, waren mir nicht entgangen.

»Letztendlich kam sie mir ganz gelegen. Ich brauchte sie und ihren Vater, um nicht gleich mit deinem Verschwinden in Verbindung gebracht zu werden. Außerdem war Jake ständig in deiner Nähe. Ich hätte es nie geschafft, auch nur zehn Schritte an dich heranzukommen, ohne dass er sich mir in den Weg gestellt hätte. Das Finale war die einzige Möglichkeit. Er wähnte dich in Sicherheit, da er mich ja beim Wettkampf im Auge behalten konnte.« Esca lachte. »Ich hätte Agnes das Götterreich auf Erden versprochen, nur um dich zu bekommen. Sie ist selbst schuld, wenn sie mir vertraut.«

Damit hatte er meine erste Frage ohne Umschweife beantwortet. Ich wartete kurz, ob er von sich aus weitersprach. Als er keine Anstalten machte, wagte ich es schließlich erneut. »Und was hat Daisy mit der ganzen Sache zu tun?«

Einen kurzen Moment sah er mich zögernd von der Seite an, wobei ich es vermied, seinen Blick zu erwidern. Konzentriert schaute ich meinen Füßen beim Laufen zu, spielte ihm vor, dass seine Auskunft keine große Bedeutung für mich hatte.

»Agnes und Daisy sind von klein auf befreundet. Daher hätte sie auch von einer Verbindung profitiert, wenn diese zustandegekommen wäre. Wie ich es mitbekommen habe, hätte Agnes Daisy zu einem angesehenen Stand im Clan verholfen«, schilderte er gelangweilt. »Sie sollte deinen Stein so versenken, dass du ihn erst sehr spät findest. Hätte sie ihren Auftrag richtig ausgeführt, dann wärst du mit einem großen Rückstand auf die Laufstrecke gegangen und unsere Aktion wäre vollkommen unbemerkt geblieben. Wegen Daisys Nachlässigkeit musste Helen sterben.«

Jetzt platzte mir der Kragen. »Oh nein! Sie ist nicht wegen Daisy gestorben. Falls du es nicht mitbekommen hast, war Helen noch am Leben, bis du bei uns eingetroffen bist.« In Rage trat ich an Esca heran und stach ihm mit meinem Zeigefinger anklagend auf die Brust. »Du allein trägst die Schuld an ihrem Tod«, schrie ich verbittert.

Ungerührt setzte er seinen Weg fort. »Sie hatte zu viel gesehen und zu viel gehört. Mir blieb also keine andere Wahl.«

»Man hat immer eine Wahl. Doch du kennst kein Erbarmen. Du bist ein so abstoßender, unausstehlicher, widerlicher Tyrann. Ich hasse dich – ich hasse dich abgrundtief«, fauchte ich ihm aufgebracht entgegen.

Da packte Esca mich an den Schultern und zog mich unvermittelt zu sich heran. Zornig blickte er auf mich herab. Er öffnete seine Lippen, wollte etwas sagen. Dann überlegte er es sich aber anders.

Hastig stieß er mich weiter, trieb mich unermüdlich vorwärts. Erst als wir bei einer kleinen Lichtung ankamen, wurde er ruhiger.

»Siehst du das?«, fragte er mich. Er zeigte mit dem Finger auf eine kleine, heruntergekommene Hütte, die ihre besten Zeiten schon längst hinter sich hatte. Das Dach war an manchen Stellen eingefallen. Die Wände lagen schief im Wind, wobei einige Holzlatten fehlten und andere nur noch locker daran festhingen. Wie konnte nur jemand auf die Idee kommen, sich in dieser verlassenen Gegend häuslich niederzulassen?

»Du weißt nicht, wie es ist, sein Leben lang versteckt und gefangengehalten zu werden«, stieß er aus. Traurig schaute er auf die verfallene Behausung, als ihn die Erinnerung einholte. Ohne mich anzusehen, begann er, seine Geschichte zu erzählen.

»Mein Vater war der persönliche Berater Dougals und hatte somit ein hohes Ansehen in dessen Clan. Dann fand er eines Tages seine Seelenverwandte ...« Unsicher blinzelte er zu mir herüber. »... in einer Menschenfrau.«

Mir klappte die Kinnlade herunter.

»Du weißt, dass so eine Verbindung strengstens verboten ist«, fuhr er unbeirrt fort. »Doch mein Vater konnte nicht von meiner

Mutter ablassen und traf sich immer wieder heimlich mit ihr. Als sie schwanger wurde, brachte er sie hierher. Es war der ideale Ort, um seine menschliche Frau und sein neugeborenes Kind zu verstecken. Niemand ahnte von seinem Geheimnis, das er inmitten des unzugänglichen Sandgebirges verbarg.«

Esca betrachtete mich abschätzend. Allerdings war ich nicht in der Lage, irgendeine Reaktion zu zeigen. Ich konnte einfach nicht glauben, was er mir da gerade offenbarte. Regungslos schaute ich ihn an, bis er schließlich weitersprach.

»Meine gesamte Kindheit habe ich hier mit meiner Mutter allein zugebracht. Eingeschlossen in diesen verfluchten Sandbergen. Hin und wieder kam mein Vater zu Besuch, nur um uns danach wieder zu verlassen.«

Seufzend ließ er sich ins Gras sinken und zog mich dadurch mit sich zu Boden. Nachdenklich saß er neben mir, heftete seinen Blick auf sein ehemaliges Zuhause. »Als ich siebzehn Jahre alt war, wurde meine Mutter schwer krank. Ich habe alles versucht, um ihr zu helfen. Doch sie starb, nachdem sie tagelang gegen den quälenden, fiebrigen Husten angekämpft hatte. Mein Vater war zu Tode betrübt, als er seine Seelenverwandte leblos vorfand. Ich ahnte damals, dass er niemals mehr zu mir zurückkehren würde, wenn er mich dieses Mal verließ. Heimlich folgte ich ihm, da es mein größter Wunsch war, aus diesem erdrückenden Gefängnis herauszukommen.«

Jetzt wurde mir klar, warum er sich hier so gut auskannte, warum er jedes einzelne Sandkorn zu kennen schien. Eine lange Zeit war das der einzige Ort gewesen, der für ihn existierte.

Esca schwieg. Eine ganze Weile saßen wir beide in Gedanken versunken still beieinander, bis ich die Stille nicht mehr aushielt. »Und was ist dann passiert?«, ermunterte ich ihn, weiterzusprechen.

Er zögerte. Offenbar haderte er mit sich, wie viel er mir von seiner Vergangenheit preisgeben wollte.

»Jahrelang hielt ich mich im Hintergrund, gab mich als Waisenkind aus und arbeitete auf den Feldern, um wenigstens etwas zu Essen zu haben. Ich besaß nichts außer den zerlumpten Kleidern, die ich an meinem ausgemergelten Körper trug.«

Er schloss kurz die Augen und atmete tief durch, bevor er weitersprach. »Als ich zwanzig Jahre alt war, klaute ich einem Bauern Äpfel vom Baum. Er erwischte mich dabei, verfolgte mich und rammte mir ein Messer in den Leib. Dann hat er mich einfach zum Sterben liegen gelassen, als wäre ich nur ein herumstreunender Hund, den niemand vermissen würde.«

Nun sah er mir direkt in die Augen. »Diese Verletzung hätte mich umbringen müssen –

aber ich überlebte. Zehn weitere, bedeutungslose Jahre später war ich mir sicher, dass ich die Unsterblichkeit meines Vaters geerbt hatte. Ich alterte nicht mehr. Endlich bekam ich das Gefühl, etwas wert zu sein. Ich suchte meinen Vater auf, in der Hoffnung, er würde mich nun als seinen Sohn akzeptieren. Immerhin konnte niemand mehr herausfinden, dass meine Mutter ein Mensch gewesen war. Aber mein Vater war nicht besonders erfreut darüber, mich zu sehen. Nachdem er mich nicht mehr im Sandgebirge vorgefunden hatte, hatte er mit mir abgeschlossen, mich ebenfalls für tot gehalten.«

Esca lachte gehässig auf. »Es war wohl eine Fügung der Götter, dass dein Vater damals gerade mit deiner Mutter durchgebrannt war und Dougal vor Zorn raste. Aus diesem Grund schickte mein Vater mich wieder fort, voller Angst, jemand könnte von meiner Existenz erfahren. Ich hatte ihn noch nie geliebt, aber ab diesem Tag hasste ich ihn. Damals habe ich mir geschworen, mich irgendwann für alles zu rächen, was er mir angetan hatte. Und als dein Vater bald darauf starb und Dougals Clan von Habgier und Intrigen heimgesucht wurde, habe ich meine Chance ergriffen. Ich habe Dougal aufgesucht und mich als Sohn seines Beraters vorgestellt, um ihm meine Unterstützung anzubieten. Er war ziemlich überrascht, da er bis dahin ja nichts von einem Sohn seines Freundes wusste. Ich werde nie das Gesicht meines Vaters vergessen, als er mich neben Dougal erblickte. Wenigstens verleugnete er mich nicht. Sobald er aber mit mir allein war, machte er mir große Vorwürfe. Es kam zum erbitterten Streit, indem wir beide unsere Schwerter zogen. Mein eigener Vater hätte mir den Kopf abgeschlagen, wenn ich ihm nicht zuvorgekommen wäre.« Esca spuckte verächtlich aus. »Letztendlich war es gut, dass es dazu gekommen ist, denn somit konnte Dougal mich adoptieren.«

Jetzt verstand ich, weshalb Esca so gefühllos und berechnend war. Ich begriff die Bedeutung und Wichtigkeit von dem, was er mir gerade anvertraut hatte.

»Warum erzählst du mir das alles?«, fragte ich verwirrt.

Esca schmunzelte. »Um ehrlich zu sein, weiß ich das selbst nicht so genau. Uns beide verbindet, dass wir auch menschliches Blut in uns tragen und es ärgert mich einfach, dass du so schlecht über mich denkst.« Forschend schaute er mir direkt in die Augen. »Außerdem spielt es keine Rolle. Dir würde sowieso niemand glauben, wenn du es weitererzählen würdest«, gab er mir warnend zu verstehen.

Damit hatte er recht. Niemand würde mir diese Geschichte glauben.

»Es tut mir leid, was dir widerfahren ist. Doch es entschuldigt und rechtfertigt nichts von dem, was du getan hast«, warf ich ihm vor. »Ich begreife nicht, warum du die Menschen so hasst. Du bist doch ein Teil von ihnen, genau wie ich.«

»Was gibt es denn daran nicht zu verstehen?« Er stand auf und lief mit mir im Schlepptau geradewegs auf die Hütte zu. »Dieser Tatsache verdanke ich es, dass ich viele Jahre meines jungen Lebens durch die Hölle gegangen bin. Mein Vater hat sich deshalb nie zu mir bekannt, hat sich für mich geschämt. Wie Dougal McGavyn über die Menschen denkt, brauche ich dir ja nicht zu erklären.«

Ich hatte Mühe, mit ihm Schritt zu halten. »Und was hast du jetzt mit mir vor? Bringst du mich zu Dougal?«, stieß ich ängstlich aus.

Esca blieb so abrupt stehen, dass ich geradewegs auf ihn auflief.

»Wenn du meine Nähe suchst, brauchst du es nur zu sagen!«, machte er sich über mich lustig.

Schnell wich ich von ihm zurück, versuchte, mir meine Verlegenheit nicht anmerken zu lassen.

Er musterte mich dennoch auf eine unangenehme Art und Weise. »Nein, Samantha. Wenn ich gewollt hätte, dass du Dougal gegenübertrittst, dann hätte ich dich nicht entführen brauchen.«

Ich verstand überhaupt nichts von dem, was er da sagte.

»Glaubst du im Ernst, ich warte Ewigkeiten darauf, endlich die Führung des Clans zu übernehmen, nur um sie dann an seine herbeigelaufene Enkelin abzugeben?« Seine Stimme triefte vor Hohn. »Dein Vater war sein rechtmäßiger Nachfolger. Du bist die Letzte seiner Blutlinie.«

»Darum geht es hier? Das ist der Grund für meine Entführung?«, brachte ich verstört heraus. »Da hättest du dir eine Menge Arbeit ersparen können. Ich will nichts von Dougal und schon gar nicht die Macht über seinen Clan.«

Esca verzog das Gesicht. »Du hast keine Ahnung, Samantha. Hier geht es um so viel mehr. Eines Tages werde ich der mächtigste aller Clanführer sein, koste es, was es wolle. Nichts und niemand wird sich mir in den Weg stellen können. Ich werde endlich das Leben führen, das ich verdient habe.«

Ganz langsam zog er mich an unserer Fessel zu sich heran. »Erst wollte ich dich einfach nur töten, wollte das Problem aus der Welt schaffen, das meinen Herrschaftsanspruch gefährden könnte«, raunte er mir zu.

Besitzergreifend schlang er seine Arme um mich. Ich wand mich, versuchte seinem Griff zu entkommen. Je mehr ich mich aber wehrte, desto fester hielt er mich gefangen.

»Du hast mich von Anfang an fasziniert, Samantha. Auch wenn ich diese Schwäche nicht zulassen sollte, so bringe ich es einfach noch nicht fertig, deinem Leben ein Ende zu bereiten.«

Er hielt meinen Arm, mit dem ich an ihn gefesselt war, hinter meinem Rücken fest und drückte mich so gegen sich. Seine freie Hand krallte er in mein Haar und zog meinen Kopf nach hinten. So zwang er mich, ihn anzusehen.

»Mir kam die Idee, dich hier zu verstecken.« Er deutete mit dem Kopf auf die heruntergekommene Hütte, die wir inzwischen erreicht hatten. »Zumindest so lange, bis ich weiß, wie dein Großvater zu dir steht. Ich werde heimkehren, um Dougal zu berichten, dich nicht angetroffen zu haben. Erst muss ich herausfinden, ob er es in Erwägung zieht, dir die Führung seines Clans zu übertragen.«

Sein einnehmender Blick gab meine Augen frei und richtete sich auf meinen Mund. Sofort zeigte ich ihm meine Zähne, da ich ihm mein Gesicht durch seinen eisernen Griff nicht entziehen konnte.

Esca lachte leise. »Aber inzwischen bin ich der Ansicht, dass du hier nicht sicher bist. Um ehrlich zu sein, habe ich nicht damit gerechnet, die Hütte in einem so erbärmlichen Zustand vorzufinden. Und zudem habe ich in der Zwischenzeit gelernt, dich nicht zu unterschätzen. Vielleicht kommst du ja tatsächlich auf die dumme Idee, du könntest allein aus dem Sandgebirge herausfinden? Dieser Versuch wäre dein sicherer Tod und normalerweise müsste mir dein Schicksal dabei völlig egal sein ...« Langsam senkte er seinen Kopf, ignorierte mein Knurren und mein erneutes Winden. »... aber zu meinem Ärger ist es mir nicht egal«, hauchte er mir entgegen, bevor sich sein Mund fordernd auf meinen legte.

Es war ein verzweifelter Kampf, den ich gegen ihn zelebrierte. Doch Escas Kraft war meiner weit überlegen. So presste ich meine Lippen einfach nur fest aufeinander, hielt meinen Mund fest verschlossen. Es war das Einzige, was ich zu meinem Schutz tun konnte.

Verärgert gab er meine Lippen schließlich wieder frei. Er atmete schwer, gewährte mir ein kleines bisschen Freiraum, ohne mich dabei ganz loszulassen.

»Ich könnte dich hier und jetzt einfach nehmen, wenn ich es wollte«, gab er mir zu verstehen. »Aber das würde immer zwischen uns stehen und ich habe noch viel mit dir vor.« Nun ließ er mich los, schubste mich sogar etwas von sich weg. »Die Seelenverwandtschaft stirbt aus ... Doch wir beide tragen auch menschliche Eigenschaften in uns. Wir sind durchaus in der Lage, uns zu verlieben. Noch nie hatte eine Frau eine solche Wirkung auf mich, wie du es hast. Wenn Dougal mir die Clanführung übergibt, werde ich dich zu meiner Frau nehmen. Falls er dich mir aber vorzieht, werde ich dich wohl oder übel doch noch töten müssen.«

Esca hatte mich fast so weit gehabt, dass ich Mitleid für ihn empfand. Mit einem Schlag war dieses Gefühl nun wieder zunichte. Fassungslos schüttelte ich den Kopf, schauderte vor seiner Unberechenbarkeit.

»Komm jetzt! Es wird Zeit aufzubrechen.« Entschlossen stampfte er los, verließ die schicksalhafte Lichtung, die sein Gefängnis gewesen war und riss mich dabei an der Fessel mit sich fort.

»Wo bringst du mich jetzt hin?«, fragte ich ihn hilflos.

Er antwortete nicht. Was konnte ich bloß tun, um ihn noch von seinem Vorhaben abzubringen? Dougal würde Jakes Vater nur freilassen, wenn Esca ihm bestätigte, dass Silas nicht gelogen hatte – dass ich tatsächlich noch lebte. Das Beste wäre, Dougal könnte mich mit seinen eigenen Augen sehen. Vielleicht konnte man ihn noch überzeugen, dass der Frieden zwischen Menschen und Unsterblichen möglich war. Esca dagegen niemals, da es ihm nur um seinen Hass und seinen Machtwillen ging. Ich musste Esca irgendwie dazu bringen, mich mitzunehmen.

»Warte!«, forderte ich ihn auf. Ich versuchte stehenzubleiben und ihn somit zum Anhalten zu bewegen. Esca drehte sich aber nur kurz zu mir um und schleifte mich unbeirrt weiter.

Wir waren alle verloren ... Er ging überhaupt nicht auf mich ein, beachtete mich nicht. Aufgebracht hämmerte ich ihm mit meiner Faust gegen den Rücken, schrie meine Verzweiflung laut heraus. Jedoch ließ er meine Attacken wehrlos über sich ergehen. Geduldig wartete er darauf, dass ich mich wieder beruhigte.

»Was ist mit Silas?«, schrie ich ihn an. »Bitte! Ihr müsst ihn freilassen!« Meine Stimme überschlug sich, gab den Aufruhr in meinem Inneren preis. »Silas hat die Wahrheit gesagt ...«, wimmerte ich immerzu.

Esca stand mit gestrafften Schultern und erhobenen Kinn vor mir. Er sah mir tief in meine tränenüberfluteten Augen, als würde er mir ein Versprechen geben.

»Silas' Schicksal ist längst besiegelt. Sobald ich an der Macht bin, werde ich seinen Clan vernichten. Und ich werde dabei lächeln, wenn ich ihm und seinem Sohn den Kopf abschlage.«

Mein Herzschlag setzte bei seinen Worten aus. Erschüttert sackte ich zu Boden, da mich die letzte Kraft verließ, die ich Esca entgegengebracht hatte. Ich schaffte es nicht einmal mehr, ihn anzusehen. Der Anblick seiner unbarmherzigen Miene zerriss mich.

Ich spürte, dass er mich beobachtete. Esca genoss es sicherlich, mich so leiden zu sehen.

Aber im Moment war mir alles egal. Es gelang mir einfach nicht, die Fassung zu bewahren.

»Da seid ihr ja«, ertönte Hawks erleichterte Stimme. »Ich dachte schon, du hättest uns in diesem ausweglosen Gebirge zurückgelassen.«

Esca murmelte etwas Unverständliches und beugte sich zu mir herunter. Ich ließ mir nichts von meiner Überraschung anmerken, als er mit seinem Messer unerwartet unsere Fessel löste. Erleichtert griff ich nach meinem Handgelenk, zog die Hand schützend vor meine Brust.

Hawk räusperte sich. »Ähm ... ich geh dann mal zurück zu den Männern«, stotterte er und machte sich zögernd auf den Weg.

Schnell sprang ich auf, hastete an Esca vorbei und lief direkt hinter Hawk her. Auf keinen Fall wollte ich noch länger mit diesem Scheusal allein bleiben.

Die Männer kamen uns schon nach kurzer Zeit auf ihren Pferden entgegen. Ohne Umschweife schwang ich mich hinter einem von ihnen aufs Pferd, worüber dieser sich sichtlich wunderte. Damit gab ich Esca unmissverständlich zu verstehen, dass ich nicht mit ihm reiten würde. Ich konnte seine Nähe einfach nicht mehr ertragen.

Seine Laune schien auf dem Tiefpunkt zu sein. Ungehalten schimpfte er vor sich hin, stieg auf seinen Schimmel und strafte mich mit Blicken. Ich wusste, dass er sich maßlos über mich ärgerte.

Keiner der Männer sprach ein Wort. Offensichtlich wussten sie nicht, wie sie mit der Situation umgehen sollten. Sie bemerkten die angespannte Stimmung. Doch keiner von ihnen getraute sich, Esca darauf anzusprechen. So ritten wir stumm nebeneinander her und verließen das versteckte Eiland.

Esca führte uns wieder an, zeigte uns einen sicheren Pfad durch die unberechenbaren Sanddünen. Dieses Mal achtete ich nicht auf den Weg. Meine Gedanken kreisten voller Sorge um Jake und Silas, die nichts von Escas Plänen wussten. Sie sahen in Dougal eine Bedrohung, ahnten jedoch nicht, dass es noch weit schlimmer kommen konnte.

Steinbruch

Nachdem wir das Sandgebirge verlassen hatten, ritten wir über eine grüne Ebene. Moose und Flechten überzogen die Graslandschaft, wobei ich auch hin und wieder mir bekannte Kräuter entdeckte.

Ich hatte es nicht erwarten können, aus den Bergen herauszukommen, wollte die erstbeste Gelegenheit nutzen, um einen Fluchtversuch zu wagen. Doch hier hatte ich keinerlei Aussicht auf Erfolg. Ich konnte nicht einfach vom Pferd springen und weglaufen. Die ausgedehnte Weite war gut einzusehen, ohne dass sich irgendein Unterschlupf bot, in dem ich mich hätte verstecken können. Es war zum Verrücktwerden ...

Mir kam der Gedanke, meinen Vordermann vom Pferd zu stoßen und davonzugaloppieren. Allerdings würde sein Hengst das niemals tolerieren und mich wahrscheinlich abwerfen. Zudem wäre es den anderen ein Leichtes, mich einzuholen. Ohne mein eigenes Pferd hatte ich nicht die geringste Chance. Genauso wusste ich, dass es keinen Sinn hatte, hier nach Shadow zu rufen. Wir waren viel zu weit von zu Hause entfernt.

Nachdem ich Escas intensiven Blick seit Stunden ignoriert hatte, schien seine Geduld ein Ende zu haben. Selbst meinen Reiter irritierte es, als er sich mit seinem Pferd dicht an uns heran drängte. Wütend packte er mich am Arm und zog mich zu sich auf seinen Schimmel hinüber. Erschrocken krallte ich mich mit der freien Hand an meinem Vordermann fest, versuchte vergeblich, mich Esca zu entziehen. Da die beiden Pferde sich aber mittlerweile voneinander entfernten und Esca dabei keine Anstalten machte, mich loszulassen, blieb mir keine andere Wahl, als klein beizugeben.

Ich kam seitlich vor ihm zum Sitzen, wobei ich im selben Moment, bei vollem Galopp, fast rücklings vom Pferd fiel. Panisch hielt ich mich an Esca fest, der mich dabei kräftig an sich zog. Er ließ mir keine Gelegenheit, mich richtig aufs Pferd zu setzen, damit ich mit meinen Beinen Halt finden konnte. Nur er allein konnte verhindern, dass ich herunterstürzte. Ich war ihm völlig ausgeliefert.

»Halt an!«, schrie ich.

Aber Esca lachte nur. »Ich glaube, du hast es immer noch nicht ganz verstanden, Samantha. Ich bestimme, mit wem du reitest. Ich bestimme, ob du überlebst. Ich … bin dein Schicksal.« Als würde er seine Worte dadurch noch unterstreichen wollen, trieb er seinen Schimmel weiter zur Schnelligkeit an, statt meiner Bitte nachzukommen und anzuhalten.

Ich rechnete ständig damit, bei der enormen Geschwindigkeit doch noch vom Pferd zu fallen. Esca sorgte allerdings dafür, dass das nicht geschah. Seine Arme erdrückten mich fast, gewährten mir nicht die kleinste Bewegung.

Endlos verstrich die Zeit, in der wir ohne Rast immer weiter in die Fremde vordrangen. Ein kleiner Fluss schlängelte sich nun unmittelbar vor uns durch die Landschaft, an dessen Ufer Esca seinen Schimmel überraschend stoppte.

Die Erleichterung über die unerwartete Pause stand den Männern deutlich ins Gesicht geschrieben. Sie führten ihre durstigen Pferde zum Wasser, wo diese sich dankbar über das kühle Nass hermachten.

Esca ließ mich endlich los, um abzusitzen. »Wenn du dich etwas erfrischen willst, dann jetzt!«, forderte er mich auf. »Wir reiten gleich weiter.«

Dieses Angebot konnte ich einfach nicht abschlagen. Schnell sprang ich von Escas Schimmel und lief bis zu den Knien in den Fluss hinein.

»Ich sagte nicht, dass du dich ertränken sollst!«, witzelte Esca hinter mir, woraufhin seine Männer amüsiert lachten.

Der Fluss trieb gemütlich vor sich hin. Mir konnte also absolut nichts passieren. Beherzt lief ich noch weiter ins Wasser hinein. Ich wollte mich von dem Blut und Schmutz frei waschen.

»Das reicht jetzt!«, rief Esca mir zu. »Zwing mich besser nicht, zu dir reinzukommen!«

Ich blieb auf der Stelle stehen. Er sollte bloß bleiben, wo er war.

Hektisch streifte ich mir die Ärmel hoch und begann, meine Arme mit den Handflächen abzureiben. Ich scheuerte den Stoff meiner zerfetzten Kleidung aneinander, bemühte mich, die silbernen Blutflecken herauszuwaschen. Immer wieder drehte ich mich nach Esca um, der am Ufer stand und mich zusammen mit seinen Männern unverfroren beobachtete. Man konnte fast meinen, sie warteten darauf, dass ich mich entkleidete. Ich ging in die Knie und legte meinen Kopf in den Nacken, bis meine Haare komplett im Wasser eingetaucht waren.

»Komm raus!« Ungeduldig winkte Esca mich zu sich.

Es war eine Tatsache, dass er sich überlegen fühlte. Leider traf das in der jetzigen Situation tatsächlich zu. Aber ich würde niemals aufgeben, ihm zu trotzen. Auch wenn ich mit Bestrafung rechnen musste, so hatte ich trotzdem noch meinen Stolz. Ich würde ihm niemals zu Willen sein.

»Muss ich mich erst wiederholen?«, stieß er nun warnend aus.

Einen kurzen Moment sah ich ihn missbilligend an, bevor ich mich auf den Rücken legte, um mich gemütlich im Wasser treiben zu lassen. Ich musste innerlich lachen, als Esca laut fluchend in den Fluss gestürmt kam. Das Wasser wurde unruhig und verkündete seine baldige Ankunft. Nur notgedrungen stellte ich mich seufzend wieder auf.

Escas Miene war zu einer versteinerten Maske erstarrt. Die Wut spiegelte sich in seinen Augen, die mich geradezu vernichtend musterten.

Ich konnte einfach nicht anders. Er sollte spüren, dass ich mich über ihn lustig machte. Mit einem breiten Grinsen zog ich amüsiert die Augenbrauen nach oben und verschränkte die Arme vor der Brust.

Sofort streckte er seine Hand nach mir aus, vergrub sie in meinen Haaren und zog mein Gesicht zu sich heran. Als seine Lippen mein Ohr berührten, lief mir ein unangenehmer Schauer über den Rücken. Er drückte mein Gesicht hart gegen seine Wange.

»Wenn du glaubst, du könntest mit mir spielen, dann überzeuge ich dich nur all zu gern vom Gegenteil«, flüsterte er mir zu.

Bevor ich ihm eine Antwort geben konnte, schlang er meine Haare mehrfach um seine Hand und zog mich gebieterisch aus dem

Wasser. Er ging dabei so grob vor, dass er mir dutzende Haare herausriss. Deshalb blieb ich dicht hinter ihm, damit er etwas lockerer ließ.

Ohne Umschweife hob er mich auf sein Pferd. Und dann waren wir auch schon wieder unterwegs, ritten den halben Tag in einem hohen Tempo. Wie ließen die Ebene hinter uns, passierten ein kleines Wäldchen und überquerten eine hölzerne Brücke, die uns über einen Fluss führte.

Ich fragte mich, wieso man in einer verlassenen, abgelegenen Gegend eine Brücke erbaut hatte. Wem sollte sie denn hier schon von Nutzen sein, außer einer kleinen Gruppe von Reitern wie uns, die zufällig vorbeikamen?

Aufmerksam schaute ich mich um. Nirgends war ein Hinweis zu finden, dass jemand an diesem Ort wohnte. Vor uns lag nur ein karges, felsiges Gebiet. Der graue Stein bedeckte den Boden mit Schutt und Staub. Kein einziges noch so kleines Pflänzchen konnte man hier entdecken. Niemand würde freiwillig in eine dermaßen trostlose Gegend ziehen.

Ich vernahm ein Geräusch, das ich nicht gleich zuordnen konnte. Konzentriert lauschte ich eine Weile dem dumpfen Hall, der sich schließlich als ein regelmäßiges Hämmern zu erkennen gab. Jetzt hörte ich es ganz deutlich. Es war der Klang von hartem Eisen, das kraftvoll auf dem Felsen aufschlug. Jedoch war es nicht nur der Schlag eines Einzelnen. Nein, es waren viel, viel mehr. Wir näherten uns einem menschlichen Arbeitslager ...

Ich wusste, dass mehrere solche Lager existierten. Menschliche Rebellen wurden dorthin verschleppt, um dort für Dougal harte Arbeit zu verrichten. Mit den mühsam aus den Felsen gespaltenen, großen Steinen baute er seine Burg immer weiter aus. Um sein Clangebiet ließ er eine hohe Mauer errichten. Solange diese ihm noch keinen vollständigen Schutz vor Angreifern bieten konnte und es immer noch offene Stellen gab, würden die Steinbrüche weitere Menschenleben fordern. Noch keiner der Verschleppten war jemals zurückgekehrt. Sie mussten bis zur totalen Erschöpfung schuften, ohne Aussicht auf Erbarmen. Der Tod war ihre einzige Erlösung.

Panik stieg in mir auf, nahm mir den letzten Funken Hoffnung, der irgendwo in mir drinnen noch gelodert hatte. Doch dann kamen mir meine Tante, mein Onkel und die Familien meiner Freunde in den Sinn. Ob man sie in dieses Arbeitslager gebracht hatte?

Wir ritten immer weiter in die steinigen Felsformationen hinein, wobei das eintönige Hämmern immer lauter wurde. Schließlich bogen wir um eine Ecke, hinter der sich ein massives, mindestens acht Mann hohes Portal befand. Zu dessen beiden Seiten standen Wachtürme, von denen uns acht Unsterbliche überrascht entgegensahen.

»Lasst sie ein!«, rief einer von ihnen aus, als er Esca erkannte.

Die riesigen Eisenwände des Tores wurden von mehreren Unsterblichen nach außen aufgestemmt. Sobald der Durchlass groß genug war, ritt Esca in den Kessel hinein. Bis auf die eine Stelle, die von dem Portal versperrt war, wurden wir nun allseitig von steilen, hohen Steinbergen umschlossen.

Ich war entsetzt. Zwischen all dem grauen Schutt standen hunderte von Menschen, von denen immer mehr unsere Ankunft bemerkten und in ihrer Arbeit innehielten. Die verdreckte, blutverschmierte Kleidung hing in Fetzen an ihren abgemagerten Leibern. Mit dunklen Ringen untermalte, müde Augen schauten mich aus blassen Gesichtern verwirrt an. Egal ob Mann oder Frau, alle hatten raspelkurze Haare. Ihre gesamte Gestalt war mit einer Staubschicht überzogen, nur die von Trockenheit aufgeplatzten, blutigen Lippen traten rötlich hervor. Ansonsten war alles grau – nichts als grau. Kein einziger grüner Fleck, kein noch so mickriger Halm, sondern nur Felsen, Steine und Dreck.

Wenn man an diesem trostlosen Ort nicht an Erschöpfung starb, dann wurde man zweifellos verrückt.

Ich zuckte zusammen, als dutzende Unsterbliche mit Peitschen schwingend auf die entkräfteten Menschen zustürzten, um sie weiter zur Arbeit anzutreiben. Viele wanden sich am Boden liegend in unsagbarem Schmerz, während die ledernen Striemen ihnen die Haut und das Fleisch vom Körper rissen.

Erschüttert drehte ich mich zu Esca um. Ich wollte ihn anbetteln, dieser Folter ein Ende zu bereiten. Doch in diesem Moment saß er ab und wandte sich an einen der Wachposten.

»Diese Frau wird in einem eurer Quartiere untergebracht. Ich werde in wenigen Tagen zurück sein. Bis dahin wird sie die Behausung nicht verlassen! Gebt ihr saubere Kleidung und regelmäßig etwas zu Essen und zu Trinken!«

»Aber … Wer ist sie?«, stammelte ein Mann. »Was sollen wir hier mit einer unsterblichen Frau?«

Er hatte noch nicht ausgesprochen, da packte Esca ihn am Kragen. »Es geht dich einen Dreck an, wer sie ist. Allein für deine Dreistigkeit sollte ich dir den Kopf abschlagen«, presste er hervor. »Befolge meine Befehle und wage es nie wieder, mir zu widersprechen!«

Der Unsterbliche nickte panisch und wich einige Schritte vor Esca zurück.

»Komm!«, richtete Esca sich an mich. Entschlossen hob er mich vom Pferd und lief mit mir direkt auf eine der kleinen Holzhütten zu, die als Behausungen der Wachmänner dienten. Er schlug die Tür auf und sah sich in dem engen Raum um, der nur notdürftig mit einer Pritsche und wenigen persönlichen Sachen eines Wachmannes ausgestattet war.

»Räumt bis auf die Schlafstelle alles heraus!«, forderte er zwei Männer auf, die seiner Anweisung unverzüglich Folge leisteten.

Währenddessen schubste er mich auf das Lager und sah eindringlich auf mich herab. Er streichelte mir über die Wange, ließ seine Finger meinen Hals hinuntergleiten, wobei ich augenblicklich vor ihm zurückwich. Sofort ballte sich seine gerade noch zärtliche Hand zur Faust. Seine Knöchel traten weiß hervor, als er seine Wut zu zügeln versuchte.

»Alle raus jetzt!«, brüllte er die Männer an. »Bewacht sie gut! Und wehe einer von euch wagt es, sie anzurühren!«

Als alle die Hütte verlassen hatten, beugte er sich zu mir herunter. »Du bist wie ich, halb Mensch – halb unsterblich. Das verbindet uns. Die Seelenverwandtschaft der Unsterblichen stirbt aus, doch durch unsere menschlichen Eigenschaften sind wir zwei in der Lage, uns ineinander zu verlieben. Eines Tages wirst du einsehen, dass du zu mir gehörst.«

Es hatte etwas Bedrohliches, so intensiv wie er mir jetzt in die Augen sah. »Flehe die Götter an, dass Dougal dich mir nicht vorziehen wird! Ich werde mir die Machtergreifung auf keinen Fall mehr nehmen lassen. Sollte

Dougal mich trotz deiner Existenz weiterhin als seinen Nachfolger sehen, so werde ich dich zu meiner Frau erwählen. Wenn nicht, dann muss ich dich wohl oder übel doch noch aus dem Weg räumen.«

»Ich werde mich dir niemals fügen ... Lieber sterbe ich«, giftete ich ihn an.

Augenblicklich schlug er mir mit dem Handrücken ins Gesicht. »Ich werde dich noch lehren, was es heißt, sich mit mir anzulegen.«

Ich gab ihm meine Antwort, indem ich ihm ins Gesicht spuckte.

Um Fassung ringend schloss Esca die Augen und presste die Lippen fest aufeinander. Dann lächelte er mich jedoch überlegen an. »Bis bald, meine Schöne.« Selbstsicher umfasste er mein Gesicht und küsste mich energisch auf den Mund. So schnell er mich überfallen hatte, so schnell ließ er auch wieder von mir ab. Ein letztes Mal schaute er mir tief in die Augen, ehe er hinaustrat und die Tür hinter sich verriegelte.

Verzweifelt legte ich mich auf das harte Lager. Jetzt, da ich allein war, brach die ganze Anspannung aus mir heraus. Ich weinte bitterlich ...

Es dauerte eine halbe Ewigkeit, bis ich mich einigermaßen wieder unter Kontrolle hatte. Da hörte ich Schritte, die sich schnell näherten. Umgehend wurde die Tür aufgerissen und Hawk kam in Begleitung eines weiteren Mannes herein.

»Glaub bloß nicht, dass du hier faul deine Zeit absitzen kannst!«, blaffte er mich an. »Argo hätte es besser getroffen, wenn er mich allein mit deiner Entführung beauftragt hätte. Er kann froh sein, dass er nichts davon weiß, wie sehr Esca dich verhätschelt. Es würde ihn sehr erzürnen.« Er packte mich grob an der Schulter und zwang mich vor sich in die Knie. »Bis etwas Zeit verstrichen ist und ich wieder nach Hause zurückkehren kann, hat Esca mich hier als Wachmann vorgesehen. Da kann ich mich nun persönlich darum kümmern, dass alle verfügbaren Arbeitskräfte ausgelastet werden. Du wirst dich also nützlich machen, bis Esca wieder da ist. Aber bevor wir dich zu dem Gesindel lassen, müssen wir noch ein paar Vorkehrungen treffen. Wie wollen schließlich nicht, dass du uns Ungeziefer einschleppst.«

Fragend sah ich zu ihm empor, während er dem anderen Unsterblichen auffordernd zunickte. Dieser nahm meinen Kopf zwischen die Handflächen und hielt mich fest. Triumphierend zog Hawk ein Messer und begann eine Strähne meines hüftlangen Haares kurz über der Kopfhaut abzuschneiden. Als ich mich wehrte, rief er noch einen weiteren Mann herbei, um mich zu bändigen. Sie ließen erst von mir ab, als alle meine Haare am Boden lagen.

Hawk schmiss ein Stück Stoff auf die hölzerne Pritsche. »Zieh das an!« Bei diesen Worten verließ er den engen Raum und ließ mich gedemütigt zurück.

Ich lauschte eine Weile, bis seine Schritte weit genug entfernt waren. Dann streifte ich meine zerfetzte Hose und das Hemd herunter. Hastig glitt ich in das braune Kleid, das Hawk mir zurückgelassen hatte. Erst als ich es bereits anhatte, bemerkte ich die blutroten Flecken, die sich regelmäßig auf dem schmutzigen Stoff verteilten. Mir wurde schlecht …

Dieses Kleid musste eine Frau getragen haben, die in diesem Steinbruch den Tod gefunden hatte. Angewidert wollte ich es so schnell wie möglich wieder ausziehen. Doch ich verharrte, als mein Blick auf die Überreste meiner Hose fiel. Ich dachte an die gequälten Gesichter der armen Menschen, die hier unabwendbar die letzten Tage ihres Lebens verbrachten. Traurig strich ich den zum Teil löchrigen Stoff glatt, umrandete mit dem Finger die verräterischen, blutigen Flecken. Zu Ehren der unbekannten Frau, der dieses Kleid einst gehört hatte, würde ich es tragen.

Von der Größe her passte es mir sogar ausgesprochen gut. Es war ärmellos, einfach geschnitten und bedeckte gerade so meine Knie. Ich war mir ziemlich sicher, dass es für eine junge Frau zugeschnitten war.

Die letzten Lichtbündel des Tages drangen durch die Spalten der Holzwände zu mir herein. Erst als die Dunkelheit endgültig die Oberhand gewonnen hatte, löste ich mich aus meiner Anspannung. Ich setzte mich traurig aufs Lager, stützte die Ellenbogen auf die Knie und strich mir mit meinen Handflächen über mein raspelkurzes Haar. Dann legte ich mich nieder und schloss die Augen, um zu träumen.

Zu meiner eigenen Überraschung gelang es mir, direkt bei der heißen Quelle in den Traum einzutreten. Es war so tröstlich, einen Ort vor mir zu sehen, der zu meinem Zuhause gehörte. Aufgeregt schaute ich mich um. Ich wusste nicht, wie viel Zeit mir blieb. Immerzu rief ich Jakes Namen und suchte hektisch die umliegende Umgebung ab. Da vernahm ich ein kaum wahrnehmbares Flüstern.

»Sam?«

Ich lauschte. Hatte ich mir das gerade nur eingebildet?

»Sam ...!«

Nun hörte ich es laut und deutlich, wobei ich beim Klang der unverwechselbaren, geliebten Stimme vor Sehnsucht erschauderte. Ganz langsam drehte ich mich danach um, voller Angst, enttäuscht zu werden. Und dann sah ich ihn ...

Jake stand keine zehn Schritte von mir entfernt und schaute mich fassungslos an. In meiner Magengrube begann es augenblicklich zu kribbeln. Eine unglaubliche Wärme strahlte von meinem Herzen ab. Als würde meine Seele zu neuem Leben erwachen, durchströmte mich eine längst verloren geglaubte Kraft. Die Hoffnungslosigkeit fiel einfach von mir ab, als hätte sie niemals von mir Besitz ergriffen. Ich hatte das Gefühl, endlich wieder frei atmen zu können.

Überwältigt von seinem Anblick, verharrte ich vollkommen regungslos. Jake erschien mir diesmal so anders als in meinem letzten Traum. Er wirkte erschöpft. Seine wunderschönen, dunkelblauen Augen hatten ihren Glanz verloren. Sein Gesicht war blass und von Sorge gezeichnet.

Er musterte mich zweifelnd, streckte flehend seine Hand nach mir aus.

Ich machte einen Schritt auf ihn zu, wich aber kurz vor ihm wieder zurück. In meinem letzten Traum hatte Jake sich vor meinen Augen einfach aufgelöst. Ich musste dem unnachgiebigen Drang widerstehen, ihn zu berühren, sonst würde sein Bild wieder entschwinden.

Aber Jake achtete nicht auf meine Zurückhaltung. Im Gegenteil: Als hätte er Angst, ich könnte vor ihm davonlaufen, warf er sich auf mich.

Ich konnte nicht rechtzeitig ausweichen, konnte nicht verhindern, dass er mich anfasste. Gleich würde ich ihn verlieren ...

Mit tränenverschleierten Augen schaute

Jake auf mich herunter. »Wo bist du?« Er umfasste mein Gesicht mit beiden Händen. »Bei allen Göttern, Sam ... Antworte mir! Wo bist du?«

Irritiert sah ich ihn mit großen Augen an. Nur langsam begriff ich, was hier passierte. Jake war tatsächlich hier ... Wir hatten uns gefunden.

Zögernd berührte ich sein Gesicht, streichelte ihm ehrfürchtig über die Wange.

Jake stöhnte auf. »Sam! Du musst mir sagen, wo ich dich finden kann! Wir können jederzeit wieder aufwachen und dann ist es zu spät. Bitte ... Bitte!«

Ich schluckte, kämpfte gegen meine lähmende Ungläubigkeit an. Und dann, sprudelten die Worte nur so aus mir heraus. Meine Stimme überschlug sich immer wieder, als ich ihm von dem Arbeitslager berichtete. Ich erzählte ihm, dass Esca bald zurückkommen würde, dass ich nicht wusste, wie lange ich noch in dem Steinbruch bleiben würde.

»Kannst du mir sagen, welchen Weg ihr genommen habt?«, unterbrach er mich.

»Esca hat uns durch das Sandgebirge geführt ...«

Jake zog verwirrt die Augenbrauen nach oben. »Aber wie konnte er ...?« Er schüttelte nachdenklich den Kopf.

»Als wir die Sandberge wieder verlassen hatten, sind wir über eine Ebene geritten. Wir sind an einem Fluss vorbeigekommen, bevor wir bei den grauen Felsen ankamen.«

Jake war völlig in seine Gedanken versunken. »Deine Beschreibung hilft mir nicht wirklich weiter. Es gibt meines Wissens drei dieser Lager …«, stieß er aus. »Denk nach, Sam! Du musst mir irgendeinen Anhaltspunkt geben!«

»Aber ich habe dir alles erzählt, was ich weiß«, seufzte ich ratlos. Nochmals überlegte ich, suchte nach einem Hinweis, den ich übersehen hatte. »Da war eine Brücke …«, rief ich aufgeregt aus, als ich mich erinnerte. »Ich habe mich noch gefragt, warum in dieser verlassenen Gegend eine hölzerne Brücke über den Fluss errichtet wurde. Wir haben sie überquert, ehe wir in das steinige Gebiet ritten, das zum Steinbruch führte.«

Erleichtert stieß Jake die Luft aus. »Diese Brücke kenne ich. Jetzt weiß ich, wo ich dich finden kann.«

Hastig stand er auf und zog mich mit sich hoch. Er hielt mich ganz fest in seinen Armen. Auch wenn ich ihn spüren konnte, so merkte ich doch, dass es nur ein Traum war. Fast war es, als würde ich mir seine Berührung nur einbilden.

Jake löste sich ein kleines Stück von mir und schaute mich voller Liebe an. Ganz langsam hob er seine Hand, streichelte mir zögernd über meine kurzen Haare. »Was haben sie dir angetan?«

Es war mir nicht bewusst gewesen, dass er mich in meinem tatsächlichen Zustand wahrnahm. Nun sah ich auch sein von Sorge und Trauer gezeichnetes Gesicht mit anderen Augen. Wir beide hatten während unserer Trennung einfach unendlich viel Leid zu ertragen.

»Ich mache mich sofort auf den Weg und werde nicht eher ruhen, bis ich dich wieder in meine Arme schließen kann«, versprach er mir.

Hoffnungsvoll nickte ich ihm zu, schmiegte mich süchtig an ihn. Jake wich jedoch langsam von mir zurück. Er wollte so schnell es ging zu mir aufbrechen.

»Ich liebe dich«, flüsterte ich traurig.

»Und ich liebe dich«, erwiderte er. »Mehr als du dir vorstellen kannst.« Immer weiter lief er rückwärts, ohne mich dabei aus den Augen zu lassen. »Gib nicht auf, Sam! Ich bin bald bei dir.«

Seine Gestalt verschwamm vor meinen Augen. Jake war erwacht ...

* * * * *

Als Jake aufschreckte, zuckte Ryan neben ihm zusammen. Einen kurzen, benommenen Moment musste er sich sammeln, nur um dann hastig aufzuspringen.

»Hat dich der Blitz getroffen?«, rief Ryan ihm zu. Er schaute Jake irritiert hinterher und warf dann einen nachdenklichen Blick zum gewitterverhangenen Nachthimmel.

Jake pfiff mit voller Kraft nach seinem Pferd. Er suchte eilig seine Sachen zusammen, wobei er Onyx immer wieder ungeduldig herbeirief.

Mit vor der Brust verschränkten Armen beobachtete Ryan ihn kopfschüttelnd. »Ich denke, Onyx hat dich schon beim ersten Mal gehört.«

Inzwischen waren viele herbeigeeilt, um nachzusehen, was los war. Myron legte sich seine Handflächen über die Ohren. »Oh Mann, dein Pferd ist doch nicht schwerhörig.«

Wie zum Trotz pfiff Jake erneut. Doch in diesem Augenblick kam sein schwarzer Hengst schon rasend schnell herbeigaloppiert.

»Ich habe Sam gefunden ...!«, rief Jake Ryan zu. Aufgeregt stieg er auf sein Pferd. »Sie wird in einem Arbeitslager gefangen gehalten. Ruft alle zusammen! Wir müssen uns sputen. Ich weiß nicht, wie lange Sam noch dort sein wird.«

Die letzten Worte hallten ihm nach, da er schon unaufhaltsam davonritt.

»Jake! Warte auf uns ...!« schrie Ryan ihm hinterher.

Doch Jake wollte nun keine Zeit mehr verlieren. Sie hatten am vergangenen Abend ihr Lager vor dem Sandgebirge aufgeschlagen, nicht wissend, wie sie weiter vorgehen sollten.

Es war unmöglich, dass Esca dort hindurchgeritten war. Sie mussten einfach auf der falschen Fährte sein. Jedoch streifte Sams wilder Hengst unruhig vor den Sandbergen umher. Diese Tatsache konnten sie nicht einfach ignorieren. Shadow hatte offensichtlich ihre Witterung aufgenommen. Daher hatte Jake alle angewiesen, sich auszuruhen, als er noch einmal versuchen wollte, Sam in einem Traum zu treffen.

Er war mehr als erleichtert, dass es ihm nun wahrhaftig gelungen war. Wenn er es nicht geschafft hätte, so wäre er bei Tagesanbruch in das Sandgebirge hineingeritten. Nur Ryan und sieben weitere enge Freunde wären ihm bereitwillig gefolgt, obwohl sie dabei mit Sicherheit in ihr Verderben geritten wären. Niemand hatte jemals aus diesen Bergen wieder herausgefunden.

Jake hielt sich am westlichen Ausläufer des Gebirges. Er wählte den kürzesten Weg, um an den Sandbergen vorbeizureiten.

Auch die anderen hatten sich inzwischen auf den Weg gemacht. Die Hufschläge tausender Pferde hallten durch die Luft, verkündeten die Übermacht des vereinten Heeres. Die Entschlossenheit und der Mut standen den Männern ins Gesicht geschrieben. Es war längst an der Zeit, Dougals Machenschaften ein Ende zu bereiten ... Die ganze Nacht hindurch trotzten die Unsterblichen dem nassen Wind, der ihnen unnachgiebig entgegen blies.

Jake trieb Onyx schonungslos vorwärts. Sam hatte so zerbrechlich gewirkt. Er durfte nicht daran denken, was sie alles hatte durchstehen müssen. Ihr zierlicher Körper, bedeckt von diesem blutverschmierten Kleid, ihr kurzes Haar ... Es hatte ihn seine ganze Beherrschung gekostet, die Haltung zu bewahren, als er sie in diesem Zustand erblickt hatte. Er fühlte sich so hilflos und verzweifelt. Alles, was er wollte, war, Sam zu beschützen. Niemand durfte ihr weh tun! Jetzt wusste er, wo Sam war. Und er würde sich rächen ... Jeder, der ihr ein Leid zugefügt hatte, würde dies noch bitter bereuen.

Er sehnte sich so sehr nach ihr. Auch wenn er sie für einen kurzen Augenblick im Arm gehalten hatte, so war es nicht die Wirklichkeit gewesen. Trotzdem fühlte er sich schon besser. Allein ihr Anblick hatte ihm wieder Kraft und Hoffnung gegeben. Selbst seine Seele war aus seinem tiefsten Inneren hervorgekrochen. Allmählich fühlte er sich wieder lebendig.

Endlich hatte er das Ende des Sandgebirges erreicht. Wie Sam es beschrieben hatte, breitete sich nun ein Ebene vor ihm aus. Er war auf dem richtigen Weg.

Nur widerwillig brachte er Onyx zum Stehen. Die Zeit rannte ihm davon. Aber die Massen hinter ihm machten so einen Lärm, dass man ihre Ankunft bemerken würde, bevor sie überhaupt da waren. Sie mussten sich zurückhalten, durften nur in kleineren Gruppen folgen.

Dankbar tätschelte er Onyx den Hals, der erschöpft schnaubte. »Mein Freund, ich weiß, dass ich dich an deine Grenzen bringe ... Ich danke dir für deine Treue.«

Ungeduldig wartete er auf die anderen. Es überraschte ihn, als ihm nicht wie erwartet Ryan, sondern Sams Hengst zuerst entgegenkam. Abrupt bremste dieser kurz vor ihm ab, trampelte dann aber nervös auf der Stelle. Er schmiss seine Mähne wild umher und wieherte. Offensichtlich forderte er Jake auf weiterzureiten.

»Du vermisst sie wohl auch?« Langsam streckte er die Hand nach Shadow aus, der scheu zurückwich.

Der Tag erwachte langsam zum Leben. Die purpurne Färbung am Horizont verkündete das baldige Aufgehen der Sonne. Es dauerte nicht lange, bis das Heer Jake erreicht hatte. Umgehend trat eine vollkommene Stille ein. Alle lauschten auf Jakes Anweisungen, der seinen Blick währenddessen sehnsuchtsvoll über die Ebene gleiten ließ.

Hoffnung

Ich fühlte mich so einsam. Seit dem Moment, als Jake sich vor meinen Augen in Luft aufgelöst hatte, starrte ich unentwegt auf diese Stelle. Noch immer konnte ich nicht fassen, dass wir es tatsächlich geschafft hatten.

In der Zwischenzeit musste er sich längst auf den Weg gemacht haben. Der Gedanke, ihn bald wahrhaftig wiederzusehen, ließ mein Herz reinste Purzelbäume vollführen. Doch nach wie vor nagten Sorge und Zweifel an mir. Was, wenn er es nicht rechtzeitig schaffte? Ich wusste nicht, wie lange Esca wegbleiben würde. Und wie sollte es ihm gelingen, in den Steinbruch zu gelangen? Dieses riesige Tor schien unüberwindbar und war doch die einzige Möglichkeit, Einlass zu finden.

Noch immer war unser aller Schicksal ungewiss. Aber immerhin verspürte ich wieder Hoffnung.

Es fiel mir schwer, diesen Traum zu verlassen. Allerdings war die Nacht sicherlich schon vorbei und Hawk oder einer der anderen Männer würden mich in der Hütte aufsuchen.

Ich wollte nicht riskieren, träumend und somit wehrlos von ihnen erwischt zu werden. Seufzend schaute ich mich noch ein letztes Mal um, ehe ich erwachte.

Eine ganze Weile blieb ich einfach liegen. Erst als ich Schritte hörte, setzte ich mich mit gestrafften Schultern auf. Meine selbstbewusste Körperhaltung sackte aber augenblicklich zusammen, als Hawk durch die Tür trat.

Er musterte mich von oben bis unten, während ich mit einer Vorahnung die schweren Eisenketten in seiner Hand begutachtete. Ich wusste sofort, was er vorhatte. Mit großem Kraftaufwand bog er einen Eisenring um mein Handgelenk. Dann schlug er Nieten in die Enden, um die Fessel zu verschließen. Es bereitete ihm sichtlich Genugtuung, mich in Ketten zu legen.

Ich kam erst gar nicht auf die Idee, mich zu wehren. Er brauchte nur nach Verstärkung rufen, um sein Vorhaben durchzusetzen. Daher ließ ich es einfach über mich ergehen, strafte ihn aber mit einem hasserfüllten Blick.

Die kantigen Eisenringe umschlossen nun meine Knöchel und Handgelenke, wobei schwere Ketten meine Bewegungsfreiheit ungemein einschränkten.

»Ich wusste doch, dass dir Schmuck gut steht«, griente er. Hawk stieß mich nach draußen und befahl mir, ihn zu begleiten. Das Klirren der eisernen Glieder begleitete dabei jeden meiner Schritte.

Der Regen der vergangenen Nacht hatte den Staub ein wenig gebündelt, wodurch mir das Atmen heute bedeutend leichter fiel. Im Lager wurde schon wieder hart gearbeitet. Die Männer nutzten vorhandene Spalten in den Felswänden und schlugen dort eiserne Keile tief hinein. Mit Brechstangen brachen sie dann schließlich den Stein aus dem Felsen. Es war eine sehr mühselige, aufwendige Arbeit. Kein Wunder, dass sie unter diesen Bedingungen nicht lange durchhalten konnten.

Die Frauen mussten den Schutt wegtragen. Sie wickelten die kleinen Steine in Tücher und schleppten die schwere Last fort. Ich beobachtete sie dabei, wie sie in einer großen Felsspalte, die höchstwahrscheinlich als Eingang in eine Höhle führte, verschwanden. Aber wieso brachten sie den Schutt dort hinein? Noch mehr irritierte mich, dass zwei Unsterbliche mit einem Leichnam den selben Weg einschlugen.

Bisher waren keine bekannten Gesichter unter ihnen.

Durch die schwere Kette zwischen meinen Fußgelenken konnte ich nur sehr kleine Schritte machen. Daher hatte ich Mühe, Hawk zu folgen. Immerzu drehte er sich missbilligend zu mir um und trieb mich zur Eile.

Je weiter er mich in den Steinbruch hineinführte, desto überraschter war ich. Die Menschen, die an dieser Stelle schufteten, waren nicht so abgemagert und schienen noch im vollen Besitz ihrer Kräfte zu sein. Ich vermutete, dass sie sich noch nicht lange im Lager aufhielten.

Zwischen ihnen hatte man einen Baumstamm kerzengerade im steinigen Boden verankert. Ein großer, kräftiger Mann hing bewusstlos zwischen dem verdorrten Stamm und den Seilen, die ihn daran fesselten. Es war eine Tatsache, dass dieser bemitleidenswerte Anblick allen als Warnung diente. Sein Hemd war am Rücken in Stücke gerissen und mit rotem Blut getränkt. Deutlich sah man die tiefen Einschnitte der Peitschenhiebe, mit denen man ihn gefoltert hatte.

Schockiert blieb ich stehen, als ich Grimmt erkannte. Sein Kopf hing haltlos zur Seite. Wasser rann aus seinen Haaren und dem dichten Vollbart, womit sie ihn vermutlich so lange wie möglich bei Bewusstsein gehalten hatten. Erschüttert betrachtete ich Jakcs besten Freund, suchte nach einem Lebenszeichen.

Ich war dankbar, das schwache Heben und Senken seines Oberkörpers wahrnehmen zu können. Zuversichtlich zwang ich mich, Hawk weiter zu folgen. Auf keinen Fall durfte er merken, dass ich Grimmt kannte. Wenn man ihn mit mir in Verbindung brachte, hatte er noch viel mehr zu erleiden.

»Du wirst mir beim Begutachten der Neuankömmlinge helfen!«, unterbreitete er mir, ohne etwas von meinem Zurückbleiben mitbekommen zu haben. »Diejenigen, die zu gebrauchen sind, haben die große Ehre, für uns arbeiten zu dürfen«, gab er sich sarkastisch. »Die anderen werden entsorgt.«

Ich hatte keine Zeit, mich über seinen Kommentar zu ärgern. Mich beherrschte nur ein einziger Gedanke: Wenn Grimmt hier war, wo waren dann Sally, Matt und Conner?

Ganz kurz drehte ich mich noch einmal zu Grimmt um. »Halte durch!«, dachte ich. »Bitte, bitte, halte durch!« Ich flehte die Götter an, ihm beizustehen. Jake war auf dem Weg ...

Die Sorge um meine Freunde brachte mich fast um den Verstand. Lebten sie noch? Waren sie hier? Wie in Trance taumelte ich hinter Hawk her.

Wir brauchten eine Weile, bis wir das Ende des Bergkessels erreicht hatten. Ich hatte nicht damit gerechnet, dass dieser Steinbruch so groß war. Wie viele Menschen hielten sie hier eigentlich gefangen? Ich hatte vollkommen den Überblick verloren. Wenn das alles Rebellen waren, dann gab es weit mehr Menschen, die sich Dougals Gesetz widersetzten, als ich bisher geglaubt hatte.

»Da sind sie ja.« Hawk lachte und zeigte auf eine Gruppe Menschen, die sie in einer Ecke zusammengetrieben hatten. Alle hockten verängstigt am Boden, nicht wissend, was mit ihnen passieren würde.

Ich wusste nicht, ob ich mehr schockiert oder erleichtert war, als ich meine Freunde unter ihnen ausmachte. Alle drei starrten mich bestürzt an, sahen abwechselnd von meinen Eisenketten zu meinen kurzen Haaren und dann in mein Gesicht.

Conner machte Anstalten aufzustehen. Aber ich hielt ihn mit einem fast unmerklichen Kopfschütteln dazu an sitzenzubleiben.

»Trennt die Männer und Frauen!«, wies Hawk die Wachen an, die seinem Befehl augenblicklich nachkamen.

Die Menschen wehrten sich. Weinend und schreiend hielten sich die Frauen an ihren Männern fest, wobei diese sich bemühten, die Wachen wegzudrängen. Conner und Matt schlugen auf einen Wachmann ein, um Sally zu beschützen. Doch ein anderer Unsterblicher kam ihm zu Hilfe und schleppte Sally beiseite.

Ihre vor Angst geweiteten Augen schnürten mir das Herz zu. Ratlos musste ich mit ansehen, wie meine Freunde verzweifelten.

»Na, dann wollen wir mal!« Hawk schlug sich in die Hände. Er wandte sich mit einem provozierenden Grinsen zu mir um. »Da du ja selbst einmal ein Mensch warst, wird es dir sicher viel Freude bereiten, uns beim Aussortieren zu helfen.« Sichtlich genoss er es, mich zu quälen.

»Lasst uns anfangen!«, ermunterte er die Wachmänner.

Wieder schrien die Menschen verängstigt auf, als die Unsterblichen erneut auf sie zugingen. Sie waren so hilflos.

»Aber sie sind doch alle gesund …«, rief ich Hawk panisch zu. »Es sind alles junge Menschen.«

»Der Schein trügt«, erwiderte er. »Die Menschen sind anfällig. Die meisten von ihnen sind von einer Krankheit befallen.« Er drängte mich direkt auf die Frauen zu, die mich misstrauisch musterten.

Ein Wachmann zerrte zwei Frauen aus der Gruppe heraus, schleifte sie Hawk vor die Füße. Dieser beugte sich zu ihnen hinunter und begutachtete sie eingehend. »Die sind in Ordnung«, entschied er.

Umgehend zog der Unsterbliche die Frauen beiseite. Gleichzeitig brachte ein anderer zwei weitere Frauen zu Hawk und zwang diese vor ihm auf die Knie.

»Jetzt bist du dran!«, sagte er bestimmend.

Erst als er nach mir griff und mir ermahnend zunickte, begriff ich, dass er mich gemeint hatte. Ich wusste mir einfach keinen Rat. Was konnte ich nur tun? Wie konnte ich ihnen helfen? Nervös schluckte ich gegen die Bitterkeit in meiner Kehle an.

»Die sehen gut aus«, stotterte ich. Es war

das Einzige, was ich für die armen Frauen tun konnte. Ich musste Zeit gewinnen!

Hawk schüttelte den Kopf und schnalzte mit der Zunge. »Samantha, Samantha ... Ich erwarte eine ehrliche Einschätzung von dir«, verspottete er mich wie ein kleines Kind. Er packte die eine Frau grob am Handgelenk, zwang sie zum Aufstehen und strich ihren Ärmel hoch. Wütend hielt er mir ihren Arm direkt vor mein Gesicht. »Sieh hin! Wenn du so etwas noch einmal übersiehst, wird ein Mensch dafür bluten!«, schrie er mich an.

Auf dem Innenarm der Frau zeigte sich ein eitriger Ausschlag. Er rührte mit Sicherheit von einer Verletzung her, die nicht behandelt worden war.

»Das ist eine Wunde, aber keine Krankheit«, brachte ich zurückhaltend heraus.

Er knurrte. »Sie ist ein Risiko! Falls es etwas Ansteckendes ist, werden noch mehr Menschen daran erkranken.« Auffordernd nickte er dem Wachmann zu, der dic ängstliche Frau wegschleppte.

»Nein!«, schrie ich. »Die Frau ist gesund!«

Zornig ergriff Hawk mein Kinn, brachte mich dazu, ihm direkt in die Augen zu sehen. »Und selbst wenn sie es ist ... Mit dieser Armverletzung ist sie nicht zum Arbeiten zu gebrauchen.« Er ließ mich los, da Sally und eine andere Frau vor ihm zum Liegen kamen.

Meine Atmung setzte aus. Ich hatte solche

Angst um sie. Schnell beugte ich mich zu ihnen hinunter, bevor Hawk es tun konnte. Augenscheinlich tat ich so, als würde ich die beiden Frauen eingehend untersuchen. Ohne Sally dabei auch nur ein einziges Mal ins Gesicht zu sehen, spürte ich ihren unsicheren Blick. »Die sind gesund ...«, sagte ich beiläufig, wobei meine Stimme verräterisch zitterte.

Ich richtete mich wieder auf und schaute Hawk so selbstsicher wie möglich an. Dieser musterte mich aus zusammengekniffenen Augen, gab dann aber schließlich seine Zustimmung.

Die Erleichterung sprengte den Klumpen in meinem Herzen, ließ mich wieder zu Luft kommen.

»Die eine hat diese Nacht zwei Mal erbrochen«, rief ein Unsterblicher Hawk plötzlich zu.

Der Klumpen war augenblicklich wieder da.

»Und warum sagst du das nicht gleich?«, rief Hawk zurück.

Der Wachmann war bei der Männergruppe beschäftigt und hatte wohl gerade nur zufällig zu uns herübergesehen. Entschuldigend zuckte er nur mit den Schultern und machte sich weiter ans Aussortieren.

Sally wurde auf die Füße gezogen. Sie schlug wie wild um sich, biss dem Unsterblichen, der sie wegschleppen wollte, in die Hand.

Dann passierte alles gleichzeitig. Conner und Matt schrien vor Herzensangst auf ... Der Wachmann entriss Sallys Zähnen seine Hand, holte zum Schlag aus ... Und ich sprang beschützend vor sie, um seine Faust abzufangen.

»Stopp!«, rief ich aus. »Es wird meinen Großvater sicherlich sehr interessieren, wie leichtfertig ihr mit seinen Arbeitskräften umgeht«, warf ich ein. Ich richtete meinen Blick auf die Wachen. »Mein Vater Dageus war der rechtmäßige Anwärter auf Dougals Thron. Ich bin die Letzte seiner Blutlinie ...« Ich spielte meine Rolle gut, verschränkte überlegen die Arme vor der Brust. »Wenn euch euer eigenes Leben etwas wert ist, dann sorgt dafür, dass alle Menschen arbeiten!«

Die Unsterblichen starrten mich mit offenen Mündern an. Es war mir gelungen, selbst Hawk zu verunsichern. Er stand regungslos da und schien nicht zu wissen, wie er auf meinen Auftritt reagieren sollte.

Schließlich gewann ein schwarzhaariger Wachmann zuerst seine Fassung wieder. »Sie ist die Tochter von Dageus?«, fragte er Hawk fassungslos.

Dieser verdrehte die Augen. »Das ist überhaupt nicht erwiesen ...«

»Moment mal!«, fiel ihm ein anderer ins Wort. »Warum bringt ihr Dougals Enkelin hierher ins Lager?«

»Die bessere Frage ist wohl eher … Warum legt ihr sie in Ketten?«, mischte sich ein weiterer Wachmann ein.

»Das reicht jetzt!«, brüllte Hawk so laut, dass man ihn sicher im ganzen Steinschlag hören konnte. »Wie ihr sicherlich mitbekommen habt, hat Esca sie höchstpersönlich hierher gebracht.«

Es wurde still. Die Unsterblichen wirkten nachdenklich, begannen letztendlich miteinander zu diskutieren.

»Wo liegt eigentlich das Problem?«, meldete ich mich erneut zu Wort. »Ich fordere doch nur, dass alle Menschen zum Einsatz kommen. Jede helfende Hand zählt …«

Alles, was ich brauchte, war Zeit. Solange, bis Jake hier war, musste ich so viele Menschenleben retten, wie ich konnte.

»Ich werde mich um die verwundeten Menschen kümmern, damit sie schnell zum Arbeiten eingesetzt werden können«, schlug ich vor.

»Du hinterhältiges Miststück«, schnaufte Hawk mich an. »Wenn du glaubst …«

»Schluss jetzt!«, rief der schwarzhaarige Wachmann Hawk zu. »Du hast hier nicht das Sagen.«

Dann wandte er sich an mich. »Dageus war ein ehrenvoller Mann und mein Freund. Falls du also tatsächlich seine Tochter bist …«

»Was soll das werden?« Hawk drängte ihn von mir weg.

Doch der Unsterbliche ließ sich nicht beirren. »Ich habe hier die oberste Befehlsgewalt. Wir warten auf Escas Rückkehr.« Er deutete auf mich. »Bis dahin wird sie sich um die Verletzten kümmern und alle Menschen werden arbeiten.«

»Das kann nicht dein Ernst sein, Tarik. Dann trägst du aber auch dafür die Verantwortung, wenn etwas passieren sollte!«, zischte Hawk ihn an. »Mach nicht den Fehler, sie zu unterschätzen!«

Tarik lachte. »Na, wir können sie ja vorsichtshalber in Ketten lassen. Da du große Angst vor ihr zu haben scheinst, komme ich dir damit gerne entgegen.«

Verärgert starrte Hawk ihn an, bevor er wutschnaubend davonstampfte.

Ich konnte nicht glauben, was hier gerade passiert war. Ich hatte es tatsächlich geschafft, die momentane Gefahr von den Menschen abzuwenden. Ganz nebenbei hatte ich die im Steinbruch stationierten Unsterblichen auch noch gegen Hawk aufgebracht. Es fiel mir schwer, das Lächeln zu unterdrücken, das sich immerzu auf meinen Lippen ausbreiten wollte.

»Was ist mit der Frau?«, brachte ich leise hervor. »Ich kann mich um ihren Arm kümmern.«

Dieser Tarik sah einen anderen Unsterblichen fragend an. »Zu spät ...«, antwortete er mir, als dieser nur mit dem Kopf schüttelte.

Sally hielt sich bestürzt die Hand vor den Mund. Sie würgte, lief ein paar Schritte von uns weg und erbrach sich.

Mir wurde angst und bange. So skeptisch, wie die Unsterblichen Sally beobachteten, überlegten sie es sich vielleicht doch noch anders. »Wo soll ich die Verletzten behandeln?«, versuchte ich ein Ablenkungsmanöver.

»Vorher müssen wir ihnen noch die Haare schneiden«, erwiderte ein Wachmann.

»Aber ist das denn unbedingt nötig?«, brachte ich ein.

»Oh ja, das ist es allerdings. Wir hatte hier schon einmal eine Läuse- und Flohplage. Die Menschen wurden dabei vom Fleckfieber heimgesucht, sind uns daran weggestorben wie die Fliegen. Erst hatten sie nur Schüttelfrost und Fieber. Aber schon bald klagten sie über Schmerzen, bekamen dabei einen fleckigen Ausschlag. Wir mussten damals das ganze Lager räumen.«

Dagegen konnte ich nichts einwenden. Auch die Frauen und Männer hatten zugehört. Sie wehrten sich nicht, ließen sich bereitwillig von den Unsterblichen die Haare abschneiden.

Sally saß ganz still, als sie an der Reihe war. Nur ihre Tränen verrieten ihre Demütigung. Für einen kurzen Moment sah ich zu, wie der Unsterbliche eine Strähne ihres langen, roten Haares abschnitt. Selbst ich hatte diese Prozedur als äußerst unangenehm empfunden. Dabei war es bei mir überhaupt nicht schlimm. Meine Haare würden sehr schnell wieder nachwachsen. Bei Sally verhielt sich das hingegen anders. Es würde Jahre dauern, bis ihre Haare wieder so lang waren. Am liebsten hätte ich mich zu ihr gesetzt, um ihre Hand zu halten. Stattdessen schaute ich weg, da mir ihr trauriger Anblick so weh tat.

Als die ersten fertig waren, trat der Befehlsführer an mich heran. Wie alle Unsterblichen, die hier im Lager stationiert waren, trug auch Tarik seine Haare kurz. Er hatte mandelförmige Augen, die in einem sehr hellen Blauton schimmerten. »In der Höhle ist wohl der geeignetste Platz, wo die kranken Menschen behandelt werden können. Dort sind sie wenigstens nicht im Weg.« Er drehte sich den Menschen zu und atmete hörbar ein. »Diejenigen, die verletzt sind oder sich krank fühlen, folgen mir! Alle anderen machen sich unverzüglich an die Arbeit!«

Die Unsterblichen sahen ihn verunsichert an. Tarik hatte direkt zu den Menschen gesprochen, hatte sie persönlich dazu aufgefordert. Noch überraschter schauten sie drein, als sich die meisten von den Frauen und Männern aufmachten, um an die Arbeit zu gehen.

Ich konnte Conner und Matt mit meinen

eindringlichen Blick gerade noch dazu bringen, stehen zu bleiben. Nur wenn sie sich von mir behandeln ließen, konnte ich mit ihnen reden.

Ohne ein Wort zu sprechen, begleiteten wir Tarik zum Eingang der Höhle. Es passten gerade zwei Mann nebeneinander durch die Felsspalte hindurch. Ich erwartete Finsternis oder zumindest den Schein von Fackeln. Daher erstaunte es mich, dass uns schon hier am Eingang Tageslicht von der gegenüberliegenden Seite entgegen schien. Ein lautes Rauschen drang zu uns herüber, das ich schnell zuordnen konnte.

Dieser Berg gehörte zu einer felsigen Steilküste, in der sich zur Meeresseite eine große Öffnung auftat. Allerdings befand diese sich weit über dem Meeresspiegel. Wir standen nun auf einem riesigen Felsvorsprung. Tief unter uns traf die tosende Brandung mit einer immensen Kraft auf den Berg. Das Wasser spritzte in riesigen Fontänen, während sich die schaumig weiße Gischt schon wieder ins Meer zurückzog.

Jetzt wusste ich, warum die Frauen den Schutt hierher brachten. Genauso wie die verstorbenen Menschen entsorgten sie das Geröll ins Meer.

An eine Flucht brauchten sie hier erst gar nicht zu denken. Falls sie den Aufschlag aufs Wasser irgendwie überleben sollten, würden sie mit der Brandung hart gegen die Felswand aufschlagen und die Strömung würde sie mit sich in die Tiefe ziehen.

»Setzt euch!«, forderte Tarik die Menschen auf und verwies sie in eine Ecke der Höhle.

Es waren mit Sally sieben Frauen, die sich auf dem steinigen Untergrund niederließen. Conner, Matt und zwei weitere Männer hielten auf Anweisung eines Wachpostens etwas Abstand zu ihnen.

»Was ist mit dem Mann, der ausgepeitscht wurde?«, richtete ich mich an den Befehlsinhaber.

»Dem ist wahrscheinlich nicht mehr zu helfen.«

»Ich würde es aber gern versuchen!« Es war mir bewusst, dass er das Flehen in meiner Stimme unmöglich überhören konnte. »Er ist groß und kräftig gebaut und wäre somit gut zu gebrauchen«, lieferte ich ihm eine Erklärung.

»Ich werde mal nach ihm schauen.« Er nickte mir zu und verließ die Höhle.

Die abschätzenden Blicke der drei Wachposten ignorierend, näherte ich mich den Frauen. »Was sind eure Leiden?«

Keine von ihnen getraute sich, mir zu antworten. Also kauerte ich mich einfach neben diejenige, die mir am nächsten saß und sah sie ermunternd an. Unsicher schaute sie zu den anderen, bevor sie mir zögernd ihre Hand reichte. Ihr kleiner Finger stand in einem ungewöhnlichen Winkel ab, war stark angeschwollen und blutete aus einer offenen Hautstelle.

Ich durfte mir meine Nervosität nicht anmerken lassen. Doch ich war keine Heilerin. Ihre Wunde konnte ich ohne weiteres mit meinem Blut heilen. Aber einen Bruch richten? Mir wurde ganz flau im Magen ...

Dexter hätte die Situation mit seiner ruhigen, ausgeglichenen Art spielend leicht gemeistert. Auch wenn ich Dexter nicht sehr lange gekannt hatte, so vermisste ich ihn. Sein Tod hatte eine große Lücken hinterlassen. Er war ein sehr gewissenhafter und routinierter Heiler gewesen. Ich wünschte, er wäre jetzt bei mir.

Wie zufällig spähte ich zu den Wachen, die mich genauestens beobachteten. Ich hatte große Reden geschwungen, ich würde die verletzten Menschen versorgen und jetzt machte mir schon ein gebrochener Finger einen Strich durch die Rechnung. So leid es mir für die Frau tat – da musste sie jetzt durch. Sie brauchte ja nicht zu wissen, dass ich eigentlich keine Ahnung hatte, ob ich das Richtige tat. Immerhin durfte sie weiterleben und wurde nicht einfach ins tosende Meer geschmissen.

»Ich brauche Wasser, Stoffreste und etwas zum Schienen!«, wies ich einen der Wachen an, ohne auf seine verblüffte Miene einzugehen. Nur aus den Augenwinkeln bekam ich mit, dass er sich schließlich lustlos auf den Weg machte.

Beruhigend lächelte ich der Frau zu. »Ich werde jetzt deinen Knochen wieder in die richtige Position bringen. Das wird sicherlich weh tun. Aber danach wird es dir besser gehen.«

Sally ergriff unterstützend ihre gesunde Hand. »Das wird schon werden«, bemühte sie sich, die Frau zu trösten.

Meine eisernen Ketten klirrten, als ich von dem Unsterblichen die Utensilien entgegennahm, die er für mich besorgt hatte. Vielleicht konnte ich der Frau wenigstens die Schmerzen vorher ein wenig nehmen?

»Bitte, gebt mir euer Messer!«, bat ich den Wachmann, der sofort ablehnte.

Ich seufzte. »Dann seid so großzügig und schneidet mir leicht in den Finger!«, gab ich mich sarkastisch.

Stirnrunzelnd sah er auf mich herab, überlegte, was er tun sollte. Obwohl er Bedenken hatte, überließ er mir dennoch sein Messer.

Unbeirrt schnitt ich mir damit in den Finger und ließ es dann achtlos fallen, statt es ihm wiederzugeben. Vorsichtig strich ich einen Tropfen meines Blutes in die offene Wunde. Es würde ihr nicht nur eine schnellere Heilung verschaffen, sondern auch ihre Schmerzen hemmen. Trotzdem klemmte ich ihr das kleine

Holzstück zwischen die Zähne, das eigentlich zum Schienen angedacht war. »Beiß die Zähne zusammen!«, zwinkerte ich ihr zu.

Sally nickte, gab mir zu verstehen, dass sie bereit war. Sie packte den Arm der Frau und drückte kräftig ihre Hand.

Dadurch war die Frau einen kurzen Moment abgelenkt. Ohne noch länger zu zögern, ergriff ich ihren gebrochenen Finger und zog ihn in eine gerade Haltung.

Sally ließ die Frau abrupt los. Sie schaffte es gerade noch rechtzeitig, sich abzuwenden, bevor sie direkt neben uns erbrach.

So langsam machte ich mir Sorgen. Das war schon das zweite Mal innerhalb kürzester Zeit. Hoffentlich war Sally nicht ernsthaft krank.

Ich riss einen langen Fetzen aus dem alten Stoff, den man neben mir abgelegt hatte. Er sollte als Verband dienen und das Holzstück stützend an dem Finger befestigen. Konzentriert machte ich mich an die Arbeit, bemerkte anfänglich nicht einmal, dass man Grimmt hereintrug. Erst als Sally schockiert aufschnaufte, wurde ich auf ihn aufmerksam.

Conner und Matt sprangen auf, wurden aber daran gehindert, zu Grimmt zu eilen. Ich warf ihnen einen beschwichtigenden Blick zu, woraufhin sie sich widerwillig hinsetzten.

Tarik und ein anderer Unsterblicher hatten Grimmt unter den Armen gepackt, zogen seinen reglosen Körper unachtsam vorwärts. Seine Knie schleiften dabei grob über den kantigen Steinboden, derweil sein Kopf bewusstlos herunterhing. Direkt vor mir legten sie ihn achtlos ab, um sich sogleich abzuwenden.

Mir blieb die Luft weg, als ich seinen misshandelten Rücken zu sehen bekam. Die tiefen Fleischwunden entstellten seinen muskelbepackten Körper. Manche Stellen bluteten immer noch stark, überzogen seine noch gesunde Haut mit flüssigen Rinnsalen.

Schnell stand ich auf, trug den mit Wasser gefüllten Holzeimer näher zu Grimmt heran und tunkte einen Stofffetzen hinein. Erst probierte ich, die Striemen vorsichtig mit dem nassen Lappen abzutupfen. Jedoch blieb der Stoff immerzu an dem offenen Fleisch kleben. Daher musste ich mich damit begnügen, das Wasser einfach über Grimmts Rücken auszuwringen, um die Wunden wenigstens ein bisschen zu säubern.

Nochmals griff ich nach dem Messer, das noch immer an der Stelle lag, wo ich es fallengelassen hatte. Jede der einzelnen Fleischwunden zog ich mit meinem blutigen Finger nach, wobei mein Schnitt so schnell verheilte, dass ich das Messer immer wieder ansetzen musste. Ich drehte Grimmt achtsam auf die Seite. Nur so konnte ich an die Ausläufer der Peitschenhiebe gelangen. Doch jedes Mal, wenn ich ihn kurz losließ, um mich zu schneiden, rutschte er in seine Bauchlage zurück.

»Ihr da!«, sprach ich Matt und Conner direkt an. »Helft mir, den Mann in Position zu halten!«

Zu meiner Erleichterung hatten die Unsterblichen nichts dagegen. Im Gegenteil: Tarik nickte ihnen auffordernd zu, wonach die beiden schnell zu mir herübereilten. Sie knieten sich neben Grimmt und legten ihn auf die Seite, sodass ich die Enden der Striemen behandeln konnte.

Ich spürte Conners eindringlichen Blick, getraute mir aber nicht, ihn anzusehen.

»Wieso bist du hier, Sam?«, flüsterte er mir zu.

Erschrocken sah ich zu den Wachen. Diese standen aber mittlerweile am Ausgang der Höhle und schauten nach draußen. Irgendetwas schien dort im Gange zu sein, da die Unsterblichen heftig diskutierten. Sie achteten überhaupt nicht mehr auf uns.

Schnell wandte ich mich an Conner. »Ich bin entführt worden.«

»Entführt?«, stieß Matt aus. Die beiden starrten mich ungläubig an.

»Wisst ihr, ob unsere Familien sich hier im Steinbruch aufhalten?«, fragte ich hastig. Die Wachen konnten sich uns jeden Moment wieder zuwenden.

»Nein, wir sind bei Nacht hier angekommen. Bis auf diejenigen, die sie gemeinsam mit uns verschleppt hatten, haben wir noch keine anderen Menschen zu Gesicht bekommen«, erwiderte Matt.

Conner seufzte. »Ein ganzer Trupp von Unsterblichen hat uns unterwegs abgefangen. Sie kamen wie aus dem Nichts und waren überrascht, ihresgleichen zusammen mit Menschen anzutreffen. Jakes Freunde haben noch versucht zu verhandeln. Aber als man merkte, dass sie uns beschützen wollten ...« Er sah gerührt zu Boden.

»... Sie hatten keine Chance«, vervollständigte Matt.

Ich schluckte. Jake hatte ihnen vier seiner Freunde zur Seite gestellt, damit sie Grimmt sicher zu dessen Versteck begleiteten. Sie hatten ihr Leben gelassen, weil sie meinen menschlichen Freunden helfen wollten.

»Der Trupp schien direkt auf der Suche nach Arbeitern für diesen Steinschlag zu sein«, erzählte Conner weiter. »Sie haben uns verschleppt und auf dem Weg hierher noch einige Dörfer überfallen, um weitere brauchbare Menschen zu finden.«

Unruhig beobachtete ich die Wachen, die uns weiterhin keinerlei Aufmerksamkeit schenkten. »Warum haben sie Grimmt ausgepeitscht?«

»Bis vorhin wusste ich nicht einmal, dass

sie das getan haben«, zischte Conner wütend. »Er war ihnen wohl zu aufbrausend. Grimmt hat sich die ganze Zeit unermüdlich gewehrt.«

Ich atmete tief durch. »Ja, das hätte ich mir eigentlich denken können.«

Conner ergriff meine Hand, mit der ich nach wie vor Grimmts schwere Verletzungen behandelte. »Wo ist Jake? Wer hat dich entführt?«

»Genug für heute!«, unterbrach Tarik uns plötzlich. Er kam misstrauisch auf uns zu und packte mich am Arm. »Wir haben noch andere Dinge zu tun! Es kommen gerade Neuzugänge ins Lager, die untergebracht werden müssen.«

»Einen Moment noch!«, bettelte ich.

Ich wusste nicht, ob es etwas bringen würde. Doch ich beugte mich schnell zu Grimmt hinunter und strich ihm mit meinem blutenden Finger zwischen den Lippen entlang.

»Wir können eure Wunden mit unserem Blut heilen«, hatte Jake einst zu mir gesagt. »Vielleicht besteht auch die Möglichkeit, Krankheiten damit abzuwenden.« Dann hatte er mich von seinem Blut kosten lassen, in der Hoffnung, dass ich ihm in meinem damaligen geschwächten Zustand nicht krank würde.

Jake ... Wo bist du? Du wirst nicht nur mich hier finden, sondern auch deinen besten Freund. Ich hoffe, du findest ihn lebend!

»Komm jetzt!«, forderte Tarik mich auf.

»Aber ich bin noch nicht fertig. Ich muss

mich noch um die Männer kümmern!«, protestierte ich.

»Das kann bis morgen warten! So wie ich das einschätze, werden da mit Sicherheit auch noch einige dazukommen. Ich bringe dich jetzt zurück in deine Unterkunft!«

Conner und Matt schauten mir deprimiert hinterher, während Sally mir traurig nachwinkte.

Ich hatte so meine Probleme, mit Tariks Tempo mitzuhalten. Meine Fußkette gewährte mir nur kleine Schritte und verkantete sich ständig an Steinen. So trippelte ich hinter ihm her, bemüht, nicht zu fallen. Als die Kette allerdings an einem spitzen Stein hängen blieb, krachte ich fast ungehalten auf den groben Boden. Es gelang mir nur wenig, den Sturz etwas abzufangen. Die eiserne Handfessel hinderte mich daran, da sie durch eine weitere schwere Kette mit den Fußfesseln verbunden war.

Tarik seufzte ungeduldig, machte aber keinerlei Anstalten, mir aufzuhelfen.

Verärgert sah ich zu dem Unsterblichen auf. Hinter ihm warf die Sonne bereits ihre letzten Strahlen über die Bergspitze. Es überraschte mich, wie weit der Tag schon vorangeschritten war. Es hatte mehr Zeit in Anspruch genommen, den Menschen zu helfen, als ich gedacht hatte.

Geblendet hielt ich mir die Hand vor die

Augen, versuchte diesen Schatten zuzuordnen, der sich plötzlich direkt vor den Lichtstrahlen aufbäumte. Blinzelnd kämpfte ich mich auf die Beine, starrte ungläubig auf den Berg hinauf. Konnte es sein, dass ich träumte? Es musste ein Trugbild sein, was ich zu sehen glaubte.

Hoch oben, auf einer ausladenden Felsplatte, stand ein dunkles Pferd, dessen Mähne im Wind wehte. Es stellte sich immerzu auf die Hinterläufe, warf den Kopf wild umher. Unruhig trampelte es auf der Stelle, als wüsste es nicht, was es tun sollte. Und dann wurde es mit einem Mal ganz ruhig.

Shadow hatte mich entdeckt. Er schaute regungslos zu mir herunter, schien mir über die große Entfernung direkt in die Augen zu sehen.

Da trat Tarik auf mich zu, sah mich mit einem undefinierbaren Ausdruck an und drehte sich dann um. Er folgte meinem Blick. »Was gibt es denn da zu sehen?«

Ängstlich schaute ich hinauf. Doch Shadow war verschwunden.

Ich zuckte unbeteiligt mit den Schultern. »Der Berg wirft seinen Schatten voraus. Die Sonne wird wohl schon bald untergehen«, antwortete ich. Äußerlich war ich die Ruhe selbst. Innerlich befand ich mich im Aufruhr.

Ohne mir etwas anmerken zu lassen, lief ich weiter. Nur ab und zu huschte ein kurzes

Lächeln über mein Gesicht. Es war ein mir bekannter Schatten, den ich erblickt hatte – und dieser Schatten hatte mich gesehen.

Seelen

Jake hatte sich den ganzen Weg darüber Gedanken gemacht, wie er in das Arbeitslager hineingelangen konnte. Da sie in ihrer Überzahl viel zu großen Lärm verbreiteten, hatte Jake seine Gefolgschaft angewiesen, sich aufzuteilen. So war er nur mit zwanzig seiner Männer vorausgeritten, wobei die nächste Gruppe erst mit etwas Abstand folgte.

Letztendlich hatte er es dem Zufall zu verdanken, dass er auf eine Truppe Unsterblicher traf, die Menschen geradewegs ins Arbeitslager verschleppten. Sie konnten sich noch rechtzeitig verstecken, ohne von ihnen bemerkt zu werden. Nach einer Weile nahmen sie die Verfolgung auf, achteten darauf, genug Distanz zu halten. Immer wieder pflasterten dabei tote Menschen ihren Weg, die sich vermutlich bis zu ihrem Ende gegen ihr Schicksal gewehrt hatten.

Jake hatte sich über einen jungen Mann gebeugt, seine Hand gehalten und ihm bei seinen letzten Atemzügen beigestanden. Dieser Junge war zu schwer verletzt, als dass man ihm hätte helfen können. Sein verletzlicher, menschlicher Anblick brachte Jake jedoch auf eine Idee.

Ryan und er würden sich als Menschen getarnt in den Steinbruch einschleusen. Nur so konnten sie ungesehen den einzigen Einlass zum Arbeitslager passieren. Sobald er Sam gefunden hatte, würden sie versuchen, das schwere Eisentor von innen zu öffnen. Sie mussten dafür sorgen, dass die Clans Einlass fanden.

Kurz bevor der Trupp die hölzerne Brücke erreicht hatte, holten vier von Jakes Männern sie ein. Sie lenkten sie ab, indem sie nach dem Weg fragten und die anderen Unsterblichen in ein Gespräch verwickelten. Somit konnten sich Ryan und er unbemerkt in die Menschenmenge drängen. Von diesen schien keiner von ihnen Notiz zu nehmen. Die Angst beherrschte sie vollkommen.

Jake zupfte an seinen Ärmeln, die ihm offensichtlich zu kurz waren. Das Hemd spannte über seiner Brust und seinem Rücken, engte ihn ein. Auch Ryan fingerte immerzu an seiner Kleidung herum. Er fühlte sich in den blutbefleckten Sachen der Menschen sichtlich unwohl. Aber gerade dieses rote Blut diente ihrer Tarnung.

Ebenso hatten sie ihre Gesichter mit dem Blut der Menschen und mit Erde beschmiert. Sie konnten nur hoffen, dass das ausreichte, um die Unsterblichen zu täuschen.

Nervös blickte Ryan auf die sie einschließenden Felsformationen, während das riesige, eiserne Tor sich langsam öffnete.

»Das funktioniert nie im Leben«, flüsterte er Jake zu.

Dieser tadelte ihn mit einem strengen Blick, hielt ihn dazu an, still zu sein. Jake beobachtete die Unsterblichen, die von den zwei Wachtürmen zu ihnen herabsahen. Quälend langsam bewegten sie sich in der Menschentraube an den Türmen vorbei, bis sie einen ersten Einblick auf den Steinbruch erhaschen konnten.

Ein dumpfes, dröhnendes Geräusch übertönte für einen kurzen Moment das Hämmern im Lager, als das mindestens acht Mann hohe Portal hinter ihnen verschlossen wurde. Alle drehten sich danach um, sahen verzweifelt zu, wie der Eingang mittels massiver Balken wieder verriegelt wurde. Nur Jake schenkte dem keine Aufmerksamkeit. Voller Hoffnung schaute er sich um, suchte verzweifelt nach seiner Seelenverwandten. Wo war Sam?

Es dämmerte bereits. In regelmäßigen Abständen wurden Lagerfeuer entzündet, die schon jetzt zwischen den schattigen Bergen ihr Licht entfalteten.

Man trieb die Neuankömmlinge weiter voran, vorbei an kleinen Holzhütten, die offensichtlich den Wachmännern als Behausungen dienten.

Die geschwächten Menschen fuhren unentwegt mit ihrer Arbeit fort, ohne auch nur ein Mal aufzusehen. Es waren gebrochene Gestalten, nur noch ein Schatten ihrer selbst. Bedrückt streifte Jakes Blick ihre Gesichter. Er war überrascht, wie viele es waren.

Sie kamen an einer Felsspalte vorbei, die als Eingang in eine Höhle zu führen schien. Von dort kamen einige Menschen heraus und wurden aufgefordert, sich ihnen anzuschließen. Jake wollte sich gerade abwenden, fuhr dann jedoch mit seinem Kopf überrascht zurück. Dieser Conner trat gerade aus der Felsspalte heraus und hielt seine Schwester beschützend im Arm. Auch Matt kam hinter ihnen zum Vorschein. Was hatten sie hier verloren?

Verunsichert stupste er Ryan an und deutete mit dem Kinn in ihre Richtung.

»Was machen die denn hier?«, flüsterte Ryan nachdenklich.

Jake blickte sich besorgt um. Wenn Sams Freunde hier waren ... Wo bei allen Göttern war dann Grimmt?

»Wir lassen uns zu ihnen zurückfallen!«, entschied Jake. »Möglicherweise wissen sie, wo Sam steckt.«

Unwillkürlich wurden sie langsamer. Die Menschen schoben sich an ihnen vorbei, drangen immer weiter in den Bergkessel vor.

Jake drehte sich ungeduldig um. Ihm dauerte das einfach viel zu lange. Aber sie konnten nicht einfach stehen bleiben, durften kein Aufsehen erregen. Es kam ihm vor wie eine Ewigkeit, bis sie sich auf wenige Schritte Sams Freunden genähert hatten.

Schlagartig brach ein Tumult in der Menge aus, woraufhin die Menschen sich ängstlich an ihnen vorbei zurückdrängten. Von vorn hallten flehende Rufe und verzweifelte Schreie in den klaren Sternenhimmel empor, der sich in der Zwischenzeit über ihnen ausgebreitet hatte.

Jake stellte sich auf die Zehenspitzen, versuchte irgendetwas zu erkennen.

»Was ist da los?«, stieß Ryan aus. Er musste regelrecht schreien, damit Jake ihn über den momentanen Lärmpegel hinweg hören konnte.

Knurrend ließ Jake sich wieder auf die Fersen sinken. »Die Wachen trennen die Männer und Frauen voneinander.« Ratlos sah er sich nach Sams Freunden um, die nun durch die aufgebrachte Menge wieder weit hinter ihnen lagen.

Um nicht weiter aufzufallen, ließen sie sich mit den anderen Männern in eine Ecke am Ende des Bergkessels treiben. Die Frauen wurden von den Unsterblichen aufgefordert, sich etwas abseits von ihnen auf dem felsigen Boden niederzulassen.

Jake beruhigte einen Mann, der neben ihm vor Angst weinte. Daher bekam er erst gar nicht mit, welcher Prozedur sich die Menschen nun unterziehen mussten.

»Mist!«, schimpfte Ryan entmutigt. »Jetzt werden wir auffliegen!«

Die Unsterblichen hatten damit begonnen, den Menschen die Haare abzuschneiden. Sie gingen dabei unglaublich grob vor, wollten wohl so schnell wie möglich fertig werden.

»Was machen wir denn jetzt?«, fragte Ryan niedergeschlagen.

»Hoffen, dass sie die Lust verlieren, bevor wir an der Reihe sind!«, erwiderte Jake.

»Und wenn sie die Lust nicht verlieren?«

»Dann schaue ihnen auf keinen Fall in die Augen!« Jake spürte den zweifelnden Blick seines Freundes, der auf ihm ruhte. Doch er konnte ihm nicht ins Gesicht sehen. Ryan kannte ihn gut genug, um seine Anspannung zu bemerken.

Wenn die Unsterblichen sie tatsächlich als ihresgleichen erkennen würden, dann hatten sie keine großen Chancen, hier lebend herauszukommen. Zudem war er Silas McAlasters Sohn und damit ein gefundenes Fressen für Dougals Anhänger.

Ryan trat unruhig von einem Bein aufs andere. Es waren nun nicht mehr viele übrig, deren Haarlänge einer Kürzung bedurfte. Manche Menschen trugen ihr Haar schon sehr kurz und konnten somit dieser Peinigung entgehen.

Zuletzt war es unausweichlich. Als ein Wachmann Jake heranwinkte, hielt Ryan ihn am Arm zurück, um selbst vorzutreten. Er ging als erster das Risiko ein, wollte seinen Clanführer schützen.

Jake hätte ihm dafür den Hals umdrehen können. Sorgenvoll beobachtete er jede Bewegung des Unsterblichen, der seinem Freund unachtsam die Haare schnitt. Ryan hielt seinen Kopf gesenkt, starrte angespannt auf den Boden.

»Komm her!«, forderte ein anderer Unsterblicher Jake nun ebenfalls auf. Ungeduldig winkte er ihn heran.

Darauf bedacht, dem Wachmann nicht ins Gesicht zu sehen, trat Jake auf ihn zu. Wie alle anderen, ging er in die Knie, wobei ihn der Mann schon an den Haaren packte. Er riss Jakes Kopf nach hinten und setzte das Messer kurz über der Kopfhaut an. Die stumpfe Klinge arbeitete sich schwerfällig durch sein dichtes Haar, was für einen Menschen eine äußerst schmerzhafte Behandlung sein musste. Mit geschlossenen Augen verharrte Jake regungslos, bis der Unsterbliche fertig war. Dann lief er mit gesenktem Haupt in die Menschenmenge zurück, wo Ryan schon erleichtert auf ihn wartete.

Neckend griente dieser ihn an. »Steht dir

gut, dein neuer Haarschnitt«, zog Ryan ihn auf.

»Danke gleichfalls«, gab Jake zurück und strich sich durch sein kurzes Haar.

Inzwischen hatten sich alle Menschen auf den harten Boden gesetzt. Die Unsterblichen warfen ihnen abfällig Brot zu, wobei sich jeder ein Stück davon abbrach, bevor er es weiterreichte. Alle schwiegen und widmeten sich ihrer unerwarteten Mahlzeit. Nur eine leise Stimme schien diese Andacht zu stören ...

»Igitt! Das ist ja widerlich!«, hörte man Matt fluchen. »Sieh dir das doch mal an! Das ist ja voller Maden.«

»Halt die Klappe, Matt!«, flüsterte Conner.

»Also wenn man sich hier nichts wegholt, dann weiß ich auch nicht. Morgen haben wir alle die Scheißerei.«

»Matt!«, zischte Conner, verzweifelt darum bemüht, ihn zum Schweigen zu bringen.

»Was denn? Das ist doch ungenießbar. Wenn du mich fragst ...«

»Ruhe jetzt!«, brüllte ein Wachmann Matt erzürnt an.

Jake schüttelte verständnislos den Kopf. Dieser Junge konnte einem aber auch wirklich den letzten Nerv rauben. Nachdenklich schaute er zu Sally hinüber, die ihrem Mann aus der Frauengruppe heraus einen besorgten Blick zuwarf. Wie hielt sie es nur mit ihm aus? Jake konnte nichts Liebenswertes an ihm finden.

Falls es überhaupt möglich war, so war es nun noch leiser als vorher. Der Wutausbruch des Wachmannes hatte alle in ihre Schranken verwiesen.

Die Unsterblichen ließen sich nun in einiger Entfernung nieder. Zwei von ihnen schleppten einen großen, eisernen Topf herbei, den sie an einer Vorrichtung über dem Lagerfeuer befestigten. Allem Anschein nach würden sie sich nicht mit dem verschimmelten Brot begnügen.

Die Menschen sahen neidisch zu den Männern hinüber, die sich mittlerweile prächtig amüsierten und sich dabei ihre warme Mahlzeit schmecken ließen.

»Ich taste mich jetzt unauffällig an diesen Conner heran«, raunte Jake Ryan zu. »Womöglich hat er eine Ahnung, wo Sam und Grimmt sind.«

»Bist du verrückt! Wenn die das mitkriegen ...«

»Halte hier die Stellung!«, fiel er Ryan ins Wort. »Wenn einer darauf aufmerksam wird, dann räuspere dich!«

Jake stand vorsichtig auf. In einer gebückten Haltung bewegte er sich einen Schritt zur Seite, achtete dabei konzentriert auf die Unsterblichen. Gerade als er den nächsten Schritt riskieren wollte, erregte ein rasselndes Geräusch seine Aufmerksamkeit. Auch die

Wachmänner und die Menschen schauten in die Finsternis, aus der ein immer wiederkehrendes Klirren zu ihnen vordrang.

Ryan packte Jake am Bein und zog ihn in die Hocke. Doch das wäre überhaupt nicht nötig gewesen. Jake hätte sich keinen Augenblick länger auf den Beinen halten können.

War dies ein Traum? Niemals zuvor hatten ihn die unterschiedlichsten Gefühle so übermannt wie in diesem Moment, in dem Sam aus der Dunkelheit heraustrat. Er war vollkommen überwältigt.

Sie war so wunderschön ... Sie war am Leben ... Sie war hier – keine zwanzig Schritte von ihm entfernt.

Er empfand so viel Erleichterung und Glück, aber ebenso unbändige Wut und Hass.

Ihre Handgelenke und Fußknöchel waren von Eisenringen umschlossen, an denen schwere Ketten ihre Bewegungsfreiheit hemmten. Jeder ihrer Schritte wurde von dem Klirren der Fesseln begleitet, gab jedermann zu verstehen, dass sie eine Gefangene war.

Ryan packte ihn am Arm, hielt ihn beschwichtigend zurück. »Bleib ruhig, Jake! Wenn du jetzt die Nerven verlierst, war alles umsonst.«

Es schnürte Jake die Kehle zu, Sam so zu sehen. Er ballte seine Hände zu Fäusten, bemüht, den unermesslichen Zorn im Zaun zu halten, der ihn bei ihrem Anblick erfasste. Wer immer ihr das angetan hatte, würde dafür mit seinem Leben bezahlen.

Ihr Haar war bedeutend länger geworden. Als er Sam im Traum begegnet war, hatte es gerade so ihre Kopfhaut bedeckt. Nun reichte es ihr schon wieder fast bis zum Kinn.

Jake wusste nicht, wie lange er sich noch beherrschen konnte. Er wurde wie von einer unsichtbaren Macht von ihr angezogen. Zu lange waren sie voneinander getrennt gewesen, immer in der ständigen, unnachgiebigen Angst, sich niemals wiederzusehen. Er hatte Sam so sehr vermisst, wollte sie endlich wieder in die Arme schließen.

Doch Ryan hatte recht. Wenn er sich jetzt zu erkennen gab, hatten sie keine Chance. Sie waren nur zu zweit und unbewaffnet. So schwer es ihm auch fiel, er musste auf den richtigen Zeitpunkt warten.

Widerwillig zog er sich in den Schatten der Dunkelheit zurück, kämpfte gegen die Ungeduld an, die ihn beherrschte.

* * * * *

Wie sehr ich diesen Hawk hasste. Ich wusste genau, warum er mich hierher gebracht hatte. Er wollte mich vor den Menschen als Gefangene vorführen.

Gleich nachdem Tarik mich in der Hütte allein gelassen hatte, hatte ich einen weiteren

Versuch starten wollen, von Jake zu träumen. Vielleicht wäre es mir wieder gelungen? Ich hätte ihm von Grimmt und meinen Freunden berichten können, hätte ihn sehen können.

Aber dann war dieser widerliche Hawk in die Hütte gestürmt und hatte mich aufgefordert, ihn zu begleiten. Warum konnte er mich nicht einfach in Ruhe lassen?

Ich vermied es, zu den Menschen hinüberzusehen. Trotzdem bemerkte ich ihre Blicke, ihre Verwirrung. Sie würden sich sicherlich fragen, warum man eine Unsterbliche als Gefangene in Ketten hielt.

Plötzlich begann mein Herz wie wild zu schlagen. Unbewusst legte ich eine Handfläche auf meine Brust, als könnte ich meinen Herzschlag dadurch beruhigen.

»Iss das!«, wies Hawk mich an und hielt mir eine Suppenschüssel entgegen.

Das konnte er sich allerdings aus dem Kopf schlagen. Ich war nun eine Unsterbliche, verspürte kein Hungergefühl. Auch wenn der Duft der Suppe meinen Appetit anregte, so würde ich auf keinen Fall vor den hungrigen Menschen essen. Genau darauf legte er es doch an.

Trotzig sah ich an ihm vorbei, ohne auf seine Aufforderung einzugehen. Indem ich mich nun direkt an Tarik richtete, gab ich Hawk meine Ignoranz deutlich zu verstehen.

»Ich würde gern auf meine Suppe verzichten und sie dafür dem Mann anbieten, der ausgepeitscht wurde«, brachte ich unterwürfig heraus. »Bitte lasst mich nach ihm sehen!«

Hawk ergriff das Wort, bevor Tarik mir etwas erwidern konnte. »So weit kommt es noch! Wenn du die Suppe nicht haben willst, dann lass es bleiben!« Er trat an das Feuer und schüttete sie in den Topf zurück.

Wieder schlug mein Herz kraftvoll in meiner Brust. Es fühlte sich an, als würde ich die Wut auf Hawk mit jemandem teilen.

Ich vergaß zu atmen, bemühte mich angestrengt, ruhig zu bleiben. Der überraschende Gedanke, der in diesem Moment über mich hereinbrach, ließ mich vor Hoffnung erzittern.

Bildete ich mir das nur ein? Wurde ich vor lauter Sehnsucht nach Jake jetzt langsam verrückt? Der Wunsch, ihn endlich wiederzusehen, war allgegenwärtig. Ich spürte dieses sichere, beschützte Gefühl, das ich in seiner Nähe empfand. Fast war ich mir sicher und doch zweifelte ich.

Ich blickte mich um. Aber es war einfach zu dunkel. Selbst mit zusammengekniffenen Augen konnte ich nicht bis zu dem Berggipfel hinaufsehen. Dort oben hatte ich Shadow entdeckt, bevor die Nacht hereingebrochen war. Hatte er Jake hierher geführt? Möglicherweise war Jake gerade auf dem Berg und beobachtete uns?

Die Ungewissheit quälte mich. Ich musste

einfach wissen, ob er tatsächlich hier war. Und ich wusste auch schon, wie ich es herausfinden konnte ...

Es war an der Zeit, Hawk aus der Reserve zu locken. Mein Herz hatte sich bei seiner abfälligen Geste beinah überschlagen. Und ich wusste, dass Jake Hawks Verhalten bestimmt maßlos aufgeregt hätte. Auf jeden Fall, war es einen Versuch wert.

»Ich habe nicht mit dir gesprochen, sondern mit Tarik«, giftete ich Hawk an.

Dieser wollte sich gerade hinsetzen, hielt dann aber abrupt inne und stellte sich wieder zur vollen Größe auf. »Wie war das?«

»Hörst du schwer?«, wiegelte ich ihn auf.

Tarik räusperte sich, um ein Lachen zu unterdrücken. Die anderen Unsterblichen hielten sich allerdings weniger zurück. Sie lachten hemmungslos.

Vor Zorn schnaubend stürzte Hawk auf mich zu, während ich mich seelisch und moralisch gegen ihn wappnete. Körperlich hatte ich ihm nichts entgegenzusetzen.

Ich nahm nur nebenbei wahr, dass Tarik aufsprang und ihn zurückhielt – hörte die Unsterblichen nur gedämmt miteinander streiten. Meine ganze Konzentration galt dem sich offenbarenden, aufgeregten Klopfen meines Herzens. Die tröstliche Erkenntnis ließ mich all die Strapazen vergessen. Jake war hier ...

Hawk kämpfte gegen die Unsterblichen an,

die ihn von mir fernhielten. Er schimpfte über mich, drohte mir, indem er mit dem Finger auf mich zeigte. Seine Augen funkelten mich wütend an, gaben mir das Versprechen, mit mir abzurechnen, wenn sich die Gelegenheit dazu bot.

Da hörten wir mit einem Mal ein näher kommendes Dröhnen. Bis eben waren die lautstarken Handgreiflichkeiten der Wachmänner und das leise Knistern der Lagerfeuer die einzigen Geräusche, die über dem Steinbruch gelegen hatten. Die Unsterblichen hatten in ihren Bewegungen innegehalten, lauschten überrascht auf den zunehmend lauter werdenden Schall.

Wir waren ringsherum von den Bergen eingeschlossen, deren felsige, steile Wände die flackernden Schatten der Lagerfeuer wiedergaben. Es hatte fast etwas Unheimliches, da die Finsternis alles andere verschlang.

Der Boden begann unter meinen Füßen kaum merklich zu vibrieren, als das inzwischen unverkennbare Trampeln von Hufen zu uns vordrang. Es schienen sehr, sehr viele Reiter zu sein ...

»Alle zu den Wachtürmen!«, rief Tarik aus. »Verbarrikadiert das Tor!«

Völlig aufgelöst rannten die Unsterblichen los, ließen mich mit Hawk allein zurück.

Ich war so aufgeregt, konnte keinen klaren Gedanken fassen. Jake hatte mich gefunden.

Doch wie sollte er hier Einlass finden? Die Wachen würden das Tor niemals öffnen. Im Gegenteil: Sie waren dabei, es noch weiter zu sichern.

»Du«, brummte Hawk mich an. »Wir zwei werden jetzt ein Hühnchen miteinander rupfen.« Er krallte seine Hand in mein Haar und riss mich mit sich. Ich setzte mich mit aller Macht gegen ihn zur Wehr. Allerdings war er viel stärker als ich. Zusätzlich behinderten mich meine Hand- und Fußketten, machten eine Flucht unmöglich.

Völlig überraschend ging er schlagartig zu Boden und brachte mich damit unwillkürlich zu Fall. Noch bevor er sich wieder aufrichten konnte, stürzte sich jemand auf ihn. Eine Faust traf ihn mit voller Wucht ins Gesicht.

Währenddessen griff mir von hinten jemand unter die Arme, um mir aufzuhelfen. Kaum zum Stehen gekommen, drehte ich mich um ... und sah in Ryans vertrautes Gesicht. Er zwinkerte mir zu, zog mich erleichtert in seine Arme. »Hey, Sam! Schön dich wiederzusehen«, stieß er erfreut aus.

Ich starrte ihn völlig fassungslos an, als Sally mir unerwartet um den Hals fiel. Auch Conner und Matt tauchten neben mir auf, beobachteten aber weiterhin den Kampf, der sich neben uns abspielte.

Jake ... Es überforderte mich maßlos, ihn plötzlich direkt vor mir zu sehen.

Immerzu trafen seine harten Fäuste erbarmungslos ihr Ziel, ohne dass Hawk seine Schläge abwehren konnte. Nachdem er sich allerdings von dem Überraschungsangriff erholt hatte, gelang es ihm, auf die Beine zu kommen. Hektisch zog er sein Schwert, hielt es Jake warnend entgegen.

Ich hielt vor Entsetzen die Luft an. Ryan sprang nach vorn, stellte sich kampfbereit neben seinem Freund auf. Doch dieser drängte ihn wieder beiseite, ohne seinen Blick von Hawk abzuwenden.

Wie zwei wilde Tiere umkreisten sie sich, warteten auf den Angriff des anderen. Jake hatte blitzschnell seinen Gürtel gelöst, hielt diesen gestrafft zwischen den Händen.

Ich hatte solche Angst. Das war kein fairer Kampf. Jake war unbewaffnet, konnte Hawks Attacken nur ausweichen, ohne selbst handeln zu können.

»Bitte!«, flehte ich Ryan an. »Du musst ihm helfen!«

»Du hast ihn doch gesehen?«, erwiderte Ryan und zuckte entschuldigend mit den Schultern. »Der Sturkopf will das allein durchziehen.«

In diesem Moment schwirrte Hawks Schwert durch die Luft, verfehlte Jakes Hals nur, da dieser sich rechtzeitig duckte. Als Hawk zum nächsten Hieb ansetzte, stürzte Jake schreiend auf ihn zu. Er erfasste die scharfe Klinge mit dem zwischen seinen Händen gespannten Gürtel und entriss dem erstaunten Hawk somit sein Schwert. Die Waffe wirbelte durch die Luft, wobei Jake auch schon zum Sprung ansetzte, um das Schwert in seinen Besitz zu bringen.

Wütend umfasste er den aufwendig verarbeiteten Griff mit beiden Händen. »An dem Tag, an dem du mir Sam genommen hast, wurde dein Schicksal besiegelt«, rief er Hawk zu.

Dieser hob beschwichtigend die Hände, wich voller Angst zurück. Doch Jake lief nun mit großen Schritten entschlossen auf ihn zu. Noch während Hawk um Gnade winselte, holte er zu seinem tödlichen Schlag aus. Er rächte sich vor unser aller Augen. Voll des unbändigen Hasses, schlug er dem Unsterblichen den Kopf ab.

Die Menschen hatten den Kampf fasziniert beobachtet, hatten Jake gelegentlich angefeuert. Nun entstand eine teils bestürzte, teils nachdenkliche Stille.

Geschockt sah ich auf Hawks leblosen Körper, dessen Kopf einige Schritte entfernt zum Liegen kam. Ich hatte schon einmal erlebt, dass Jake einen Unsterblichen in Notwehr enthauptete. Dieses Mal war es aber etwas völlig anderes. Jake hatte diesen Mann vorsätzlich hingerichtet. Er hatte ihn für seine Taten bestraft, hatte über ihn gerichtet.

Ich spürte seinen Blick, ehe ich mich Jake zuwandte. Mit hängenden Schultern stand er da und schaute unsicher zu mir herüber.

Spätestens jetzt war ich nicht mehr zu halten. Jake ließ das Schwert achtlos fallen, als ich, durch meine Fußketten eingeschränkt, auf ihn zulief. Erleichtert kam er mir entgegen, fing mich auf, da ich halb in seine Arme stolperte. Gemeinsam gingen wir auf die Knie, wobei wir unsere Gesichter zwischen unseren Händen hielten. Jake streichelte mir über die Wange, fuhr mir mit dem Daumen über die Lippen. Voller Liebe lächelte er mich an, bevor er mich endlich mit einem Kuss erlöste. Seine Lippen liebkosten die meinen. Zärtlich und fordernd zugleich, raubte er mir den Atem.

Immerzu unterbrachen wir unseren Kuss, um uns glücklich in die Augen zu sehen. Jake verbarg sein Gesicht in meinen Haaren und atmete tief ein. Auch ich konnte einfach nicht genug von ihm bekommen. Endlich konnte ich ihn wieder sehen, spüren, riechen. Ich fing wieder an zu leben ...

Die Anspannung und Sorge der letzten Tage wich von mir ab, als sich die Freudentränen ihren Weg bahnten. Zufrieden schmiegte ich mich an ihn, lauschte auf Jakes Herz, das im selben Rhythmus wie mein eigenes schlug.

Ich legte meinen Kopf in den Nacken, sah ehrfürchtig zu ihm auf. Meine Hand fuhr durch sein raspelkurzes Haar, streifte mit meiner eisernen Handfessel aus Versehen über sein wunderschönes Gesicht. Schnell zog ich meine Hand zurück, erschrocken darüber, dass ich ihn verletzt haben könnte.

Jake sprang auf, eilte zu Hawks Schwert und kniete auch schon im nächsten Augenblick wieder neben mir. Hastig machte er sich an den Eisenringen zu schaffen. Er nutzte einen großen Stein als Amboss, legte meine rechte Hand behutsam darauf und brachte die Fessel in eine geeignete Position. Dann gebrauchte er den harten Griff des Schwertes, um die gehämmerten Nieten, die das Eisenband zusammenhielten, herauszuschlagen. Als es ihm gelungen war, bog er den Ring kraftvoll auf. Sogleich machte er sich an meiner linken Hand zu schaffen und fuhr dann mit den Fußfesseln fort. Eine unsagbare Wut schien ihn dabei anzutreiben.

Endlich war ich frei. Ich wischte Jake mit den Fingern eine Träne von der Wange, bevor er mein verwundetes Handgelenk küsste. Da die anhaltende Reibung der Fesseln nun nicht mehr gegeben war, konnte man förmlich zusehen, wie die Haut verheilte.

»Sam ...«, flüsterte Jake zärtlich meinen Namen. »Ich kann noch immer nicht glauben, dass ich dich endlich wiederhabe.«

»Ich habe dich so sehr vermisst«, hauchte ich ihm zu.

Jake nickte zustimmend und legte seine Stirn auf meine. »Ich liebe dich mehr, als du dir vorstellen kannst. Du vervollständigst mich, gibst meinem Leben einen Sinn. Wenn du nicht bei mir bist, kann ich nicht lange überleben. Doch ich habe gespürt, dass du mich nicht ganz verlassen hast. Ein Teil von dir war immer bei mir.«

Ich seufzte bei seinen Worten ergriffen auf. Die starke, endlose Liebe, die Jake und ich durch unsere Seelenverwandtschaft füreinander empfanden, hatte uns in den Tagen unserer Trennung mehr Qualen zugefügt, als ich es mir je hätte vorstellen können. Wenn die Seelenverwandten jedoch vereint waren, bedeutete dies das größte Glück, das es geben konnte.

»Du bist alles für mich«, erwiderte ich Jake. »Nur die Hoffnung, dich eines Tages wiederzusehen, ließ mich weiteratmen. Niemals wieder will ich von dir getrennt sein. Denn ich glaube nicht, dass meine Seele und mein Herz diese Schmerzen noch einmal ertragen könnten.«

Jake löste seine Stirn von meiner, stupste meine Nase mit seiner an. »Mir ging es genauso«, flüsterte er mir zu, ehe wir uns in einem erneuten innigen Kuss verloren.

Für mich stand die Zeit still. Ich hatte Ryan, meine Freunde und die uns beobachtenden Menschen völlig aus meinem Bewusstsein ausgeschlossen. Selbst die aufgeregten Zurufe der Wachen, die von Weitem zu uns vordrangen und das die Ankunft unserer Verbündeten verkündende, allmählich verhallende Trampeln der Hufe, ließ ich völlig außer Acht.

Ryan räusperte sich neben uns. »Also, ich kann ja verstehen, dass ihr eure Zeit braucht, um euch ...«

»Öffnet das Tor!«, hörte man plötzlich eine energisch fordernde Stimme vom Portal her, die ausdrucksstark an den Felswänden widerhallte.

»Ja, genau ...«, kommentierte Ryan unsere überraschten Gesichter, als Jake und ich aufsahen. »Wir hätten da noch eine Kleinigkeit zu erledigen.« Er warf Jake einen auffordernden Blick zu. »So langsam sollten wir uns etwas einfallen lassen, wie wir dieses Tor geöffnet bekommen!«

»Was wollt ihr?«, hörte ich Tarik den Massen zurufen, die vor dem Tor ihren Einlass forderten.

»Ihr sollt eine unsterbliche Frau bei euch gefangen halten«, bekam er seine Antwort zugeschrien. »Wir fordern ihre sofortige Herausgabe!«

Es trat Stille ein, die darauf schließen ließ, dass die Wachen darüber diskutierten.

»Darauf gehen die nie ein ...«, brachte ich nervös heraus. »Esca hat ihnen genaue Anweisungen gegeben. Wenn er zurückkommt und mich hier nicht mehr vorfindet, sind alle des Todes.«

Jake zog mich mit sich hoch, ohne mich dabei freizugeben. Seine Arme fest um mich verschlungen, schaute er nachdenklich in Richtung Eingang, der für uns alle die Freiheit bedeuten konnte.

Alle Augen waren auf ihn gerichtet, abwartend, welche Entscheidung Jake treffen würde. Nach einem kurzen Moment ließ er mich los. Er ergriff meine Hand und wandte sich den Menschen zu.

»Ich bin Jake, der Sohn von Silas McAlaster und zukünftiger Clanführer im Bergtal des Ageless Forest. Wenn die Wachen das Tor nicht freiwillig öffnen, dann brauche ich eure Hilfe, um es selbst zu tun.« Eindringlich schaute er in die verdutzten Mienen der Menschen. »Wollt ihr wieder zu euren Familien heimkehren?«

Verunsichert sahen sie ihn an. Sie hatten einfach zu große Angst.

»Natürlich wollen wir hier raus«, erwiderte Conner unterstützend und stellte sich als selbst ernannter Wortführer vor die Menschen.

»Ja ..., sage uns, was wir tun sollen!«, gab Matt sich kämpferisch.

Jetzt musste bestimmt sogar Jake feststellen, dass in Matt mehr steckte, als man auf den ersten Blick annehmen würde.

Nun diskutierten die Menschen miteinander, wobei einige schon übereinkommend nickten.

»Falls es zum Kampf kommt, kann ich nicht für euer Leben garantieren«, gab Jake ihnen ehrlich zu verstehen. »Es werden einige von euch ihr Leben lassen. Aber wenn ihr es nicht einmal versucht, dann ist euch der Tod hier drinnen gewiss.«

Sie schauten ihn ergeben an, wussten um die Wahrheit seiner Worte. Langsam kamen sie näher, stellten sich rings um uns herum auf.

»Wir warten noch einen Augenblick, ob die Wachen die Clans vielleicht doch noch freiwillig einlassen. Sucht euch in der Zwischenzeit irgendetwas, was ihr als Waffe benutzen könnt. Spitze Steine, eure Hämmer und Keile, die euch zur Arbeit dienen. Ihr werdet nicht dazu in der Lage sein, auch nur einen von ihnen zu töten. Aber ihr könnt ihnen Verletzungen zufügen, die sie behindern werden.«

Jake hob einen spitzen Stein auf und warf ihn in die Luft, um ihn dann wieder aufzufangen. »Zielt auf ihre Augen, wenn sie euch angreifen. Fordert jeden Menschen, der euch hier im Lager begegnet, auf, sich uns anzuschließen! Die Wachmänner haben Waffen, aber wir sind dafür in der Überzahl. Eure Aufgabe ist es, unverletzt an ihnen vorbeizukommen. Entriegelt das Tor, um meinen Männern den Einlass zu ermöglichen. Nur wenn ihr das schafft, werdet ihr frei sein. Lasst euch nicht von den Unsterblichen einschüchtern! Kämpft für eurer Leben!«

Alle lauschten gebannt seinen Worten. Ich war fasziniert von ihm. Und damit war ich nicht allein. Die Haltung der Menschen hatte sich bei seiner Ansprache verändert. Auch sie fühlten sich als etwas Besonderes, an seiner Seite mit ihm in den Kampf zu ziehen. Jake war der geborene Anführer ...

Bündnis

Alle machten sich auf, um sich etwas zu suchen, mit dem sie sich zur Wehr setzen konnten. Nur Conner wurde von Jake zurückgehalten.

»Wo ist Grimmt?«, fragte er eindringlich.

Statt ihm zu antworten, warf Conner mir einen unsicheren Blick zu.

»Sie haben Grimmt bis zur Bewusstlosigkeit ausgepeitscht«, antwortete ich Jake an seiner Stelle. »Ich habe alles für ihn getan, was ich konnte, habe seine Wunden versorgt und ihn von meinem Blut kosten lassen. Er war mehr tot als lebendig. Ich weiß nicht, ob er überhaupt eine Chance hatte, für sein Leben zu kämpfen.«

Erschüttert fasste Jake mich an den Schultern. »Wo ist er? Bitte, bring mich zu ihm!«

»Als ich mich um ihn gekümmert habe, waren wir in der Höhle. Wahrscheinlich ist er noch dort.«

Jake nickte. Er wies die Menschen an, sich ruhig zu verhalten und auf uns zu warten. »Folgt mir!«, forderte er Ryan und meine

Freunde auf. Mit großen Schritten eilte er voran. Es stand außer Frage, dass er wusste, wo sich die Höhle befand. Zielsicher lief er genau in die richtige Richtung.

Hier war es stockdunkel, da kein Feuer die Umgebung mit Licht erhellte. Doch Jake lief geradewegs in die Felsspalte hinein, die als Eingang in die Höhle hineinführte. Meine Freunde blieben draußen zurück, da sie in der Finsternis nichts sehen konnten. Nur Ryan folgte uns sicheren Fußes.

Eine einzige Fackel war hier drinnen an der Felswand befestigt und verlieh der Höhle ein unruhiges Licht. Jake ließ meine Hand los und stürzte voraus, als er seinen besten Freund erblickte. Sie hatten ihn achtlos einfach hier liegen gelassen, rechneten wohl nicht damit, dass er sich jemals wieder erholte.

»Grimmt!«, stieß Jake besorgt aus, während er sich neben ihm auf die Knie sinken ließ. Vorsichtig drehte er ihn auf die Seite, bettete Grimmts Kopf auf seinen Beinen. »Tu mir das nicht an!«, flehte er seinen besten Freund mit gebrochener Stimme an, wobei er ihm leicht mit dem Handrücken ins Gesicht schlug. Es war ein verzweifelter Versuch, Grimmt aus der Bewusstlosigkeit zu holen. »Glaub bloß nicht, du kannst dich einfach so aus dem Leben stehlen, ohne das vorher mit mir abgesprochen zu haben!«, rügte er ihn.

Jake drehte ihn leicht auf die Seite, inspizierte den verwundeten Rücken, bevor er lächelnd zu mir aufsah. »Das hast du gut gemacht, Sam! Du hast ihm vermutlich das Leben gerettet.«

Erleichtert atmete ich auf und kniete mich zu ihnen.

»Danke, Sam! Du weißt, wie viel Grimmt mir bedeutet.« Jake küsste mich anerkennend auf die Schläfe.

»Ja, ich weiß.« Ich nickte ihm zu. »Und ob du es glaubst oder nicht, dieser eigenwillige, sture Kerl hat sich auch in mein Herz geschlichen.«

»Das fasse ich jetzt mal als Kompliment auf«, flüsterte Grimmt. Er sprach sehr heiser und leise, war noch immer sehr geschwächt. Dennoch blinzelte er mir zu.

Jake und ich lachten auf. »Schön, dass du wieder da bist«, stieß Jake erleichtert aus.

Grimmt griente ihn an, ehe er mich mit erhobenen Augenbrauen ansah. »Kannst du mir mal erklären, warum ich hier halb auf Jakes Schoß liege und er mich verhätschelt wie ein kleines Kind?«, fragte er mich amüsiert.

Jake verdrehte die Augen und schubste Grimmt von seinen Beinen. »... Und schon wieder ganz der Alte«, seufzte er.

»Aua ...!«, protestierte Grimmt, als sein Kopf auf dem harten Felsen landete. »Erst päppeln sie einen auf und dann setzen sie dich höchstpersönlich wieder außer Gefecht.« Schimpfend rieb er sich den Hinterkopf.

»Falls du dich ausgejammert hast, könnten wir endlich von hier verschwinden!«, brachte Jake ihn unsere Situation in Erinnerung. »Danach können wir das gerne noch ausdiskutieren. Aber vorher will ich Sam in Sicherheit wissen.«

Erst jetzt schien Grimmt unsere momentane Lage wieder richtig bewusst zu werden. »Was macht ihr eigentlich hier?«, fragte er uns nun verwirrt.

»Auch darüber können wir später reden«, erwiderte Jake. »Was meinst du, kannst du selber laufen?«

»Na, was denkst du denn? Dass ich mich von euch tragen lasse?« Grimmt schnaubte und kämpfte sich stöhnend auf die Beine. »So weit kommt es noch!«

Ryan lachte und schüttelte über Grimmts Aufbegehren den Kopf. »So langsam verstehe ich deine Sympathie für die Menschen«, sagte er zu Jake. »Manche Exemplare sind zwar sehr gewöhnungsbedürftig, aber auch irgendwie charmant.«

»Charmant?« Grimmt stellte sich empört.

Ryan lachte erneut. »Nun, ich muss zugeben, für dich ist das wohl nicht gerade die passende Beschreibung.«

Grimmt schnalzte mit der Zunge. »Charmant ...«, schimpfte er vor sich hin und unternahm seine ersten Schritte.

»Draußen vor dem Tor warten drei Clans auf mein Zeichen«, erklärte Jake. »Sobald sie meinen Aufruf hören, werden sie angreifen. Sie werden versuchen, die Wachmänner abzulenken, damit wir leichter bis zum Tor vordringen können.«

»Verstehe«, sprach Grimmt. Er biss die Zähne zusammen, wollte sich seine Schmerzen nicht anmerken lassen. »Worauf warten wir dann noch?«

»So kenne ich meinen Grimmt«, sagte Jake. Er legte seinen Arm um meine Taille und führte mich hinaus, wo meine Freunde schon ungeduldig auf uns warteten.

Conner, Matt und Sally rannten Grimmt erfreut entgegen, als sie ihn in den Dunkelheit erkannten. Doch bevor sie ihn erreichten, hob dieser Einhalt gebietend die Hände. »Schon gut! Ich freue mich auch, euch unverletzt wiederzusehen.« Er wimmelte sie ab. »Aber deshalb ist mir noch lange nicht nach kuscheln zumute.« Missbilligend schaute er zu Ryan, der ihn amüsiert beobachtete. »Charmant ...«, brummte Grimmt wieder vor sich hin und ließ meine Freunde einfach stehen.

Sally schaute ihm verwirrt hinterher, bevor wir ihm folgten, um zu der Menschengruppe zurückzukehren.

»Ich habe solche Angst«, flüsterte sie. »Die Wachen werden uns doch niemals bis zum Tor durchlassen?«

»Sie werden viele daran hindern«, erwiderte Jake, wobei er uns weiter vorwärts drängte. »Allerdings können sie nicht alle aufhalten. Wir sind einfach zu viele.«

»Wisst ihr denn, wie viele Wachen es hier gibt?«, fragte Sally überrascht.

»Meines Wissens nach hat Dougal in jedem seiner Arbeitslager hundert Männer stationiert. Soweit ich die Lage hier einschätzen kann, sind es aber mehr als doppelt so viele Menschen, die sich momentan in diesem Steinbruch aufhalten.«

»Wie willst du nun vorgehen?«, informierte Ryan sich, der neben uns herlief.

»Wenn alle Menschen bereit sind, gebe ich das vereinbarte Kommando. Sobald ich die Gewissheit habe, dass die Clans mich gehört haben, stürmen wir das Tor.«

»Welches vereinbarte Kommando?«, fragte ich.

»Mein Zuruf an Onyx ist das Zeichen zum Angriff.«

»Und dann?«, warf Grimmt ein. An seiner geduckten Haltung sah man ihm an, dass er starke Schmerzen hatte. »Von draußen können sie uns schlecht helfen.«

»Das stimmt. Aber sie werden ordentlich Radau machen und Ablenkungsmanöver starten. Die Wachen werden alle Hände voll zu tun haben.«

Es war eine beklemmende Stimmung, die alle erfasst hatte. Die Menschen warteten schon angespannt auf unsere Rückkehr. Sie hielten Keile, Hämmer und Steine in den Händen, die sie verkrampft umklammerten. Ihre Angst war ihnen deutlich anzumerken.

»Seid ihr bereit?«, erkundigte Jake sich.

Keiner sagte ein Wort. Doch sie nickten ihm alle zögernd als Bestätigung zu.

»Wie fühlst du dich?«, wandte Jake sich an Grimmt.

Dieser kraulte sich unbehaglich den Bart. »Naja, ich kann noch keine Bäume ausreißen. Aber um ein oder zwei Unsterbliche im Zaum zu halten, wird es schon reichen.«

Jake seufzte. »Ich habe befürchtet, dass du so etwas sagen würdest. Halte dich bitte im Hintergrund! Deine Verletzungen sind einfach zu schwer.«

Grimmt wollte ihm ins Wort fallen. Da baute Jake sich beharrlich vor ihm auf. »Ich werde dich in den nächsten Tagen noch brauchen, mein Freund. Du sollst an meiner Seite kämpfen, wenn wir gegen Dougal in die Schlacht ziehen.«

Augenblicklich veränderte sich Grimmts Haltung. »Du kannst einem auch jeden Spaß verderben.« Doch er gab nach. »In Ordnung. Ich halte mich heute zurück.«

Jake lächelte ihn erleichtert an. »Wenn du willst, kannst du richtig zahm sein«, neckte er ihn.

»Ja, sogar richtig charmant ...«, zog Ryan ihn auf und rempelte Grimmt im Vorbeigehen an.

Dieser knurrte ihm missbilligend hinterher. »Warte, bis es mir besser geht! Dann kannst du dich gerne mit mir anlegen!« Er drohte Ryan gespielt mit dem Finger.

»Sam?« Jake sah mich mit einem undefinierbaren Ausdruck an und zog mich etwas beiseite.

»Sag mir jetzt bitte nicht, ich soll mich auch zurückhalten!«

Jake schmunzelte. Er atmete tief ein und schlang seine Arme um mich. »Auf der einen Seite will ich das schon. Aber auf der anderen ...« Zärtlich küsste er mich zwischen meinem Hals und meiner Schulter, was mir augenblicklich einen wohligen Schauer durch den Körper jagte. »Ich muss dich einfach in meiner Nähe wissen«, flüsterte er mir zu.

Seine Lippen streichelten über meinen Hals, meine Wange und legten sich schließlich auf meinen Mund.

Ich erwiderte seinen Kuss aus tiefstem Herzen. Wir schenkten uns einen kurzen Moment der Zweisamkeit.

Bevor er sich von mir löste, biss er mir leicht in die Unterlippe. »Bleib an meiner Seite, Sam! Ich darf dich nicht noch einmal verlieren.«

Zufrieden sah ich zu Jake auf und nickte, als Ryan ihm auffordernd Hawks Schwert entgegenhielt.

»Das solltest du an dich nehmen!«, forderte er Jake auf.

Ohne mich freizugeben, ergriff Jake das Schwert. »Ich werde dafür sorgen, dass ihr auch schnellstmöglich zu Waffen kommt.«

Er küsste mich noch kurz auf die Stirn und trat dann entschlossen auf die Menschen zu.

»Es geht los!«, rief er aus. Er pfiff Onyx' Zuruf und gab den wartenden Clans somit das Zeichen zum Angriff.

Mit einem Mal entzündeten sich ringsherum auf den steilen Bergkuppen Feuer, die im nächsten Augenblick auf die hölzernen Behausungen der Wachmänner niederschossen. Sofort war der gesamte Bergkessel lichterloh von Flammen erhellt, woraufhin wir die aufgeschreckten Rufe der Wachen vernehmen konnten. Es war nicht zu überhören, dass sie in Hektik ausbrachen.

Über uns standen dicht aneinandergereiht hunderte von Unsterblichen. Die Menschen schauten mit offenen Mündern zu ihnen hinauf, während die Schützen ihr nächstes Ziel anvisierten. Ein erneuter Feuerregen prasselte auf den Eingang des Steinbruchs nieder, um die zwei Wachtürme in Brand zu setzen.

Jake hob sein Schwert und rief zum Angriff, woraufhin wir uns alle gleichzeitig in Bewegung setzten. Er hielt meine Hand mit festem Griff, achtete darauf, dass ich an seiner Seite blieb.

Draußen brach ein lautstarkes Schreien und Grölen aus. Das eiserne, schwere Tor gab einen donnernden Hall von sich, als man kräftig von außen dagegen schlug.

Einige Wachmänner flohen von den brennenden Türmen. Andere standen wie erstarrt, schauten auf das vibrierende Tor, bevor sie unsere Annäherung bemerkten und uns überrascht entgegensahen.

»Verteidigt den Ausgang!«, rief Tarik seinen Männern zu. Er selbst stellte sich in vorderster Reihe auf, zog kampfbereit sein Schwert. Sein wütender Blick haftete auf unserer sich nähernden Menschengruppe.

Aus allen Richtungen des Steinbruchs strömten immer mehr Menschen auf uns zu, um sich uns anzuschließen. Einige von ihnen waren in einem erbärmlichen Zustand. Doch die Neuankömmlinge unter ihnen waren noch im vollen Besitz ihrer Kräfte.

»Sam ...?«, rief jemand meinen Namen. Ich drehte mich um, suchte nach demjenigen, zu dem die Stimme gehörte.

Auch Jake und Grimmt schauten sich wachsam um.

»James ... Maggi ...«, stieß Grimmt fassungslos aus. Er deutete in ihre Richtung.

Die beiden stützten sich gegenseitig und

schwankten direkt auf uns zu.

Ich konnte es nicht glauben. Einen kurzen Moment stand ich regungslos da, versuchte zu begreifen, dass mein Onkel und meine Tante tatsächlich hier waren – dass sie lebten. Dann rannte ich ihnen überwältigt entgegen und stürzte mich in ihre Arme.

Ich brachte kein Wort über die Lippen. Meine zitternden Hände streichelten über die geliebten, von Strapazen gezeichneten Gesichter. Ich küsste ihre Hände und weinte unentwegt.

»Jetzt wird alles wieder gut«, sprach Tante Maggi mit ihrer vertrauten, ruhigen Stimme. Sie strich mir zärtlich über mein Haar, sah mich aus ihren sanftmütigen Augen erleichtert an. Obwohl es meine Aufgabe gewesen wäre, war sie nun diejenige, die mir Trost spendete.

Onkel James lachte voller Erleichterung.

»Ich hatte solche Angst um euch«, rief ich, als ich endlich meine Sprache wiederfand. Immerzu strich ich mir die Tränen aus den Augen, wollte ihre vermissten Gesichter endlich wieder wahrhaftig vor mir sehen. Es war so viel passiert, seitdem wir voneinander getrennt worden waren. Ich hatte ihnen so viel zu erzählen, dass ich gar nicht wusste, wo ich anfangen sollte. Besorgt musterte ich ihre abgemagerten Körper, untersuchte die Schürfwunden und blauen Flecken, die ihre Haut überzogen.

»Es ist schön, euch unversehrt wiederzusehen«, sagte Grimmt neben mir. Er klopfte meinem Onkel freundschaftlich auf die Schulter, was dieser im gleichtat. »Hier wird es gleich zum Kampf kommen. Ihr solltet euch daher in eurem geschwächten Zustand mit mir zurückziehen«, wies er die beiden an. Er zwinkerte mir zu. »Wenn ich schon nicht direkt am Kampf teilnehmen kann, dann werde ich wenigstens auf die beiden aufpassen.«

Ich fiel ihm dankbar um den Hals, bevor ich mich wieder meiner Tante und meinem Onkel zuwandte. »Bleibt in Grimmts Nähe! Wir werden uns später wiedersehen ... Und dann werden wir frei sein.«

Viel zu lange war ich von den Menschen getrennt gewesen, die mich wie ihr eigenes Kind großgezogen hatten. Doch ich konnte jetzt nicht bei ihnen bleiben. Ehe sie protestieren konnten, nickte ich Grimmt zu und drängte mich durch die Menschenmenge von ihnen weg.

Jake hatte uns beobachtet. Er lächelte mir zu und kam mir entgegen. »Ich freue mich für dich, dass du sie wiedergefunden hast«, rief er mir über den enormen Lärmpegel hinweg zu.

Die Menschen schrien den Unsterblichen Schlachtrufe entgegen, um sich Mut zu machen. Jedoch durften wir die Situation nicht unterschätzen. Besorgt schaute ich zu den

Unsterblichen empor, die mit gespannten Bogen zu uns herunterschauten. Das Portal war eine unüberwindbare Barriere zwischen uns und den tausenden Unsterblichen, die ihren Einlass forderten.

Tarik trat entschlossen vor seine Männer. Doch er stutzte, als er mich bemerkte. In dem Augenblick, in dem er Jake neben mir erkannte, erstarrte sein Gesicht zu einer Maske. Es war offensichtlich, dass er wusste, wen er vor sich hatte. Seine selbstbewusste Haltung brach ein, während er Jake fassungslos entgegensah.

»Gebt den Weg frei!«, rief dieser ihnen gerade zu. »Noch können wir einen Kampf abwenden! Es muss kein Blut fließen!«

Tariks Wachen blickten ihren Befehlsinhaber fragend an, hofften angesichts McAlasters Anwesenheit offenbar auf seine Kapitulation.

»Wenn wir dieses Lager kampflos aufgeben, wird Dougal uns hinrichten«, rief Tarik ihnen zu. Er ermahnte sie und forderte sie mit gehobenem Schwert zum Kampf auf.

Wir stürmten schreiend aufeinander los. Über unseren Köpfen schwirrten Pfeile an uns vorbei, die in den Körpern der Unsterblichen ihr Ziel fanden. Einige hielten verwirrt inne, um sich die Pfeilspitzen aus ihrem Fleisch zu ziehen. Doch sie ließen sich nicht lange aufhalten.

Jake drängte mich hinter sich und baute

sich in voller Größe vor mir auf, ehe Tarik mit blankem Schwert auf ihn zusprang.

Ich zuckte zusammen, als ihre Schwertklingen aufeinandertrafen. Voller Angst starrte ich Tarik an, der erneut gegen Jake ausholte. Meine Hilflosigkeit war unerträglich. Wir hatten uns gerade wiedergefunden. Und nun konnte eine falsche Bewegung, eine klitzekleine Unaufmerksamkeit, wieder über unser Schicksal bestimmen. Keiner wusste, ob wir diesen Kampf überleben würden.

Jake wich Tarik gekonnt aus. Es musste für sein Gegenüber offensichtlich sein, wie erfahren er im Umgang mit dem Schwert war. Überlegen beherrschte er den Kampf … Und dann war er auch schon vorbei. Der kopflose Körper von Tarik sackte in sich zusammen, wobei Jake ihm noch das Schwert entriss und mir die Waffe reichte.

Einen kurzen Moment starrte ich unsicher auf die scharfe Klinge. Ich sammelte all meinen Mut. Nun musste ich meine Ängste überwinden und für das Überleben der Menschen kämpfen. Ein letztes Mal atmete ich tief durch, bevor ich mich in das Gedränge stürzte.

Alle kämpften um ihr Leben. Ein Unsterblicher wurde von mindestens vier Menschen gleichzeitig attackiert, darum bemüht, ihm das Schwert zu entwenden. Dennoch fielen einige von uns ihren scharfen Klingen zum

Opfer. Dutzende tote Menschen lagen bereits am Boden, während ich mich verzweifelt bemühte, sie vor den Unsterblichen zu verteidigen. Sobald mir einer von ihnen gefährlich werden konnte, waren Jake oder Ryan zur Stelle. Sie achteten akribisch darauf, mich unter allen Umständen zu beschützen.

Einige Menschen waren inzwischen auch im Besitz eines Schwertes. Jedoch konnten sie damit lediglich Angriffe abwehren. Sie hätten niemals die Kraft dazu gehabt, einen Unsterblichen einfach zu enthaupten.

Nervös sah ich mich weiter um. Wo waren meine Freunde? Ich konnte sie einfach nicht ausmachen. Mir blieb nur die Hoffnung, dass sie sich zusammen mit Grimmt im Hintergrund hielten.

Jake packte mich am Arm. »Komm mit, Sam! Wir müssen uns zum Tor durchschlagen!« Immerzu wehrte er Attacken von Wachmännern ab, bevor diese von den Menschen daran gehindert wurden. Es hatten sich alle zur Aufgabe gemacht, uns den Weg zum Tor freizuhalten. Auch wenn das für viele den Tod bedeutete, so zögerten sie nicht, uns zu helfen.

Mir wurde wieder bewusst, welche Wirkung Jake auf sie ausübte. Obwohl sie ihn überhaupt nicht kannten, folgten sie ihm ergeben in den Kampf.

Als wir das Tor schließlich erreichten,

stemmten sich Jake, Ryan und sieben weitere Männer gegen einen der schweren Balken. Mit vereinten Kräften hoben sie ihn aus den Verankerungen, um das Tor zu entriegeln.

Sobald sie den ersten massiven Balken zur Seite gelegt hatten, gaben die Wachen auf. Sie ließen ihre Schwerter fallen und hoben kapitulierend die Arme.

Die Menschen sammelten die Waffen ein, richteten sie gegen ihre eigentlichen Besitzer. Überrascht sahen sie sich an, konnten einfach nicht glauben, dass sie gesiegt hatten. Vereinzelt begannen die Ersten zu jubeln, bis schließlich alle zu Freudenhymnen aufriefen. Ausgelassen feuerten sie Jake, Ryan und ihre Gehilfen an, als diese den letzten Balken von dem Tor entfernten.

Nun drängten alle auf das Portal zu, ohne den waffenlosen Unsterblichen weitere Beachtung zu schenken. Sie lehnten sich gegen die großen Eisenwände und stießen diese nach außen auf. Die erschöpften Menschen liefen nach draußen, wo sie von einem Meer aus tausenden brennenden Fackeln begrüßt wurden.

Der Erste, der uns entgegenkam, war Shadow. Verängstigt sprangen einige Menschen zur Seite, da das große Pferd im schnellen Galopp an ihnen vorbeipreschte. Er kam geradewegs auf mich zu, verlangsamte kurz vor mir das Tempo und trabte aus. Zur Begrüßung wieherte Shadow mir zu, wobei er mit einem Huf auf dem steinigen Boden scharrte. Seine Mähne reichte fast bis zum Boden, als er seinen Kopf zu mir absenkte.

Ich streichelte ihm über den weißen Stern auf seiner Stirn und schlang dann überwältigt meine Arme um seinen Hals.

Mein wilder Hengst hatte mich gefunden. Schon allein das Wissen, dass er mich tatsächlich gesucht hatte, machte mich stolz. Die tiefe Verbundenheit, die ich zu diesem Pferd empfand, war einfach unglaublich. Unser erstes Zusammentreffen war noch gar nicht lange her. Doch es fühlte sich an, als hätte es ihn schon immer in meinem Leben gegeben. Shadow gehörte einfach zu mir.

»Da scheint dich noch jemand ganz schön vermisst zu haben«, rief Jake hinter mir und lachte.

Aufgeregt drehte ich mich zu ihm um. Ich war so erleichtert, dass ihm nichts zugestoßen war. Glücklich sprang ich in seine Arme.

Jake fing mich auf, wirbelte mich ausgelassen durch die Luft. Er küsste mich, noch bevor er mich wieder auf dem Boden absetzte. Eng umschlungen hielten wir uns aneinander fest, lachten uns befreit zu, nur um uns danach wieder in einem innigen Kuss zu verlieren.

»Könnten wir erst einmal von diesem verfluchten Ort verschwinden, ehe ihr übereinander herfallt?«, tadelte Grimmt uns.

Es tat gut, ihn zu hören. Auch die Stimmen von meinem Onkel, meiner Tante und von meinen Freunden konnte ich vernehmen. Nun war ich vollkommen beruhigt, da ich wusste, dass es allen gut ging.

Unfreiwillig gab Jake mich frei. Seine dunkelblauen Augen sahen mich liebevoll an, verrieten die unnachgiebige Sehnsucht, die ihn beherrschte. »Ja, lasst uns so schnell wie möglich von hier verschwinden!«, antwortete er seinem besten Freund. Er schmiegte seine Wange an meine. »Ich will endlich mit dir allein sein«, flüsterte er mir ins Ohr.

Bloß der Hauch seines warmen Atems, der über meinen Hals streichelte, ließ mich erzittern.

Jake schmunzelte schelmisch. »Auch wenn es mir schwerfallen wird, so werde ich dich wohl oder übel eine Weile Shadow überlassen müssen. Es wäre ganz schön egoistisch von mir, wenn ich darauf bestehen würde, dass du mit mir auf Onyx reitest.«

Dankbar trat er an meinen Hengst heran und klopfte ihm auf den Hals. »Shadow hat mir dabei geholfen, dich zu finden. Er hat mir die Hoffnung wiedergegeben, als ich sie verloren glaubte.«

Ich schwang mich auf Shadows Rücken und schaute stolz auf Jake hinunter.

»Dein Hengst ist ein prachtvoller Kerl«, bestätigte er mir. »Und er hat sich eine ausgesprochen hübsche Reiterin auserwählt.« Er küsste meine Hand und trat dann zu seinem Pferd.

»Wir sollten schnell aufbrechen!«, ermahnte ich ihn. »Esca wird vermutlich bald zurückkehren.«

Bei Escas Namen veränderte sich augenblicklich Jakes Haltung. Eben hatte er noch so fröhlich gewirkt. Doch nun verhärteten sich seine Gesichtszüge, wobei seine Augen voller Hass und Wut funkelten.

Es gab so viel, wovon ich Jake erzählen musste. Aber jetzt war nicht der richtige Zeitpunkt. Ich reichte meiner Tante die Hand und zog sie hinter mich auf meinen Hengst, als Jake unverzüglich das Kommando zum Aufbruch gab.

»Was wird aus uns?«, rief eine Frau verunsichert aus.

»Kehrt heim!«, ermunterte Jake sie und saß auf.

»Aber dann leben wir wieder mit der Angst, eines Tages erneut verschleppt oder getötet zu werden«, warf ein Mann ein. »Lasst uns mit euch kommen! Wir werden Seite an Seite mit euch kämpfen.«

Jake schüttelte den Kopf. »Dieser Kampf heute war nichts gegen die Schlacht, die uns noch bevorsteht.« Mahnend deutete er mit der Hand auf die vielen toten Menschen, deren leblose Körper verstreut auf dem felsigen Boden des Steinbruchs lagen. »Seid dankbar, dass ihr überlebt habt, und kehrt zu euren Familien zurück!«

»Was nützt uns unser Leben, ohne die Freiheit?«, warf der Mann ein.

Gerade als Jake ihm etwas erwidern wollte, kamen die drei anderen Clanführer neben ihm zum Stehen. Sie sahen sich nachdenklich um, erkannten den hohen Einsatz, den die Menschen bezahlt hatten. Torres, der Clanführer, der seinen roten Kinnbart genauso zu einem Zopf geflochten hatte wie sein langes Haar, schaute den Mann aus zusammengekniffenen, grünen Augen an.

»Es ehrt euch, dass ihr allen Umständen zum Trotz dieses Wagnis eingehen wollt«, sprach er den Sterblichen an.

Ich musste mich verhört haben. Nervös wendete ich Shadow und kehrte an Jakes Seite zurück. Fassungslos sah ich die Clanführer an, die hier hoch zu Ross inmitten der Menschen ruhig verweilten. Hatte es so eine Situation schon jemals gegeben? Abgesehen von dem McAlaster-Clan wollten die Unsterblichen meines Wissens nichts mit den Menschen zu tun haben.

»Warum eigentlich nicht?«, wandte sich Torres an Jake. »Wenn die Menschen kämpfen wollen, sollten wir sie nicht davon abhalten!«

»Aber das sind Sterbliche«, mischte sich der

Clanführer namens Jaros ein. Er fuhr sich misstrauisch durch sein dunkelblondes, kurzes Haar, schien sich in der Gesellschaft der Menschen nicht besonders wohlzufühlen.

»Lasst uns darüber abstimmen!«, schlug Cloud vor, der sich gerade eine Locke hinter sein Ohr klemmte. »Meines Erachtens ist es längst überfällig, dass wir unsere Meinung über die Menschen ändern. Spätestens jetzt, da wir von Samanthas Existenz wissen, sollten wir umdenken!«

»Dem schließe ich mich an«, ergriff Torres erneut das Wort. »Ich habe mit meinen eigenen Augen gesehen, wie Jake angesichts des scheinbaren Tod von Samantha verzweifelte. Für mich steht es außer Frage, dass sie tatsächlich seine Seelenverwandte ist.«

Jaros zögerte. »Es fällt mir nicht leicht, meinen alten Ansichten plötzlich keine Beachtung mehr zu schenken. Aber auch ich kann die Tatsachen nicht ignorieren. Samantha ist ein Halbblut. Sie ist der unumstößliche Beweis dafür, dass die Seelenverwandtschaft zwischen den Menschen und den Unsterblichen möglich ist. Wäre es nicht so, würde sie nicht existieren.«

Jake und ich verhielten uns ganz ruhig, konnten beide nicht glauben, was hier gerade passierte. Die drei Clanführer erkannten unsere Seelenverwandtschaft an.

Hoffnungsvoll sah ich in die überraschten

Gesichter der Sterblichen. Es war unvorstellbar, was dieser Augenblick für die Zukunft der Menschen bedeuten konnte.

»Worauf warten wir dann noch!«, brach es überwältigt aus Jake heraus. »Wir werden gemeinsam mit den Menschen in den Krieg ziehen!«

Cloud seufzte auf, begutachtete die umstehenden Sterblichen mit einem skeptischen Blick. »Na, da werden wir vorher aber noch alle Hände voll zu tun haben, um sie wieder zu Kräften zu bringen.«

»Zuallererst sollten wir jetzt von hier verschwinden«, sagte Jaros, während er sein Pferd auch schon antrieb. Torres lächelte Jake und mir zu, bevor er mit Cloud davonritt.

Einen kurzen Moment sah Jake mich fasziniert an. Dann wendete er Onyx, zwinkerte mir zu und galoppierte los.

Dieser Unsterbliche brachte mich noch um den Verstand. Er hatte wahrscheinlich nicht die geringste Ahnung, was er durch ein simples Augenzwinkern in mir auslösen konnte. Ehrfürchtig sah ich ihm hinterher, wie er mit seinem wilden Hengst durch die Truppen der Unsterblichen hindurchritt. Alle machten ihm Platz, eröffneten ihm einen Weg und grüßten ihn freundlich. Sein hohes Ansehen unter seinesgleichen war unumstritten. Die drei anderen Clanoberhäupter warteten auf Jake, um gemeinsam mit ihm in der ersten Reihe Aufstellung zu nehmen. Sie akzeptierten ihn nicht nur an ihrer Seite, sondern überließen Jake sogar die Führung.

Mein Herz hämmerte stolz in meiner Brust, schlug einzig und allein für diesen bemerkenswerten Unsterblichen. Noch immer konnte ich es nicht fassen, dass er ausgerechnet in mir seine Seelenverwandte gefunden hatte. Ich fragte mich, ob ich dieses Glück wirklich verdiente? Er war einfach überwältigend ...

Jake drehte sich zu mir um, wartete darauf, dass ich zu ihm aufschloss. Schnell trieb ich Shadow an, wollte so schnell wie möglich wieder bei ihm sein. Ich hatte das Gefühl, es gab kein Augenpaar, das nicht auf mich gerichtet war. Alle sahen mir lächelnd zu, wie ich mich neben Jake einreihte.

Er strahlte mich liebevoll an, hob seinen rechten Arm und winkte die Massen vorwärts. Die Truppen von vier Clans setzten sich jubelnd in Bewegung, teilten sich die Rücken ihrer Pferde mit unbekannten Menschen, mit denen sie sich an diesem Tag zu einem Bündnis vereinten. Wir verfolgten alle dasselbe Ziel, wollten Dougals grausamen Machenschaften ein Ende setzen.

Es bereitete mir eine Gänsehaut, als mir das Ausmaß dieses Feldzuges bewusst wurde. Von diesem historischen Ereignis würde man sich noch in Jahrhunderten erzählen. Dieser Tag würde in die Geschichte eingehen. Die

Unsterblichen schienen die Menschen endlich zu akzeptieren.

Im mäßigen Tempo verließen wir die steinige Schlucht, überquerten die hölzerne Brücke und ließen die Ebene hinter uns.

Tausende Fackeln erleuchteten uns den Weg, bis der Morgen heranbrach. Vogelgezwitscher begrüßte den neuen Tag, als wir in ein Waldgebiet hineinritten.

Jake und ich ritten die ganze Zeit nebeneinander her, tauschten verliebte Blicke und hielten uns hin und wieder an der Hand.

Es war mir bewusst, dass unser Verhalten meine Tante und meinen Onkel sicherlich verunsicherte. Schließlich wussten sie noch nichts von unserer Beziehung. Aber ich konnte einfach nicht anders. Ich musste Jake immerzu ansehen, musste mich vergewissern, dass er tatsächlich bei mir war.

Uns stand noch so viel bevor ... Am liebsten wollte ich alles verdrängen, wollte unsere Probleme vergessen.

Keiner konnte sagen, wie die Schlacht bei Dougal ausgehen würde. Ahnte er schon etwas von unserem Aufmarsch, oder konnten wir ihn überraschen? Würden wir noch rechtzeitig kommen, um Silas zu retten?

Wir wussten nicht, wie viel Zeit uns noch zusammen blieb, ob wir den nächsten Tag überleben würden.

Bis vor wenigen Stunden hatte ich nicht

mehr daran geglaubt, ihn jemals wiederzusehen. Daher war ich für seine bloße Anwesenheit sehr dankbar.

Erlösung

Wir waren bereits weit in Dougals Clangebiet vorgedrungen, als Jake uns überraschend absitzen ließ. Der Wald endete hier direkt an einem großen See, in dessen Mitte sich eine kleine, mit Bäumen bewachsene Insel befand. Das steinige Ufer umrahmte den See vollständig, wobei vereinzelte Felssäulen diese Landschaft prägten.

Inzwischen drangen warme Sonnenstrahlen zu uns vor, die uns für heute schönes Wetter verkündeten. Es wehte eine laue Brise, die spielerisch durch das Schilf streichelte. Das klare Wasser brach sich in kleinen Wellen am Ufer, lockte uns mit seinem einladenden Rauschen.

Einige Menschen liefen voll bekleidet in die erfrischenden Fluten, wuschen sich den grauen Staub des Arbeitslagers von ihren Körpern. Schon bald folgten ihnen noch weitere, die sich erleichtert zu ihnen gesellten. Sie bespritzen sich gegenseitig mit Wasser und lachten ausgelassen.

Ich konnte es nicht in Worte fassen, was ihr

Anblick in mir auslöste. Während die Menschen sich von dem Staub reinigten, verwandelte sich das saubere Wasser um sie herum in einen grauen Teppich. Ihre von Erschöpfung gezeichneten Gesichter strahlten um die Wette, indem sie ihre neugewonnene Freiheit genossen.

Lächelnd schaute ich ihnen zu, beobachtete meine Tante und meinen Onkel, die fröhlich im flachen Wasser saßen. Amüsiert stupste ich Jake an, um ihn auf Grimmt aufmerksam zu machen, der eine Fontäne nach der anderen aus seinem Mund spritzte und dabei Grimassen zog.

Jake sah nur kurz zu ihm hinüber und nickte mir belustigt zu. Dann wandte er sich wieder den anderen Clanführern zu, mit denen er eifrig diskutierte. Sie besprachen, wie nun weiter vorzugehen war.

Torres wollte noch heute bis zu den Mauern von Dougals Gebiet vordringen. Er konnte es nicht erwarten, endlich dort einzumarschieren.

Jake und Cloud wollten ihn davon überzeugen, bis morgen zu warten. Sie wollten sich erst noch um die verletzten Menschen kümmern, bevor sie Dougal angriffen.

Jaros hingegen hielt sich aus allem heraus. Er würde sich jeder Entscheidung fügen, auf die sich die anderen einigten.

Da ich mich an dem Gespräch sowieso

nicht beteiligen konnte, lief ich zu Grimmt, der gerade aus dem Wasser stieg. Meine Freunde saßen mit ihren wiedergefundenen Familien zusammen. Die Freude stand deutlich in ihren Gesichter, wobei sie ausgelassen lachten. Sie hatten sich so viel zu erzählen, dass ich nicht stören wollte. Bis auf Matts Vater hatten sie alle mehr oder weniger verletzt überlebt.

Grimmt reichte meiner Tante hilfsbereit die Hand, um ihr aus dem Wasser zu helfen. Onkel James lief achtsam neben ihr her und stützte sie.

»Jetzt treiben wir für euch erst einmal etwas zu Essen auf«, sagte Grimmt bestimmend.

Ich führte meine Tante zu einem kleinen Felsen, auf dem sie sich entkräftet niederließ.

»Ich glaube, mein Magen hätte auch nichts gegen eine Mahlzeit einzuwenden«, murmelte Grimmt, während er den beiden auch schon einen Laib Brot reichte.

Augenblicklich fingen sie alle drei an, genüsslich zu kauen. Es tat so gut, sie so zu sehen. Glücklich hielt ich Tante Maggis Hand.

»Hast du auch Hunger?«, fragte sie und reichte mir ein Stück Brot.

Ich nahm einen großen Bissen, strahlte sie an.

»Hey ...«, protestierte Grimmt mit vollem Mund. »Nun aber mal langsam!« Er nahm mir mein Brot kurzerhand wieder weg und schaute Tante Maggi dabei verschwörerisch an. »Sam ist jetzt eine Unsterbliche und kommt locker noch ein paar Tage ohne Essen aus«, erklärte er ihr. »Du und James, ihr habt es viel nötiger. Also lasst euch bloß nichts wegessen!«

Mir blieb der Bissen regelrecht im Hals stecken. Nervös schaute ich die beiden mit großen Augen an, wartete auf irgendeine Reaktion.

»Ach, aber du darfst beim Essen mit zuschlagen?«, sprach Jake. Er trat zu uns und stieß Grimmt an.

Dieser griente nur belustigt und biss übertrieben von seinem Brot ab.

Ich war immer noch wie erstarrt. Aber die zwei schienen keineswegs überrascht. Wussten sie schon von meiner Unsterblichkeit? Hatte Grimmt ihnen schon alles erzählt?

»Möchtest du uns nicht endlich deinen Mann vorstellen?« Onkel James zwinkerte mir zu und gab mir somit meine Antwort.

Schüchtern schluckte ich die Krümel hinunter, begann irgendetwas Unverständliches vor mich hin zu stottern.

Jake legte mir seine linke Hand auf die Schulter, während er die andere meinem Onkel reichte. »Ich bin Jake McAlaster ... Samanthas Ehemann.«

Sie schüttelten sich die Hände und lächelten sich freundlich zu.

»Freut mich sehr, dich kennenzulernen«, erwiderte mein Onkel.

Jake nickte zustimmend.

Als meine Tante mich beglückwünschend in ihre Arme zog, hätte ich vor Freude schreien können. Sie nahm meine Hand und schaute auf den Siegelring, der meinen Finger zierte. Bewundernd betrachtete sie das Wappen auf dem grünen Stein, das einen herausragenden Baum zwischen Zwillingsbergen aufzeigte.

Wie saßen eine ganze Weile so zusammen und berichteten uns gegenseitig von unseren Erlebnissen. Sie hatten beide in dem Steinbruch schwer arbeiten müssen, waren aber von jeglicher Folter verschont geblieben.

»Ich muss euch auch noch etwas erzählen«, flüsterte Jake. Er sah Grimmt und mich abwechselnd an, wusste anscheinend nicht, wie er anfangen sollte. Mit einem Mal wirkte er, als würde er alle Last der Welt allein auf seinen Schultern tragen.

»Meine Mutter ...«, begann er.

Voller Sorge ergriff ich seine Hand. »Was ist mit Nancy?«

»Was ist passiert, Jake?«, stieß Grimmt aus.

Jake seufzte. »Sie hat es geschafft, sich mit meinem Vater in ihren Träumen zu verbinden.«

Hoffnung keimte in mir auf. »Dann weißt du, wo sie Silas gefangen halten?«

»Nein ... Aber dafür weiß ich, dass sie ihn

foltern.«

»Was?« Grimmt sprang auf.

»Meine Mutter ist aus ihrem Traum nicht wieder erwacht. Sie schien sehr zu leiden, war in einem sehr schlechten Zustand. Da sie all ihre Sinne mit ihrem Seelenverwandten teilt, müssen wir davon ausgehen, dass sie alle Strapazen mit ertragen muss, die mein Vater selbst durchlebt.«

Es herrschte absolutes Schweigen. Keiner von uns wusste, wie er Jake trösten konnte. Ich war in meiner Starre regelrecht gefesselt. Traurig sah ich ihn an, als er aufstand.

»Ich gehe mir mal die Verletzten anschauen«, ließ er uns wissen und flüchtete aus dieser unerträglichen Stille.

Es war mir unmöglich, ihm gleich zu folgen. Ich musste mich erst wieder sammeln, musste gegen die Tränen ankämpfen, die mich bei dem Gedanken an Nancys Schicksal übermannten. Schließlich wollte ich Jake trösten und nicht selbst auf seine aufbauenden Worte angewiesen sein.

Sobald ich mich einigermaßen wieder unter Kontrolle hatte, lief ich ihm nach. Ich kam an einer Gruppe von Menschen vorbei, die sich etwas abseits niedergelassen hatte. Die Unsterblichen hatten diejenigen hier versammelt, die auf irgendeine Art und Weise krank oder verletzt waren. Es waren so viele ... Die Hälfte von ihnen hatten augenscheinlich schwerere

Verletzungen. Wenn wir all diesen Sterblichen helfen wollten, dann wartete eine Menge Arbeit auf uns.

Seufzend schaute ich mich um, nicht wissend, wo ich anfangen sollte. Ein blonder Unsterblicher beugte sich gerade zu einem jungen Mann hinunter, um mit seinem blutendem Finger über einen tiefen Schnitt über dessen Stirn zu fahren. Ich betrachtete das Profil des Helfers, überlegte, woher ich ihn kannte. Als würde er meinen Blick bemerken, drehte er in diesem Moment den Kopf in meine Richtung und sah mir direkt in die Augen.

Ich erstarrte. Erschrocken wich ich instinktiv einen Schritt vor Myron zurück. Was machte er hier? Waren die anderen Entführer bei ihm? Hawk war nicht mehr am Leben, doch es war nicht auszuschließen, dass Argo und die anderen sich hier herumtrieben. Außer mir kannte niemand die Namen und die Gesichter derjenigen, die uns verraten hatten.

Ängstlich schaute ich mich um, bemerkte daher nicht, dass Myron aufsprang und zu mir herübereilte. Er kam vor mir zum Stehen, hielt mich davon ab, wegzurennen. Nervös sah er mich an, streckte beschwichtigend seine Hände nach mir aus.

»Geht es dir gut, Samantha?«, fragte er mit einem besorgten Tonfall.

»Wenn du sie nicht augenblicklich loslässt, kann ich für nichts garantieren!«, stieß Jake plötzlich neben mir aus.

Myron lief rückwärts. »Ich wollte nur mit ihr reden.«

Jake zog mich in seine Arme und sah mich eindringlich an. »Myron hat mich zu Hause aufgesucht, um mir von deiner Entführung zu berichten und mich zu der Stelle zu führen, an der er dich das letzte Mal gesehen hatte«, erklärte er mir. Er fasste mich am Kinn, zwang mich ihn anzusehen, da ich bei seinen Worten skeptisch zu Myron geblickt hatte. »Was kannst du mir über diesen Mann sagen?«

Ich verstand, worauf Jake hinauswollte. Er wusste, dass Myron einer der Entführer war. Doch er wusste nicht, welche Rolle er dabei gespielt hatte. Aufgewühlt erinnerte ich mich daran, wie Myron die Betäubungskapsel aus meiner Schulter herausgeschnitten hatte, wie er Helen hatte beistehen wollen und mit mir zusammen um Gnade gefleht hatte. Auch den bedauernden Blick, den er mir zuwarf, als sie uns verließen, hatte ich nicht vergessen. Und nun erzählte Jake mir, dass Myron ihn auf meine Spur geführt hatte. Überrascht sah ich Myron an, dem ich zu Dank verpflichtet war.

»Er hat Helen und mir beigestanden«, versicherte ich Jake. Langsam löste ich mich aus seiner Umarmung und streckte Myron meine Hand entgegen, die dieser erleichtert ergriff. Wir schüttelten uns die Hände und lächelten uns zögernd zu.

»Dann muss ich mich wohl für meine Zweifel entschuldigen«, sprach Jake zu ihm. Allerdings bewahrte er weiterhin Distanz. »Trotzdem kann ich die Tatsache nicht ignorieren, dass du an Sams Entführung beteiligt warst.«

Beunruhigt sah ich zu ihm auf. »Aber er hat mir doch geholfen«, stieß ich aus, während Myron verunsichert zurückwich. »Du darfst ihn nicht bestrafen!«

»Das ist das Einzige, was ich für ihn tun werde. Ich lasse ihm sein Leben.« Mit diesen Worten zog er mich von Myron weg, ließ diesen wissen, dass er ihm nie mehr seine Aufmerksamkeit schenken würde.

»Warte!«, versuchte ich, Jake zum Anhalten zu bewegen, da wir uns nun von den Verletzten entfernten. »Wir müssen den Menschen helfen!«, bat ich ihn.

Jake blieb abrupt stehen. »Sieh dich um, Sam! Die meisten sind schon versorgt und ruhen sich aus. Es gibt hier mehr Unsterbliche als nötig, die sich gerade um die restlichen Menschen kümmern.« Er schaute mir tief in die Augen, lächelte mir schelmisch zu. »Wenn ich jetzt nicht sofort mit dir allein sein kann, drehe ich noch durch!«

Aus den Augenwinkeln sah ich die vielen Unsterblichen, die sich bereitwillig um die kranken Menschen kümmerten. Für Jake und mich war es nun höchste Zeit, unsere Seelen zu heilen.

Ich hatte keine Ahnung, wo Jake mit mir hin wollte. Erst hatte ich vermutet, er würde mich wieder in den Wald führen. Doch nun hatten wir fast den halben See umrundet, wodurch uns die Insel den Blick auf die anderen versperrte.

»Hast du Lust, baden zu gehen?«, fragte er mich aufgeregt.

Es war ein herrlicher Sommertag, an dem ich ansonsten nichts lieber getan hätte. Aber jetzt stand mir der Sinn nach etwas ganz anderem.

»Nein«, erwiderte ich. Ich trat auf ihn zu, wollte meine Arme um seinen Hals legen.

Da wich er zurück, legte den Kopf schief und musterte mich eingehend. »Bist du dir sicher?«, hakte er nach.

Schnell nickte ich ihm zu, versuchte erneut, mich ihm zu nähern.

Jake war jedoch schneller. »Hm ... schade.« Er tat enttäuscht und zog sich langsam sein Hemd aus.

Ich schnappte nach Luft. Sein Anblick raubte mir den Atem. Es war so einfach für ihn, mich um den Verstand zu bringen.

»Ich weiß, was du hier tust«, tadelte ich ihn.

Amüsiert verschränkte er die Arme vor der Brust. »Tatsächlich? Was denn?«

»Du willst mich umbringen«, witzelte ich, ohne groß über meine Worte nachzudenken.

Einen kurzen Moment wirkte Jake wie erstarrt. Dann war er so schnell bei mir, dass ich gar nicht wusste, wie mir geschah. Fordernd legte er seine Lippen auf meine, drückte mich voller Verlangen an sich. »Du bist mein Leben, Sam!«, hauchte er mir zwischen einem Kuss zu.

Er hob mich hoch, sodass ich meine Beine um ihn schlingen konnte. Seine rechte Hand krallte sich in mein schulterlanges Haar. Ohne unseren Kuss zu unterbrechen, trug er mich zum Wasser, in das er so weit hineinlief, dass er gerade noch stehen konnte.

Das kühle Nass wirkte erfrischend, konnte die Hitze in meinem Inneren jedoch nicht bändigen. Hemmungslos forderte ich ihn heraus, reizte ihn mit meinen Lippen, meinen Händen, meinem Körper.

Jake stöhnte auf. »Wenn du nicht sofort damit aufhörst, werde ich nicht einmal mehr in der Lage sein, zu dieser Insel zu schwimmen«, flüsterte er mir zu, wobei er meinen Hals mit sanften Küssen bedeckte. Er schmunzelte über meinen überraschten Gesichtsausdruck, als ich nachdenklich zu der Insel hinüberschaute. »Ich möchte nicht, dass uns jemand ungewollt stört, bei dem, was ich mit dir vorhabe«, erklärte er. Und dann schenkte er mir sein Jake-Lächeln, das ich so sehr vermisst hatte.

Schlagartig kämpfte ich mich von ihm frei,

schwamm so schnell ich konnte los. Diese Insel war meine Erlösung. Ich hörte Jake noch hinter mir lachen, ehe er kurz darauf zu mir aufschloss. Mit kraftvollen Armschlägen kraulte er mit einer unverschämten Leichtigkeit an mir vorbei. »Beeile dich, Sam! Lass mich nicht so lange warten!«, scherzte er.

Jetzt machte er sich auch noch über mich lustig. Auf dieses Spiel konnte ich mich durchaus einlassen. Was er konnte, konnte ich schon lange. Ich wartete, bis Jake sich das nächste Mal nach mir umdrehte und tauchte dann unvermittelt ab. Es war nicht gerade fair, da ich wusste, wie sehr er sich um mich sorgte. Nachdem er mich damals aus dem reißenden Strom vor dem Ertrinken gerettet hatte, fand er diese Aktion bestimmt nicht lustig. Aber ich konnte einfach nicht widerstehen.

Der See war nicht besonders tief, war auf seinem sandigen Grund aber mit Algen bewachsen. Ich tauchte einen großen Bogen, versuchte mich zwischen den Wasserpflanzen zu verbergen und bewegte mich schnellstmöglich in die Richtung, in der die Insel lag. Kurz vor ihrem Ufer tauchte ich auf, blickte mich suchend nach Jake um. Doch ich konnte ihn nirgends sehen. Eilig schwamm ich an Land, setzte mich abwartend auf das weiche Gras.

Es dauerte nicht lange, bis Jake durch die Wasseroberfläche brach und sich hastig umschaute. Sobald er mich bemerkte, warf er mir einen missmutigen Blick zu, den ich übertrieben lächelnd und winkend erwiderte.

»Beeile dich, Jake! Lass mich nicht so lange warten!«, wiederholte ich seine Worte triumphierend. Ich stand auf und lief ihm entgegen.

»Das war nicht lustig«, rügte er mich.

Überschwänglich sprang ich ihm in die Arme, sodass er keine andere Wahl hatte, als mich aufzufangen. Ich presste meinen Mund auf seinen, nahm ihm die Gelegenheit, mit mir zu schimpfen.

Jake nahm mein Gesicht zwischen seine Hände. Er entzog mir seine Lippen, schaute mich kopfschüttelnd und gleichzeitig lächelnd an. Ganz langsam näherte sich sein Mund dem meinen, hielt aber inne, kurz bevor sich unsere Lippen trafen.

»Ich liebe dich, Sam«, flüsterte er mir zu und warf mich dann unerwartet über seine Schulter. Er gab mir einen neckenden Klaps auf den Po, trug mich ein kleines Stück zum Schatten eines Baumes. Behutsam legte er mich auf das weiche Gras, nur um mich dann unter sich gefangen zu halten. Sein Blick liebkoste mich, während ich ihm durch sein inzwischen länger gewachsenes Haar streichelte. Es verdeckte schon wieder zur Hälfte seine Stirn, aus der ich es ihm zurückstrich.

Meine Finger zogen die Konturen seines geliebten Gesichts nach, glitten seinen Hals hinunter und blieben auf seiner Brust liegen.

Ich schloss die Augen, fühlte seinen Herzschlag unter meiner Hand. Seit wir unsere Seelen vereinigt hatten, schlugen unsere Herzen in demselben Rhythmus. Augenblicklich waren wir beide zu gleichen Teilen daran schuld, dass es raste.

Er biss mir leicht in den Hals, bevor seine Lippen sich meinem Mund näherten. In meinem Inneren zogen sich sämtliche Muskeln vor Verlangen zusammen. Seine Zunge verführte mich in einem sinnlichen Spiel, forderte mich immer weiter heraus. Ich war ihm vollkommen verfallen, war süchtig nach ihm.

Achtlos streiften wir unsere nassen Sachen von unseren Körpern, um uns Haut an Haut voller Verlangen aneinanderzupressen. Wir atmeten beide schwer, konnten einfach nicht genug voneinander bekommen. Zitternd schlang ich meine Arme um seinen Hals, bettelte nach Erlösung.

Mein Körper schien in tausend Funken zu verglühen, als wir uns endlich vereinten. Das unsichtbare Band, das uns allgegenwärtig zusammenhielt, wand sich beschützend um unsere Seelen. Wir verschmolzen miteinander, teilten uns das Empfinden, vollkommen ineinander einzutauchen.

Es war bisher jedes Mal überwältigend, wenn Jake und ich uns so nah waren. Trotzdem war es heute irgendwie anders. Wenn dies überhaupt möglich war, so empfand ich es noch intensiver. Unsere erzwungene Trennung und die lange Ungewissheit über ein Wiedersehen trugen sicherlich dazu bei, dass ich die auf mich einstürzenden Gefühle gar nicht alle auf einmal verarbeiten konnte. Mein ganzer Körper bäumte sich auf, als würde etwas von ihm Besitz ergreifen. Gleichzeitig überflutete mich eine angenehme Wärme und hinterließ ein kribbelndes Gefühl in meiner Magengrube. Es war eigenartig, verwirrend und überwältigend zugleich.

Erschöpft lag ich in Jakes Armen, die mich behütet festhielten.

»Was immer das auch gerade war, noch einmal überlebe ich das nicht«, flüsterte Jake mir lachend zu.

»Hast du das auch gespürt?«, fragte ich ihn überrascht.

Jake schmunzelte. »Ich kann dir nicht wirklich beschreiben, was hier gerade mit uns passiert ist«, antwortete er mir.

Er rollte uns auf die Seite und legte sich neben mich. Sein Arm lag unter meinem Kopf, während er mir zugleich mit der anderen Hand zärtlich über die Wange streichelte.

»Woran denkst du?«, flüsterte ich.

Jake zögerte, ehe er mir antwortete. »Seitdem du in mein Leben getreten bist, schaffst du es immer wieder, mich zu überraschen. Bevor ich dir begegnet bin, war mein Dasein eher langweilig und bedeutungslos. Erst durch dich bekam alles einen Sinn.«

Ich schluckte. »Seit du mich kennst, wird dein Leben von totalem Chaos und von Schicksalsschlägen heimgesucht«, erwiderte ich ihm bedrückt. »Dein Vater wird von Dougal gefangen gehalten, ja sogar gefoltert. Und wir wissen beide, dass ich dabei eine große Rolle spiele«, brachte ich gequält heraus.

Jake stützte sich auf seinen Unterarm, schaute eindringlich zu mir herab. »So etwas will ich nie wieder von dir hören, Sam! Hör auf, dir immer an allem die Schuld zu geben! Du bist das unschuldigste Wesen, was mir jemals begegnet ist. Doch durch deine Herkunft wurde dir eine Bürde und Verantwortung auferlegt, deren Last jeden anderen schon längst in die Knie gezwungen hätte. Dein Mut und dein eigener Kampf sind dafür verantwortlich, dass die Unsterblichen und die Menschen sich unerwartet zusammengeschlossen haben. Nur deinetwegen ziehen wir nun gemeinsam in die Schlacht. Wärst du Dougal damals nicht so selbstlos gegenübergetreten, würden die Unsterblichen noch immer nicht an unsere Seelenverwandtschaft glauben. Du gibst den Menschen die Hoffnung auf ein freies Leben. Und den Unsterblichen gibst du den Glauben zurück, dass es nach wie vor Seelenverwandte und somit Nachkommen geben kann.« Er küsste mir die Tränen weg, die sich bei seinen Worten ihren Weg gebahnt hatten und sah mir tief in die Augen. »Sam! Du bist die Hoffnung aller …«

Ratlos rutschte ich an ihn heran, schmiegte mich an ihn. Sollte ich Jake jetzt schon von Escas Herkunft und seinen Plänen mit mir erzählen? Er sorgte sich doch auch so schon genug um seine Eltern, ohne dass ich ihm mit meinem Bericht noch die kleinste Hoffnung nahm. Durch die Seelenverwandtschaft mit Silas war Nancy an das Schicksal seines Vaters gebunden, teilte mit ihm die grausame Folter, die er offensichtlich durchleben musste. Was hatte Esca Dougal erzählt? Falls er meine Existenz verleugnet hatte, würde Silas als Lügner dastehen. Es würde seinen sicheren Tod bedeuten.

»Wie groß sind die Chancen, diesen Krieg zu gewinnen?«, stieß ich verzweifelt aus.

Abrupt setzte Jake sich auf, zog mich auf seinen Schoß und verbarg das Gesicht an meinem Hals. Sein warmer Atem strich berauschend über meine Haut. »Ich darf dich niemals wieder verlieren, Sam! Versprich mir, dass du mich nie verlässt!«

Unfähig, etwas zu sagen, krallte ich meine Finger in sein Haar, brachte ihn dazu, mich anzusehen. Ich streichelte ihm mit meinen Lippen über die Wange. Nur allzu gern zeigte ich ihm, wie sehr ich zu ihm gehörte …

Den ganzen Tag genossen wir unsere Zweisamkeit, bis die Abenddämmerung langsam über uns hereinbrach.

»So langsam müssen wir zu den anderen zurückkehren«, brachte Jake mich schließlich auf den Boden der Tatsachen zurück. »Wir müssen die Dunkelheit ausnutzen, um so weit wie möglich unbemerkt an Dougals Burg heranzukommen!«

Widerwillig stand er auf. »Komm, Sam! Solange wir Dougal und Esca nicht besiegt haben, werden wir keine Ruhe finden.« Er half mir in mein Kleid und strich mir liebevoll die Haare aus dem Gesicht. »Außerdem rechne ich damit, dass Grimmt jeden Moment hier auftaucht.«

»Wenigstens kann er uns hier nicht die Tür einschlagen«, murmelte ich, worüber Jake herzlich lachte.

Das angenehme, warme Prickeln in meinem Bauch war immer noch allgegenwärtig, als wir gemütlich zurückschwammen. Grimmt stand tatsächlich schon am Ufer und erwartete uns.

»Na, ihr zwei.« Er griente uns entgegen und kraulte sich amüsiert den Bart. »Ich war schon drauf und dran, euch zu holen. Torres ist schon ganz ungeduldig und drängt zum Aufbruch«, erklärte er.

Jake und ich schlenderten Hand in Hand an Grimmt vorbei.

»Hey, nun wartet doch mal! Das ist nun der Dank, wenn man euch abholen kommt«, schimpfte er vor sich hin.

»Wir haben dich nicht darum gebeten«, antwortete Jake.

»Darf ich dich daran erinnern, wie besorgt du um mich warst, als ich auf deinem Schoß ruhte?«, zog Grimmt ihn auf.

»Und darf ich dich daran erinnern, wie leicht ich dich übers Knie legen könnte, um dir deinen vorlauten Mund zu stopfen?«, erwiderte Jake genervt.

Grimmt verpasste ihm von hinten einen ordentlichen Tritt, wodurch Jake leicht nach vorn stolperte. »Das wollen wir doch erst einmal sehen, mein Freund!«, schnaufte er. »Mal sehen, wer hier wen übers Knie legt.«

Augenblicklich drehte Jake sich zu ihm um, versetzte ihm einen leichten Stoß, der Grimmt zu Fall brachte. Fluchend kam er wieder auf die Beine, stürmte mit vollem Anlauf auf Jake zu.

»Gib auf seinen verletzten Rücken acht!«, versuchte ich noch, Jake von der kleinen Rauferei abzuhalten. Doch es war schon zu spät. Ich verdrehte die Augen und lief voraus. Die beiden konnten es einfach nicht lassen ...

Die Truppen waren soeben dabei, einige Fackeln zu entzünden. Kurz bevor ich bei ihnen eintraf, hatten Jake und Grimmt mich wieder eingeholt. Sie nahmen mich in ihre Mitte, wobei sie lachten und sich nach wie vor die unmöglichsten Ausdrücke an den Kopf warfen.

Meine Freunde kamen uns ein Stück entgegen. Sally und ich fielen uns in die Arme, schauten uns zufrieden an. Aber sie wirkte immer noch sehr blass und geschwächt.

»Wie geht es dir?«, fragte ich sie besorgt. »Geht es deinem Magen besser?«

»Hm ... Nicht wirklich. Sobald ich etwas Unangenehmes rieche, wird mir schlecht.«

»Was du immer riechst ...«, sprach Matt verwundert. Er hielt seine Nase in die Luft und schnüffelte wie ein Hund.

Grimmt trat beiläufig an die beiden heran. »Ihr seid aber manchmal auch begriffsstutzig! Deine Übelkeit kann noch ein paar Wochen anhalten. Glaub mir, ich bin dreifacher Vater! Ich weiß, wovon ich rede. Als Marie mit den Zwillingen schwanger war, hat sie sich die ersten Wochen auch ununterbrochen übergeben.«

Matt und Sally wirkten mit einem Mal wie erstarrt. Mit großen Augen sahen sie Grimmt an, der nur wie selbstverständlich mit den Schultern zuckte.

Auch ich war von seiner Offenbarung überrascht. Ich ergriff Sallys Hände und lächelte sie gerührt an, bis Matt unsere Andächtigkeit zunichte machte.

»Das meinst du doch jetzt nicht im Ernst?«, brachte er ungläubig in Grimmts Richtung heraus.

Sally schluchzte auf. Sie schubste Matt von sich weg und strafte ihn mit einem eisigen Blick.

»Was habe ich denn jetzt verbrochen?«, fragte er ratlos.

»Mein erster Eindruck hat sich doch wieder bestätigt«, ergriff Jake neben uns das Wort. Er sah Matt missbilligend an. »Ich kann dich nicht leiden.«

»Dem kann ich mich nur anschließen. Ich kann diesen gefühllosen Idioten auch nicht leiden«, schimpfte Sally.

»Was? Kann mir bitte mal einer verraten, was los ist?«, winselte Matt.

»Halt jetzt am besten einfach die Klappe!«, forderte Conner ihn auf und zog seine Schwester beiseite, damit sie sich beruhigen konnte.

Matt schaute den beiden verstört hinterher.

»Hast du was mit den Augen?«, fragte Grimmt ihn vergnügt. »Du glotzt wie ein sterbender Fisch.«

»Jetzt reicht es aber!«, wetterte Matt. »Ich habe gerade so ganz nebenbei erfahren, dass ich Vater werde. Wie soll ich denn bitteschön mit der Situation umgehen? Wir werden morgen gegen Dougal in die Schlacht ziehen, wissen nicht, ob wir dabei lebend davonkommen. Es könnte keinen schlechteren Zeitpunkt für eine Schwangerschaft geben. Was ist, wenn Sally etwas passiert?«

»Vielleicht solltest du einfach mit deiner Frau reden!«, mischte Jake sich ein. »Sag ihr, wie sehr du dich um sie und euer gemeinsames Kind sorgst, anstatt ihr das Gefühl zu geben, du würdest das Kind nicht wollen!«

Erst jetzt schien Matt es zu verstehen. »Oh …«, brachte er verstört heraus, während er auch schon auf Sally zusteuerte.

Jake seufzte und stupste Grimmt an. »Hättest du nicht noch etwas mit deiner Weisheit warten können?«, tadelte er ihn. »Es hätte völlig ausgereicht, wenn du ihnen erst später von deiner Theorie erzählt hättest!«

»Na entschuldige mal! Ich habe sie schließlich nicht geschwängert, sondern nur gesagt, was Sache ist«, verteidigte er sich.

Ich beobachtete, wie Matt sich Sally vorsichtig näherte. Conner hielt ihn so lange auf Abstand, bis seine Schwester sich erweichen ließ und ihm gnädig zunickte. Matt schloss Sally in seine Arme, flüsterte ihr liebevolle Worte ins Ohr. Sie entspannte sich sichtlich und lehnte sich erleichtert an ihn.

Es war eigenartig, sie so zu sehen. Das Wissen, dass die beiden ein gemeinsames Kind erwarteten, war gewöhnungsbedürftig. Ich kannte Sally von klein auf, hatte jede freie Minute meines Menschenlebens mit ihr verbracht. Es fiel mir schwer, sie mir jetzt in der Mutterrolle vorzustellen. Doch die größte Sorge bereitete mir immer noch Matt. Er war selbst noch wie ein Kind, sollte jetzt aber die Verantwortung für eine Familie tragen.

»Die werden das schon meistern«, flüsterte Grimmt mir zu, als er meinen skeptischen Blick bemerkte. Er legte mir freundschaftlich den Arm um die Schultern. »Die zwei werden an ihren Aufgaben wachsen.«

Ich konnte das Gefühl einfach nicht beschreiben, das ich gerade verspürte. Sicherlich war da die Sorge um meine beste Freundin. Allerdings musste ich mir auch eingestehen, dass ich ein wenig Eifersucht empfand.

Verunsichert wandte ich mich ab und schaute Grimmt eindringlich an. »Wie geht es deinem Rücken?«, erkundigte ich mich. Behutsam begann ich, den Stoff seines Hemdes hochzuschieben.

»Hey, lass das!« Er wehrte mich ab.

»Warum?« Ich lachte. »Bist du kitzlig?«

»Kitzlig? Ich? Von wegen«, gab er sich empört. »Aber die einzige Frau, die mir an die Wäsche darf, ist Marie.« Er zwinkerte mir zu.

Ryan und Jake traten an uns heran, lachten über Grimmts gespieltes Theater.

»Ist er heute nicht wieder charmant?«, zog Ryan ihn auf und lächelte ihn übertrieben an.

Grimmt schnaubte wütend und hob warnend in Ryans Richtung den Zeigefinger.

»Hm …«, überlegte Jake laut. »Ich sollte mir vielleicht darüber Gedanken machen, warum meine Frau einem anderen Mann an die Wäsche will!« Er verschränkte die Arme vor der Brust und schaute mich mit hochgezogenen Augenbrauen fragend an.

Ich spielte mit. »Naja«, holte ich aus. »Grimmt ist ein stattlicher Mann, dessen Reizen eine Frau nur sehr schwer widerstehen kann.« Verschwörerisch zwinkerte ich Ryan zu. »Und er ist so charmant ...«

»Jetzt fang du nicht auch noch damit an!«, beschwerte Grimmt sich bei mir. Er fiel in unser Lachen ein, zog sich bereitwillig sein Hemd aus und drehte mir den Rücken zu.

Den Umständen entsprechend, sahen seine Wunden richtig gut aus. Zwar war an manchen Stellen noch immer das blanke Fleisch zu sehen, aber die meisten Striemen waren schon von einem Schorf überzogen. Seine Haut nässte nicht mehr, war dabei abzuheilen. Trotzdem musste Grimmt noch starke Schmerzen haben, von denen er sich rein gar nichts anmerken ließ.

»Wenn ihr euch an meinem Prachtkörper sattgesehen habt, würde ich mich gerne wieder anziehen!«, stieß Grimmt aus. Er streifte sich sein Hemd über und schaute sich hoffnungsvoll um. »Gibt es eigentlich noch etwas zu essen, bevor wir aufbrechen?«, murmelte er in seinen Bart und machte sich auf die Suche.

Jake schlang von hinten seine Arme um mich und legte sein Kinn auf meiner Schulter ab. Ich drehte den Kopf zur Seite, küsste ihn sanft auf die Schläfe. Genießerisch schmiegte ich meine Stirn an seine, spürte erneut die kleine Flamme in meiner Magengrube, als das Verlangen nach Jake wieder von mir Besitz ergriff.

»Wir sollten nun aufbrechen!«, sprach Torres uns an, der sich auf seinem Pferd unbemerkt genähert hatte. »Wir haben die Menschen gut versorgt, womit viele von ihnen nun in der Lage sein werden, mit uns in den Kampf zu ziehen.« Schmunzelnd sah er auf uns herab, nickte Jake auffordernd zu und trieb sein Pferd an.

Während Jake nach Onyx pfiff, rief ich Shadow herbei. Alle Menschen fanden einen Platz hinter den Unsterblichen, die ihre Pferde vorwärtstrieben. Ich ritt zu Sally und zog sie hinter mich auf meinen Hengst. Shadow reihte sich neben Onyx ein, auf dem Jake mit Grimmt saß. Ich hörte noch, wie drei Unsterbliche darüber diskutierten, wer von ihnen Matt bei sich aufnehmen musste. Sie warfen dem Reiter einen mitleidigen Blick zu, auf dessen Pferd Matt schließlich unbeholfen aufsaß. Conner hielt sich erschrocken an Ryans Schultern fest, als dieser seinen Hengst abrupt antrieb. Er bemerkte, dass ich ihn beobachtete. Daher lächelte er mir schüchtern zu.

Sally hatte ihre Arme um mich geschlungen, hielt sich eisern an mir fest. Wir ließen den See hinter uns, galoppierten schnell über die weite Ebene, die sich nun vor uns ausbreitete. Ich fühlte mich für sie verantwortlich, wurde mir darüber bewusst, dass auch ihr Kind bei uns war. Es bereitete mir Sorge, ob die Erschütterungen ihr etwas ausmachen konnten.

All diejenigen, die ich liebte, schwebten in größter Gefahr. Wir waren auf dem direkten Weg in das Gebiet unseres Feindes. Niemals zuvor hing unser Leben an solch zartem Faden, wie es nun der Fall war. Nur das Schicksal allein konnte noch über uns bestimmen …

Wir durchquerten einen Wald, ein langes Tal und machten uns dann an den Aufstieg eines Berges.

»Löscht die Fackeln!«, rief Torres plötzlich aus, dessen Ruf von anderen Unsterblichen nach hinten weitergeleitet wurde.

Noch bevor wir die Bergkuppe erreichten, brannte keine einzige Flamme mehr, die unser Eintreffen vorzeitig hätte verraten können. Aufgeregt erklommen wir die letzte Distanz bis zum Gipfel, von dem man weit ins Landesinnere hineinschauen konnte.

Unter uns lag eine Seenlandschaft friedlich im Licht des Mondes. Die silberne Kugel spiegelte sich in den zahlreichen kleinen Gewässern, verlieh der Landschaft etwas Geheimnisvolles.

In weiter Ferne erhob sich ein Hügel aus der sonst flachen Umgebung, auf dem die Umrisse einer beeindruckenden Burg zu erkennen waren. Ich konnte mir sicher sein, dass Sally dieses Bauwerk nicht sehen konnte. Selbst ich hatte meine Probleme über die große Entfernung hinweg Genaueres wahrzunehmen.

Ich kniff die Augen etwas zusammen, versuchte noch mehr zu erkennen. Alles, was ich erblicken konnte, waren fünf Türme, die das Aussehen der Burg prägten. Auf deren Dächern wehten Flaggen unruhig im Wind. Ich wusste, dass ich bei Tageslicht Dougals Wappen auf ihnen erblicken würde. Der weiße Falke war der Krieger der Vögel, er stand als Symbol für den großen Mut und die Regentschaft des Clans. Die ranghohen Clanmitglieder, denen wichtige Aufgaben zugeteilt waren, besaßen so einen Raubvogel. Sie erhielten ihn, wenn ihr Ansehen innerhalb des Clans sehr hoch war.

In diesem Moment überkam mich eine große Demut. Ergriffen schaute ich zu der mächtigen Burg hinüber, die einst das Zuhause meines Vaters gewesen war. Ich fragte mich, ob ich ihm ähnelte oder charakterliche Eigenschaften von ihm hatte. Wenn Dougal ihm die Beziehung zu meiner Mutter nicht untersagt hätte, wäre ich selbst an diesem Ort aufgewachsen.

»Es wird nicht mehr lange dauern, bis die Sonne aufgeht«, durchbrach Jake das allgemeine Schweigen. »Wir sollten nicht länger warten! Ich denke, jetzt ist der richtige Zeitpunkt gekommen, um anzugreifen.«

Nach wie vor blieb es still. Jeder Einzelne war in Gedanken bei seiner Familie, schwelgte in Erinnerungen an sein bisheriges Leben, dachte an die Konsequenzen, die diese Schlacht mit sich bringen könnte und stellte sich seiner Angst.

Neben dem gelegentlichen Schnauben eines Pferdes war das Würgen hinter mir das einzige Geräusch, das man hören konnte. Sally rutschte vom Pferd, kauerte sich nieder und erbrach. Ich nahm an, dass die Aufregung einfach zu viel für sie war. In ihrem jetzigen Zustand gehörte sie auf keinen Fall hierher.

Besorgt schaute ich Jake an und deutete in ihre Richtung. »Eine schwangere Frau hat nichts auf einem Schlachtfeld verloren!«, flüsterte ich.

Jake stimmte mir zu. »Das sehe ich genauso. Es ist wohl das beste, wenn sie mit den älteren und verletzten Menschen zurückbleibt.«

»Ich denke, auf ihren Mann könnten wir auch notfalls verzichten«, warf Ryan ein, der Matt dabei beobachtete, wie dieser sich umständlich bemühte, von dem riesigen Pferd seines Reiters herunterzukommen. Als er das linke Bein zwischen seinem Vordermann und sich hindurchgefädelt hatte, verlor er letztlich doch noch das Gleichgewicht und fiel wild gestikulierend vom Pferd.

Es brach allgemeines Gelächter aus, womit die erdrückende Stille wenigstens ein Ende hatte. Schimpfend klopfte Matt sich den Dreck von der Hose und stampfte zu Sally, um ihr beizustehen.

Jake lenkte Onyx zu ihnen hinüber. »Wir werden euch hier zurücklassen«, sagte er bestimmt. »Sally ist in diesem Zustand nicht in der Lage, ihr Leben zu verteidigen. Für alle hier ist die Zukunft ungewiss, aber für deine Frau und die schwer Verletzten, wäre der Tod sicher«, erklärte er seine Entscheidung.

Matt hatte rein gar nichts dagegen einzuwenden. Er tätschelte Sally nervös den Rücken, die nicht die Kraft dafür hatte, zu protestieren. Abermals erbrach sie vor unser aller Augen, während Matt sie fürsorglich stützte.

Jake wandte sich ab, rief alle anderen zum Aufbruch. »Bitte beeile dich, Sam!« Er forderte mich dazu auf, mich schnellstmöglich von Sally und Matt zu verabschieden. Auch meine Tante und mein Onkel würden zurückbleiben. Wie viele andere auch, waren sie einfach zu geschwächt. Sie wären uns eher eine Bürde als eine Hilfe.

Hastig sprang ich vom Pferd. Ich eilte zu meiner Tante, um sie in die Arme zu schließen. Conner trat inzwischen an Sally heran, zog seine Schwester liebevoll an seine Brust.

Ich konnte mich nicht darauf konzentrieren, was er ihr in diesem Augenblick ins Ohr flüsterte, da mein Onkel mich überschwänglich umarmte.

»Pass gut auf dich auf, Sam!«, bat er mich. Er drückte meinen Kopf auf seine Schulter und streichelte mir beruhigend übers Haar.

Es fiel Sally sichtlich schwer, ihren Bruder freizugeben. Doch Conner machte sich nun entschlossen von ihr los. »Bis später«, rief er und lächelte ihr zu. Im Vorbeigehen klopfte er Matt freundschaftlich auf die Schulter. »Ich verlasse mich auf dich«, gab er ihm zuversichtlich zu verstehen, wobei er auch schon wieder hinter Ryan aufsaß.

Die Massen hatten schon mit dem Abstieg begonnen. Alle waren in Bewegung, nur Jake und Grimmt warteten noch auf mich.

Eilig wandte ich mich zu Sally um, die mich aus traurigen Augen ansah. Wir schlossen uns in unsere Arme, hielten uns einfach aneinander fest, ohne dass eine von uns auch nur ein Wort sagte.

Grimmts Räuspern veranlasste uns schließlich dazu, uns voneinander zu lösen. »Du wirst zu mir zurückkommen!«, flehte sie mich an. »Glaub bloß nicht, dass du dich davor drücken kannst, mein Kind aufwachsen zu sehen!«

Matt zog Sally tröstend in seine Arme, als Jake mich nun von ihr wegzog. Dieser Junge konnte der nervigste Mensch sein, den es gab. Aber wenn man ihn länger kannte, wusste man, dass er tief in seinem Inneren ein echt netter Kerl war. Ich zumindest mochte ihn.

Jake hob mich auf Shadow und sah mich dabei mitfühlend an. Ihm blieb keine andere Wahl, als mit Grimmt auf Onyx zu reiten. Niemals würde sein Hengst Grimmt allein auf seinem Rücken dulden.

Trotzdem war Jake für mich da. Er ritt dicht neben mir, hielt unentwegt meine Hand. Seine Nähe tröstete mich, erleichterte mir den Abschied aber nicht wirklich.

Inzwischen hatten wir das Tal erreicht, hielten nun geradewegs auf eine hohe Mauer mit ihren Wehrtürmen zu. Ich bemerkte, dass ihr Bau noch nicht vollendet war. Eine riesige Lücke klaffte zwischen den gemauerten Steinwänden, durch die locker zehn Mann auf einmal hindurchpassten. Auch an einer anderen Stelle fanden die Truppen ungehindert Einlass, bewegten sich bisher unbemerkt auf Dougals Grund und Boden. Die Wehrtürme waren nicht besetzt und warteten ebenfalls noch auf ihre Fertigstellung.

Wir galoppierten durch die wunderschöne Seenlandschaft, ließen einen See nach dem anderen hinter uns. Doch die Zeit schien gegen uns zu sein. Noch bevor wir die Burg erreichten, färbte sich der Himmel in ein verräterisches Morgenrot. Die Landschaft tauchte aus der beschützenden Dunkelheit auf, verriet den Burgbewohnern unsere Ankunft. Allerdings wären wir auch bei Nacht nicht mehr lange unbemerkt geblieben. Die Hufe von tausenden Pferden konnten nicht mehr lange ungehört bleiben.

Es begann zu regnen, wobei eine dunkle Wolkendecke auf uns zu zog. Mit dem aufkommenden Licht konnte ich das beeindruckende Bauwerk nun deutlich betrachten, das sich auf einer Anhöhe vor uns auftat. Drei Seiten wurden von einem See eingeschlossen, der den Großteil der Burg somit für alle unzugänglich machte. Die Ringmauer wurde von runden Ecktürmen mit Zinnfenstern unterbrochen. Aus der Mitte der Kernburg ragten fünf weitere imposante Türme hervor, die diese Festung prägten. Die roten Wimpel, die auf den Dächern der Türme unruhig im Wind wehten, ließen deutlich den Falken erkennen, der Dougals Clan auswies.

Plötzlich ertönte ein dumpfes Horn von den Burgmauern zu uns herüber. Auf den Wehrgängen der Ringmauer eilten inzwischen viele Unsterbliche in Aufregung hin und her. Hunderte berittene Krieger galoppierten aus dem Torhaus, um vor der einzigen zugänglichen Seite der Burg Aufstellung zu beziehen. Nachdem sie sich in Angriffsposition begeben hatten, wurde das Tor der Vorburg augenblicklich wieder verschlossen. Bogenschützen brachten sich entlang der Zinnfenster in Stellung, entzündeten ihre Pfeile. Unablässig drang der Ton des Horns laut zu uns herüber. Und dann prasselte der erste Feuerregen auch schon auf uns nieder.

Jake sprang von seinem Pferd und zog mich eilig von Shadow herunter. Er warf sich beschützend über mich, drückte mich zu Boden, bevor die ersten Pfeile ihr Ziel erreichten. Die getroffenen Menschen schrien voller Schmerz auf. Viele wälzten sich mit ihrer brennenden Kleidung über den Boden, ehe sie leblos liegenblieben.

Onyx und Shadow suchten mit den anderen wilden Pferden das Weite, als die Burgbewohner mit riesigen Steinschleudern ganze Feuerbälle auf uns abschossen.

Ich sah, wie Torres und Cloud ihre Schwerter in die Luft hielten und dann laut grölend auf die berittenen Krieger Dougals zu galoppierten. Die verfeindeten Truppen stürmten aufeinander zu, trafen mit einer unvorstellbaren Gewalt aufeinander.

Jake deutete Grimmt und Ryan an, in unserer Nähe zu bleiben. Er hielt meine Hand eisern umschlossen, während wir weiter zur Burg vordrangen.

Ängstlich ergriff ich das Schwert, das Jake mir nun entgegenhielt. »Halte dich aus dem Kampf heraus!«, bat er mich. »Benutze es nur, um dich zu verteidigen.«

Es war mir bewusst, dass ich keinerlei Kampferfahrung hatte. Aber ich hatte trotzdem nicht vor, nur tatenlos zuzusehen.

In der Zwischenzeit kamen unsere Feinde immer näher. Jake rief Ryan etwas zu, was ich nicht mehr auffassen konnte. Ich sah nur noch den Reiter, der genau auf mich zuhielt.

Doch Grimmt schleuderte diesem sein Schwert schreiend entgegen, sodass der Unsterbliche ausweichen musste.

Mit einem Mal waren wir von mehreren Reitern eingeschlossen. Das Klirren der Klingen war allgegenwärtig, während die Schwerter aufeinandertrafen. Wenn ein Mensch tödlich verletzt wurde, durchbrach dessen Schrei das monotone Geräusch, wobei das Wehgeschrei der Sterblichen immer weiter zunahm.

Jake kämpfte gleichzeitig gegen zwei Unsterbliche, bis Ryan ihm zu Hilfe kam. Kaum hatten ihre Gegner die Köpfe verloren, wandten sie sich den nächsten Angreifern zu. Grimmt schrie ihnen unentwegt zu, aus welcher Richtung sich die Unsterblichen näherten. Nebenbei sammelte er die Schwerter der Gefallenen ein und verteilte sie an die Menschen.

Plötzlich stand einer unserer Gegner direkt neben mir. Er lachte mich gehässig an und holte mit seinem Schwert aus. Ich duckte mich unwillkürlich ab und rammte ihm mein Schwert in die Magengrube. Doch er zog die

Klinge nur unbeeindruckt aus seinem Fleisch heraus, ließ meine Waffe einfach fallen und trat weiter auf mich zu. Im selben Moment zielte Grimmt von hinten auf seinen Hals. Aber sein Schwert drang nur ein klein wenig in den Nacken des Mannes ein. Seine Kraft reichte einfach nicht aus, um ihn zu köpfen. Wutentbrannt drehte dieser sich zu Grimmt um. Da ergriff ich panisch mein Schwert, das der Unsterbliche achtlos fallengelassen hatte. Ohne noch länger zu zögern, holte ich kraftvoll aus und trennte ihm den Kopf ab.

»Sam!« Jake packte mich an den Schultern und sah mich verzweifelt an. »Bist du verletzt?«

Ich schüttelte heftig den Kopf. Verstört starrte ich auf mein Schwert, mit dem ich gerade jemanden getötet hatte. Mein gesamter Körper zitterte.

»Ryan, bring Sam weg von hier!«, rief er diesem zu.

»Was? Nein ... Du hast versprochen, dass wir uns nie wieder trennen«, erinnerte ich ihn. Verzweifelt schaute ich auf die weiteren Reiter, die sich rasch näherten.

»Sam ... Ich will dich doch nur beschützen.«

»Und wer beschützt dich?«, rief ich aus. Ich legte meine Hände um seinen Nacken, hielt mich flehend an ihm fest. Doch da ergriff er sie, befreite sich von meiner eisernen Umarmung. Er küsste meine rechte Hand, während ich mit der linken versuchte, Ryan abzuwimmeln. Aber Ryan zog mich unbarmherzig von Jake weg, bis er mich schließlich mit sich forttrug.

»Ich liebe dich …«, rief Jake mir ein letztes Mal zu, bevor er sich schmerzvoll von mir abwandte und unseren Feinden entgegenlief.

Die Schlacht

Grimmt und ich hatten uns weit abseits des Geschehens hinter mehreren kleinen Felsen niedergelassen, während Ryan zu Jake zurückgekehrt war. Hier blieben wir vor jeglichen Blicken verborgen.

Grimmt ergriff beruhigend meine rechte Hand. »Jake weiß, was er tut, Sam!«

Ich hielt mir die Ohren zu, da ich die Schreie des Kampfes nicht mehr ertragen konnte. »Hörst du die Menschen?«, stieß ich wütend aus. »Sie geben ihr Leben, um für unsere gemeinsame Zukunft zu kämpfen. Warum darf ich es nicht tun?«

»Weil du zu wichtig bist. Dieser Kampf wäre absolut sinnlos, wenn du nicht mehr am Leben wärst.«

Grimmt spähte angespannt zum Schlachtfeld zurück. Selbst fand ich allerdings nicht den Mut, nach Jake Ausschau zu halten. Zum einen war die Chance, ihn unter den tausenden Kriegern auszumachen, sehr gering. Zum anderen hatte ich nicht die Kraft, ihn beim Kämpfen zu beobachten.

Inzwischen regnete es in Strömen, wobei das Donnergrollen immer näher rückte. Das Wasser lief in ganzen Rinnsalen aus meinen Haaren, durchnässte mein Kleid vollkommen.

Schließlich gab Grimmt seine Deckung auf. »Sie haben es geschafft!«, rief er überschwänglich aus. »Sie stürmen die Burg.«

Aufgeregt ging ich auf die Knie, blickte zwischen dem Spalt zweier Felsen hindurch. Unsere Truppen hatten sich bis zu den Mauern der Vorburg durchgekämpft, erklommen das Torhaus über eine Vielzahl von Leitern, die immerzu von verzweifelten Burgbewohnern zurückgestoßen wurden. Doch sie konnten gegen unsere Überzahl nichts ausrichten. Immer mehr schafften es, die Brüstung zu überwinden und den Kampf mit Dougals Männern aufzunehmen.

Es dauerte nicht lange, bis das Tor von innen geöffnet wurde. Torres und Cloud standen an erster Stelle unserer berittenen Einheiten und warteten ungeduldig auf ihren Einlass. Wo waren Jake und Jaros? Sollten die vier Clanführer nicht zusammen die Führung halten?

»Komm, Sam!«, forderte Grimmt mich auf. Er streckte mir seine Hand entgegen. »Es wird Zeit, deinem Großvater einen Besuch abzustatten.«

Wir verließen unser Versteck und näherten uns langsam der Burg. Ängstlich schaute ich mich nach Jake um, konnte ihn aber in der Menge nicht ausmachen.

»Jake ist da vorn«, beruhigte Grimmt mich, als er meine Zerrissenheit bemerkte. Er deutete mit dem Zeigefinger auf den Eingang der Burg, wo Jake gerade an Torres und Cloud herantrat, um sich mit ihnen zu beratschlagen. Die beiden saßen hoch zu Ross, während Jake neben ihnen stand und zu ihnen aufsah. Sein Schwert und der Arm seiner rechten Hand, in der er die Waffe hielt, waren beschmiert mit silbernem Blut. Auch der Zustand seiner Kleidung ließ erkennen, dass er auf dem Schlachtfeld nicht tatenlos geblieben war. Unsere Truppen ritten in diesem Moment durch das Tor, triumphierten über die Eroberung der Burg.

Erschüttert eilte ich über die grauenvolle Ebene, die mit toten Menschen und reglosen Leibern der Unsterblichen gepflastert war. Trotz des Regens brannten noch immer vereinzelte Feuerstellen, wobei ich nicht mit Gewissheit sagen konnte, ob es sich dabei nur um brennende Sträucher oder um brennende Leichen handelte.

Entsetzt stieg ich über die leblosen Körper, die teilweise übereinander lagen. Übelkeit stieg in mir auf, da ich die Gesichter mancher Menschen wiedererkannte. Doch dieses fassungslose, betroffene Empfinden war nichts gegen das, was ich empfand, als ich meinen

Freund und Bruder unter ihnen erblickte.

Im ersten Augenblick war ich wie gelähmt, betrachtete schockiert Conners bewegungslose Gestalt. Dann stürzte ich schreiend auf ihn zu, ging hilflos neben ihm auf die Knie.

Er lag auf dem Rücken, hatte den Kopf zur Seite geneigt. Sein rechter Arm lag weit ausgestreckt, wobei seine Hand eine kleine Blume umschlossen hielt, ohne diese aus dem Boden gelöst zu haben. Die Leere seiner Augen blickte noch immer auf die blühende Pflanze, die das Letzte gewesen war, was er in seinem kurzen Leben gesehen hatte.

Zwischen seiner Schulter und seinem Hals klaffte eine tiefe Wunde, die sein Hemd in ein verräterisches Rot tränkte. Zusammen mit dem Blut von hunderten Menschen und Unsterblichen, die an dem heutigen Tag ihr Leben gelassen hatten, versickerte sein Blut in der Erde und weihte diese Ebene zu einen geschichtlichen, denkwürdigen Platz.

Stetig wischte ich mir die Tränen aus den Augen, betrachtete voller geschwisterlicher Liebe Conners vertrautes Gesicht. Ich erinnerte mich an unser gemeinsames Leben, sah ihn als Kind vor mir. Als Ältester hatte er immer auf Sally, Matt und mich aufgepasst, hatte uns so viel beigebracht.

Sally ... Wie sollte ich ihr jemals gegenübertreten, um ihr vom Tod ihres geliebten Bruders zu berichten? Wie sollte ich ihr beibringen, dass ihr ungeborenes Kind seinen Onkel niemals kennenlernen würde?

Meine zitternde Hand bewegte sich über Conners Wange, ohne sie dabei zu berühren. Ich hatte Angst, wollte die Endgültigkeit nicht wahrhaben, wollte sie verleugnen.

Schreiend packte ich ihn an den Schultern, schüttelte ihn voller Verzweiflung. Ich schlug ihn auffordernd auf die Brust, auf der ich schließlich kraftlos zusammensackte. Die Trauer raubte mir alle Sinne, ließ mich vor Kummer verzagen.

Nur vage bekam ich mit, dass Grimmt sich neben mir niederließ. Er strich sanft über Conners Lider, um seine Augen für immer zu schließen.

Ich stand vollkommen unter Schock, war in meiner Fassungslosigkeit gefangen.

Erst als Grimmt erschrocken aufsprang, erwachte ich langsam aus meiner Starre. Von Weitem hörte ich Jake meinen Namen rufen, drehte mich abrupt nach ihm um. Viele seiner Männer rannten hinter ihm her, kamen geradewegs auf uns zu.

»Lauf, Sam! Lauuuf …!«, schrie Jake mir panisch entgegen. Ich verstand nicht, warum er so aufgeregt war. Seine Stimme klang sehr gequält.

Grimmt packte mich plötzlich am Arm. Hastig zerrte er mich in Jakes Richtung, wobei er immerzu sorgenvoll zurückschaute. Daher stolperte er über einen toten Mann und brachte mich mit sich zu Fall.

Fluchend kämpfte er sich wieder auf die Beine, wollte mich mit sich hochziehen. Doch dann entschied er sich um, zog sein Schwert und stellte sich vor mich.

Jetzt sah ich die Gruppe von berittenen Unsterblichen auf uns zu jagen. Grimmt und ich standen genau in der Mitte. Jake und seine Männer näherten sich von der einen Seite und die verfeindeten Unsterblichen von der anderen.

Ein weißer Falke flog über uns hinweg, ließ mich Escas Anwesenheit erahnen, bevor ich ihn tatsächlich erkannte. Sein berechnender Blick war genau auf mich gerichtet, als er mit seinen Männern in einem rasenden Tempo auf uns zu galoppierte.

Es war unumgänglich, dass er uns vor Jake erreichte. Esca war schon so nah …

Ängstlich legte ich Grimmt die Hand auf die Schulter und drängte mich an ihm vorbei.

»Sam! Was bei allen Göttern soll das werden?«, rügte er mich.

»Lauf zu Jake!«, wies ich ihn an. »Ich kann dich nicht auch noch verlieren.«

Zitternd bückte ich mich nach einem Schwert, das neben dem leblosen Körper seines ehemaligen Besitzers lag. Ich hörte nicht auf Grimmts Protest, hörte nicht auf Jakes flehende Zurufe. Mir blieb keine andere Wahl.

Grimmt war so gut wie tot, wenn er hier direkt neben mir stand.

Ich erhob das Schwert und rannte auf Esca zu. Auch wenn Grimmt mir erst hinterherlief, so gab er schließlich auf und kehrte um. Er konnte mir bei meinem Tempo unmöglich folgen.

Erleichtert stellte ich fest, dass er nun Jake entgegenlief. Es war seine einzige Möglichkeit, diesen Angriff zu überleben.

Ich hatte keine Ahnung, woher Esca und seine Männer so plötzlich kamen. Doch das spielte jetzt auch keine Rolle mehr. Das Schicksal forderte mich erneut heraus ...

Esca war nun fast bei mir. Jakes und meine eigene Stimme vermischten sich zu einem qualvollen Schrei, als ich mein Schwert mit beiden Händen ergriff und zum Schlag ausholte. Im vollen Galopp preschte Esca auf mich zu. Seine Klinge traf hart gegen mein Schwert, schleuderte dieses weit von mir weg. Er packte mich grob am Oberarm, schleifte mich ein Stück mit und zerrte mich dann auf seinen Schimmel.

Ehe ich wusste, wie mir geschah, lag ich vor ihm auf seinem Pferd. Obwohl ich energisch gegen ihn ankämpfte, konnte ich mich aber nur eingeschränkt bewegen. Da ich auf dem Bauch über dem Hals seines Schimmels hing, brauchte Esca sich nur gegen meinen Rücken zu lehnen, damit ich nicht herunterfiel. Seine Männer hielten weiter auf Jake zu, während Esca unaufhaltsam mit mir davonritt. Wir verließen die schicksalhafte Ebene, auf der Jake erneut um sein Leben kämpfte.

Ich kann nicht beschreiben, was in diesem Moment in mir vorging. Eben hatte ich noch um Conner getrauert und jetzt sollte sein Tod auch noch umsonst gewesen sein? Eine unbändige Wut erfasste mich, die ich lauthals herausschrie. Mit aller Kraft stemmte ich mich mit einer Hand von dem Pferd ab, schlug mit der anderen wild um mich. Da sah ich den Griff eines Messers aus Escas Stiefel ragen. Bevor er mich davon abhalten konnte, zog ich die Waffe heraus und rammte sie ihm augenblicklich in den Oberschenkel.

Damit hatte Esca nicht gerechnet. Auch wenn es ihm sicherlich nicht weh tat, so war er dennoch überrascht. Er lockerte seinen klammerten Griff, wodurch ich bei vollem Galopp vom Pferd stürzte.

Ungebremst schlug ich auf den harten Felsen des Berges, dessen Gipfel wir fast erreicht hatten. Ich überschlug mich mehrfach, bevor mich ein großer Stein ausbremste. Benommen blieb ich liegen, brauchte eine Weile, um richtig zu mir zu kommen.

Esca fluchte und wendete sein Pferd. Zornschnaubend kam er zu mir zurückgeritten.

Ich musste hier weg! Mühevoll versuchte ich aufzustehen. Aber mein Körper konnte unmöglich noch zu mir gehören. Alle Stellen an meinem Körper, die verletzt waren, konnte ich spüren. Jeden einzelnen Knochen, der gebrochen war – jeden Knochensplitter, der sich in mein Fleisch bohrte – jede aufgeplatzte Hautstelle, aus der warmes Blut sickerte und sofort gerann.

Ein Mensch hätte diesen Sturz nicht überlebt ...

Meine Magengrube zog sich krampfartig zusammen, ließ die Flamme wieder auflodern, die ich gestern auf der kleinen Insel das erste Mal gespürt hatte.

Ich konnte die Empfindungen nur schwer ertragen, als mein Körper sich wieder zusammensetzte. Es war mir unmöglich, ruhig liegen zu bleiben. Eine gleißende Hitze durchzog meine Knochen, ließ die Brüche wieder verheilen. Die Splitter schienen in einem unnachgiebigen Feuer regelrecht zu verglühen.

Esca stieg vom Pferd. Er zog sich das Messer aus seinem Bein und trat an mich heran. Rücksichtslos schlug er mir ins Gesicht, obwohl ich handlungsunfähig am Boden lag.

»Du bist ein böses Mädchen, Samantha!«, stieß er wütend aus. Er schob sich seinen Siegelring zurecht und schüttelte seine Hand. Ganz langsam trat er einen Schritt von mir zurück und schaute auf mich herunter. »Da lasse ich dich am Leben und das ist nun der Dank«, rügte er mich und wischte sich dabei die Klinge des Messers an seinem Ärmel ab. »Ich war voller Vorfreude, als ich zum Steinbruch zurückkehrte«, fuhr er fort. »Du kannst dir sicherlich vorstellen, dass ich etwas überrascht war, das Arbeitslager verlassen vorzufinden.« Er hockte sich neben mich. »Hm ... Das ist wohl nicht der richtige Ausdruck. Ich war nicht nur überrascht – ich war außer mir vor Wut«, schrie er mich aus Leibeskräften an. »Und damit noch nicht einmal genug. Dann kehrt man nach Hause zurück und muss feststellen, dass wildgewordene Clans gerade dabei sind, alles zu zerstören, wofür ich mein Leben lang gekämpft habe.«

Ich widerstand dem Drang, ihm etwas zu entgegnen. Sollte er ruhig weiter in Selbstmitleid vergehen! So gewann ich vielleicht wertvolle Zeit. Meine Gedanken und Sorgen weilten bei meinem Seelenverwandten.

Esca zog mich schimpfend hoch. Sofort wehrte ich ihn ab, drängte ihn entschieden von mir weg. Aber mein rechtes Bein gab haltlos unter mir nach, da mein Knochen noch nicht wieder vollständig zusammengewachsen war.

Er lachte voller Genugtuung auf. Ohne auf meinen Protest zu achten, hob er mich auf seine Arme und trug mich zu seinem Schimmel. »Du kannst dich ja schon mal daran gewöhnen! Wenn du erst einmal meine Frau bist, werde ich dich immer auf Händen tragen.«

Bei diesen Worten keimte Hoffnung in mir auf. War Silas noch am Leben?

»Heißt das, Dougal weiß von meiner Existenz? Hast du ihm von meiner Unsterblichkeit berichtet?«, brach es aus mir heraus.

Esca musterte mich aus zusammengekniffenen Augen, bevor er mich auf seinem Pferd absetzte. Ich ließ es widerstandslos geschehen, wollte ihn dazu ermutigen, mir zu antworten.

»Nein, Samantha. Ich musste erst herausfinden, wie er zu mir steht. Ich habe ihm berichtet, dass ich dich nicht angetroffen habe, man sich aber von dir erzählt.« Er saß hinter mir auf und streichelte mir durch mein Haar, wobei ich unwillkürlich zusammenzuckte. »Ich wollte dich im Steinbruch abholen, um dich zu Dougal zu bringen. Denn nun weiß ich, dass ihn nichts glücklicher machen würde, als seinen Ziehsohn und seine leibliche Enkelin gemeinsam auf seinem Thron zu sehen. Er wünscht sich, dass du seinen Angriff überlebt hast und ihm vergibst. In diesem Fall wird er uns höchstpersönlich vor dem Gesetz vereinen.«

Ich hatte die Luft angehalten, musste mich über alle Maßen beherrschen. »Dann weiß er in diesem Moment also noch nichts davon, dass ich lebe?« Mutlos blickte ich zu der weitgelegenen Burg hinüber, die wir von dem

Berggipfel aus sehen konnten.

Esca kam nicht mehr dazu, mir zu antworten, da mir die Tragweite dieser Tatsache bewusst wurde. Inzwischen fühlte ich mich wieder bei vollen Kräften, nutze es aus, dass er mit keinem weiteren Fluchtversuch rechnete. Ich sprang ohne zu zögern vom Pferd, fing mich mit meinem linken Bein auf. Eilig humpelte ich davon, stimmte laut und deutlich Shadows Melodie an.

Verärgert holte Esca mich ein, warf mich zu Boden und hielt mir den Mund zu. Doch da er sich mit einer Hand abstützen musste, gelang es mir, seine andere abzuwehren. Unbeirrt sang ich weiter, grinste ihn dabei herausfordernd an. Ich hatte rein gar nichts mehr zu verlieren.

»Halt den Mund!«, brüllte er mich an. Er holte mit seiner Hand weit aus, wollte mich wieder schlagen.

Da erinnerte ich mich an Jakes Worte, die er im Arbeitslager an die Menschen gerichtet hatte, um ihnen einen wunden Punkt der Unsterblichen zu benennen. Ehe mich Escas Faust treffen konnte, stieß ich ihm meine Daumen direkt in die Augen.

Fluchend rollte er sich von mir ab und hielt sich schützend die Hände vors Gesicht.

Unterdessen raffte ich mich auf, stolperte ein paar Mal, bis ich mit meinem rechten Bein einigermaßen Halt fand. Ich kam nicht besonders schnell vorwärts. Der Wind blies mir stürmisch entgegen, statt mich von hinten voranzutreiben. Er peitschte mir den Regen ins Gesicht, schien sich gegen mich verschworen zu haben.

Zu spät bemerkte ich, dass ich in die falsche Richtung gerannt war. Ich stand nun hoch oben, am Rand einer Schlucht. Unter mir, in der unendlichen Tiefe, bahnte sich ein reißender Strom seinen Weg durch die einengenden Felswände. Das laute Rauschen des wilden Wassers drang zu mir empor, vermischte sich mit dem unheilvollen Donnergrollen des Gewitters.

Irgendwie kam mir das alles ziemlich bekannt vor. Diesen Abgrund kannte ich aus einem Traum. Hoffnungsvoll blickte ich auf die andere Seite hinüber, wo Jake in diesem Moment auf die Schlucht zu rannte.

Bei seinem Anblick loderte die geheimnisvolle Flamme in meinem Bauch wieder auf und bestärkte mich, nicht aufzugeben.

Plötzlich legte Esca von hinten seine Hände auf meine Schultern. »Samantha gehört zu uns! Sie ist von Dougals Blut«, rief er Jake hasserfüllt zu. Er packte mich an den Haaren, drehte mich zu sich um und wollte mich vor Jakes Augen küssen.

Es gelang mir, ihm auszuweichen, indem ich mich kräftig von ihm weg drückte. Ich musste ihm nicht mehr lange standhalten.

Denn ich wusste, was als Nächstes passieren würde ...

Noch bevor ich meinen wilden Hengst sehen konnte, hörte ich Shadows tröstliches Wiehern. Mit vorgestrecktem Hals und erhobenem Schweif kam er auf uns zu galoppiert.

Esca wich überrumpelt zurück. Er hatte nicht mit meinem Pferd gerechnet, das sich vor ihm aufbäumte und ihn mit seinen Hufen abwehrte.

So konnte ich mich von Esca befreien, konnte genügend Abstand zwischen uns bringen, damit er mich nicht mehr zu greifen bekam.

Shadow ließ von ihm ab. Sobald er neben mir war, zog ich mich auf seinen Rücken. Ich drängte ihn in Jakes Richtung, der uns verunsichert und aufgeregt entgegen sah.

Wir streiften Esca im vollen Galopp, da dieser sich uns in den Weg stellte. Blitzschnell hielten wir auf die Klippe zu. Ob der Anlauf ausreichte? Wir mussten es einfach schaffen, die breite Schlucht zu überspringen. Ich glaubte so fest an mein Pferd. Es war die einzige Möglichkeit, die uns blieb. Gleich würde ich wissen, wie das Schicksal zu mir stand.

Besorgt sah ich mich um, spürte unsere Verfolgung. Esca saß inzwischen auf seinem Schimmel und heizte ihn an. Es stand außer Frage, dass er nicht aufgeben würde.

»Sam ...«, rief Jake verzweifelt aus. Unruhig

trat er auf der anderen Seite der Schlucht von einem Bein aufs andere. Er schien nicht zu wissen, ob er mich anspornen oder aufhalten sollte. Unentschlossen krallte er sich seine Hände ins Haar, sank voller Panik auf die Knie.

Für Shadow und mich gab es kein Zurück mehr. Nur noch wenige Schritte, dann hatten wir den Abhang erreicht. Ohne seine Geschwindigkeit zu verringern, stieß Shadow sich mutig ab. Schnell legte ich mich auf seinen Rücken, hielt mich ängstlich an seiner Mähne fest. Ich sah die reißenden Fluten tief unter uns, schloss entmutigt die Augen. Mit einem Mal zweifelte ich daran, dass wir es schaffen konnten.

Jake schrie gequält auf, als Shadows Vorderhufe wieder festen Boden erreichten. Ich riss die Augen auf, schaute direkt in sein erstarrtes Gesicht, da der Felsen unter den Hufen nachgab. Angstvoll kreischte ich auf, während Shadow gegen den bröckelnden Hang ankämpfte. Mit letzter Kraft fand er mit seinen Hinterhufen Halt, stemmte uns auf sicheren Untergrund.

In diesem Augenblick setzte Esca zum Sprung an. Er war so verbissen darauf aus, mich zu besitzen, dass ihn nicht einmal dieses Wagnis aufhalten konnte.

Sein Schimmel kam an der Stelle auf, die durch unseren Sprung schon teilweise vom

Felsen gelöst war. Eine ganze Steinlawine brach aus dem Berg heraus und riss Esca und sein Pferd mit sich in die Tiefe. Nach einem endlosen Fall schlugen sie hart auf der Wasseroberfläche auf, wobei zahlreiche große Steine auf sie niederprasselten.

Entsetzt schaute ich auf den reißenden Strom, der Esca und seinen Schimmel unbarmherzig verschlang. Und dann war Jake bei mir …

Erleichtert ließ ich mich in seine Arme gleiten, als er mich behutsam von Shadows Rücken hob. Er klopfte dem wilden Hengst dankbar auf den Hals, bevor er mich stürmisch küsste.

Uns war beiden bewusst, wie viel Glück wir gehabt hatten. Fast hätte Esca es wieder geschafft, uns beide voneinander zu trennen.

»Wird Esca diesen Sturz überleben?«, fragte ich vorsichtig.

»Den Sturz schon … Aber wenn die herabfallenden Felsbrocken seinen Körper zermalmen, wird er sich den Tod schnellstmöglich herbeiwünschen.« Jake versuchte mich erfolglos zu beruhigen.

Der gebrochene Knochen in meinem Bein hatte noch keine Ruhe gefunden, wieder zu verheilen. Ich hielt mich an Jake fest und verlagerte unauffällig mein Gewicht. Aber er bemerkte es sofort.

Er trat einen Schritt von mir zurück, streichelte mir liebevoll über den rechten Arm, der durch den Sturz vom Handgelenk bis zum Ellenbogen aufgeschürft gewesen war. Man konnte fast nichts mehr von der Verletzung erkennen.

Besorgt schweifte Jakes Blick weiter über mein aufgescheuertes Kleid und blieb an meinem zitternden rechten Bein hängen. Kraftlos ging er in die Knie, schaute ergeben zu mir auf. Als könnte er meinen Knochen sehen, legte er seine Hand genau auf die Stelle, an der er gebrochen war.

»Oh, Sam ... Was musst du noch alles ertragen, ohne dass ich dazu in der Lage bin, dich davor zu bewahren?«, stieß er voller Schuldgefühle aus. Er schlang seine Arme um meine Taille und lehnte seinen Kopf gegen meinen Bauch.

Ich wollte ihm widersprechen, wollte ihm sagen, dass ihn keinerlei Schuld traf. Da entzündete sich die Flamme in meiner Magengrube zu einem aufgeweckten Spiel, drängte sich Jake mit aller Macht entgegen.

Verwirrt hielt ich mich an seinen Schultern fest. Ein übermächtiges Gefühl, das ich einfach nicht zuordnen konnte, hatte vollkommen von mir Besitz ergriffen.

Ich streichelte Jake durch sein Haar, versuchte ihn zu trösten. Langsam setzte ich mich mit gestrecktem Bein vor ihm hin, nahm sein Gesicht zwischen meine Hände, damit er mich ansah.

»Ich liebe dich«, flüsterte ich ihm zu.

Da nahm auch er mein Gesicht zwischen seine Handflächen, bedeckte meine Stirn und meine Wangen mit federleichten Küssen, ehe er mit seinen Lippen meinen Hals hinunter glitt. Immerzu flüsterte er meinen Namen und zog mich dabei behutsam auf seinen Schoß. Sein Blick nahm mich gefangen, als er mir auf eine unvorstellbare, verführerische Art und Weise in die Augen schaute.

»Wenn ich dir sage, dass ich dich liebe, ... dann können diese Worte noch nicht annähernd beschreiben, was ich für dich empfinde«, erwiderte er mir.

Mein Herz konnte den zärtlichen Klang seiner Stimme kaum ertragen. Voller Sehnsucht schmiegte ich mich an ihn.

Der heutige Tag war der schrecklichste meines bisherigen Lebens. Niemals zuvor hatte ich einer solchen Schlacht beigewohnt, die so viele Leben gefordert hatte. Mit Conner hatte ich einen Freund und Bruder verloren, dessen Verlust für immer eine große Lücke in meinem Leben hinterlassen würde. Ich war verletzt und am Ende meiner Kräfte. Die schmerzvollen Schreie und die Gesichter der vielen Toten würden sich ewig in meine Gedanken einbrennen. Die Ungewissheit, wie wir Silas vorfinden würden, brachte mich noch um den Verstand.

Die einzige Hoffnung, die es für mich noch gab, der einzige Lichtblick, war Jake. Er allein, konnte mich retten ...

Dougal

Grimmt saß hinter einem Unsterblichen auf dessen Pferd, wobei sieben weitere Reiter sie begleiteten. Sie erklommen soeben den Berggipfel, auf dem Jake und ich verweilten.

»Den Göttern sei Dank«, stieß Grimmt erleichtert aus, als er uns erblickte. »Da seid ihr ja.« Er kniete sich neben uns nieder. »Mit dir muss ich noch ein ernstes Wort reden«, tadelte er mich. »Einfach vor mir wegzurennen ...« Nachdenklich zwinkerte er mir zu. »Obwohl ich dir dadurch wahrscheinlich mein Leben verdanke.«

»Nicht nur wahrscheinlich ...«, warf Jake ein. Er löste sich aus unserer Umarmung und sah sich um. »Wo ist Ryan?«

Verunsichert sah er Grimmt an, der sich unbehaglich den Vollbart raufte.

»Grimmt! Raus mit der Sprache!«, forderte Jake ihn eindringlich auf. »Wo ist er?«

»Naja ... Ich weiß, dass wir warten sollten, bis du zurück bist. Aber ...«

»Das glaub ich jetzt nicht!«, stieß Jake aus. »Ihr solltet die Burg nicht ohne mich betreten.

Warum hält er sich nicht an meine Anweisungen?«

»Jetzt höre mir doch erst einmal zu!«, beschwerte Grimmt sich. Er fuhr sich aufgeregt durch die Haare, schaute nervös zu den Unsterblichen und dann wieder zu Jake. »Sie haben Silas gefunden.«

Jake und ich hielten gleichzeitig die Luft an. Unsere Herzen hatten kurz ihren Rhythmus verloren, ehe sie ihren Takt wiederfanden.

»Ist mein Vater am Leben?«, flüsterte Jake so leise, als fürchtete er sich davor, diese Frage laut auszusprechen. Voller Angst wartete er auf Grimmts Antwort.

Dieser nickte ihm fast unmerklich zu. »Ich denke schon. Zumindest kämpft er noch immer tapfer gegen den Tod an.«

»Was soll das heißen?«

Grimmt fühlte sich sichtlich unwohl. Da trat einer der Unsterblichen näher an uns heran. »Silas wurde tagelang gefoltert. Sein Hals wird wohl nie wieder richtig verheilen.«

Bekümmert wandte Jake sich mir zu. »Du musst dein Bein noch eine Weile ruhig halten!«, wies er mich an. »Es braucht noch etwas Zeit, bis der Knochen wieder fest verwachsen ist.« Er setzte mich auf Shadows Rücken und saß hinter mir auf.

»Bringt mich zu meinem Vater!«, ermunterte er die Männer.

Ich war völlig durcheinander. Was sollte das alles bedeuten? Silas war doch ein Unsterblicher und unsere Wunden verheilten immer wieder vollständig. Warum kämpfte er immer noch um sein Leben?

»Haben die Clanführer die Burg schon vollständig eingenommen?«, fragte Jake, während wir den Berg hinunter ritten.

»Sie sind bis zur Kernburg vorgedrungen. Dougal hat sich in seinem Privatgewölbe verschanzt. Derzeit überprüfen wir, ob es irgendwo Schlupflöcher oder Geheimgänge gibt.«

»Oh Mann … Das wäre sehr ärgerlich, wenn Dougal sich tatsächlich heimlich davonschleicht«, murmelte Grimmt.

»Wir haben alles abgeriegelt«, erzählte der Unsterbliche weiter. »Das Gebiet um die Burg ist großflächig umstellt. Er kann unmöglich fliehen.«

»Er kann sich nur wie eine Maus in seinem Loch verkriechen«, erwiderte ein anderer, worüber alle lachten.

Wir überquerten im schnellen Galopp das Schlachtfeld und fanden ungehinderten Einlass durch das Torhaus. Auch hier in der Vorburg hatten viele ihr Leben gelassen. Unsere Leute trugen die Leichen auf Haufen zusammen, kümmerten sich um unsere eigenen Verletzten. Unzählige Gefangene saßen gefesselt mit dem Rücken gegen die Burgmauer gelehnt und wurden bewacht.

Die Hufe der Pferde schallten über den gepflasterten Platz, auf dem kleine Holzstände und Wagen vom Marktgeschäft standen. Doch sie waren noch alle leer, da wir vor Sonnenaufgang angegriffen hatten.

In der Mitte des Platzes befand sich ein großer Brunnen, den eine Skulptur eines landenden Falken schmückte. Viehställe, Scheunen und Werkstätten säumten die eine Straßenseite, wobei sich auf der anderen eine Schenke und Gesindehäuser aufreihten.

Eine weitere Mauer tat sich vor uns auf, durch deren Tor wir nun bis zur Kernburg vordringen konnten. Staunend betrachtete ich das riesige Bauwerk, das mit prunkvollen Giebelfiguren verziert war. Ich sah zu den fünf Turmspitzen hinauf, fragte mich, wo mein Vater einst seine privaten Räume gehabt hatte.

Jake hob mich achtsam vom Pferd. »Wie geht es deinem Bein?« Er bückte sich und fuhr mit der Hand über mein Schienbein. »Kannst du wieder auftreten?«

Ich hielt mich an seiner Schulter fest und verlagerte zögernd mein Gewicht, bis ich das Bein richtig belastete. Als dies gelang, ließ ich Jake los, um ein paar kleine Schritte zu laufen.

»Na, das sieht doch gut aus«, kommentierte Grimmt meine Versuche. »Da können wir zwei ja noch ordentlich das Tanzbein schwingen.« Er lachte.

»Hier entlang!«, wies ein Unsterblicher uns den Weg. Er führte uns die große Freitreppe hinauf, die zu einer hohen, schweren Tür führte. In die dunklen Holzflügel waren von oben bis unten aufwendige Schriftzüge und Symbole eingraviert. Fasziniert fuhr ich mit meinem Finger über die schwungvoll geschriebenen Buchstaben, bevor Jake mich weiterzog.

Wir betraten eine Art Empfangshalle, deren hohe Decke von mächtigen Säulen abgestützt wurde. Durch zahlreiche, runde Fenster drang Tageslicht herein, brach sich in extra dafür vorgesehenen Spiegeln, die den weitflächigen Raum hell ausstrahlten. Der Boden war aus reinstem Marmor gefertigt, zeigte zusammen mit den kunstvollen Skulpturen Dougals Reichtum auf.

Am Ende der Halle führten drei Gänge weiter in das Herz der Burg hinein. Wie selbstverständlich betrat einer von Jakes Freunden den mittleren Gang und lief voraus.

»Silas ist in den Kellergewölben«, berichtete er.

Er führte uns über eine Wendeltreppe immer weiter in die Tiefe hinab. Dabei wurden die kalten Wände immer feuchter und ein stickiger Geruch drang uns entgegen. An den Wänden befestigte Fackeln spendeten uns spärliches Licht. Die Flammen züngelten nur schwach vor sich hin, als würde ihnen die

Luft fehlen, um sich richtig zu entfalten.

Es war offensichtlich, dass wir uns nun im Kerker der Burg befanden. Dicke Eisenstäbe grenzten die Zellen voneinander ab, in denen verwahrloste Gefangene elend dahinsiechten. Sie drängten sich gegen die Gitter, flehten uns an, sie zu befreien.

Aber Jake beachtete sie nicht. Er stand plötzlich reglos da, starrte auf einen abgegrenzten Raum, in dem ich Ryan unter etlichen Unsterblichen erkannte. Ganz langsam schritt Jake auf die Gefängniszelle zu. Es kostete ihm große Überwindung, ein Bein vor das andere zu setzen.

Ich trat auf der Stelle, wagte es nicht, ihm weiter zu folgen. Die Männer bemerkten sein Eintreffen und machten ihm bereitwillig Platz, wobei Ryan ihn kurz umarmte, ohne dass Jake dabei stehen blieb. Einen winzigen Augenblick sah ich die Beine eines am Boden liegenden Mannes, ehe die Männer sich hinter Jake aufreihten und mir die Sicht nahmen.

Ich wusste nicht, was ich tun sollte. Unschlüssig schaute ich zu der abgelegenen Zelle, in der Jake um das Leben seines Vaters bangte.

Zögernd ging ich auf den Raum zu, in dem Silas tagelang gefoltert worden war. Ich hatte Angst davor, wusste nicht, welchen Anblick Silas mir bot.

Feige drängte ich mich an den Unsterblichen vorbei, heftete meinen Blick starr auf Jakes Rücken. Er kniete vor dem Kopf seines Vaters und sprach beruhigend auf ihn ein. Ryan half ihm dabei, Silas zu behandeln. Er ging Jake tatkräftig zur Hand, reichte ihm alle Utensilien, die er brauchte.

Der Raum war viel größer als die restlichen Zellen. Von der Decke hingen schwere Eisenketten, die offensichtlich als Fesseln gedient hatten. Sichelförmige Messer und Stichwaffen, wie ich sie noch nie zuvor gesehen hatte, lagen überall verstreut. Sie waren, ebenso wie der Boden und eine steinerne Wand, beschmiert mit Silas silbernem Blut.

Ich schluckte, durfte gar nicht darüber nachdenken, was für Grausamkeiten sich hier abgespielt hatten.

»Das Schlimmste hast du überstanden«, informierte Jake seinen Vater. Auffordernd nickte er Ryan und einem anderen zu. »Wir werden dich jetzt auf die Trage legen«, erklärte er. »Ich werde dabei deinen Kopf stützen. Also mache dir keine Sorgen!«

Er stand auf und stellte sich an Silas' Kopfende, wodurch das Sichtfeld nun frei war.

Sein plötzlicher Anblick überforderte mich. Ich wusste nicht, was ich erwartet hatte? Den großen Clanführer in diesem Zustand zu sehen, ließ mich erschaudern.

Fast wirkte er, als würde er schlafen. Hatte er überhaupt mitbekommen, dass Jake mit ihm gesprochen hatte? Kein einziges Wort hatte ich von Silas vernehmen können. Wäre er ein Mensch, so würde ich glauben, er wäre tot.

Sie hatten ihm seinen Hals verbunden, stützten diesen durch eine eiserne Rüstung. Auf seiner Brust zeigten sich tiefe Schnittverletzungen, die langsam wieder verheilten. Er trug nichts am Körper, außer einer Decke, mit der man ihn fürsorglich zugedeckt hatte.

Ganz vorsichtig lagerten sie Silas um, der dabei keinerlei Regung zeigte.

Ryan klopfte Jake aufmunternd auf die Schulter. »Das wird schon wieder«, versuchte er ihn aufzubauen. Er und drei weitere Unsterbliche hoben die Trage an und trugen Silas aus der Zelle hinaus. Alle anderen schlossen sich ihnen an, nur Jake und ich blieben zurück.

Kaum hatten sie den Raum verlassen, sackte Jake zusammen. Er verbarg das Gesicht in seinen Händen, schüttelte entmutigt den Kopf.

Augenblicklich war ich bei ihm. Ich setzte mich zu ihm, zog ihn in meine Arme und hielt ihn so fest ich konnte.

Jake ließ mich gewähren und nahm meinen Trost dankbar an.

Ich streichelte ihm durch sein Haar, küsste ihn auf die Stirn und war einfach für ihn da. »Er lebt, Jake. Silas lebt«, flüsterte ich ihm zu.

Langsam sah er auf, schaute mir traurig in

die Augen. »Dougal hat meinem Vater jeden Tag den Hals ein Stück mehr vom Körper abgetrennt. Er hat es nicht zugelassen, dass die Wunden verheilen, hat sein Fleisch, seine Muskeln und Sehnen immer wieder aufs Neue durchschnitten. Nur die Knochen hat er vorerst außer Acht gelassen.«

Mir wurde schlecht. So genau wollte ich das alles gar nicht wissen.

»Es ist unklar, ob mein Vater jemals wieder normal leben kann. Möglicherweise muss er für immer die Rüstung tragen, die seinen Hals stützt.«

Ich wusste nicht, was ich ihm darauf erwidern sollte. Momentan war ich einfach nur froh, dass Silas lebte. »Jetzt werden seine Verletzungen in Ruhe verheilen können. Du wirst schon sehen! Bald ist er wieder der Alte.« Es war ein kläglicher Versuch, Jake zu trösten. »Und wenn wir ihn und Nancy erst wieder zusammenbringen, dann wird alles gut.«

Jake nickte überraschend. »Ja, vielleicht hast du recht. Es gibt kein stärkeres Band als das der Seelenverwandtschaft. Wenn jemand ihn heilen kann, dann meine Mutter.«

Unvermittelt zog er mich wieder an sich, überfiel mich mit einem fordernden, sehnsüchtigen Kuss. Ich war seine Seelenverwandte und somit die Einzige, die ihm den Schmerz nehmen konnte. Wir halfen uns gegenseitig, diese schwere Zeit zu überstehen.

Das allmählich bekannte, warme Gefühl schien uns beizustehen. Ich empfand es wie ein Streicheln, das mir in meinem Inneren Mut machte. Nachdenklich legte ich meine Hand zaghaft auf meinen flachen Bauch. Konnte es möglich sein?

»Jake!«, trieb Ryan mich aus meinen Gedanken. Er tauchte vor uns auf, war völlig außer Atem. »Kommt, schnell! Torres und Cloud haben Dougal gestellt.«

Ehe ich wieder klar denken konnte, war Jake auch schon aufgesprungen. Er nahm drei Stufen auf einmal, angetrieben von unbändigem Zorn. Ab und zu drehte er sich nach mir um, vergewisserte sich, dass ich ihnen folgte. Ryan führte uns wieder durch die große Eingangshalle, bog dann in einen Gang ein, der uns in ein Nebengebäude führte. Hier liefen wir durch einen langen Korridor, der mit wertvollen Teppichen ausgelegt war. Riesige Ölgemälde hingen an den Wänden, auf denen ich Dougal auf einem wiedererkannte.

Ich blieb stehen, betrachtete das Bildnis jenes Mannes, der mein Großvater sein sollte. Das schulterlange, gelockte Haar war mir in Erinnerung geblieben. Schon als ich ihm damals auf dem Schlachtfeld wahrhaftig begegnet war, fand ich, dass der blonde Vollbart so gar nicht zu seinem jungen Gesicht passte. Auf dem Porträt trug er ein edles Gewand in der vorherrschenden weinroten Farbe seines

Clans und trug einen Falken auf dem Arm.

»Sam? Wo bleibst du denn?«, stieß Jake ungeduldig aus. Er und Ryan kamen zu mir zurückgelaufen, nachdem sie meine Abwesenheit bemerkt hatten.

Ich reagierte nicht, war völlig gefangen, als mein Blick auf das Gemälde fiel, das direkt neben Dougals hing. Es zeigte einen Mann, dessen blondes Haar ihm ebenfalls bis zur Schulter reichte. Im Gegensatz zu Dougal waren seine Gesichtszüge freundlich, wobei er seinen Betrachter direkt anlächelte. Doch am meisten zogen mich seine blau-grünen Augen in ihren Bann, die ihn mir als meinen Vater zu erkennen gaben. Sie hatten die gleiche Form und den gleichen Ausdruck wie meine eigenen. Ich hatte seine Stimme bei meiner Nahtoderfahrung vernommen. Nun, da ich auch sein Gesicht kannte, kam mir die Erinnerung an ihn noch viel bedeutsamer vor.

»Du siehst meinem Sohn sehr ähnlich«, warf eine tiefe Stimme ein.

Erschrocken zuckte ich zusammen, drehte mich im gleichen Moment um wie Jake und Ryan. Am Ende des Korridors stand Dougal, mit schweren Eisenketten gefesselt, inmitten einer Gruppe Unsterblicher, die alle ihre Schwertspitzen auf ihn gerichtet hielten. Torres und Cloud verweilten direkt neben ihm, achteten auf jede seiner Bewegungen.

Jake stürzte voller Hass auf ihn zu und zog

entschlossen sein Schwert. Da trat Torres vor und hielt ihm seine eigene Klinge abwehrend entgegen.

»Halte ein, Jake!«, versuchte er ihn zur Vernunft zu bringen. »Dougal ist ein angesehener Mann. Wenn wir ihn einfach töten, beschwören wir einen endlosen Krieg herauf.«

»Ein angesehener Mann?«, schrie Jake aus. Er stieß Torres wütend beiseite und legte Dougal seine Schwertklinge an die Kehle.

»Er ist sehr mächtig. Seine Anhänger sind überall im Land verstreut«, redete nun Cloud beruhigend auf ihn ein. »Wir dürfen jetzt nicht überstürzt handeln. Wäre Dougal vor aller Augen im Kampf gefallen, dann hätte er einen ehrenvollen Tod gefunden und niemand hätte etwas dagegen einwenden können.«

Jake war fassungslos. »Dann wollt ihr diesen Tyrannen noch dafür belohnen, dass er sich feige verkrochen hat, während seine Männer im Kampf für ihn das Leben ließen?«, stieß er bebend aus und spuckte dann verachtend vor Dougals Füße.

Torres schüttelte den Kopf. »Nein, Jake! Dougal wird seine gerechte Strafe bekommen. Wir werden ihn vor ein öffentliches Gericht stellen. Somit wird er offiziell für seine Verbrechen angeklagt, wobei aber auch seine Anhänger gehört werden müssen. Doch wenn dann ein Urteil gesprochen wird, so werden Dougals Befürworter es auf diesem Weg akzeptieren müssen.«

Cloud nickte. »Nur so können wir einen weiteren Krieg abwenden. Wenn wir Dougal jetzt hinrichten, ist uns die Vergeltung seiner Gefolgsleute sicher.«

Jake starrte die beiden bestürzt an. Er straffte die Schultern, baute sich demonstrativ vor ihnen auf. »Ich bin dagegen«, ließ er sie energisch wissen. »Lasst uns doch Jaros Meinung darüber einholen! Solange ihr mich nicht überstimmt habt, werde ich diese Entscheidung nicht akzeptieren.«

Torres legte Jake kameradschaftlich die Hand auf die Schulter. »Wir haben dich bereits überstimmt, mein Freund«, sagte er in einem bedächtigen Ton. »Jaros ist tot.«

Jake erstarrte für einen ungläubigen Moment. Er biss die Zähne zusammen, zwang sich quälend zur Vernunft. »Dann bringt Dougal ins Bergtal! Wir werden dort eine öffentliche Versammlung einberufen, bei der jeder vorsprechen darf. Doch letztendlich wird mein Vater derjenige sein, der das Urteil verkündet. Er hat einen Anspruch darauf.«

Cloud und Torres sahen sich nachdenklich an, stimmten Jake jedoch schließlich zu. »So soll es sein!«

Jakes Schwertklinge lag noch immer auf Dougals Kehle, hinterließ dort bereits eine dünne Spur silbernen Blutes. Er ließ es sich nicht nehmen, die Klinge mit einem warnenden Druck quer über Dougals Hals zu ziehen, um ihm eine tiefe Wunde ins Fleisch zu schneiden. So verschaffte er sich wenigstens eine kleine Genugtuung über den Mann, der ihm so verhasst war.

Dougal blinzelte nur, verzog aber ansonsten keine Miene. Die ganze Zeit über hatte er mich eingehend gemustert, ohne der Unterhaltung große Beachtung zu schenken. Er ignorierte die Unsterblichen, die ihn umlagerten, schien sie völlig auszublenden. Ich war die einzige Person, der seine volle Aufmerksamkeit galt.

»Sieh ihn dir an!«, forderte er mich auf. Er hob seine gefesselten Hände und deutete auf das Bildnis seines Sohnes. »Ich wünschte, er könnte dich jetzt sehen.«

Mir klappte die Kinnlade herunter. Mit festem Schritt ging ich auf ihn zu, wurde aber von Jake auf Abstand gehalten. »Du wünschtest, er könnte mich sehen?«, wiederholte ich seine Worte verächtlich. »Du allein bist doch daran schuld, dass ich ihm nie begegnen durfte«, klagte ich ihn an.

Irrte ich mich, oder war das eine Emotion, die ich da in Dougals Gesicht ablesen konnte? Er wirkte mit einem Mal blass, presste seine Lippen hart aufeinander. Seine Augen glänzten, als müsste er gegen die Tränen ankämpfen. »Es tut mir unendlich leid. Ich habe nichts von deiner Existenz gewusst«, sprach er aus. »Wenn ich mein Leben für das meines

Sohnes geben könnte, dann würde ich es augenblicklich tun.«

Er kam einen Schritt auf mich zu, was mich in Anbetracht seiner Worte noch mehr irritierte.

Aber er wurde sofort an den Eisenketten zurückgerissen. »Das reicht jetzt!«, schimpfte Torres und zerrte Dougal mit sich. Cloud stieß ihn weiter vorwärts, als der gefürchtete Clanführer sich nochmals zu mir umdrehte. Sie drängten ihn durch den Korridor, bis sie aus unserem Sichtfeld verschwanden.

Es trat eine betretene Stille ein. Jake und ich schauten noch immer an die Stelle, wo Dougal gerade aus unserem Sichtfeld verschwunden war. Ryan musterte uns beide abwechselnd, klatschte in die Hände und unterbrach somit die eigenartige Stimmung.

»Ich hätte nie gedacht, dass es einmal so weit kommen würde«, rief er erfreut aus. »Einen Dougal McGavyn in Ketten zu sehen, erlebt man nicht alle Tage.«

Jake wirkte bedrückt. Ich merkte deutlich, wie unzufrieden er mit dem Verlauf der Dinge war. Nun war er wieder gezwungen, geduldig zu sein, musste abwarten, bis Dougals Urteil gesprochen war.

Seufzend kam er zu mir. Er strich mir mit den Händen die Arme hinunter, sah mich dabei nachdenklich an. »Geht es dir gut?«, fragte er zögernd.

Ich nickte, lächelte ihn aufrichtig an. »Meine Tante und mein Onkel sind am Leben. Silas ist am Leben ...« Ich stockte, als mir Conners lebloser Anblick in den Sinn kam.

Zärtlich streichelte Jake mir über die Wange, zog mich dann in seine Arme und legte das Kinn auf meinem Kopf ab. »So viele sind heute gestorben ... aber ihr Tod war nicht umsonst. Dieser Tag wird ewig in Erinnerung bleiben. Unsere Kinder und Kindeskinder werden sich von diesem Ereignis erzählen. Von nun an werden die Unsterblichen friedlich mit den Menschen leben. Vermutlich entstehen untereinander Freundschaften, ja sogar Seelenverwandtschaften.« Er löste sich ein kleines Stück von mir, legte seine Hand unter mein Kinn, damit ich ihn aufmerksam ansah. »Conner, Jaros und all die anderen werden in den Erzählungen weiterleben. Ihr Heldentum macht sie unsterblich.«

Bei seinen aufrichtigen Worten wurde mir ganz warm ums Herz. Er sagte das nicht nur, um mich zu trösten, sondern glaubte fest daran. Ich strich ihm das Haar aus der Stirn, schaute ihm so tief in seine wunderschönen, dunkelblauen Augen, dass ich seine Seele darin erkennen konnte.

»Lass uns nach Hause reiten, Jake!«, bat ich ihn.

Und da lachte er sein Jake-Lächeln, als würde der ganze Ballast bei meiner Bitte mit einem Mal von ihm abfallen. Er schaute voraus, in unsere gemeinsame Zukunft, ließ die vergangene Zeit hinter sich.

Er ergriff meine Hand, küsste sie und zog mich eilig mit sich. Wir rannten die Stufen hinunter, konnten es nicht erwarten, diese Mauern zu verlassen. Ryan blieb uns auf den Fersen, lachte ausgelassen vor sich hin.

Als ich durch die große Holztür trat, hielt ich kurz inne, streckte mein Gesicht genießerisch der Sonne entgegen, die zwischen der sich auflockernden Wolkendecke hindurchschien.

»Macht euch zum Aufbruch bereit!«, rief Jake seinen Männern zu, ehe er sich an Grimmt wandte. »Ich würde gern einen kurzen Abstecher zu deiner Familie machen, um sie zu unserer Seelenfeier einzuladen. Es wäre mir ein großes Bedürfnis, dich an diesem Tag an meiner Seite zu haben.«

Grimmt räusperte sich und war sichtlich gerührt. »Es ist mir eine Ehre, mein Freund«, gab er Jake seine Antwort.

Sie umarmten sich kurz und klopften sich gegenseitig auf die Schulter.

»Wir sind startklar«, rief Ryan Jake zu. Er wollte sich schon wieder abwenden, blieb aber bedachtsam stehen, als Jake direkt auf ihn zulief. »Hab ich was falsch gemacht«, fragte er unsicher, noch bevor Jake bei ihm war.

Jake lachte. »Nein, ganz im Gegenteil.« Er

zog Ryan in eine freundschaftliche Umarmung, der gar nicht wusste wie ihm geschah. »Ich danke dir, dass du Sam in Sicherheit gebracht hast.«

Ryan wurde verlegen. »Ich bin immer für euch da«, ließ er Jake wissen und nickte mir dabei zu.

»Und der soll noch einmal sagen, ich wäre charmant!«, prustete Grimmt los. Er schüttelte belustigt den Kopf. »Von so viel Gefühlsduselei wird einem ja schwindlig«, murmelte er in seinen Bart.

»Kann es losgehen?«, rief Ryan ablenkend aus. Er eilte zu den anderen, die alle schon auf ihren Pferden saßen und auf uns warteten.

»Einen Moment noch!«, forderte Jake. Er lief zu Onyx, an dem sie die Bahre befestigt hatten, auf der sein Vater lag.

Ich trat an Jakes Seite und nahm seine Hand. So standen wir neben Silas und sahen besorgt auf ihn hinab.

Vorsichtig strich Jake über Silas' Wange, woraufhin dieser leise aufseufzte. Blinzelnd öffnete er die Augen, versuchte dem blendendem Sonnenlicht zu trotzen.

»Vater ...«, stieß Jake hoffnungsvoll aus.

Silas lächelte angestrengt. Jake kniete sich erleichtert hin und lehnte sein Stirn ergeben an die Hand seines Vaters, die er ergriffen hatte. »Wir bringen dich jetzt nach Hause«, flüsterte er ihm zu.

»Macht bloß langsam! Ich brauche mindestens drei Tage, bis ich soweit wiederhergestellt bin, dass ich Nancy unter die Augen treten kann«, witzelte Silas.

Jake lachte befreit auf, woraufhin alle mit einfielen. »Dann streng dich mal ein bisschen an!«, neckte er ihn. »In vier Tagen werden wir zu Hause sein und Mutter wird es nicht erwarten können, dich endlich wiederzusehen.«

»In vier Tagen ...«, überlegte Silas. »Ich denke, das bekomme ich hin. Ihr werdet schon sehen! Bis dahin springe ich wieder herum wie ein junges Reh.« Er zwinkerte uns zu. »Worauf warten wir also noch!«

Jake strahlte mich an, zog mich glücklich in seine Arme. »Jetzt wird alles gut«, versprach er mir.

In meinem Bauch entflammte eine wohlige Hitze, erinnerte mich daran, dass wir nicht mehr allein waren. Aufgeregt schaute ich Jake an. »Es gibt da etwas, was ich dir erzählen muss. Ich weiß gar nicht, wie ich anfangen soll ... Als Esca mich entführt hatte, dachte ich, es wäre alles verloren, dass es keine gemeinsame Zukunft für uns geben wird ... Und jetzt ...«

Jake ließ mich nicht ausreden. Er lief hastig zu seinen Männer hinüber, redete eindringlich auf sie ein. »Esca ... sucht den gesamten Flussverlauf ab! Sucht nach Spuren!«

Ich hörte nur Wortfetzen, da Grimmt mich von der Seite ansprach. Er stellte sich genau in mein Blickfeld, nahm mir absichtlich die Sicht auf Jake.

»Sam?« Grimmt erhob energisch die Stimme, damit ich ihm endlich Beachtung schenkte. »Darf ich?«

»Darfst du was?«, fragte ich verwirrt. Ich hatte ihm überhaupt nicht zugehört.

»Na, bei dir auf Shadow mitreiten? Onyx hat schon Silas mitzuziehen, da will ich ihm mein Gewicht nicht auch noch zumuten.«

Ryan ritt grinsend an uns vorbei. »Also, wenn ein Mann wie Grimmt so charmant fragt, kann man ihm diese Bitte doch unmöglich abschlagen!«

»Du hinterhältige Brut eines Unsterblichen«, schimpfte Grimmt und hielt auf Ryan zu. Dieser trieb sein Pferd lachend an und suchte vorsichtshalber das Weite.

Jake stand plötzlich wieder neben mir. »Lass uns endlich nach Hause reiten! Meiner Mutter wird es schon besser gehen und sie wird uns sicherlich schon sehnsüchtig erwarten.« Seine Finger streichelten mir zärtlich übers Gesicht, wobei seine Augen mich liebevoll in sich aufnahmen. Ganz langsam senkte er den Kopf, bis seine Lippen meinen Mund erreichten.

Ich liebte es, mit meinen Händen durch sein Haar zu wühlen, war süchtig danach, mich an seinen Körper zu schmiegen. Seinen Geruch, seine Wärme, ... das alles brauchte ich wie die Luft zum Atmen. Es war ein überwältigendes Gefühl, ihm so nah sein zu dürfen, und ich war stolz darauf, dass er es ausgerechnet mir erlaubte.

Er schenkte mir sein umwerfendes Lächeln, als er mich schließlich zu Shadow führte, bei dem Grimmt schon auf mich wartete.

So machten wir uns auf den lang ersehnten Heimweg. Wir ritten durch die Vorburg, wo Torres und Cloud sich uns anschlossen. Dougal hatten sie auf einem Wagen untergebracht, der wie eine Zelle von dicken Eisenstäben umgeben war. Zwei Pferde zogen sein Gefängnis, ermöglichten allen, an denen wir vorbeikamen, einen Blick auf den Gefangenen.

Überall auf dem Schlachtfeld rauchten Feuer, in denen man die vielen Leichen verbrannte. Es tat weh, Conner kein anderes Begräbnis geben zu können. Aber der Brauch wollte es so, dass die ehrenvoll Gefallenen zusammen den Sternen übergeben wurden.

Ich hatte Angst davor, Sally gegenüberzutreten. Wie sollte sie den schmerzvollen Verlust ihres Bruders nur verwinden? Doch ich würde für sie da sein und ihr in dieser schweren Zeit beistehen, genauso wie Matt es tun würde. Allein für ihr ungeborenes Kind musste sie die Kraft aufbringen, um hoffnungsvoll in die Zukunft zu blicken.

Auch ich hatte eine aufregende Zeit vor mir. Aufgeregt legte ich die Hand auf meinen noch flachen Bauch. Ich konnte es nicht erklären, war mir aber inzwischen ganz sicher. Die kleine Flamme drängte sich meiner Hand entgegen, als wollte sie mich auf sich aufmerksam machen.

Überglücklich beobachtete ich Jake, der uns alle anführte. Ich freute mich schon darauf, ihm davon zu erzählen, dass ich sein Kind unter dem Herzen trug.

Ein weißer Falke saß auf der Dachspitze des höchsten Burgturmes und schaute auf das verlassene Schlachtfeld hernieder. Nur die glimmenden Feuer und die blutgetränkte, zertrampelte Erde ließen darauf schließen, was sich heute hier zugetragen hatte.

Der stolze Vogel spannte seine Flügel, glitt mit einer bemerkenswerten Eleganz durch die Luft. Aufmerksam erspähte er die Umgebung, kreiste unermüdlich über die Seenlandschaft. Offensichtlich befand er sich auf der Jagd. Er war auf der Suche ...

EIN GROẞES DANKESCHÖN ...

... an alle meine lieben LeserInnen. Durch eure unnachgiebige Begeisterung wuchs die Geschichte von Sam und Jake zu einer Trilogie heran. Euch allein habe ich den großen Erfolg der Bücher zu verdanken. Ihr seid der Wahnsinn.

... an meine Familie, für eure Geduld und Unterstützung.

... an alle meine Freunde und guten Bekannten, die mir mit Rat und Tat zur Seite gestanden haben. Besonders erwähnen möchte ich dabei Anne, Katja, Rene und Mario.

... an Enrico und Thommy für dieses wunderschöne Cover.

... an Doro, dass du dich auf mich und meine Bücher eingelassen hast ;-) Ich schätze dich als Lektorin und habe dich als Menschen fest ins Herz geschlossen.

... an Stefan für deine Gedichte.

Ich freue mich auf eure Rezensionen, Postings, Kommentare, Blogbeiträge und Mails, und bin schon gespannt auf euer Feedback. Vielleicht habt ihr Lust, mich auf meiner Facebook-Seite zu besuchen ...

www.facebook.com/nica.stevens.7

Danke, danke, danke fürs Lesen.

Eure Nica

Die Verwandte-Seelen-Trilogie
von Nica Stevens
erscheint auch als Hörbuch im XPUB Verlag.

Verwandte Seelen - Eine Liebe zwischen
Unsterblichkeit und Tod
(Teil 1)
ISBN 978-3-945703-27-4

Verwandte Seelen - Das Schicksal des Halbblutes
(Teil 2)
ISBN 978-3-945703-28-1

Verwandte Seelen - Die Schatten der Erinnerung
(Teil 3)
ISBN 978-3-945703-29-8

stevens.nica@gmail.com

www.facebook.com/nica.stevens.7

youtube: nica stevens

Teil 2

Verwandte-Seelen-Trilogie

Deutsche Erstausgabe März 2014

Lektorat: Dorothea Kenneweg

Coverbild: © Evgeniya Litochenko/123RF.com
Covergestaltung: Phantasmal Image – Enrico Frehse

Dies ist eine fiktive Geschichte.
Ähnlichkeiten mit lebenden oder verstorbenen Personen
sind zufällig und nicht beabsichtigt.

stevens.nica@gmail.com
www.facebook.com/nica.stevens.7
youtube: nica stevens

Nica Stevens
c/o Anna Mechler
Agentur Lesen&Hören
Manfred-von-Richthofen Str. 156
12101 Berlin

ISBN-13: 978-1497480353
ISBN-10: 1497480353

6211790R00300

Printed in Germany
by Amazon Distribution
GmbH, Leipzig